京極夏彦
文春文庫

文春文庫

定本　百鬼夜行—陽

京極夏彦

文藝春秋

目録

妖怪画◉京極夏彦

カバー、口絵撮影◉深野未季

定本◉百鬼夜行——陽

智識たりとも何ぞ因果に落ちざらん——。

定本◉百鬼夜行——陽

目録

第拾壱夜

◉

青行燈

あおあんどう

◎青行燈

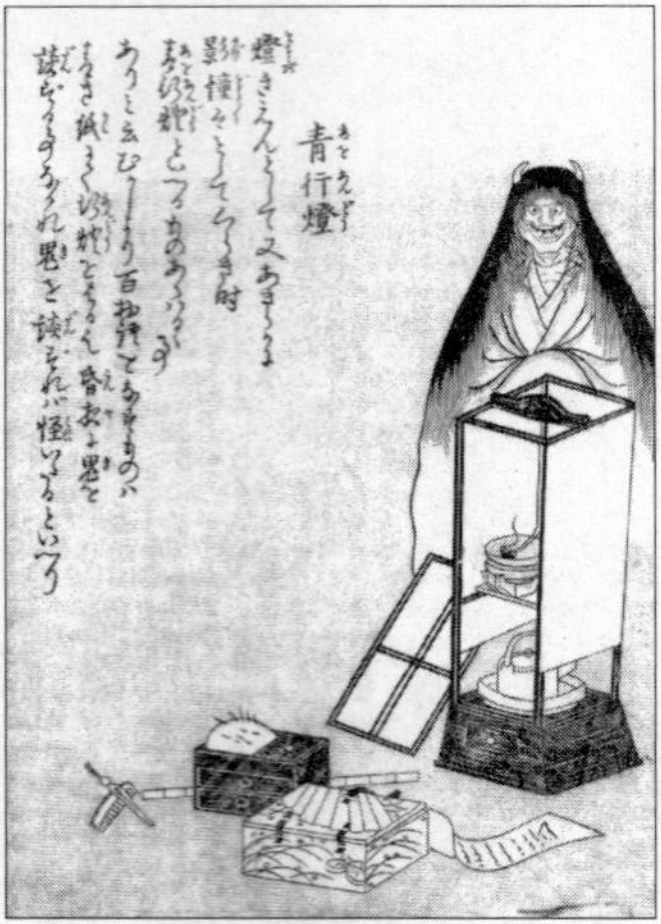

燈《ともしび》きえんとして又あきらかに
影《かげ》憧々《どうく》としてくらき時
青行燈《あをあんどう》といへるものあらはるゝ事ありと云
むかしより百物語をなすものハ
青き紙《かみ》にて行燈《あんどう》をはる也
昏夜《こんや》に鬼《き》を談《だん》ずる事なかれ
鬼《き》を談《だん》ずれば怪《くはい》いたるといへり

——今昔百鬼拾遺／中之巻・霧
鳥山石燕《とりやませきえん》（安永十年）

1

私には、きょうだいが居た。

そんな――気がするのだ。

そんな気がするとは、何ともあやふやな云い様ではあるのだが、そう云う以外にない。

わからない、からである。

否、判らないことはないのだ。私には兄も弟も、姉も妹も居ない。嘗《かつ》て居たと云う事実もない。居た痕跡もない。戸籍の上でも、私は独《ひと》りっ子である。

それでも、何故かそんな気がしてならない。

その昔。

私は戸籍の自分の名の横に別の名前が記載されていはしないか、ことある毎《ごと》に、そして無意識の裡《うち》に確認してしまったものだ。謄本《とうほん》だの抄本《しょうほん》だのが必要になる機会と云うのはそれなりにあるから、私はその度《たび》に確認した。

幾度覧《いくたびみ》ても書類上私の父母の子は、私だけだった。

後は空欄なのだ。除籍や抹消の形跡は一切ない。但《ただ》し書きも何もない。綺麗なものだ。謄《うつ》しと雖《いえど》も、公《おおやけ》の書類なのであるからいい加減な記され方をしている筈もないのだし、剰《あまつさ》え見る度に内容が変わっていることなど、あり得よう筈もないのだけれど——。

それでも覧てしまう。

戸籍を疑う訳ではない。我が目を疑う訳でもない。そこに何も書かれていないのは怪訝《おか》しい間違っていると、そんな風に強く思って覧ていた訳でも、決してない。

何も書かれていないことは最初から判っている訳で、それでも半《なか》ば習慣のように目が欄を追ってしまうと云うだけのことなのである。予《あらかじ》め知っていることなのであるから、ないと確認した処で取り立てて落胆することもない。

ただ、ほんの僅《わず》かの違和感が、心の隅に生じたと云うだけのことである。

私に兄弟姉妹は居ない。居ないと云うのに戸籍を見る度に微《かす》かな齟齬《そご》を覚える。それだけだ。

その小さなしこりこそが、そんな気がすると云う云い様の正体である。些細《ささい》な誤謬《ごびゅう》なのだ。勘違いか、思い込みか、妄想か、そう云ったものなのかもしれない。

そうなのだろう。

結婚した際に分籍し、私は戸主となった。父も母も鬼籍《きせき》に入った。そのしこりを意識する機会も減り、それは徐徐に私の中で萎縮して行った。

だが、萎《しぼ》みはしたのだけれど、消えはしなかった。気にする頻度は減ったものの、どれだけ馬齢《ばれい》を重ねても、消えることだけはなかった。

そして、人生の盛りを過ぎ、不惑《ふわく》を過ぎて、その、長年私の胸中に巣喰《すく》っていた小さなしこりは、朦朧《ぼんやり》とした不安へとその姿を変えたのだった。

きょうだいが居る、居ない——そんなことは既にどうでも良くなっている。否《いや》、どうでも良いと云う以前に、私にきょうだいは居ないのである。それは厳然とした事実なのだ。

ならば。

何故、そんな気がするのか。

私は頭では解《わか》ってい乍《なが》らも、心の隅ではその事実をどうも受け入れていない。矮《ちい》さくなったとは云うものの、私の心には依然しこりがあるのだ。つまり私は、未《ま》だ何処《どこ》かできょうだいが居ないという現実を拒絶しているのである。

それはどうしてなのか。

勘違いだとするなら何をどう勘違いしたのか。

思い込みであるなら、如何《いか》にしてその思い込みは生じたのか。

妄想であるのなら——。

如何なる妄想なのか。

そんなことが気になるようになった。

もしや、己《じぶん》は精神や神経に変調を来しているのではあるまいか。そうでないなら、或《あるい》は何かを――それも大きな何かを、忘れてしまっているのではあるまいか。ずっと、忘れ続けているのではないのか。

そう考えると不安になった。

だが、そんな愚にもつかぬ、取るにも足らぬ不安など、毎日の暮らしの中に於《おい》ては埋没させざるを得ぬ些事《さじ》となるだろう。実際、しなければいけないことと云うのは来る日も来る日も山程にあって、それを遂行しなければ生きては行けぬのだ。帳簿を付けたり電話を掛けたり人に会ったり、否、それ以前に靴を履いたり飯を喰うたり寝たり起きたり、そうした当たり前のことをすることこそが第一であり、茫《ぼう》とした想いの優先順位《プライオリティ》などは、著しく低いのである。

十《とお》や二十《はたち》の童《こども》ではないのだ。

私は、充分に老いている。

だから、そんなことで揺れている余裕などない。私は日日に追われ、不安を無視して暮らしていたのだ。ただ暮らして行くだけでもそんな状況であったと云うのに――。

騒乱《ごたごた》があった。

それは大きな騒動だった。

人が亡くなっているし、世間的には所謂《いわゆる》殺人事件でもあった。

私は、その事件の半ば当事者として数日を過ごしたのだ。当事者と云っても、事件の現場に居合わせたと云うだけであるから、関係者と呼んだ方が正しいやもしれぬ。容疑者候補でもあったのかもしれぬ。拘束され、事情聴取を蜿蜿《えんえん》とされた。

世間は豪《えら》く騒いだようだが、そう長い時間を掛けずに事件は解決した。解決はしたのだが、関係者の私をしてもそれが果たしてどのような解決であったのか、定かではない。結果的には殺人事件ではないと判断されたのだったか。但し、結果がどうであれ期間がどうであれ、大きな騒ぎであったことは間違いないし、その騒ぎが私の生活に多大なる影響を及ぼしたことも間違いなかった。

事件そのものはいい。きちんと決着がついたのであるから構わない。

私はその事件の中心人物に関わる仕事をしていた。今もしている。事件が起きてしまった所為《せい》で、私の業務は通常の数十倍に膨れ上がってしまったのだ。幸いにも納期がある類《たぐい》の仕事ではなかったから一日の仕事量が格段に増えたと云うことこそなかったのだが、処理しなければいけない案件は膨大な量となり、複雑さも増した。

私の仕事は、或《あ》る人物の資産を管理すること、そしてそれを適切に運用すること——である。と、云っても、単に素封家《そほうか》に雇われた監事と云う訳ではない。

或る人物とは元伯爵《はくしやく》、つまり旧華族である。現在彼と戸籍を同じくする人物は誰も居らず、従って彼の資産とは、即ち彼の家——旧華族家の資産なのである。

私は、旧華族家の所有する総《すべ》ての財産の散逸を防ぐためにその分家一同が設立した、さる団体の役員なのである。

団体の名は、由良《ゆら》奉賛会と云う。

そう——。

一時世間を騒がせた、呪われた伯爵家——由良家の財産管理こそが、私の仕事なのである。

公卿《くぎよう》華族の大半は貧しい。国の中枢に御座《おわ》す一握りの方方を除いて、殆《ほとん》どの生計は苦しいと聞く。財産がある者はそれを喰《く》い潰し、事業を興せば失敗《しくじ》るのである。労働経験がないのであるから、これは仕方がない。歴史と誉《ほまれ》で腹は膨れないのである。労働経験がないと云う意味では大名も同じなのだが、土地等を所有している分、まだましだったようである。

ただ、由良家の場合はやや事情が特殊である。

分家親類が起業し、皆成功していたのである。

明治の半ば過ぎ——儒学者《じゆがくしや》だった由良本家の先先代公篤《きみあつ》卿は、その親類一同から多額の借財をし、驚く程便の悪い僻処《へきしよ》に驚く程贅《ぜい》を尽くした館《やかた》を建造した。それに関して由良公篤なる人物が果たしてどのような腹積もりであったのか、そこは全く判らない。

その土地に由良家の先祖が遺した財宝が隠されているのだなどと云う冗談のような流言《りゆうげん》蜚語《ひご》も真《まこと》しやかに囁《ささや》かれたらしいが、云うまでもなくそんな話は絵空事である。

そんなものはなかった——のだろう。

由良家には、天文学的な額の借金と、本家分家間の修復し難《がた》い確執だけが残った。

だが、その本来返せぬ筈の借金は——奇跡的に——程なくして綺麗に返済されてしまったのであった。

博物学者と云う、これまた金儲けとは凡《およ》そ縁のない職種であった先代行房卿《つらふさ》が、金満家の令嬢を娶《めと》ったことが幸いしたのだそうだ。とは云え、その金満家に肩代わりをして貰ったと云う話でもないのであった。婚姻が成った後、細君の係累が次次に死に絶えて、莫大な資産や権利がそっくりそのまま由良家のものとなった——のだそうである。

当時の帳簿を覧《み》る限り、動産不動産を含め、相当な額である。複数の会社や店舗も由良家の所有する処となった。

これを、このまま泥溝《どぶ》に捨ててしまって良いものか——分家親類一同はそう考えたのだ。

普通の感覚で捉えるなら一生かかっても使い切れぬ程の額面である。だが、由良家の場合は違うのだ。儒学であれ博物学であれ、凡《およ》そ浮き世離れしたことに遣《つか》ってしまう。学問だろうと道楽だろうと傍目《はため》には変わりがない。それは、浪費でしかないだろう。代代社会性が皆無の家系であるから、会社や店舗もまともに経営出来るとは思えない。浪費を止めることが叶ったとしても、増やすことは金輪際《こんりんざい》出来ぬ。

これでは宝の持ち腐れである。

のみならず――再び没落されてしまったりしたなら、迷惑を蒙《こうむ》るのは分家一同と云うことになる。ただ見守っている訳には行かぬ。そこで、協議の結果由良家とは血縁関係のない縁故の者を中心にして作られた資産管理運用代行組織が由良奉賛会――なのだそうである。

凡《すべ》て戦前の話である。私は当然、聞かされただけだ。

今にして考えてみれば、少少怪訝《おか》しな話のような気もする。華族制度も廃止され、爵位も威光を失ってしまった現在に於ては、いずれ時代錯誤の感は否めまい。

だが。

時間と云うものは何処も同じように流れる訳ではない。

由良家の時間は止まっていた。最初は、私も随分と戸惑ったものだ。

私は、本来華族とは何の関わりもない。平民である。裕福でもなかった。所謂苦学生だったのである。卒業後に有徳《うとく》商事という商社に就職し、兵役に取られていた時期を除いて、十年勤めた。

戦前は掃除夫に毛が生えた程度の仕事しかさせて貰えなかったが、復員後は経理を任されて、懸命に職務を熟《こな》した。

仕事以外は趣味も取り柄もない男だったから、石部金吉《いしべきんきち》の如く働き詰めた。それだけである。

だが、その結果、私は会長の目に留《と》まった――らしい。

有徳商事の会長——創業者は、由良家の先先代公篤卿の末弟であり、由良分家会の筆頭でもある由良胤篤《たねあつ》氏だったのである。私は胤篤氏の推挙に依り、有徳商事から出向する形で由良奉賛会の理事となったのである。

そして私は、時の流れが違う場所があることを知った。

一日は一日、一年は一年なのだけれども——彼等の百年は私達の一日にも満たない。そんな気がした。

因《ちな》みに、胤篤氏は幼い頃——由良家が叙爵《じょしゃく》を受ける前に分家の養子になっているため、旧伯爵家の人間ではない。養子に出された段階で華族でもなくなっている。

その所為《せい》なのかどうなのか、胤篤氏はどうやら私と同じ時間を生きている。良い云い方をするなら気さくで商売熱心と云うことになるし、悪し様に云うなら強欲な俗物と云うことになるのだろう。

しかし私は、由良家とその眷族《けんぞく》達の込み入った事情は何も知らずにいたから、まるで単純に、胤篤氏も旧伯爵家の一員なのだと思い込んでいた。だから私は当初胤篤氏をそう云う人人の基準として捉えていたのだ。公家だ華族だ伯爵だと云ってもまあこんなものかと、正直高《たか》を括《くく》っていたのである。

だが、由良本家のただ一人の当主——元伯爵は、まるで人が違っていた。彼は、要するに生活者ではなかったのだ。

慥《たし》かに、彼のような人種に大金を預けるのは問題だと、私は真剣に思い案じたものである。

世俗と隔絶した元伯爵と、世俗の塊《かたまり》の如き会長の間で均衡《バランス》を取り乍《なが》ら、私はよたよたと職務に励んだ。金勘定をしている分には華族も平民もない。そこが救いだった。それでも慣れと云うのは恐ろしいもので、数年を経て私はすっかりその奇異な感覚に馴染んでしまったのだった。

そして、事件は起きたのだ。

均衡は、がたがたと崩れてしまった。

2

どうしました平田《ひらた》さん、と男は云った。

私は僅かの間、自失していた。

「額面はそれで宜しいでしょうか」

「あ――いや」

能《よ》く見ていなかった。慌《あわ》てて明細に目を投じたのだが、それは明細書と云うよりも既に台帳であり、しかもその台帳が何冊もあるのだから、直《す》ぐに細かく確認をすると云う訳にもいかぬ。そのうえ、そもそも相場と云うものが判らない。

判りませんと、正直に云った。

「定価――のようなものは、この場合何の目安にもならない訳ですね？ まあ、そもそも百年からかけて蒐《あつ》めたものですから、貨幣価値――と云うよりも単位自体が変わっていますでしょうし、定価自体現在の価格に換算せんといかん訳で」

それは余り意味がありませんと男――古書肆《こしょし》は云う。

「定価は売り手が付けるものです。製作原価に手間賃等を加え、それを上回る代金が回収出来ないのであれば売る意味がない。下代《げだい》に希望する利潤を上乗せしたものが売り値になりますね。それが、まあ定価です。一方僕等古書肆は、買い手が望む価格を先に考えなくてはいけない。この場合、原価はありません。また、買い手が定価より低い評価をしているのであれば、低く見積もらなくてはなりません。想定される売り値から希望する利潤を差し引いた価格が、買い値です。その明細に記してある金額は、そうした金額です」

なる程、発想が逆なのだ。

「古書売買に於ては減価償却と云う考え方が通用しない局面が多いのです」

「古道具とは違う、と云うことですか」

古道具は概ね新品より安くなる。

使用した分、傷んだり減ったりしているからである。五年使用したものより十年使用したものの方が価値は下がる。

ええ、古道具とは違いますねと古書肆は云った。

「どちらかと云えば茶道具に近いでしょうか」

慥《たし》かに、目の前に居る男の出で立ちは、業者と云うより茶の湯の宗匠のような印象ではある。しかし、これは単に彼が和装だと云うだけのことで、つまり私の偏見思い込みの類《たぐい》なのだろう。

「なる程、古いから安い、汚いから安い、そう単純なものではないということですね。機械的に値付けが出来る訳ではない——と」

「勿論傷んでいるものは綺麗なものより安くなりますが、傷んでいて尚それなりの価値が付帯することがある、ということですね」

「その辺は美術品と同じと考えれば宜しいのですか？　要するに書画骨董——のようなものと云うことでしょうか」

朴念仁《ぼくねんじん》の私には縁遠い世界であるが、茶碗一つ軸一幅が何万何十万、時にそれ以上の値が付くことがあると聞く。

「正確には骨董とも違うのですが——」

落ち着いた声である。商談向きだ。

「本には様様な価値が纏《まと》わり付いています。書画骨董同様に美術品的価値もある。美しい装幀、美しい装画、物体《もの》として芸術品扱いされる品もある。また、稀少価値と云うのもあります。発行部数が極端に少ない、或は多くが散逸してしまい市場に流れない、そうした本は高価になりがちです。同時に歴史的価値と云うのもあるでしょう。古くなれば、大した本でなくてもそれなりに値が付く。しかし、そうした価値を凌駕するのが」

中身です、と古書肆は云った。

「中身？」

内容——と云うことだろうか。

「役に立つことが書かれているとか、その、文学的に優れているとか——いや、私は文学芸術方面はからきし不得手なのですが、何か、そう云う」

文学的価値はまた別ですねと男は云った。

「ドフトーエフスキイの著作物は古書と雖《いえど》も一定の需要があります。しかしドストーエフスキイの名著だからと云ってそれだけで値が釣り上がることはありません。名作とされるものの方が駄作とされるものよりは売り易いと云うだけのことですね。ただ、名作か駄作かを決めるのは読者で、読者の基準は必ずしも一定ではありませんからね」

そんなものだろうか。

「偉い学者先生や批評家なら兎《と》も角《かく》、内容の善し悪しなどは一介の古本屋に決められるものではありませんからね。文学者が文学的価値を認めなくても、読みたいと云う人が一人でもいるなら、業者にとってそれは商品なんです。僕はあくまで需要と供給を天秤に掛けて、適正な値付けをするだけです。善し悪しを決めるのはお買い上げになったお客様です」

「では、中身と云うのは？」

読めるかどうかと云うことですよと云って古書肆は微《かす》かに笑った。

「本は飾っておくものではなく読むものですからね。出来不出来や善し悪しは別にするとしても、中身があってこそではあるのです」

「それはそうなのでしょうが——」

「鯔《とど》の詰まり、何が書かれているか、それから何時《いつ》、誰が書いたのか——そうしたことの方が美術的な価値や稀少価値などよりも重要になってしまうと云うことです。例えばその辺の八百屋の御主人が一念発起して半生記を記し、まあ十部程刷ったとしましょう。これは、その八百屋さんを知っている人にとっては大層面白い本なのかもしれない。御家族には宝物かもしれない。でも世間的には無価値でしょう。絶対的価値の問題ではないのです。どんなに安くても、赤の他人で買ってくれる人は——まずいないでしょうね」

いないでしょうねと答えた。

「まあ、お話を聞く限り、買う方に多少なりとも欲しがる気持ちがあって、その気持ちと価格が見合うかどうかが値の高低と云う判断を導き出すのでしょうからね」

ええ、と古書肆は首肯《うなず》く。

「しかし、その八百屋の親爺さんが、大変な名文を書かれていたとしたら如何《いかが》です」

「いや、それでも買わないでしょう。名文かどうかは読んでみるまでは判らない訳でしょうしねえ。無料《ただ》であっても、まあ私なら持って行きはしませんね」

「そうですね。しかしそれを読んだ何方《どなた》かが深い感銘を受けたとしましょう。彼はそれを人に貸したり、公《おおやけ》の場で絶賛したりするかもしれない。そうすれば何人かは興味を持つでしょう。この場合は大勢である必要はありません。五六人が興味を持っただけで、もう」

「ああ、足りなくなりますかね」

「ええ。十部しかない訳ですから、欲しい人全員には行き渡らない可能性がありますね。どうしても手に入れたいと云う人が残部の冊数以上いた場合、争奪戦になるかもしれない。入札のような展開になった場合、こちらに値を釣り上げる意思がなくても、顧客側が値段を上乗せしてしまう訳ですね。いや、その程度なら大したことはないのでしょうが、罷《まか》り間違ってその八百屋の親爺さんが後に高名な文筆家になってしまったりした場合、これは──」

大変な稀覯本《きこうぼん》になってしまいますと古書肆は云った。

「その場合、相当な値が付くことになる。値段は元値よりずっと跳ね上がってしまうことになります。時に法外な金額にもなります。無料でも持って行かない筈の本が定価を遥かに上回る高値で取引されることになってしまう訳です。でも、そうした事情、市場の動向を知らない人にとっては、まあ」

それでも紙屑《かみくず》なんですと云って、古書肆は台帳のような明細書を示した。

「骨董だと目利きの鑑定次第で相場が動きますが、古書の場合はそうもいかない。本の価値と云うのは、非常に個人的な基準で決まるものなのです。誰かが良いと云ったから価値が高まると云うようなものではありません。新刊の場合は評判だけで売れるようなこともあるのでしょうが、評判だけで買うような人は、古書は買ってくれませんからね」

いずれにしても客次第、と云うことなのだろう。

「まあ、顧客層が変われば、機械的に値付け出来てしまうような状況も発生するかもしれませんし、読書という行為が一般化すれば古書売買の在り方も変わるのでしょうが——」

読書は一般的な行為ではありませんかと問うと、一般的な行為なら本はもっと売れていますと古書肆は答えた。

「本邦の人口を考えてみて下さい。各世帯が一冊ずつ購入したなら新刊の部数は千倍万倍になりますよ。そうなれば出版会社は我が国の経済を担う一大産業になり代わってしまいます。僕だってもっと胸を張って道を歩ける。読書家、愛書家と云うのは現状、迚《とて》も特殊な人種と考えるよりないのです」

「そうなのでしょう——ね」

本など読んでいてはろくな者にならんと、慥《たし》かに私も云われたものだ。その場合の本は娯楽小説に限ったことではなかったと思う。例えば物書きは男子一生の職に非《あら》ずと云うような風潮は、戦前ではごく普通に謂《い》われていたことなのである。

「僕等古本屋はそうした特殊な方方だけを相手に商売をしています。この明細書に記された額面は、そう云う奇特な御仁達が消費してくれるだろう予想金額を基にして弾き出した金額です。勿論商売ですから、先に申しました通り手間賃を引いてあります。そこの金額にその手間賃を足した額が、販売価格です。ですから、我我業者を通さずに直接彼等にお売りになれば——もう少し高く売れます」

「はあ――」

「我我も生活が懸かっています。買い値に上乗せをして販売するのでなくては食の計《たつき》となりません。上乗せは、一割増しの時もあれば五割増しの場合もある。我我の乗せる額より低い上乗せ額で捌《さば》けば、買う方は安く、売る方は高く取引を成立させることが出来ます」

「ははあ。つまり私どもは卸《おろ》し問屋と云うことになる訳ですか。上代《じょうだい》ではなく卸し値で販売すれば、と云うことですね」

資産の管理運用とは、即ち元金を遣うこと、そして増やすことである。その所為か、物を売って利を生むという当たり前のことを私は忘れかけている。

「しかし、私どもには売る手段がない。伝手《つて》もないです」

「買い手の目星は付いています。既に交渉もしています」

「そうなのですか？」

ええと云って古書肆は積まれた明細を示す。

「これだけの量ですからね。しかも稀覯本が多い。今回は同業者十三人の協力を仰いで整理にかかりましたが、整理するだけで十四日もかかってしまった。あれだけの品になると仮令《たとえ》十四分割しても――引き取れないのです。僕達のような零細業者には、由良家の蔵書総てを買い取るだけの資金力がないと云うことです。ですから、高価な品だけでも予め買い手を探しておかなければいけなかったのです」

「こんなに早く見付かるものですか」

「先程も申し上げましたが――」

幸い顧客が特殊な方方ですからと、和装の男は笑った。

「愛書家は耳聡《みみざと》いですしね。喜ばしいことに、高価《たか》い順から買い手が決まり、現状で三割程は売約済み状態です」

「品物も見ずに決めたのですか――」

私は再度明細に目を投じた。書籍の値段とは思えない桁《けた》の数字が目に入った。

「こんな高価な買い物を？」

「そう――信用だけで先払いを強《し》いるには気が引ける金額なのです。ですから、もしその明細金額で御諒解が戴けるようでしたら、先に搬出作業をさせて戴きたい訳です。お客様に確認して戴きたい。但し、そうした事情ですから、そちら様が直接取引を御希望されると云うのであれば、買い手の方方を御紹介することも可能です」

「それは」

「如何《どう》します」

「いや」

そして私はあの、膨大な本の壁を思い起こす。

何万冊あるか判らない。数えるだけで気が怪訝《おか》しくなりそうだ。

否、想像しただけでうんざりする。

「営利目的ですることではありません。利幅は関係ありません。それに、私はあなたを信用している。安く買い叩くような真似をする方とは——思えませんからね」

由良本家の当主は、事件を契機《きっかけ》にして所有する一切の権利を放棄し、土地家屋を含む総ての財産を処分することを決めたのである。使用人には相当額の補償金を渡し、残りは然《しか》るべき先に寄附すべし——と、当主は宣言したのである。

つまり。

由良奉賛会も解散、と云うことになる。

だが——事態はそれ程単純なものではなかった。

煩雑な事務処理手続きの山が、私を待っていた。だから私にとってあの事件は、終わってから始まったようなものだったのである。

後始末は大変だった。

月並みな云い方なのだが、一言、大変だとしか云いようのない状況だったのだ。

書類上の手続きで済む類《たぐい》のことはまだ良かった。計算したり申請したり許諾を得たり捺印したり、そうした処理には慣れている。専用の人員も居る。私を悩ませたのは、先先代が建てた館と、その館に収められている家財一式の処理だった。

百年からの時間が堆積している。

館の裡《なか》は時の進みが違っているから、中に居る分には能《よ》く判らないのだけれど、外の世界に照らす時、その裡に収められているものは悉《ことごと》く、突如として時間経過の重さに晒《さら》されるのである。

調度備品は引き取ってくれる業者が見付かった。だが。

最初に私を困らせたのは先代が蒐集《コレクション》した膨大な量の剝製だった。学問的に貴重と思われる品は大学や博物館に寄贈することを考えたのだが、先《ま》ずどれが貴重なのかが判らない。売却するにも何処が買ってくれるのか見当も付かない。

識者を頼んで選別して貰い、一割程を数箇所に寄贈し、結局残りは廃棄した。良く出来ていても塵芥《ごみ》なのだ。

そして、次に私の頭を悩ませたのが、三代以上に亙《わた》って集められた、数え切れぬばかりの書籍——だったのである。

全部廃棄してしまおうか、とも思った。剝製同様、苦労して引き取り手を探しても一割程度しか捌《は》けぬのではないかと考えたのだ。しかし、どうやらそうではないらしかった。

事件に関わった古書肆の言を信じるならば、売れぬ本は一冊としてない——らしかった。もし売れずとも、大学や図書館など引き取り手は幾らでもあると云う。そこで私は、その古書肆——中禅寺《ちゅうぜんじ》秋彦《あきひこ》に蔵書の処分を一任したのだった。

凡てお任せしますと答えた。

「聞けば、素人に値踏みは不可能であるように思えます。細かく纏《まと》めて戴きましたのに目も通さずに判を押すのは失礼な気もしますが――これで結構です」

合計金額は考えていたものよりずっと多かったのだ。

それに――。

これで儲けた処で、全額寄附してしまうのだ。慾《よく》を出す意味はない。中禅寺は有り難う御座居ますと云って、ゆっくりと頭を下げた。

「一両日中に搬出の手筈を整えて御連絡を致します。御入金の方法や期日は、その際に」

いや、と中禅寺は顔を上げた。

「いや、その前にもうひとつ御相談があります」

「何で――しょうか」

「売れないものがあります」

「それは――値が付かぬもの、と云うことですか」

「そう云う訳ではありません」

「では――買い手が居ないのですか」

「それも違います。例えば研究者なら欲しがるでしょう。現に欲しいと云っている者も居るようです。資料的な価値は非常に高い。ただ、これは――どうなのでしょう」

中禅寺は眉を顰《ひそ》めた。

そして一枚の紙を出した。

「一覧を作っておきました。ここに記した五十冊は、市販された商品、所謂書籍ではありません。平たく云えば由良家の記録――と云うことになるでしょうか」

「個人的な記録――と云うことですか」

「ええ。日記のようなものです」

「それは」

そもそも古本屋が扱う品ではないのではないか。日記帳の類《たぐい》までが商品になってしまうものなのだろうか。

「それは、先程の八百屋の喩《たと》え話と一緒ではないのですか」

日記など誰も買うまい。しかし古書肆は首を振った。

「いいえ。一緒ではありません。この文書を記されたのは公家であり一時は明治政府の中枢にもいらっしゃった由良公房《きみふさ》卿、そして明治の儒学者として名を馳せた孝悌塾《こうていじゅく》塾頭、由良公篤卿、更には大正時代に幻の博物学者と謳われた由良行房《つらふさ》卿です。これは、まあ歴史的研究資料、思想史的研究資料足り得る一級品の古文書《こもんじょ》と云うことになるのです」

「古文書――ですか」

そうなのだ。

館の裡ではただの日記でしかなくとも、外に出したなら古文書なのだろう。

「江戸末期から大正にかけての公卿華族の直筆文献ですからね。欲しがる人は居ますよ。ただ、これは由良家の私的記録でもある訳ですから――当然、公開非公開の判断は子孫であり所有者である現当主がされるべきことでしょう。ただ、御本人がその権限を放棄されると仰《おお》せなもので――」

ややこしいことになってしまいましたと中禅寺は云った。

「何もかも総て処分すると云うことで請け負ったものですから、同業者は他の文献と同列に扱ってしまったのです。買い手との交渉前に僕が気付いて、取《と》り敢《あ》えず押さえておいたのですが――扨《さて》、これは如何《いかが》致しましょうかねえ」

「それは――」

私が判断すべきことなのだろうか。

慥《たし》かに、財産の処分は塵《ちり》一つに至るまで任されている。

土地も調度も衣類も装飾品も、有価証券も会社も何もかも私が処分した。だが――。

――想い出は財産なのだろうか。

想い出ではないのか。歴史なのか。能《よ》く判らない。

想い出ではありませんと、私の心中を見透かしたかのように古書肆は云った。

「記録は、記憶ではありません」

「そう――なのでしょうか」

「ええ。言葉に置き換えた途端に、体験は物語に姿を変えます。書き記された記憶はもう本来の記憶ではありません。どれだけ客観的に、或は事務的に書き記したとしても、それは事実ではない。現実は決して書き記すことが出来ないのですよ、平田さん」

そんなものなのか。

「例えばこの明細には書名と、ごく簡単な書誌、状態、そして金額が書き連ねられています。出来得る限り正確に記しましたから間違いは少ない筈です。しかし、これはあの膨大な書籍そのものではない。全く、何も表していません。質感も匂いも重さも美しさも、何も判らない。この明細を作るためにした苦労も、喜びも、何も判らない筈です」

「御苦労をなされたのだろうな、と云うことくらいは想像出来ますが」

正直それがどの程度の苦労なのかは計り知れない。喜びとなると、もう想像すら出来ない。本を整理することに喜びなどあるのだろうか。遣り遂げた際の達成感のことなのか。

でも僕には判りますと中禅寺は云った。

「僕は現場に居ましたからね。記憶がある。その明細を覧《み》れば、一冊一冊を思い出す。重さも、匂いも、質感も、頁を開いた時のわくわくする気持ちも、文字を追う愉悦も、何もかもが——思い出せます。これが想い出です。記録は、現実でないだけでなく、想い出でさえありません」

「その、想い出を綴《つづ》ったものでもですか」

嬉しかった楽しかった辛かった悲しかった、そうした気持ちを綴っても、それは想い出ではないのか。

違いますと古書肆は云った、

「言葉や文字は、それ自体では何も表せません。言葉は空気の振動に過ぎません。虚空に向けて発せられた言説は、どれだけ重要な意味を持っていたとしても風の音と同じく無意味なものでしかないでしょう。文字もまた、ただの記号でしかありません。文章は記号の羅列に過ぎない。いや、書かれただけでは記号としても成り立っていない。文章と云うのは、どうであれ不完全なものなのです」

「何か——足りないのでしょうか」

「先程も申し上げましたが、書物の価値は読めるかどうかで決まります。そして真価を定められるのは、読んだ者のみです。つまり、書かれたものは普《あまね》く——」

読まれなければいけないのですと、本屋は云った。

「読む者が居て初めて文章は完成するのです。記号を読み解き言葉を理解した者の内部《なか》でのみ、物語は生まれる。言葉は発する者と受け取る者が共犯者になることで、漸《よう》く意味を成すのです。だから同じ文でも読む者に依って立ち上がる物語は違います。一冊の書物は、読まれた数だけ別の物語を生むのです。ですから、どれだけ緻密に丁寧に、微に入り細を穿《うが》って想い出を綴ったとしても、書き手の想い出は——」

「読まれた段階で読み手の物語になってしまう、と」

その通りですと中禅寺は云った。

「それ以前に——書き記した段階で想い出は物語になってしまっているのでしょう。書いた文字を最初に読むのは、文字を書いた人間です」

そうか。そうだろう。

「いずれ記されてしまったものごとは現実ではないのです。寧《むし》ろ、出来るだけ主観を排除して記録された——その明細のようなものの方が、想い出には忠実なのですよ。但し、想い出を持った者が繙《ひもと》く場合に限るのですが」

この——中禅寺は紙を示す。

「由良家の記録は、歴史家や好事家《こうずか》にとっては恰好の研究資料となるでしょう。しかし、彼等に想い出はない。彼等の多くは——書いた人物と面識さえないでしょう。彼等の中に生成される物語は、彼等のものです。結果、貴重な発見なり見識なりが彼等の中に立ち上がることもあるかもしれないのですが——でも、由良家縁《ゆかり》の方がお読みになった場合、それは矢張《やは》り少し違ったものになるように思えましたもので」

由良家の人間——。

ただ一人残った、由良本家の当主。

「伯爵は」

由良家の現当主は伯爵と呼ばれている。正確には元伯爵なのであるが。

「伯爵はその文書をお読みになっておられるのでしょうか」

「判りません。ただ、僕の感触では、半世紀は繙《ひもと》かれていないのではないか――と」

では、読んでいないのだろう。書物に囲まれ、書物に埋もれ、書物に育てられたような人なのに。祖父や曾祖父が自ら記した文献だけは読んでいなかったのか。

私は考える。

私は、自分の戸籍を目にした際、果たしてどんな物語を生み出していたのだろう。もしかすると――。

私は再び上の空になった。

3

私が、諏訪《すわ》にある由良胤篤氏の別宅に赴《おもむ》いたのは、秋も深まった頃のことである。二月《ふたつき》近くを費やした残務整理も大方が終わり、愈々《いよいよ》由良奉賛会も解散出来る運びとなったのだ。出向と云う体裁だったから、私は遠からず有徳商事に戻ることになるだろう。報告と挨拶と、そして今後の指示を仰ぎに、私は由良一族の長老であり有徳商事の会長相談役である胤篤氏の許を訪れたのであった。

由良胤篤と云う人は、人品骨柄物腰思想、何処《どこ》を取っても何処から見ても根っからの商売人である。凡そ公家の血を引いているとは思えない人柄なのだ。おまけに齢《よわい》八十を越して尚、老人は元気であった。見た目も矍鑠《かくしゃく》としており、且《か》つ言動も精力的だ。戦後会長職に就き一線を退きはしたが、系列会社の長達は今以《もっ》て胤篤氏を頼りにしている。老人は時に厳しく冷徹で、また聡明であり、奇抜な発想も持っていた。

そう云う意味で由良胤篤は、正に相談役と云うに相応しい人物なのであった。

良い意味でも悪い意味でも怪物的――それが、私の彼に対する率直な人物評である。

その胤篤氏が——。

体調不良を訴えたのは、あの事件の後、暫くしてのことであった。鬼の霍乱《かくらん》と誰もが云った。ただ、事件の前後ずっと彼の近くに居た私には、何となく解った。

身体の問題ではないのだ。心の問題なのだ。心と云うより気力と云った方が良いだろうか。気力が殺《そ》げる事件だったのだ。事件後、老人は多分十《とお》は老け込んだ。老け込んで見えた。思うにそれまでが異常だったのである。この萎《な》え方こそが本来の、齢《とし》相応の在り方なのだ。八十年ぴんと張り詰めていた糸が緩んでしまったのだろう。私は勝手に思った。

胤篤氏は凡百《あらゆる》職務から一時身を引き、別宅で静養すると宣言した。環境を変えたかったのだろう。

老人の別宅は諏訪湖が望める閑静な場所にあった。

電話も引いていない、正に閑居である。

税理士と弁護士を一人ずつ同行させた。謁見《えっけん》をしたがる者は多かったのだが、人数は最低限に絞った。

人に会いたくないと、胤篤氏は言っているらしい。

らしい——と云うのも、直接連絡が取れないからである。

電話などなくて当然と思っていたのだが、なければないで不便なものだと私は知った。電報だの書面だのでは、どうも伝わり難《にく》いことと云うのはあるのだ。

人に会いたくないと云う老人の気持ちが、どのようなものなのか、或《あるい》はどれ程のものなのか、私には察することが出来ない。声が聞けたなら、まだ解ったのかもしれないのだが。

その昔は、電話の如きもので意志の疎通など計れはしないと考えていたのだが――。

いつの間にそう思わなくなってしまったのだろう。

私は、中禅寺の言葉を思い出す。言葉と云うものは何を伝えられるのか。言葉からは何が汲み取れるのか。

車窓から遠い山並みを眺める。

信州は――山深いと、能《よ》く他国の人は云う。私はそうは思わない。山は慥《たし》かに沢山ある。それはどれも険しい山なのだけれど、私には山の中で暮らしていると云う認識はない。山は、私にとって監獄の壁のようなものだからだ。

私は、筑摩野《ちくまの》の出身である。

盆地と峡谷で構成される土地は夏暑く冬寒い。そして、周りは山だ。山ばかり見える。幼い頃、あの山は多分決して越えられないのだと私は思い込んでいた。その所為か私は、どこか故郷に牢獄めいた印象を持っているのである。

私だけの印象だとは思うけれども。

だから――諏訪湖を初めて見た時、拓《ひら》けていると感じた。

妙な感想である。

初めて諏訪湖を目にしたのはいったい幾歳《いくつ》の頃のことだっただろう。

何時《いつ》のことなのかは全く覚えていないのだけれども、そう感じたことだけは明瞭に覚えている。

何かから解放されたような気分になったのだろう。大きな水を湛えた美しい湖を目にして、山に閉じ込められた囚人《めしゅうど》は解き放たれたような錯覚を持ったに違いない。

諏訪湖などそう遠くはないと云うのに。

だが、仮令《たとえ》近くとも行くことは稀《まれ》だったのだ。用もない。今と違って、昔は物見遊山に出掛けることなどはなかったのである。だから、他の人はどうか知らぬが——否、多分私だけのことなのだと思うのだけれど——私にとっての諏訪湖は、手の届く処にある、それでいて聖地めいた場所ではあったのだ。

それ以降、長じてからも、私は諏訪湖には解放があるのだと何となく思い続けている。初見時の衝撃《インパクト》と云うのは、後を引くものなのだろう。しかし。

そうした記憶は、私だけのものだ。

中禅寺の云う通り、諏訪湖と云う記号からそうした感興を得てしまうのは——得ることが出来るのは、きっと私だけなのだろう。

だからと云って、諏訪湖は私にとって特別な場所であると記述してしまうと——それはどうも違うとしか云いようがない気がするのだが。

いや、そんなことはないのだ。

取り分け特別の場所だと云う想いはない。諏訪湖を訪れたから何かが変わったとか、何かが始まったとか、諏訪湖で何をした何があったと云う具体的な記憶も殆《ほとん》どない。そこは、他の多くの場所と同じ、ただの場所でしかないのである。

なる程、記憶は記録出来ないものなのだ。

言葉にするなら、凡ては物語になってしまうのである。

自動車の扉を開けただけで、もう肌寒かった。書類に数字を書き込んで判を捺して、判を捺して数字を書き込んでいるうちに、季節は巡ってしまったのだ。当然暦の上では知っていたのだけれど、私はその時初めて季節を体感した。

目的地は割と高台にある。湖は慥《たし》かに能《よ》く瞰《み》えた。

矢張《やは》り、解放されたような気持ちにはなっていた。

そして私は何故か、居る筈のないきょうだい——多分いもうと——のことを、胸の端頭の隅で思い出していたのだ。

胤篤氏の別宅は、思ったよりもずっと質素なものだった。

和洋折衷のモダンな建物ではあったが、新しくはない。建てられた当初はさぞや目立っただろうと思うが、今となっては寧《むし》ろ地味に映る。

胤篤氏は、前に会った時より更に衰えて見えた。

幾分、痩せたのかもしれない。

半日かけて細かな報告をした。老人は言葉少なに、しかし熱心に説明を聞いてくれた。大方の説明を終え、辞去しようとすると止《と》められた。

帰りの足は用意するから一人だけ残れ、話があるから一晩泊まって行けと、胤篤氏は云った。慥《たし》かに私は奉賛会解散後有徳商事に復職することになる訳で、契約しているだけの税理士や弁護士とは立場が違う。

仰せの通りに致しますと答えた。

事務局と自宅への連絡を頼んで、私は二人を帰した。

暫く事務的な話をした。

夕食後、酒宴になった。

宴と云っても老人と二人切りである。メイドは通いで、住み込みの賄いが一人残っているだけだった。

平田、平田君と、胤篤氏は私を呼んだ。名を二度呼ぶのがこの老人の癖である。

「お前は——何年勤めた」

「奉賛会に出向して六年です。有徳商事に奉職致しましたのが昭和十年のことです。出征しておりましたから、二年ばかり中抜けしておりますが」

「すると十八年も経つか。お前、幾歳《いくつ》だ」

「四十一です」

「儂《わし》の半分だ」

老人は籐《とう》の椅子に身を沈める。

「儂は明治六年に生まれた。生まれた時は華族だったんだ。三つの時に養子に出されて、それで華族じゃなくなった」

だから何だと云う話だがなと、老人は頰《ほお》の皺《しわ》を深くした。

「儂の実父てぇのは――この間お前がくれた、それ、そこの古文書を書いた男だ」

老人は書き物机の上を指差した。

中禅寺に貰った由良家の文書五十冊が積んであった。

「由良公房。駄目な男だったよ。儂は公房の末子でな。長兄の公篤に――これが書いたもんも交じっておったがな、その公篤に長子が生まれたのを契機《きっかけ》に養子に出された」

兄弟が多かったのだと老人は云った。

「儂の養父ってのが、その公房の弟だ。だから、まあ同じようなもんだわな。皆由良だ。だが、華族は本家だけだ。儂が出されてすぐに叙爵があって、まあ本家は伯爵家だわな。つうても叙爵内規に外れた扱いだったからな。皆――」

爵位泥棒と呼んだわいと老人は何処か自虐的に云った。

その話は何度か聞かされている。

「養父と云うのが口の悪い男でな、本家のことをいつも口汚く罵《ののし》っておった。儂はそれを聞いて育っておるから、もう公家だの華族だのと云うのは莫迦《ばか》なもんなんだと、そう思い込んでおったわ。実際——」

莫迦だったろうと、老人は私に問うた。

首肯《うなず》くことは出来なかったが、否定もしなかった。

「あの——莫迦な、城みたいな館が建った時、儂は十四だった。あれがまあ、証拠だ。兄の公篤も、甥の行房も、全く以て莫迦だった。まるで社会の役に立たん。自立も出来ん。儂は本気で蔑《さげす》んでおった。そのつもりだった。だがなあ」

嫉妬はしていたのだろうさと、胤篤氏は彼らしからぬ口調で云った。

「嫉妬ですか」

意外だった。

勿論、それらしい素振りは窺《うかが》えたし、世間的にはそう見えたのだろうとも思うが、本当にそうだったとしてもこの人は口が裂けても云うまいと、そう思っていた。

「劣等感《コムプレックス》のようなものはな、あるさ。今じゃ華族制度もなくなったが、当時はな、まだ徳川《とくせん》時代を引き摺《ず》っておった。四民平等なんて云うが、儂の生まれる寸暇《ちよいと》前までは四民がくっきり分かれておったんだ。身分違いは不可侵の区別だった。急に廃止されても戸惑うわ」

その感覚は解る。

方針が変わるのは致し方ない。変わるには変わるだけの理由があるのだろうし、決まりであれば従うよりない。ただ、理屈は兎も角、感情の方は中中付いて来るものではない。

先日、米国人と商談をした際に私はやり切れない尻の据わりの悪さを感じたものだ。悪意も何もないのだけれど、数年前までは憎むべき敵だったのである。好きとか嫌いとか云う前に、私はどこかで怖がっていた。勿論、契約書にそんな気持ちは綴られていないけれど。

人は差別したりされたりしたがるもんなんだと老人は云った。

「だから、それまでの身分の違いがな、要は華族制度に掏《す》り変わったのだな。途端に養父は差を付けられた。兄と弟と云うだけで身分の外に放り出されたんだから拗《す》ねもするわ。そもそも養父に嫉気《とき》があったんだ。儂は、それをそっくり引き継いだ。実父でもないのに——儂は養父の複製のようなものだ」

くだらぬよなあと老人は云う。

「しかし会長、そうは仰《おつしや》いますが、会長は身を立てられ一代で財を成し、ご立派にやってこられたではありませんか。気弱なことを仰らないで下さい」

「身を立てるの財を成すの、そんなことは当たり前のことだよ平田。余りが多いか少ないかつうだけだ」

「余り——ですか」

「お前だって立派に生きておるじゃないか。つまり生きるだけは稼いでおるんだ。それ以外が――余りだろ。金持ちってのは余計な金持ってる奴のことだ」

金はあんまり偉くないと誰かが云うておったわいと、そう云ってから老人は泣き笑いのような顔をして笑った。

「金が――偉くないのですか?」

「遣わなきゃ紙屑だ――と、まあそりゃあそうだわな。由良本家の連中は、己の食い扶持《ぶち》すら稼ぐことをせなんだ。だから莫迦だ。でもな、食い扶持よりも多く稼ぐが偉いかと云えば、そんなこたァないのだ」

同じように莫迦だよ平田と老人は云った。

「変わりないのだ。五十歩百歩だ。いいか平田。平田君。儂は悔いのない生き方をして来たつもりだよ。神懸けて世間様に恥じ入らにゃならんようなこともしておらん。でもな、悔いるつもりになれば悔いばかりだし、恥じようと思えば恥ばかりだ。そんなものだよ平田君」

酔っているのだろうか。大して飲んではいない筈だが。

「現実は、過ぎ去ればな、現実じゃなくなるんだ。だから語りようで如何《どう》とでもなる。自慢も悔恨も、語りようだ。同じ話が何方《どちら》にでも転ぶ。そう、昔と云うのは」

話なんだよと老人は云う。

現実じゃないんだ。話は。物語なのだ。

昔は物語になってしまうのですねと、私は中禅寺の受け売りのようなことを云った。老人はそうそう、物語だなあと嘆くように答えた。

「長く生きるとな、平田、平田君。昨日《きのう》が増えるんだ」

「昨日――ですか」

「そう。明日と云うのはな、未《ま》だないんだ。ないもんは零《れい》だわ。ないんだからな。しかし昨日は済んじまってる訳だから、まあ――あったのだろうよ。一日経つと昨日は一つ増える勘定だ。生まれて八十年も経つんだからな。二万九千から昨日があったことになるだろう」

まだ増えるわと老人は云った。

「生きてる限り増えるんだ。昨日は。だが昨日は今日じゃないのだ。当たり前だがな。昨日なんてものは目の前にはないだろう。現実だったというだけで、もう現実じゃないのだよ」

「そう――かもしれません」

「儂は」

幽霊を見たと老人は云った。

「幽霊――ですか。そのお話は」

「ああ、勿論それは幽霊なんかじゃあなかったのだ。でも見間違いでもなかったし、現に見たことは見たのだ。そして儂は長い間、実に五十年も、ずっとそれを幽霊だと信じて暮らしておったのだ。この場合、どうだ」

どうだ――とは。

「そうなら、それは幽霊なのじゃないか」

「違ったのでございましょう」

「違ったのさ。幽霊みたいなものではあったが、幽霊なんかじゃなかったよ。でも、それが幽霊じゃないと儂が知ったのは、つい何箇月か前のことだよ平田、平田君。当然、その事実を知って以降の儂は、あれを幽霊じゃないのだと思うて今に至っておるわい。だが、それ以前の、一万八千幾日かの儂は、それを幽霊だと思うて生きておったのだ。仮令《たとえ》真実がどうであれ、その過去は変わらんのだ。違うか？　この場合それを幽霊だと信じて生きていた儂の昨日は――全部間違いなのか？　全部嘘なのか？　そうなら、儂の五十年は」

なかったも同然だと老人は云った。

「昨日なんて、どうせ話だ。お前の言葉で云うなら物語じゃないか。現実でないなら――嘘も間違いもないのじゃないかとな。そう思うようになったのだ」

そう。

物語なら、虚実はどうでも良いのだ。

「儂はなあ」

あの女性《ひと》が好きだったのだよと、由良胤篤はまた彼らしからぬことを、天井を仰ぐようにして云った。

「こんな皺くちゃの爺ィが児童《がき》のようなことを云うと笑《わろ》うておるんだろうがな。まあ可笑《おか》しいわな。儂も自分で可笑しいと思うわ。でも、そうだったのだから仕方がない。彼女はしかし、甥の妻だった。儂が嫉妬していた、華族様の、本家の嫁だったのだよ。これはもう、どうしようもない。だから儂は二重に、三重に、幾重にも——」

由良を嫉《ねた》んでおったのだと云うと、老人は徐《おもむろ》に酒器を手にした。私は慌てて酒精を注《そそ》ぐ。

「その女性が死んでしまった。そして、死して後に、儂の前に現れた。それは、幽霊でなくちゃいかんだろう。幽霊だったのだよ。いやいや、幽霊なんかは居らぬさ。そんなものが居るんだと信じておる者ァ、相当の愚か者だろうよ。儂も鼻で嗤《わろ》うてやるわいな。霊だの何だの、そんなものは屁《へ》の突っ張りにもならんわい。だがな、幽霊が居らんのは、此の世だ」

「此の世——ですか」

「此の世だよ。現実世界さ。まあ、今そこに」

老人は窓を指差す。

「そこにな、死んだ筈の誰かが立っておったと。それが見えたと。こりゃ、間違いなく見間違いじゃ。そうでなければ幻覚だよ平田。平田君。そうだろう。死んだ者がほいほい出て来る訳はないのだよ。もう居ないのだ。それを、幻覚でも見間違いでもないなんて云い張る奴は、神経か何かがイカレておるのだ。此の世に幽霊なんか居らぬわ。でもな」

昨日だったら如何《どう》だろうと老人は云った。

「昨日――とは」

「昨日はな、平田。もう現実じゃないのだよ」

「ああ――」

そうか。物語なのか。

「嘘も実《まこと》もないのだ。見間違いも勘違いも、何もかも、全部同列だ。現実でないのなら、幽霊も居るだろうさ。此の世でないなら」

あの世だからなと老人は云った。

「妙なことを云うと思っているな」

そう云ってから老人は杯を空けた。注ごうとすると手を翳《かざ》された。

それの文書を読んだんだ、と老人は云った。

「甥が書いたもんは量も少ないし、まるで読む気がせなんだが、親父と兄貴が書いたもんは気になってな。ここ暫《しばら》く、ずっと読んでおったのだ」

「あの――古文書ですか」

由良家の家長達が記した――日記だ。

「遠い昔のことが記されておったよ。何と云っても最初は江戸時代だからな。でもな、平田君よ。それでも書いたのは儂の親父なのだよ。そして兄貴なのだよ」

そうか。

この老人には記憶があるのだ。他人にとってはただの物語だが、この人にとっては特別な物語なのだろう。

「由良公房――儂の親父は、どうやら魔物の子であったらしいよ」

「魔物ですか？」

噂だったそうだがなと老人は云った。

「由良家の長子は人の子に非《あら》ず――そうした流言蜚語が根強く囁《ささや》かれていたのだそうだ。なら何の子だ、と云うことになるわいな。何だ、あの葛《くず》の葉《は》ちゅう劇があろうよ」

「安倍晴明《あべのせいめい》でしたか」

「あれは狐の子であったな。どうもな、儂の親父の母親と云うのは青鷺《あおさぎ》だったんだそうだ」

「青鷺とは、鳥の――ですか」

「そう。青い、青い鷺だよ」

胤篤氏は杯を置き、古文書の方に顔を向けた。

「親父は三度程、生みの母の青鷺に遭《お》うておるらしい。可笑しいわな。作り話だわな。ありえないだろうそんなこと。誰だってそう思うさ。子供だって信じないわい。常識があればな。でもなあ、平田」

これは昔の話なんだよと老人は云った。

昔――話か。

「江戸時代にはそんな非科学的なことがあったんだとか、そう云う話じゃないのだ。江戸だろうが平安だろうが、ないものはない。あり得ないものはあり得ない。天然自然の理《ことわり》と云うものは、こりゃ天地《てんち》開闢《かいびゃく》以来、ずっと不変のものだろうさ。でもなあ平田。これはな、昨日と同じなんだ。現実じゃないのだよ。儂の——幽霊と同じなのだよ」

「物語なのですね」

「物語なのさ」

そう。嘘も実《まこと》もないのだろう。

「家系図のようなものも書かれていてな、慥《たし》かに儂の実父の母親の名はないのだ。一方、養父の母は、まあ今で云う後妻として記されておる。だが、正妻の処は空欄なのだ」

——空欄。

なのか。

何も書かれていないのだと老人は云う。

「儂はなあ、平田。どうやら、青鷺の孫なのだ。笑えるであろうよ」

「笑う話ではないではありませんか」

「いいや、これはな平田、儂にとっては出自を語る大切な物語だが、お前なんかにとっちゃあ与太《よた》話だよ。それでいいのだよ。お前がこんな非合理な話を真に受けるような男だったなら、まあ雇ってはおけぬわ」

そうなのだろう。

私は、この老人の昔に割り込めはしないのだ。

「まあ、歴史家や何かがこの古文書を読んだなら、この空欄を必ずや人の名で埋めるだろう。まあ、記せぬ事情がある女だったのだろうと、そう考えるだろう。例えば、身分が低い女であったのだとか、何か裏があるんだとか、そう云うことを考える。もしかしたら――何処の何方《どなた》か、探り出して来るかもしれんわい。それが普通だな。だが」

儂は。

儂だけは。

この空欄を青鷺で埋める。

「現在、青鷺の血を最も強く引く生き残りは、この儂と云うことになるからな」

そうか。

空欄は。

埋めてしまえばいいのじゃないか。

老人は笑った。

「儂の親父はな、人の尻馬に乗って爵位を掠《かす》め取り、それで貴族院議員にもならんかった腰抜けは――幼子の頃一度、更に長じてから二度、その鷺の母に行き遭ったのだそうだ」

あの、館の建っている場所で――と老人は云った。

「あの館と仰いますと、あの、白樺湖《しらかばこ》の」

「そう、あの館だよ。あの、儂の莫迦な兄である公篤が莫大な借金をして建てよった――儂が幽霊に逢うた、あの館だ」

私が六年間足繁く通った館である。

「まあ、以前は彼処《あそこ》にゃあんな湖はなかったのだ。あれは人造湖だからな。彼処は、ただの荒れ地だった。地の果てみたいな処だったよ。親父はその荒れ地で青鷺に遭ったのだそうだ。何でもこう、神神《こうごう》しく光る女が、青鷺に変じて飛び去るのを、間近に見たのだそうよ」

「じゃあ、あの館は、その聖地たる記念の場所に――」

違う違うと老人は手を振った。

「どうやら兄貴は勘違いをしたようだな」

「勘違い――ですか」

「大きな勘違いよ。親父は鷺の話は誰にもしなかったらしい。黙して墓まで持って行ったのだ。まあそりゃあ賢明な選択だったと思うがな。吹聴なんぞしとったら癲狂《てんきよう》院《いん》行きは確実だ。兄貴は、ただその場所に何かあると云うことだけを嗅ぎ付けたんだ。ほれ、あの土地には何か宝物があると云うような、妙な噂があるだろ。兄貴も宝が埋《うず》まってるとでも思うたのだろうさ。風聞通りよ。まあ、正に大莫迦だわな。あの人は、私塾を開いて儒学を教えとったんだが――経営は行き詰まっとったのだ」

貧すれば鈍すだと老人は笑った。自嘲的な笑い方だった。

「儒学が何の役にも立っておらん。何処が儒者だ。儂は俗物だがな、それでも孔子《こうし》の教えは身に染みておるぞ。実生活に役立てられなきゃ、学問などするだけ無駄だ。借金するために学んでおるようなものじゃないか」

そこで老人は立ち上がって文机の前まで進むと、古文書の山を探って一枚の紙切れを抜き出した。

「まあな、莫迦な兄のその塾も、明治十年頃はまだ軌道に乗っとったようでな、その時分のことだそうだがな」

老人はそう云い乍《なが》ら座に戻り、私に向けて手にした紙を差し出した。浮世絵のようなものだった。

「錦絵《にしきえ》新聞だ。瓦版《かわらばん》と新聞の中間のようなものだな。儂が若い頃は、こう云うもんがまだあったのだ。今の新聞は素っ気ないがね、当時は多色刷りで、そうした挿絵が刷られておってな、面白かった。これは『東京繪入新聞《とうきようえいりしんぶん》』だな」

悪党面の僧侶を官憲らしき出で立ちの豪傑が縛り上げている絵面《えづら》が刷られている。周囲には大袈裟《おおげさ》な身振りと勿怪顔《もつけがお》で驚きを体現した者達が数名描かれていた。見出しには、『祕密の怪談會にて稀代の殺人狂お繩になる』とあった。

「これは――何です？」

「だから新聞だ。当時の一等巡査が、殺人鬼を捕らえたと云う記事だな。問題なのは、その場所だ。宴席のような絵だろうよ。見出しにもある通り、それは怪談会だそうだ」

「怪談会——とは、何ですか」

「そのまま、怪談語る集まりよ。百物語怪談会だ」

「怪談と云うと、その、化け物なんかの出る——お岩さんのような話ですか」

物語りだよと老人は云った。

「今の者は知らぬのかな。その、百物語ちゅうのはな、夜中に集まってな、怪談を百話、語るのだ」

「百もですか」

「そう。それでな、こう行燈《あんどん》に青紙を貼って、燈芯を百筋油に差しておく。一話終わる毎《ごと》に一本芯を引き抜くのだな」

「すると、徐徐に暗くなりますね」

「そう。怪談が一話終わる毎に、部屋はどんどん暗くなって行くのだ。百話終わると真っ暗になって——」

怪しいことが起きる。

老人はそう云った。

「怪しいことですか。それは——」

「それは判らんな。幽霊が出るのかもしれん。怪物が出るのかもしらん。いやいや——まあそんなものは出ぬわ。さっきも云うたが、幽霊なんて居らんのだ。だから、まあ、何も起きはせんのだろうよ。でもな、平田。平田君。怪談と云うのは、お前の云う通りどれも幽霊が化けて出るような話なんだろうさ。ひゅうどろどろと、女子供を怖がらせるあれだな。そんなものを蜿蜿《えんえん》と聞かされて、だ。それで、周りがどんどん暗くなって来たなら、だ。多少は妙な気になるもんだろうさ」

まあ、それはそうかもしれない。

ただ、私はそう云う話が百通りも語れることの方が、先ず以て奇異なことであるように思えた。

「そのな、百物語怪談会を催《もよお》したのだそうだ」

「何方《どなた》が——です？」

「兄貴の塾がだ」

「塾って、儒学の塾なのではないのですか？」

「そうなんだよ。そこが莫迦なのだよ。儒者は怪力乱神《かいりよくらんしん》を語らずと云うだろうが。ところが、頭の悪い教え子どもが、お化けが居るの居ないのと云い出した。兄貴はそんなものは居らんと云うたようだが、どうも収まらず、じゃあ百物語でもして確かめてみようと云うことになったのだそうだ」

「それが――この絵ですか」

そう云う場面には見えぬ。描かれているのはどう見ても活劇の場面であった。

「まあ、兄貴にしてみれば、そんなことをしたって当然何も起きぬと思っておったのだろう。当たり前だな。それで愚かな生徒が心根を改めてくれるならやっても良いかと、そう考えたのだろう。ところが――兄貴の意に反して、そのような活劇が起きてしまったと云うことのようだ」

「つまり、これがその、怪しいことなのでしょうか」

怪しかないわと老人は怒ったように云った。

「その官憲は、何でも不思議巡査と綽名《あだな》される名物警官だったようで、その酔狂な座興の幹事をしていたのだな。そうしたら偶然、出席者の中に凶悪犯が交じって居ったのだ。それだけのこった。ただなあ平田」

平田よと老人は呼ぶ。

「この話はな、親父の日記にも記されているのだよ」

「公房卿も記されておられるのですか」

「だがな、どうも様子が違うのだ」

「違うと云うと――」

親父も参加していたらしいと老人は云った。

「その。百物語とやらにですか」

「そうなのだ。まあ、こうした逮捕劇は事実あったようなのだがな、親父の記述だと——」

物語は百——語られたのだ。

「遣り遂げたと云うのですか」

「そう。百物語は成ったのだと、親父は記しておる」

「すると、怪しいことが起きたと云うのですか」

そう。

怪しいことは。

「起きたのだそうだ」

何が起きたのですと私は尋《き》いた。

「父はな」

母に逢ったと老人は云った。

「御母上とは」

「だから青鷺よ。百話目が終わると同時に、青鷺の母が顕現なされたのだと——由良公房は記しているのだ」

「しかし」

私は錦絵新聞に視軸を落とす。

「そんなことは書かれていませんが」

「そう。儂も何度も読んだ。新聞には活劇のことしか書かれてはおらぬ。どうもな、その母の姿は――親父にしか見えなかったようだよ」

「それでは」

幻覚だ。

否――。

違うのか。

それは昔のことなのだ。

しかも、それは物語なのである。

嘘も実もないのだろう。ないのだよと、胤篤氏は云った。

「儂の親父はな、百物語の作法に則って、三度《みたび》――あの世の母と逢ったのだ」

「あの世の――」

「あの世だ。人の子を生《な》す青鷺など、此の世の者ではあるまいて。ならばあの世の者だ。青鷺は、物語の中から涌《わ》き出でて、親父の前に姿を見せたのだ」

老人は何処か、遠くを見ていた。

「のう、平田」

「はい」

「儂はな、もう一度」

「何でしょう」

もう一度逢いたいと由良胤篤は云った。

「逢いたいと——申しますと」

「儂はな、平田。もう、昨日が多くなり過ぎて、昨日に潰されそうなのだ。儂はもう八十だ。老い先は短いだろう。儂の生はもう長いことはあるまいよ。つまりな平田、平田よ。儂の人生は」

物語の方が多くなってしまったのだ。

「そうなら——また、あの女性《ひと》に逢えるのではないかと、そう思うてな」

「あの人」

幽霊だよと、老人は酷《ひど》くゆっくりと云った。

「会長、あなたは」

「もう、儂は疲れてしまったのだよ平田。いいや——疲れた訳ではないのだろうな。何だかなあ、懐かしくて堪らないのだ。昔が愛おしくて堪らないのだ。儂自身が物語になってしまいたいのかもしれぬわ」

そう云うと、老人は蹌踉《よろ》めき乍《なが》ら立ち上がり、電燈の紐《ひも》を引いた。ぱちりと音がして部屋は暗くなった。老人はそれからそろそろと歩を進め、次の間に続く襖《ふすま》を開けた。

隣室は和室だった。

そこには調度は何もなく――。

ただ、真ん中に行燈がひとつ、ぽつんと置かれているようだった。

「青紙を貼った」

「会長――」

由良胤篤は、行燈の真横に座った。

「どうだろう。どうなのだろう平田君。百物語は――この昭和の御代でも効き目があるのだろうか。どうだろう」

老人は袂《たもと》から燐寸《マッチ》を取り出し、行燈に火を入れた。

朦《もう》、と。

昏《くら》い座敷が、青色に映えた。

冥《くら》い部屋が、青に染まった。

「燈芯と云うのが最近はないのだ。だから蠟燭《ろうそく》だ。しかも一本だけだからな、作法とは随分違っておるが」

上げた老人の顔は、真っ青だった。

「どうだろう平田。これで、彼岸と此岸は結ばれようか」

「そんな――」

私は立ち上がった。

そんなこと、する必要はない。

何もしなくていい。此の世には物語が溢《あふ》れているのだ。一人一人に。一日一日に。一冊一冊に。

凡てに物語がある。

今は、直《す》ぐに今でなくなる。昨日だ昔だと、そんなものを持ち出すまでもない。

今と云うのは、一瞬しかない。

否、一瞬もない。

今この時と云った時、もうその時は過ぎている。

ならば。

「会長、いいや、由良さん」

今この時が、もう物語なのじゃないか。

記憶などせずとも、記録などしなくとも。

そう。空欄には妹の名を書き入れよう。この私自身が書き入れよう。此の世には存在しないけれど、あの世には存在するかもしれないのだし。いいや、きっと物語の中には居るのだ、居るのだろう。だから私は、妹など居ないのに——。

居るような気がするのだ。

私の物語を綴るのは私だ。
「いいんです。そんな作法は必要ないのです。私も、あなたも、もう――」
私は行燈の傍《そば》まで歩み寄り、真上から覗《のぞ》き込んだ。
幽《かそ》けき炎が揺れていた。
私は。
その炎を、吹き消した。
ふ、と。
真っ暗になった。
闇の中に――。
何かが見えた気がした。勿論、気がしただけである。
でも。
あれは、きっと女だ。女だった。
「会長、ご覧になりましたか」
あれは、あなたが逢いたかった幽霊じゃないのですか。
五十年前にあなたが逢った、もう疾《と》うに亡くなってしまった、あなたの好きな――。
あの人じゃないのですか。
由良胤篤は暫《しばら》く呆然としていたが、やがて、

「平田、平田君」

と私を呼んだ。

「今のは、今見えたのは——」

いいいいいお前の妹さんだろう？

「いもうと——」

私は。

慌てて元の部屋に戻り、電燈を点けた。人工的で鄙俗《いやら》しい明かりが幾度か明滅し、すぐに部屋に満ちていた物語を一瞬で彼方へと追い遣った。

老人は。

放心していた。

いもうとなど。

わたしにはいいいいいいいいもうとなどいいいいないいいいいんだ。

私——。

平田謙三《けんぞう》が物語をすっかり失ってしまったのは、昭和二十八年秋のことである。

第拾弐夜

◉

大首《おおくび》

◎大首

大凡《おほよそ》物の大《おほい》なるもの
皆おそるべし
いはんや雨夜《あまよ》の星明《あか》りに
鉄漿《かね》くろ〴〵とつけたる
女の首《くび》
おそろし
なんともおろか也

——今昔畫圖續百鬼／巻之下・明
鳥山石燕（安永八年）

1

愚《おろ》かだ。

大鷹篤志《おおたかあつし》の脳裏にはそうした自虐《じぎゃく》とも自戒《じかい》ともとれる言葉が渦を巻いている。否、それは言葉と云う程瞭然《はっきり》としたものではない。未《ま》だ言葉になり切っていない、先取りされた後悔の如き曖昧《あいまい》な気分でしかなかったのだけれど。

大鷹の目の前には寝台がある。

寝台の上には白い布。

布の隆起。

布の襞《ひだ》。

布の稜線《りょうせん》。

少し前まで、その布は整然と、その下に隠蔽《いんぺい》された物体の形を擬《なぞ》っていた。

それが今は、まるで寝乱れた敷布のように皺《しわ》が寄っている。

い、いたくし上げたり捲《まく》ったりしたためだ。

無機質な部屋を隅隅《すみずみ》まで消毒するかのように照らす道徳的で味気ない電燈の下で、そのふしだらな布の襞《うね》りが生み出す有機的な陰影は、ひと際異彩を放っている。

それだけで十分猥《みだ》らに見える。

きちんとしていない。

崩れている。

左右不対称、不規則的、不定形、不釣り合い、過剰、欠損、変形、逸脱。

そうしたものは、何故かいやらしい。

迚《とて》もいやらしい。

それは男の視線なのか、とも思う。

——否。

男と女の問題ではないのかもしれない。今、大鷹の視野に入っているのはただの布である。大鷹が身に着けているものと何等変わりのない、ただのモノでしかない。それは日常的に目にしているモノであり、特別な感情を刺激するモノでは本来あり得ない。

大鷹は布が隠蔽しているモノを布越しに透視——想起することで、特別な感情を抱いているのか。それはそうなのだろう。

所詮《しょせん》、エロスなど観念に過ぎない。

だから——。

——いや。

そうか。そうだ。そうなんだ。

大鷹は震え乍《なが》らゆっくりと腰を上げた。

2

愚かだ。

その、如何《いか》にも釈然としない、背徳《うしろめた》さにも似た想いを抱くようになったのは何時《いつ》からなのだろう。ずっと以前から——であることは間違いない。青年と呼ばれた時代、大鷹がその正体不明の意志《きもち》に多大なる重圧を覚えて過ごしたのは間違いのないことである。ならばその感情とも感覚ともつかぬ得体《えたい》の知れぬ想念《おもい》は、少年時代に培《つちか》われたものなのか。

或《あるい》はもっと遡《さかのぼ》るのか。

そもそも、何に対して愚かだと想うのか感ずるのか、大鷹の場合どうも明確ではない。ただひとつ云《い》い得《う》ることは、それが性的衝動や性的興奮と云った、性に関わる情動と密接に結び付いて発現すると云うだけのことである。

ただ。

それは所謂《いわゆる》、性的なものごとに纏《まつわ》る罪悪感とは違う。

例えば自慰《じい》行為に対する謂《いわ》れなき罪の意識と云うのは、大鷹にも能《よ》く判《わか》る。

大鷹は今年で三十二歳になる。一応は戦前の道徳教育を受けて育った世代である。教育勅語《ちよくご》だって暗誦《あんしよう》出来る。

他国ではまた少し事情が違うのだろうが、基督教《キリスト》にしろ仏教にしろ儒教にしろ、性欲に囚《とら》われることを良しとしない、または戒律を以《もつ》て禁じる文化と云うのはある。その手の或る種禁欲的な道徳観を規範に考えるなら、矢張《やは》り自慰行為は享楽《きようらく》的で刹那《せつな》的と云うことになる。信仰やら倫理観と離れても、手淫《しゆいん》は神経衰弱の原因になるとか、単に莫迦《ばか》になるとか云う俗説や学説は、洋の東西を問わずにあるのだ。

それらは根も葉もない迷信妄説なのだと云う話も聞くし、どうやら妄言と受け取る方が妥当だと云うことも想像がつくのだが、根拠があろうとなかろうと世間と云うのはそうした小理屈で成り立っている訳だし、いずれ人前で堂堂と出来ない行為《おこない》ではあるのだろうし。

口外することも開陳することも世間の慣習《ならい》に反することにはなるのだろう。

当然、行う以上は隠れて行うことになる。隠す以上は秘め事である。独りで行う訳だから、男女一対での行為よりも、よりいっそうに秘事となる。自慰の罪悪感と云うのは消そうにも消せないように思う。

だが――。

だが大鷹の抱えているそれは、一連の性的罪悪感とは質の違うものである。社会や世間とは切れている。

反社会的行為と云うのは、それなりに愉《たの》しいものなのだろうと大鷹は思う。大鷹は警察官であるから、これは甚《はなは》だ不謹慎な物云いではあるのだが、それでも事実は事実である。だから犯罪はなくならないのだ——などと思うことすらある。

実際には如何《どう》なのかと云うことは横にどけておいて、自慰は世間では悪いこととして通っている。その悪いことを人目を忍んで行うのであるから、それは矢張り反社会的行為ではあるだろう。

即ちそうした愉しさもある——と云うことだ。愉しいからこそ、背徳の念も涌くのだ。しかもそれは、背徳的ではあっても法律で禁じられている訳ではない。罪悪感はあるけれど、罪に問われることはないのである。発覚した場合も、受ける罰は軽蔑なり侮蔑なりと云う観念的なものである。

危機感《スリル》と羞恥心と背徳と——肉体的な快楽に、そうした精神的な愉悦が加味されるからこそ、自慰は特殊な行為として成り立っているのだろう。自慰によって齎《もたら》される昂揚と虚脱は、生物学的に説明し得るものばかりではない筈《はず》である。

大鷹はその辺りのことには自覚的である。

自覚的だからこそ違いが判る。

違うのだ。

そう云う意味では、不義や密通も自慰と同じかもしれぬ。

密《ひそ》かに通ずる。義に不《あら》ず。

徳に背《そむ》く。倫《みち》を不《はず》す。

そうした言葉を使うこと自体、社会の檻《おり》に囚われていると云うことになるではないか。倫に従うも倫を踏み外すも、倫がなければ始まらぬ。義だの倫だの徳だの、そんなものは大鷹には関係ない。大鷹が己を愚かと感ずるのは、社会的規範とも公衆道徳とも多分無関係なところで——なのである。

大鷹は、幾度かその、己を愚かしく思う瞬間に就《つ》いて、複数の知人友人に意見を乞うたことがある。多くは笑われた。

経験が浅いのだろう、尻が青い割に血の気が多いのだろうと揶《から》揄《か》われた。毎夜毎夜独り寝が淋しくて自淫ばかりしておるから左様な妄想に取り憑《つ》かれるのだと、遊廓に誘う者や商売女を斡旋《あっせん》した者まで居た。もしや女を知らぬのかと勘繰った揚げ句、嘲《あざけ》るような素振りを見せた粗忽《そこつ》者も居た。

そんなことはないのだ。大鷹は、慥《たし》かに見た目は実年齢より四五歳若く見えるのだが、若造と云われるような年齢《とし》でもないし、それ程晩稲《おくて》でもない。童貞でもない。妻は居ないが、枕を交わす相手は居る。

その相手とは、毎日とは云わぬが週に一二度は情交を結ぶ。そうなったのは復員して間もなくのことだから、関係はもう七年近くも続いていることになる。

情交の相手は大鷹の実家の賄《まかな》い女である。名を徳子《とくこ》と云う。塩山《えんざん》の農家の娘で、戦後間もなく住込みの手伝い婦として大鷹の父親が雇い入れた女だ。大鷹とは七つ違いだから、多分今年で二十五になる筈だ。

ならば最初に関係を持った時、徳子はまだ十七八だったことになる。

但《ただ》し、徳子に最初に手を付けたのは大鷹ではない。大鷹の父親である。大鷹の父と云う人は、謹厳実直な公務員であり、厳格と云うよりは小市民的な人物だった。多分、外に囲い女を持つ度胸などなかっただろうから、その代わりに徳子を雇い入れたと云うのが真相だったのかもしれない。徳子の方は兎《と》も角《かく》、父は最初からその気だったのだ。

その――父親との情事を偶然覗《のぞ》き見したことが大鷹と徳子の関係の発端だった。

大鷹がこっそり観ていたことに徳子が気づき、内密にして欲しいと頼んで来たのだった。徳子は父との関係が母や祖母に露見すると解雇されるものと思い込んでいたようだった。或は父がそう云い含めていたのかもしれぬ。

勿論《もちろん》口外する気はなかった。

それが契機《きっかけ》となって気安く口を利《き》くようになり、いつの間にか関係を結ぶようになった。

家の中では大鷹が一番年齢《とし》が近かったし、秘密を共有していると云う事実が必要以上に親密な関係を築き上げる手助けをしたのかもしれなかった。

恋人とは思わなかったし、今も思っていないのだが。

それは徳子の方も同じであるらしかった。親密な間柄であり、性交もするけれど、それだけと思っているようだった。

勿論、大鷹と徳子ができていることを父は知らなかった。

つまり、暫《しばら》くの間——多分二年程——は、父子が互いの目を盗むようにして徳子と寝ていたことになる。背徳的と云うならこの上なく背徳的かもしれぬ。

やがて父は身体《からだ》を毀《こわ》し、思うように動けなくなった。

それでも、母の目を盗んでは病床に徳子を呼び付け、悪戯《いたずら》するぐらいのことはしていたようだったが、やがて死んだ。母は何も知らぬから徳子は責められることもなく、また徳子から何かを要求したり主張したりすることもなかったから、徳子はずるずると大鷹だけのものになった。

いや、女はものではないから、その表現には語弊《ごへい》があるだろう。

父との関係が絶たれたと云うだけで、徳子は大鷹の所有物ではない。

そもそも、この関係は大鷹が強要したものではない。無理矢理徳子を組み伏せたような覚えは大鷹には一度もない。閨房《けいぼう》での関係は最初から対等であり、行為は合意の下に行われている。この関係は徳子が望んだことでもあるのだ。徳子は大鷹を坊ちゃんと呼ぶが、それは習慣のようなものであり、裸になってしまえば主も従もないのだ。その証拠に、徳子は決して可愛がってくださいとか抱いてくださいなどと云う妾染《めかけじ》みたことは云わなかった。

今日は暇《ひま》がございます、夜にお部屋に参りますが宜《よろ》しいでしょうかと、そう云う風に云って来る。敢《あ》えて弁解がましいことを云うならば、情交を求めて来るのは専《もっぱ》ら徳子の方なのである。大鷹から持ち掛けることは殆どないのだ。

そうは云っても、徳子が取り分け色好みだと云う訳ではない。同衾《どうきん》しても気が乗らなければ何もしない。遊ぶ金も時間もないのだろうから、娯楽の代償行為なのかもしれぬ。

大鷹は三年前に家を出て下宿に移ったが、すると徳子は、坊ちゃんのお世話と称して家を抜けては大鷹の許に通って来るようになった。それも大鷹の入れ知恵ではなく徳子の考えである。

徳子の真情は知れない。だらだらと関係を続けているうちに情のようなものが涌いたのかもしれぬが、結婚を求めてくることなどはない。考えてもいないのかもしれぬ。考えられぬのか。

使用人である徳子には思いも寄らぬことなのかもしれぬ。徳子の立場境遇を鑑《かんが》みれば、主家の息子との縁組みなどと云う発想は金輪際《こんりんざい》出て来るまい。

ならば大鷹は、矢張り自分は卑怯者であるのか、とも思う。相手が何も要求せぬのを好いことに、恣《ほしいまま》に身体を弄《もてあそ》んでいると――そう取れないこともないからだ。

しかし、再び云い訳がましいことを云うならば、大鷹は幾度か徳子を嫁に貰《もら》うことを大真面目に考えたし、その心の裡《うち》を徳子本人に打ち明けてもいるのだ。

笑われただけだった。

笑顔の裏は読めぬ。だからと云う訳でもないのだが、徳子との関係は誰にも口外していない。内密にしている。勿論、母や祖母にも悟られてはいない。別に今更隠さねばならぬことでもないのかもしれぬし、隠し通す意味もないとは思うのだが、今更と云うならこの期に及んで打ち明けると云うのも妙な具合だし、死んだ父親のことを考えると余計に何も云えなくなって、現在に至っている訳である。

これは不義ではないが、密通ではあろう。

大鷹に娶《めと》るつもりはないし、相手にも添う気はない。肉体だけの繋がりである。

情夫情婦と呼ばれる関係なのかもしれぬ。

何より世間様には互いの関係を隠している訳だから、矢張り密通なのだ。

密かに、通じている。

その所為《せい》か——徳子との関係は大鷹にとって自慰の延長でしかない気がする。

所詮、二人で気を遣《や》っていると云うだけのことだ。そこに性交と云う行為があろうと、心持ちとしては独り密かに自慰をするのとそう変わりはない。実際、関係を持ち始めた頃は性交を伴わぬ交渉が多かった。愛撫《あいぶ》も抱擁《ほうよう》もない、色気づいた童《こども》と同じように、互いに秘部を見せ合い、触り合うだけと云うような他愛ない行為で終わることも幾度かあった筈である。

大鷹は兎も角徳子の方は若く経験もなかったから、それも仕方がなかったのかもしれぬ。

大鷹の父親は、好色な割に淡泊だったのだそうだ。

徳子の話に拠《よ》れば、父は突然求めて来ることが多く、行為自体も大抵は短かったそうである。父は極めて一方的且《か》つ発作的に行為に及び、思いを遂げるなり後始末も早早に逃げるように出掛けてしまうことが多かったようだ。徳子の方は、ほんの少し堪《こら》えれば済むことだったから別に嫌ではなかったと云うことだった。

妙に割り切っていたようだ。

それでも、ろくに口も利《き》かず交接だけを求められたのでは、矢張り面白くはなかったのだろう。

一方その頃の大鷹と云えば、殺伐《さつばつ》とした戦場から戻ったばかりと云うこともあって、矢鱈《やたら》と開放的な気分になっていたのである。女体に対する探求心も旺盛であったから、他愛《たあい》もない戯《じゃ》れ合《あ》いであったとしても、かなり時間をかけてあれこれと行為に及んでいたと思う。無理強いをした覚えもないが誘われて拒んだ記憶もない。

徳子にとって、父との関係は義務であり奉仕に過ぎなかったのだろうが、大鷹との関係は矢張り自発的なものだった——と受け取るべきなのか。否、そう思い込むことが徳子にとっては大事だったのだ、と考えるべきなのかもしれない。雇用者であり支配者である男の息子との密通を続けることが、徳子にとっての擬似的な自己解放となっていたのかもしれぬ。

父は如何《どう》だったのかと思う。

金銭で縛りつけてから肉体を弄ぶようなことをして、例えば父は徳子と云う女性を征服したような気分になっていたのだろうか。それは父の独占欲を満たしたのだろうか。

大鷹にはそうは思えない。

それは、まるで鳥が番《つが》うような情趣のない交接を発作的に済ませ、そのまま外出してしまうような態度からも窺《うかが》えることである。父にとって徳子の存在と云うのは、単なる日常性への細やかな、そして無駄な抵抗であったのかもしれぬ。

石部金吉だった大鷹の父は、妻を裏切り世間を欺《あざむ》き、徳子の人格を踏み躙《にじ》るような己の浅ましい行為に、人一倍罪悪感を感じていたのだろうと思う。

小心者だったのだろう。

しかし――大鷹もまた、徳子と行為に及ぶ際、幾許《いくばく》かの罪悪感や自己嫌悪感を覚えるのであった。

それは矢張り父に対する複雑な想いであり、母や祖母に隠し事をしていると云う引け目であり、世間に対する云い訳なのである。道徳的でないと反省する気持ちであり、背徳的な愉悦でもあるのだ。鰡《とど》の詰まりは自慰のそれと同様である。

そうした想いと、あの感覚は違う。

――愚かだ。

あの感覚は――矢張り異質だ。

己を愚かだと想う瞬間、罪悪感は消えている。その時大鷹は社会と切れている。道徳も背徳も何もない。父も母もいない。自分が嫌いになる訳でもない。

ただ、只管《ひたすら》愚かだと思うのだ。

では——と、大鷹は考える。

そうでない場合は如何《どう》だったろう。

大鷹は徳子以外に女を知らぬと云う訳でもない。

初めての相手は四歳齢上の風呂屋の娘だった。その時は誘われて、為すがままにされた。十六の頃だった。その後も二三人と遊んだ。

流石《さすが》に警官になってからは通うのを止めたが、一時は遊廓にも能《よ》く通った。

出征前には慰問に来た娼婦と寝たし、街娼を買ったこともある。

女郎買いは褒められた行いではないのだろうが、今と違って罪ではなかったし、恥でもなかった。女郎を買ったからと云って後ろ指を指されることもなかった。度を越せば咎《とが》められもしたが、取り分け隠すようなことではなかったのだ。そう云う時代だったのである。

罪悪感はなかったと思う。

背徳的なものでもなかった。今の尺度に照らすなら、矢張り淫靡《いんび》で不道徳な部類に振り分けられる事柄なのかもしれないけれど、大鷹の若い頃、それは普通のことであって決して秘事ではなかったのだ。自慰や密通とは明らかに違うものだ。

でも。

愚かだと――。

愚かだとは思った。

商売女の肉に溺《おぼ》れていても、近所の好色な娘達と遊んでいても、その想いはやって来た。

否、やって来るのではなく、常にあるものなのかもしれなかった。

ただ、愚かだとは感じても、情動が止むことはなかった。

寧《むし》ろ劣情は激しく盛《さか》ったのだった。愚かだ愚かだと想い乍《なが》ら大鷹は律動を続け、愚かだと想う気持ちが頂点に達した時に、大鷹は果てた。

それは射精の疲労感よりも大鷹を疲れさせた。

自虐的と感じるのはその所為である。

その想いは、性的な刺激に依って喚起され、興奮や絶頂に比例して増幅するのだ。誰と交わっていようと、或は独りで行う場合であっても、それは同様に大鷹を呵《さいな》むのだ。

愚かだ――と。

3

愚かだ。

その時もそう思った。だからその時、大鷹は熟考した。

去年のことだった。夏で、酷《ひど》く蒸し暑かった。非番だったか盆休みだったか、大鷹は昼間から下宿にいた。茹《う》だるような暑さの部屋の真ん中には湿った蒲団が敷いてあり、その上には裸の徳子が俯《うつぶ》せになっていた。

激しい情交の後だった。丸めた桜紙が散乱し、部屋は雄の馨《かお》りと牝の匂いで噎《む》せ返っていた。大鷹はかなり汗をかいていたと思う。しかし自分がどのような恰好をしていたかは記憶にない。座っていたか、横たわっていたかも記憶にない。ただ気怠《けだる》かったことだけは覚えている。己を愚かだと想う気持ちが、極限まで肥大していたのである。

それは、中中萎《しぼ》まなかった。

性交の充足感とその気持ちは比例している。肉体的な満足感が高ければ高い程、愚かしいと云う想いも大きくなる。男根はすぐに萎《な》えるが、その気持ちは消えるまで時が要るのだ。

己の姿勢すら不確かだと云うのに、可笑《おか》しなもので、徳子が一糸纏《まと》わぬ姿であったことだけは能《よ》く覚えている。柔らかい臀《しり》の肉に頰《ほお》を当てると、暑いから止《よ》してと云われた。

慥《たし》かに粘つくようで不快な気もした。

その時大鷹は思った。

自慰と性交はどう違うのか――。

射精に伴う快感自体は大差ない筈である。否《いや》、そんなことはない、女の方が具合が良いと云う者も居るかもしれぬが、体調や心持ちを勘定に入れるなら良い時もあれば悪い時もある訳で、実はそれ程差がある訳ではないと大鷹は思う。

では何が違うのか。

要は使う感覚の数が違うのだ。

自慰は結局、局部的な刺激に対する反応である。働いているのは指や掌《てのひら》の触覚と生殖器官の感覚だけだ。それに、精精《せいぜい》、視覚的刺激が加わる程度である。

性交の場合はそれだけではない。

先《ま》ず、全身の皮膚と皮膚が触れ合う訳だから、触覚の働き具合は自慰の比ではない。勿論視覚的な刺激もある。加えて聴覚も働く。嗅覚も働く。味覚もそうである。

感触、音、味。匂い。目、耳、舌、鼻、皮膚。

五感の凡《すべ》てが使われる。

のみならず相手の反応を考えて動かなければならない。受けた刺激に対する反応も適宜《てきぎ》しなければいけない。頭も使うし、気持ちも動く。

そうして、肉体《からだ》と精神《こころ》の両方を動員した結果、絶頂感が齎されるのだ。結果的には射精するだけなのだが、経緯《プロセス》が格段に複雑なのである。

掛けられる労力が違うのだ。

大鷹は、徳子の餅《もち》のような腿《もも》を観乍《みなが》らそう思った。

——官能。

性欲を享受する働きをそう呼ぶのだそうだ。元元は感覚などと云う言葉同様、主に感覚器官などの身体各部位の働きを示す言葉なのだそうである。ただ、そこに幾許《いくばく》かの心の動きを含ませる場合もあるようだ。

——否。心じゃない。

大鷹はそう思った。それから、徳子の裸身を喰い入るように観た。この女は自分にとって何なのか、と思ったのだ。

嫌いではない。寧《むし》ろ好きである。

しかし、ここに、この部屋の中に恋愛的な感情はあるか。

俺のことを好きかと訊いた。

好きですよと徳子は答えた。

「好きじゃなきゃあこんなことはしませんわ」

好き。そうなのか。

俺のここが好きなだけじゃないのかと巫山戯《ふざけ》て、大鷹は徳子の右手を自《おの》が股間に導いた。

そうですよ、ここが好きなんですよと徳子も巫山戯て身体を返した。その際に、幾分弾力を失った大きな乳房が揺れて、形を変えた。

その変形した乳房を観た途端に大鷹は再び昂揚した。

好き――と云われてもひとつも変化はなかったのだが。

愚かだ。

その思いは再度肥大した。そして大鷹は、噎《む》せ返るような牝の匂いを嗅《か》ぎ、牝の味を啜《すす》って、再度肉の中に埋没した。

――本当に。

愚かだ愚かだ愚かだ。

何もかも忘れて、大鷹は行為に没頭した。目前には白く柔らかい女の肉しか見えず、身体に触れるものは凡《すべ》てぬらぬらした粘膜で、鼻孔の中は湿った匂いで充満し、舌先は粘ついた淫水の味で占められた。湿った陰毛と、分泌物と、喘《あえ》ぎ声と息遣いと。がさがさと云う布を擦《す》る音と。ぴちゃぴちゃと云う体液の音と。それでも。

愚かだと云う想いはいっそうに肥大した。

それから――。

暫くは徳子と逢うのが憚《はばか》られた。大鷹は酷く落ち込んだのだ。

何が愚かなのか。

どこが愚かしいのか。

――官能。

器官が反応する、と云う意味なのだろうか。

ならばそこに意志はないのか。気持ちはないのか。精神はないのか。

そんなことはない筈である。

否、ないのだと云う。

最近では愛と云う言葉を使う。その昔は情と云った。

官能と情愛の折り合いが付いていないのだと、大鷹は思った。

――情愛。

徳子に会いたくない理由は、別にもう一つあった。

その頃、大鷹はどうやらとある女性に恋愛感情を持ち始めていたのだった。それ自体は別にいけないことではない。当たり前の感情であるだろう。

徳子に気兼ねすることも、どうやらないようだった。

徳子はその頃、能《よ》く云っていた。

坊ちゃんもそろそろお嫁さんを貰わなきゃいけません――。

お母様もそれは心配していらっしゃいますよ――。

孫の顔を拝ませて親孝行してください――。

本当に、坊ちゃんもいい年齢《とし》をして――。

好きな人の一人くらいいないのかしらん――。

お前は如何《どう》なんだと問うと、妾《わたし》は貰ってくれる人が居ればすぐにでもお嫁に行きますよと徳子は云った。母は、長く務めてくれているのだから家から嫁に出してやると徳子に云っているらしかった。有り難いことですと徳子は云った。本心のようだった。

徳子は割り切れている。

大鷹の方は如何《いかが》かと云うと――これも割り切れていないことはない。

徳子と切れることにそれ程の未練はないと思う。

嫌いではないが、最初《はな》から恋人ではない。徳子の方が別れるのは厭だ、嫁に貰ってくれと縋《すが》るならまた話は別なのだが、そうでないなら――。

矢張り執着はないのだ。

実際、過去に大鷹が徳子以外の女と関係を持ったり、或は遊廓に上がったりしても、徳子が妬《や》くような素振りを見せたことは、ただの一度もなかったのである。

多分、徳子と添うことはあるまい。

ならば遠慮することなどない筈だ。寧《むし》ろ、知らせてやれば喜んでくれるかもしれない。でも大鷹は徳子に打ち明けることが出来なかった。

のみならず、大鷹は徳子を避けた。

徳子が嫌いになった訳ではなかった。性交するのが——己を愚かだと想うことが厭だったのだ。徳子は身の回りの世話をすると云う大義名分があるから、着替えなどを持ってやって来はしたが、暫くは体調が悪いと偽《いつわ》って関係を絶った。

どうにもいけなかった。性交するのは厭だった。厭だったのだが——性欲は涸《か》れてくれなかった。訪れた徳子の吸い付くような肌を観ると、大鷹はそれだけで欲情した。指先を観ても、項《うなじ》を観ても、匂いを嗅いでもその気になった。それも、堪らなく厭だった。

愚かだ、愚かだと、そう想った。

そして自慰をした。愚かだと想い乍《なが》ら大鷹は幾度も果てた。自慰をする際に大鷹が思い浮かべたのは——恋い焦がれていた思い人の姿ではなく、徳子だった。

しかも、徳子の部分だった。

二の腕の柔らかい肉。

下から見上げた時の歪んだ乳房。

抓《つま》まれて変形した乳頭と、皺の寄った乳輪。

臀《しり》の合間に覗く、黒く濡れそぼった女陰の一部。

それは紛《まご》う方なき徳子の部品ではあったのだ。だが、それは既に徳子ではない。モノである。人ではない。人としての輪郭などなくなっている。勿論人格などない。

――徳子は。

徳子は気立ての良い、能《よ》く働く娘である。

徳子は裁縫が上手だ。読み書きは不得手だが意外に絵が上手《うま》い。

徳子は笑うと泣いたような顔になる。羊羹《ようかん》や金団《きんとん》が好きで、紅生姜《べにしようが》が苦手だ。

父親は早くに亡くなって、塩山《えんざん》の実家には老母と齢《とし》の離れた兄が二人居り、その他に嫁に行った姉が一人居る。泳げないので河辺は嫌う――。

そうした、

そうしたことは凡てない。

徳子の人としての歴史は、そこにはない。意志も感情もない。匂いや味や触感はあっても、気持ちや想いは何もない。それはもう、人ではない。大鷹の脳裏を占領する徳子の部分は、見ようによっては、醜い、変色し、変形した肉塊に過ぎないのである。

――肉塊だ。

大鷹はその肉塊に情欲を掻き立てられる。そして精を漏らす。

――これが。

これが官能なのかと大鷹は思った。

愚かだ。

本当に愚かだと想った。

それが官能なのだとするならば。

恋愛。思慕。尊敬。憐憫。憧憬。畏怖。慈悲。

そうした人らしい感情と、官能はいっさい接点を持たないことになるではないか。否、屈折した形では結び付くのかもしれぬ。そうした人らしい感情を踏《ふ》み躙《にじ》ることで得られる背徳感は、官能に貢献するのやもしれぬ。

大鷹が恋愛感情を抱いた相手と云うのは、下宿の向かいに住む小学校の教員であった。

名を奥貫薫《おくぬきかおる》子と云う。

年齢は知らなかった。

知りようもないことだった。大鷹は薫子と口を利いたことがないのだ。

大鷹の部屋は二階で、窓を開けると薫子の家が能《よ》く見えた。

春先、非番の日に出掛けるところを見掛けた。その後幾度か擦れ違った。近所の人間と話しているところを遠くから見た。その際に声も聞いた。それだけである。

名前や勤め先は大家に聞いた。世間話を装って仕入れた情報である。清潔感のある、この辺りには珍しい、都会的な娘だった。

如何《どう》云う訳か、強く魅《ひ》かれた。恋愛に理屈は要らないと云うが、正にそうだった。

既に三十路《みそじ》を過ぎた男が憧れるなどと云う言葉を使うのは如何かと思うし、惚れたと云える程相手を知らぬ訳だから、これは懸想《けそう》したとでも云うのが好いのだろうか。

懸想したは好いが、しかし後がなかった。交際を申し込むと云うのも如何かと思った。それ以前に知り合うことが怖かったのだと思う。

恋い焦《こ》がれていたと云うのに。

悪意がある訳でもないのだし、大鷹も公務員ではある訳で、蔑まれる謂《いわ》れも疎ましがられる所以《ゆえん》も別にない。声くらい掛けても良かったかと——今は思う。

でも出来なかった。

大鷹は——きっと薫子を性的対象として選択するのが厭だったのだ。迚《とて》も厭だったのだ。

別に恋愛関係即性的関係と考えていた訳ではない。

恋愛は互いに理解し合い、尊重し合う関係を作ること——でもあるのだろう。ただ依存し合うのではなく、自立した個人としての異性同士が対等に付き合うこと——でもあるのだろう。突き詰めて考えれば、性交渉を全く伴わない恋愛もあり得るのだろうと思うし、現にあるのだとも思う。小難しいことを云わずとも、性交することが恋愛だなどと短絡的に考える馬鹿は然《そ》う然《そ》う居ないだろう。大鷹とてそうだった。

しかし。

仮令《たとえ》そうだとしても。

情愛の結果としての性交と云うのはある筈だ。

例えば婚姻関係を結んでも性交渉を持たぬ夫婦と云うのはあるのかもしれないし、それを責める謂れは誰にもないだろう。

でもそれは、誰もがそう在るべき在り方と云う訳ではない。夫婦が子を生《な》すことがいけないと云う者は居ないし、愛し合った末に結ばれて性交渉を持つことがいけないと云う者も居ないだろう。

結婚を前提とした交際だけを恋愛と呼ぶ訳ではないし、恋人同士は性的関係を持たなければならぬと云うこともない。

だが、恋人同士が結婚することはおかしなことではないし、恋人同士が性的関係を結ぶことは不自然なことではない。

大鷹はそれが厭だったのだ。

薫子と深い関係になると云うことは、自然に性的対象として薫子を選択肢に加えることになってしまう。そうすると。

大鷹は愚かになる。きっと、愚かになってしまう。

徳子のように薫子を分解してしまうのは厭だった。

部分を愛《め》で、部分を摩《さす》り。

醜い肉塊を晒して。

悶悶《もんもん》とした。

結局大鷹は、秋口には再び徳子を抱くようになった。

徳子の部分を思い浮かべ乍《なが》ら自慰を続けるよりも、まだマシな気がしたからだ。いずれ愚かしいと云う想念に呵まれることに変わりはなかったからだ。

何だか腹の中が爛《ただ》れたような気がしたものだ。

結局、何も変わらなかった。大鷹は徳子との性交渉を続け乍ら、薫子の姿を眺めて暫くを過ごしたのだった。

愚かしい、愚かしいと云う想いはいっそう強くなり、大鷹の大部分を支配した。

その堪《た》え難《がた》い想いから逃れるために大鷹は薫子を慕い、その想いを肥大させるために徳子と交わった。

情愛と官能はすっかり乖離《かいり》してしまい、大鷹と云う人間は分裂したのだった。

4

愚かだ。

余りにも愚かだ。

大鷹が半ば壊滅的にそう感じたのは——去年の冬のことだった。暮れも近くなり、世間が慌ただしくなり始めた頃。

大鷹は大家から、薫子が婚約したことを聞かされた。

蓼科《たてしな》に住む旧華族の許に嫁ぐことが決まったと云うのだ。大鷹は最初、何の感慨も涌かなかった。驚きもしなかったし悲しいとも悔しいとも感じなかった。

勿論大家には己が薫子に懸想していることなど知らせていなかったし、気取られてもいなかった筈だから、それは至極当たり前の反応ではあった。

根掘り葉掘り訊く気もしなかったが、世間話程度の情報を得た。

薫子は本来鳥類の生態などを研究しており、その旧華族邸には貴重な標本が数多くあって、それを見学しに行ったのが契機《きっかけ》で云々《うんぬん》と——。

大鷹には如何《どう》でも良いことだった。

階段を上がり、自室に戻って窓辺に到《いた》り、窓の外を眺めて、そこで漸《ようや》く大鷹は人間らしい感情を取り戻した。

但し、それは表現するのが難しい感情だった。

嫉妬や悔恨ではなかった。

強いて云うなら怒りに近いか。苛立ちのような、肚《はら》の底がじりじり煮えるような、そんな感覚だった。焦《あせ》りもあったかもしれぬ。もどかしさもあっただろう。

手出しの出来ない、取り返しのつかない状況——家が焼け落ちるのをただ眺めているような感じか。今更遅い。何も出来ない。遣り場のない怒りを呑み込むことしか出来ない。

大鷹はうろうろと、徳子との情欲が染み付いた部屋の中を行き来した。

行き来する度に、愚かしい己の姿が浮かんだ。

——薫子が。

嫁ぐ。大家の話だと見合いではなく恋愛結婚のようだった。

薫子は恋愛をしていたのだ。大鷹が、この見窄《みすぼ》らしい、淫水の匂いの染みた部屋で官能の虜囚《りよしゆう》となっている間に。

薫子は、恋人と色色な会話をし、色色なものを観て、歓《よろこ》び、愛を育み、情を通わせていたのだろう。

大鷹が肉塊に溺れている間に。

徳子の、否、徳子の部分を弄《まさぐ》っている間に。

大鷹は震えた。

部屋は冷えていたが、大鷹は汗をかいていた。そして。

そして暫く思いを巡らせ、やがてこう思ったのだった。

薫子も部分になるのだ——と。

結婚するのなら、薫子もまた性交をするのだ。

ならば——。

薫子も人格を失うのか。

人としての輪郭をなくすのか。大鷹のように。

どうなのだ。薫子も肉を持っているのだ。あの純白の清楚なブラウスの下には、ぐにゃぐにゃと変形する肉塊が隠されているのだ。そうなら、そうなら薫子も。

——薫子も愚かなのだろうか。

大鷹は突然興奮した。情動が同調した。精神と肉体が一致したように錯覚した。陽物は無意味に怒張し、情愛と官能は綯《な》い交《ま》ぜになった。

居ても立ってもいられなくなり、大鷹は部屋を出た。狂おしい程の性衝動が沸き上がった。情欲と云うより獣欲であった。そこにはもう、大鷹の意志はなかった。

大鷹はその時、真実《ほんとう》の愚か者になっていた。

そして大鷹は悟った。

愚かだと想う気持ちをなくすためには——。

愚か者であると認めるのが一番なのだ。愚か者になり切ってしまえばいいのだ——と。階段を下り、靴を履いて外に出た。それから如何《どう》するのかなど考えていなかった。

何しろ大鷹は愚か者なのだ。愚か者は先のことなど考えはしない。愚か者は何も顧みない。愚か者は何も求めはしない。

只管《ひたすら》莫迦なだけである。

通りに出て、しかし大鷹は何故か萎えた。

路頭に迷った幼子のように、豪《えら》く心細い気持ちになったからである。欲動も興奮も、何もかも消し飛んでしまった。

それは、僅《わず》か数分の昂揚だったろう。

熱が冷めたように大鷹は醒め、夕暮れの薄明かりの中に立ち竦《すく》んで、茫然と薫子の家の玄関を眺めた。

この家と自分は何の縁もないのだと、実感した。

二階から眺める景色とは違っていたからだ。この戸を潜ることはなかったし、これからもないだろうと、大鷹は思った。

辺りはみるみる暗くなった。

大鷹は仕方がなくそのまま街に出て、仕方がなく酒を飲んだ。これで浴びる程飲めればまだ格好もつくのだろうが、元来それ程飲める口ではなかったし、盛り場は苦手な質《たち》だったから、ほんの小一時間ですぐに店を出た。

——馬鹿馬鹿しい。

己が余りにも不甲斐ないので怒る気にもならなかった。

滑稽《こっけい》である。まるで道化だ。笑うに笑えない。

月が明るい夜だった。

路地を曲がり、下宿の前に立ってふと振り向くと。

幽《かす》かに明かりが漏れていた。その明かりはゆらゆらと陽炎《かげろう》のように揺れていた。どうやら、湯気のようだった。

大鷹は引き寄せられるようにそちらに向かった。

勿論——下宿の向かいは薫子の家である。

玄関を越し、板塀に沿って明かりの方に向かった。

隣家との間の小道に入る。街燈もないから狭い道は真っ暗だった。少し背伸びをした。

窓が少しだけ開いていて、湯気はそこから立ち上っていた。

それしか見えなかった。

窓の上部が薄朦朧《ぼんやり》と光っているだけだ。視軸をそこに留めたまま、少し移動した。
何故そんなことをしたのか、それは大鷹にも判らない。酒気は帯びていたものの酔ってい
た訳ではなかった筈だ。しかしそれは通常の大鷹の行動原理からは外れた行いであった。
大鷹は警察官である。
そしてその時大鷹がしていたことはと云えば——それは明らかな軽犯罪である。大鷹はそ
れまで警察官の職務だけは真面目に熟《こな》していたし、過去に法を犯したことなど一度としてな
かったのだが。
木戸があった。
軽く押すと木戸は難なく開いた。
大鷹は息を殺した。顳顬《こめかみ》に血管が浮くのが判った。
突然、聴覚が失われた。大鷹は木戸を潜り、
大鷹は木戸を潜り、
大鷹は木戸を潜り、
身体を屈《かが》め、
窓の真下に、
窓の——。
切り取られた現実。

窓の中には窓枠で四角く切り取られた、薫子の部分があった。

滑らかな背中と、右の乳房。

華奢《きやしや》な項に後れ毛。

上気した膚《はだ》。

湯気と水滴。

そして――。

大鷹は放心した。

動悸は恐ろしく乱れていたし、心臓の鼓動は激しく早くなっていたのだが、興奮はしていなかった。

――愚か者。

大鷹はそのまま後ずさり、後ろ向きのまま木戸を抜けて、真っ暗な路地にぺたりと座り込んだ。

思えば公僕たる者が民家の敷地に不法に侵入し浴室を覗き見したのである。これは大いに問題だ。しかし、その時は罪悪感など全くなかった。かと云って懸想した女の裸身をこっそり眺めたと云う愉悦もなかった。

大鷹は萎えていた。

愚かだ。

愚かだ愚かだ。

愚かだ愚かだ愚かだ。

愚かだ愚かだ愚かだ愚かだ。

壊《こわ》れてしまう程に愚かだ――。

ただそう想ったただけだ。

頭の中には何もなかった。本当に空っぽだった。幸い周囲《あたり》に人影はなかったが、もし、その時誰かが大鷹の傍《そば》にいたならば、まるで木偶《でく》人形の如くに惚《ほう》け切った貌《かお》を目にしていたことだろう。

そして。

その時大鷹はすっかり思い出したのだ。

あれは――。

戦争が始まる前。

十五の頃だった。

夏に法事で小諸《こもろ》にある本家に行った。

本家には幼い頃から年に一二度は行っていた。ただ、その年は曾祖父の十三回忌か何かであったのだろう、いつになく盛大な法事で、親類が三十人ばかり集まったのだった。

本家には百合《ゆり》と云う名の十四歳くらいの娘が居た。

顔立ちは迚《とて》も綺麗だったが、腴《や》せた、身体《からだ》の弱い娘で、いつも青白い顔をして、俯《うつむ》いてばかりいた。

百合には常時付添の看護婦がついていた。

こちらは、慥《たし》か花田《はなだ》と云う名の女性で、当時二十二三くらいだったと思う。

大鷹は、その花田――名は覚えていない――と云う看護婦に特別な感情を持っていた。それは凡《およ》そ恋愛感情とは呼べない、幼稚な感情であった。単に好きだったのだ。魅かれていたと云うべきか。

否――はっきり性的魅力を感じていたと云った方がいいのかもしれぬ。そうなのだ。それは、好色な想いだったのだ。

花田某と云う女性は、今思い出しても肉感的で男好きのする――非常に差別的な物言いではあるが――煽情的な容姿の女性だったのだ。

その看護婦は洋装で、白衣こそ着ていなかったが、いつも白いブラウスに紺のスカートを穿《は》いていた。もんぺや国民服が行き渡る前のことではあったのだが、田舎であるし、時代も時代だったから珍しい出で立ちではあったろう。だから余計にそう感じたのかもしれぬ。

陽に透けると肉体《からだ》の線が判る。

陽が当たると肌着が映る。

豊かな胸の隆起や項《うなじ》の後れ毛は、如何《どう》にも目の毒だと、思い煩《わずら》った覚えがある。白い布地のその下を、田舎者の少年は夢想していたのである。

だが、だから如何《どう》だ――と云うことはない。

少年だった大鷹は、人一倍鄙《いや》俗しい雄の視線を彼女に投げ掛けていた訳ではないのだ。寧《むし》ろその逆で、大鷹はそうした彼女の姿を目にする度に、目を逸らし顔を背けて恥じ入っていたのだった。

単に羞《は》かしかったのだろう。初心《うぶ》だったのである。

その――法要の日の夜のことだ。

湿度の高い、蒸し暑い夜だった。

法事は恙《つつが》なく終わり、客は引けたが、それでも大きな屋敷には二十人ばかりの親類が残っていた。朝まで酒席が続くようだったので、少年だった大鷹は先に休むことになった。

人数の関係か、いつもと違う部屋に寝かされた。

暑かったから、襖《ふすま》も、何もかも開け放しだった。

今と違って電燈などない。行燈《あんどん》である。寝支度をして行燈の火を消すと、冷たい月明かりがすうと差した。

明るい夜だった。実際にはどの程度明るかったものか、真実の程は既に記憶の彼方なのだが、まるで白夜のように明るかったような印象がある。

すう、すうと。

寝息が聞こえた。

隣室に蚊帳《かや》が吊ってあった。

目を凝らすと。

白いものが見えた。

咄嗟《とっさ》に花田さんだと思った。

音を立てぬように、大鷹は這《は》って蚊帳に近付いた。

劣情が先だった訳ではない。花田さんは寝る時も洋装なのかと、疑問に思っただけであったと思う。好奇心に近い。

膝が畳を擦《す》る音がやけに大きく聞こえた。

汗が――。

ぽたりと畳に落ちた。

蚊帳の向こうに白いものが伸びていた。

脚だ。浴衣の前がすっかりはだけて、むっちりとした二本の脚が、蒲団の上に投げ出されているのだ。

大鷹は一度目を逸らしたことを覚えている。

蒲団の横に捨て置かれていた、蚊遣りの団扇《うちわ》の絵柄を覚えているからだ。

小鳥の絵が描いてあったと思う。

暫く凝乎《じっ》としていた。

汗がたらたらと眼に入った。

そして大鷹は、そっと、それはそっと。

そっと蚊帳を捲《めく》った。

蚊帳の端を抓《つま》むまでかなり時間がかかった。

薄膜が捲れた。半端に遮断されていた月光が侵入した。

先《ま》ず大鷹は足の爪先を凝視した。

それから足の甲、踝《くるぶし》、足首、脛《すね》、膝《ひざ》、腿《もも》と、嘗《な》めるように視線を移動させた。視軸はやがて弛緩してやや開かれた太股の付け根に留まった。

当時は今と違って下穿《したば》きをつける習慣などない。

況《まし》てや眠る際にズロースを穿く者など居なかった。

今よりも女性器が晒《さら》される機会は遥かに多かった。

それでも――。

大鷹の目はそこに釘付けになった。

恥丘を覆う陰毛は薄かったが、陰裂の裡側までは覗けなかった。それでも微かな陰影の差異を大鷹は具《つぶさ》に観た。

ところが。

ところが、と大鷹は思う。

何故か、大鷹はその時、それ以上昂揚しなかった。自らの下半身に手を伸ばすこともしなかった。ただ、観《み》ただけだった。憧れの女性の裸身は——否、生殖器は、夢想した通りのエロティックなものだったのだが。

勿論、性的に興奮していなかったかと云えば、そんなことはない。窃視《せつし》の罪悪感も手伝って、大鷹は十二分にいきっていた筈だ。

だが、それはそれだけのものだった。視線を上げ、はだけた胸元を注視しても、それは変わるものではなかった。

抑える布地をなくした熟れた乳房は、大鷹の期待通りに、ややだらしなくその姿を露《あらわ》にしていたのだが——。

大鷹はただ観察した。

それは、ただの観察だった。

そして何故か急に——。

愚かだと思ったのだ。

その時だったのだ。その時、その時大鷹に多分初めて、その理解し難《がた》い想念が降臨したのである。

大鷹はやおら胸の中に燃え差しの炭が燻《くすぶ》るような不快感を覚えて、看護婦の白い裸体から視線を離した。

刹那《せつな》。

大鷹はもうひとつの、、、塊を観てしまった。

それは。

それは、実に淫猥な形をしていた。

いやらしいものだった。

大鷹にはそう見えたのだ。綺麗な形ではなかった。色は看護婦の裸身よりも更に白くて冷たそうに見えた。看護婦の膚がねっとりとした桃色に映っていた所為かもしれない。

それは、陰火のように青白かった。

それは――。

脚を閉じて横に臥《ふ》せた、百合の腴《や》せた臀《しり》だった。

その剝《む》き出《だ》しの臀の間の、異様なまでに黒黒とした翳りを目にした時――。

大鷹は腰椎から脊椎を突き抜けるような衝撃を覚えた。股間が幾度か痙攣《けいれん》し、収縮した。

射精していた。

思いも寄らぬ身体の反応に少年の大鷹は慌てた。股間を抑え、浴衣の裾で前を覆い、何とかその場を気付かれずに遣り過ごそうと、かなり周章《しゅうしょう》した。

しかし、その意に反して下半身は麻痺したように射精の快感に打ち震えており、視線の方は百合の黒ずんだ淫猥な股間から全く離れなかったのだが。

でも――。

大鷹の瞳はそこに釘付けになっていたと云うのに――。

大鷹の網膜に映っていたのは、百合の清楚な顔だったのだ。

精を漏らし乍《なが》ら、大鷹は百合の顔を脳裏に確乎《しっか》り思い浮かべていたのだった。

判らなかった。

百合に性的興味を抱いたことなど、それまでに一度もなかったことだ。

それなのに。あれだけ夢想した看護婦の、その衣服の中身を目前にしても、一向にそんな気にはならなかったと云うのに――。

――愚かだ。

愚かだ愚かだと、激しくそう思った。後悔に似ていたが、後悔ではなかった。

気持ちと身体がばらばらだ。淫靡《いんび》な女陰を注視していて、何故に取り澄ました顔が見えているのだ。まるで釣り合っていないのに、どうしてこの娘は一人の女なのだ。

大鷹はその時も腰が抜けたような状態で後ずさりして蚊帳から抜け出し、己の閨《ねや》まで後先判らずに逃げ帰ったのだった。

それ以来。

大鷹は、己を呵む云い知れぬ感覚に、自戒とも自虐ともとれる言葉にならない想念に囚われてしまうことになったのである。

全く同じだ——そう思った。

この状況は過去の反復だ、と。

そして——。

大鷹は逃げるようにして下宿に戻り、蒲団を被って震えた。

奥貫薫子が死んだことを大鷹篤志が知ったのは、それから半年以上後のことであった。

5

愚かだ。

本当に、大鷹は愚かだ。

捜査本部は、今も上を下への大騒ぎである。夜を徹して捜査に当たっている捜査員も居る筈だ。それなのに、捜査一課の担当刑事である大鷹が——。

——何をしていると云うのだ。

本当に何をしているのだ。

大鷹は死体安置所の堅い椅子に座っている。

そして、こともあろうに死者を冒瀆《ぼうとく》しているのだ。

冒瀆である。これは、冒瀆以外の何ものでもないだろう。大鷹本人がそう思うのだ。

台の上の白い布の下に隠されているのは、薫子の遺骸だ。

死んでしまった、薫子の残骸なのだ。

遺体である。屍《しかばね》である。

モノである。

奥貫薫子は、蓼科の旧華族家に嫁ぎ、そして初夜の晩に何者かによって殺害されてしまったのである。殺されたのだ。

あの冬の日に覗き見た裸身が――裸身の部分が――生きている薫子を見た最後になってしまったのだ。

大鷹は混乱した。

そして混乱の結果がこの状況なのだ。

大鷹は現場から搬出される薫子の遺体を目の当たりにしても、まだ事態が把握出来なかった。何が起きたのか、如何《どう》するべきなのか判らなかった。だから確認しに来たのである。

偽りを云って。

この、やけに抹香臭い、それでいて薬品臭のする、夏でも冬のように冷ややかな部屋に深夜遅く忍び込んだのだ。

薫子の形を模《なぞ》った白い布の隆起があった。

それは看護婦のブラウスの胸の隆起にも似ていたし、徳子との情事の後の乱れた敷布の皺にも似ていた。

大鷹は――。

布を捲《まく》った。

服は脱がされていた。明朝一番で解剖されるのだ。

大鷹は、先《ま》ず爪先を観察した。

それから更に布をくしゃくしゃとたくし上げて——まるであの日と同じように——足の甲、踝《くるぶし》、足首、脛《すね》、膝《ひざ》、腿《もも》と、嘗めるように視線を移動させた。

血の気は失せていた。

百合の皮膚と同じように。蒼白く冷たそうだった。

否、それは実際に体温を失って、すっかり冷たくなっていたのだ。皮膚の弾力も失われていた。腿に頬を当てても、ひやりとするだけだった。徳子の臀とは違う。

愛撫した。

肌理《きめ》の細かい護謨《ゴム》を弄《まさぐ》っているかのようだった。

更にたくし上げる。やがて、黒黒とした陰毛が現れた。

大鷹は薫子の右足を持ち、閉じられた脚を少しだけ広げた。

被さるようにして脚の付け根に顔を寄せる。太股に顔を埋めるようにして大鷹は薫子の陰部を見た。そして匂いを嗅いだ。

薬品の匂いがした。

死体なのだ。

それなのに——。

交わることなど不可能だと云うのに。

大鷹の身体は反応した。このまま姦《おか》してしまいたい衝動に駆られた。それは、物凄い衝動だった。

大鷹は慌てて薫子の下半身を布で覆い、反射的に身を引いて椅子まで戻った。

——狂っている。

そう思った。思ったけれど。

構わないとも思った。どうせ死体だ。モノなのだ。嫌がりもしないし怒りもしない。部分で捉えるなら同じことである。春画を観《み》乍《なが》ら自慰をするのと変わらない。背徳的なことに変わりはない。罪悪感と云うならば、屍姦の方が幾重にも上だ——。

——いや、違う。

これは、矢張り狂気の沙汰だ。

大鷹は煩悶した。

しかし、その煩悶と裏腹に、大鷹の器官は反応を示し続けていた。大鷹は官能に突き動かされそうになり、幾度も立ってはまた座った。

この上なく愚かだった。

どれ程時間が経ったのか判らなかった。大鷹は再び白布に近寄り、今度は大きくそれを捲り上げた。

顔を除く裸身の殆《ほとん》どが露《あらわ》になった。

大鷹は遺体の括《くび》れた腰を両手で抱き、臍《へそ》に唇を付けて強く吸った。それから腹に頬擦りをするようにして顔を滑らせ、まだ張りを失っていない小振りな乳房に触れた。

堅くも柔らかくもなかった。

乳頭は既に変色し始めている。浴室で覗き見た時とは色が違っている。

強く摑《つか》む。徳子の乳房にするように。

そう思った途端に、大鷹は何故か涙が溢《あふ》れて、無性に虚しくなって薫子から離れた。裸身の全体が視野に収まる。

突然怖くなって、大鷹は布をぞんざいに遺体に被せ、その場に蹲《うずくま》って頭を床に付けた。そして、額を幾度か床に打ち付けた。

違う違う違う。

こんなことがしたいのじゃない。

官能とは何だ。

情愛とは何だ。

性交が快楽を伴うのは、生殖行為が生物にとって必要不可欠な行為だからである。それは所詮種を保存するための方便なのだ。射精の快感も、だからそれ以上のものではない。これは生物学的な方便である。

しかし、言葉を覚え文化を産み出した人間には、その動物的な方便が通用しなくなってしまったのだろう。だからこそ愛だの情だのと云う、もう一つの方便が生まれたのだ。恋人も夫婦も家族も親子も、結局はその方便によって結ばれている。これは観念的な方便である。

ところが。

どこかで——観念は肥大してしまった。観念が肉体を追い越してしまったのだ。

生殖に無関係な性、本来的な在り方を見失ってしまった情愛。人としても、動物としても成り立たない、観念の化け物としての——官能。

大鷹を嘲《あざけ》り呵むのは、その観念のお化けである。

部分やモノに欲動を覚えるのは、肉体が観念に追い越されているからだ。

布は布であり、死体は死体だ。そんなものが煽情的なものであり得る筈はないのだ。人は、人格があってこその人である。大鷹も人であるなら、矢張り人を愛するべきだ。

所詮、エロスなど観念に過ぎない。だから——。

——いや。そうか。

そうだ。そうなんだ。

大鷹は理解した。

薫子の遺体を前にして、大鷹が人として取るべき道は、矢張り一つしかないのだ。それをしなければ、大鷹は生涯観念の化け物に笑われ続けるだろう。

部分でもモノでもない、人としての薫子を認めること――生前の薫子の人格に敬意を払うことのみが、大鷹をこの愚かしい狂乱の体《てい》から日常に戻してくれるたった一つの方法である。

大鷹は震え乍《なが》らゆっくりと腰を上げた。

そして皺の寄った白布に近付いた。

遺体の頭の方にはもう一つ台が設《しつら》えてある。その台には小さな花瓶が載っていて、菊の花が生けてある。その横には線香立てと、線香や蠟燭《ろうそく》、燐寸《マッチ》などが置かれている。

――莫迦だ。

愚かだ。

観念の化け物などに云われるまでもない。

大鷹は線香を一本取って火を燈し、掌で煽いで炎を消した。

細い煙が幾度か渦を巻いて揺れ、やがて天井に向けて真っ直ぐに立ち昇った。

線香立てに静かに立てる。

情動は鎮まっていた。

「ごめんな」

謝りたかった。

謝らねばならなかった。

生前は一度も口を利かなかったのだけれど。

そして大鷹は、それまでどうしても捲ることの出来なかった、薫子の顔の部分の布を静かに捲った。捲った途端――。

薫子の顔は部屋一杯に広がって、大きな口を開けて笑った。

「愚かなり」

愚かなり愚かなり愚かなり。

巨大な顔は、げたげたと下品に嗤《わら》った。

それは看護婦の顔であり百合の顔であり徳子の顔であり、同時に幾つもの女陰でもあった。

大鷹は、
愉悦と恐慌の中で崩壊した。

大鷹篤志が警官を辞めて失踪したのは、その数日後――奥貫薫子殺害事件が解決した翌日のことだった。昭和二十八年、夏のことである。

第拾参夜

◉

屏風闚

びょうぶのぞき

◎屏風闚

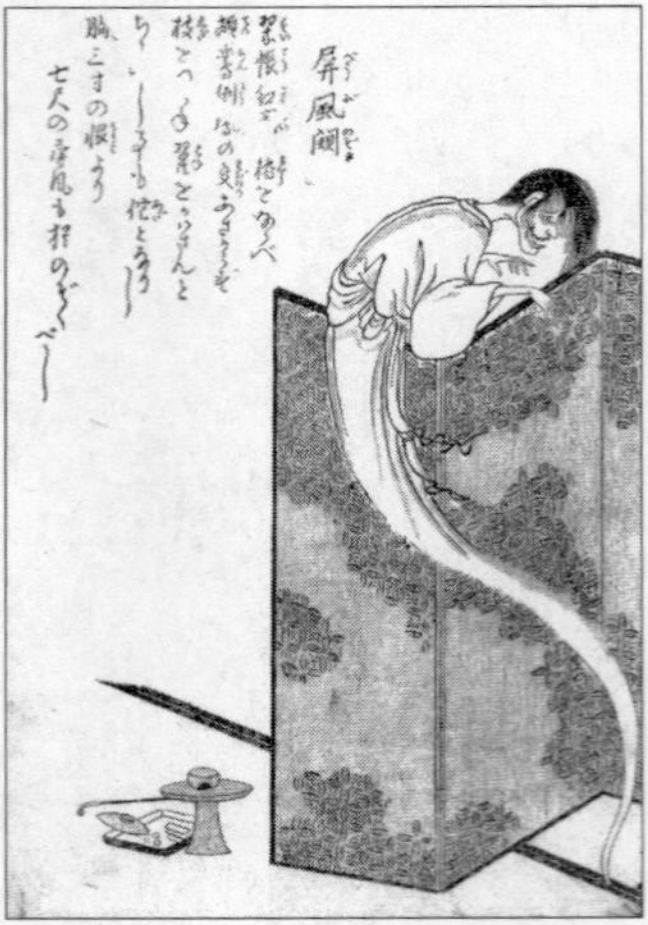

翠帳《すいてう》紅閨《こうけい》に枕《まくら》をならべ
顛鸞《てんらん》倒鳳《だうほう》の交《まぢはり》あさからず
枝《えだ》をつらね翼《はね》をかはさんと
ちかひし事も
佗《あだ》となりし
胸《むね》三寸の恨《うらみ》より
七尺の屏風も猶のぞくべし

——今昔百鬼拾遺／下之巻・雨

鳥山石燕（安永十年）

1

うしろめたい——。

こんな心持ちになったのは、何年ぶりだろうか。

最後にうしろめたく感じたのはいつのことだったか。

普通にうしろめたいと感じられていたのは、一体いつの頃なんだろうか。

それ程に、摩滅《まめつ》している。鈍感になったとか不逞不逞《ふてぶて》しくなったとか図図《ずうずう》しくなったとか、そう云うのではない。磨《す》り減ってしまった。そんな感じだ。

多田《ただ》マキは思う。

そもそも自分は今、幾歳《いくつ》なのだろう。先《ま》ずそれが判《わか》らない。齢《とし》を数えなくなってどれだけの年数が経つのか、それすらも判らない。数えない時間は、堆積しないのだ。

いいや、仮令《たとえ》数えた処《ところ》で高は知れているのだろう。己の過ごす一日などハトロン紙の如き薄っぺらなものである。厚みなんかない。そんなもの、どれだけ枚数を重ねても大した厚みにはならないだろう。

一秒も一分も、それ程の変わりはない。気が付けば一時間でも二時間でも過ぎている。なら十年が百年でもそんなに変わりはないと思う。それなら勘定するだけ無駄なことだと、多田マキはいつの頃かそう思ったのだ。

そう思ったのがいつだったのかも、マキは綺麗に忘れてしまっている。

年寄りであることは間違いなかろう。先の戦争が始まった時マキは既《すで》に老婆だった。その戦争も、疾《と》うに終わっているのである。

終戦から幾年経つと云うのだろう。

世間に棄《す》てられ社会を見限ったのは、まだ老婆になる前のことだったと思う。そんなだから、この国が戦争に勝とうが負けようがマキにはどうでも良いことだった。世の中がどうなろうと気にもならなかった。噯気《おくび》にも出さなかったけれど、マキは、己は立派な非国民だと肚《はら》の底で自覚していたのだ。だから玉音放送も聞かなかった。その所為《せい》か、敗戦前後のことは一向に覚束《おぼつか》ないのだが——まあ空襲が途絶えてから何年も経っている訳で、ＭＰなんかも居なくなったし、矢張《やは》り戦争はとっくに終わっているのだろうが。

この国は負けたのだ。

でも、マキは老婆のままだ。

未《ま》だ死んではいない。死んでいるのと変わりないような人生を送ってはいるが、それでも一応は生きている。息は吸うし飯も喰う。朝は目覚めてしまう。

生きているだけなのだけれども。

もう、犬より劣る。虫螻蛄《むしけら》と一緒である。

息は吸うし飯も喰うし朝は目覚めるが、それだけである。

だからどれだけ記憶を遡《さかのぼ》っても、マキの日常はもうずっと変化していない。十年も二十年も三十年も、もっとかもしれないのだが、そのくらいの永い永い時間が、マキには一摑《ひとつか》みである。

但《ただ》し、だからと云ってマキが過去《むかし》のことを何も覚えていないのかと云うと、そんなことは決してない。昨日《きのう》のことだって一昨日《おととい》のことだって瞭然《はっきり》と覚えているし、去年のことだって一昨年《おととし》のことだって、別に忘れている訳ではない。思い出せないことは沢山《たくさん》あるが、覚えていることも沢山ある。何十年分もの記憶が、一摑みに纏《まと》まって残っている。

ただ。

同じなのである。

昨日は鰺《あじ》を喰った。

一昨日は南瓜《かぼちゃ》を喰った。

そうした違いがあるだけだ。起きることは概《おおむ》ね過去に起きたことの反復で、これから先もきっとそうなのだ。差異は常に些細な誤差に過ぎない。そんなものは、あってないようなものである。そんな小さな違いを逐一気にしてみた処で始まるまい。

多分、幾日としないうちに完全な反復が訪れる。昨日と全く同じ明日が来たってマキは驚かないだろうし、もしかしたら気付かないかもしれない。ハトロン紙のような時間が反復するだけなのだ。

反復しているうちに、死ぬ。

そんなに遠いことではない。

マキは年寄りなのである。もう、先は長くない。そしてその長くない老い先も、長かった昔ときっと同じなのである。

いや、時に予測しないことも起きる。

起きるけれども、それもまた誤差のうちだ。

あの酷い戦争だって、そうだったのだから。

マキは先の戦争も、その前の戦争も、いつ始まったのか能《よ》く知らなかった。騒騒《そうぞう》しくなって、物騒になって、景気が良くなったり喰えなくなったりした。それだけだった。

兵隊が何処か遠くで大勢死んで、飛行機が何処か遠くで墜《お》ちて、軍艦が何処か遠くで沈んで、世の中は大変になったのだと、それは其方此方《そちこち》で云っていた。

でも、マキは何も見ていない。

そのうちその辺中に処《ところ》構《かま》わず爆弾が落っこちるようになって、女も子供も年寄りも軒並み死んだ。家が焼けて街が壊れて、道端に屍がごろごろと転がった。

それは、見た。

ところが、マキの家は焼けなかった。

マキも死ななかった。何もせず、平素通《いつも》りに暮らしていただけなのに、マキは死にはしなかった。

粥《かゆ》が雑炊《ぞうすい》になり水団《すいとん》になり、やがて芋《いも》になって、そして喰うものが何もなくなった——それだけだった。腹は減ったが餓死はしなかった。否、腹なら今だって空《す》いている。銃後の生活は過酷だったと皆が謂《い》うのだが、マキにとっては日常はいつだって過酷だったし、これからもそうなのである。

それだって何とかなるものなのだ。

いや、そんなことぐらいで死ぬのなら、マキは多分何十年も前に死んでいただろう。

マキは貧しい。泥水を啜《すす》り木の根を噛《かじ》り、喰うや喰わずで生きて来たのだ。アメリカが爆弾を落とそうが喰いものがなくなろうが、その程度のことでくたばりはしない。

雑魚《ざこ》くたばり損ないとは能《よ》く謂《い》ったものだ。

自分でもそうだと思う。マキはこれまでに数え切れぬ程の悪罵讒謗《あくばざんぼう》を受けて来たし、たぶんこれからも蔑《さげす》まれ厭《いと》われて行くのだろうけれど、何を謂われたってどれも本当だから肚《はら》も立たない。

己《じぶん》でも、己は糞婆《くそばば》ァだと思う。

意地汚くて強《したた》かで、業突《ごうつ》く張《ば》りで偏屈で、愛想《あいそ》がなくて嫌味で吝嗇《けち》で、頑迷で意固地《いこじ》で自分勝手で——思い付く限りの老人の悪癖をマキは面白い程に体現している。

わざとそうしている。

年寄りなのだからそうするべきだと思っている。年寄りとはそう云うものだ。もの解りが良くて親切で控え目な年寄りなど、嘘っぱちである。齢《よわい》を重ねれば偉くなるとか賢くなるとか、そんなことはないのだ。

生きるだけで精一杯になる。

息を吸って飯を喰う、それだけで一杯いっぱいだ。見栄《みえ》を張ったり他人を慮《おもんばか》ったりしている余裕はない。痩我慢《やせがまん》はするが、それだって生きるためである。

生きるためにマキは開き直った。

そうしてみると、老人になったからこうなった訳でもないのかと、マキは思う。生きるのが大変になって、開き直った時、マキは既に老人構えをしていた——と云うことになる。

なら、もうずっとずっと前のことだ。

世間を見切った、否、世間に見切られたその時、マキはこうして開き直ったのだから。ならばその時、マキはまだ老婆ではなかった筈だ。決して若くはなかったと思うが、少なくとも年寄りではなかっただろう。そんな時分からマキは、糞婆ァの要件を満たす道を歩き始めていたのである。

そんな時分とは――いつのことだろう。

男に騙《だま》されて売られた時からか。

亭主に棄《す》てられた頃からか。

親が破産した時からか。

もっと前からか。

生まれ付きかもしれぬと思う。そう思った方が気が楽だ。

流されたり叩かれたり挫《くじ》けたりした、その結果が今の自分だと考えるのは惨《みじ》め過ぎる気がする。己の境遇を周囲《まわり》の所為《せい》にする者は多い。弁明《いいわけ》染みていて見苦しいとマキは思うが、事実社会《まわり》が齎《もたら》す抗《あらが》い難《がた》い災難と云うのも、ない訳ではない。

だからと云って、世間などと云うものは誰の上にも同じように伸し掛かっているものなのだし、その下でどう立ち回るかは自分次第なのである。

己の有り様は己が決めるものだ。今が無様な有り様であるのなら、それは元より無様だからである。誰かの所為で無様になってしまうなどと云うことは、マキが思うに、ない。

恰好《かっこう》をつけても無駄だ。恰好と云うのは、つけるものではなくつくものだろう。無様な恰好しかつかないならば、それは自分の立ち回りが下手糞《へたくそ》だからだ。そのお蔭《かげ》でみっともなく薄汚れてしまったと云うだけのことなのだ。みっともなく薄汚れて、それを世間の所為にしてしまったら、それで負けのような気もする。

だからマキは糞婆ァの虚勢を張る。

嫌われるのも汚れているのも己の所為である。身体に泥が付くのは、泥が悪いのではない。付ける己が馬鹿なのだ。そしてマキは、好んで泥を付けているんだと云い張るのだ。

マキは泥だらけである。

泥塗《まみ》れの上に泥を被って、漱《すす》ぐより先に次の泥が纏《まつわ》り付いて、一体最初に汚れたのはいつなのか、もう判らなくなっているのである。

マキは、汚い。器量も悪いし、要領も悪い。飾ることもしないし、変わろうとも思わない。仕事も――。

薄汚い。

そもそも仕事だという認識はない。

部屋を貸しているだけだ。貸していると云っても下宿ではない。所謂《いわゆる》ご休憩である。宿泊もさせる。正式には小間式簡易宿泊施設、と謂うらしい。だが、勿論届け出などはしていない。無認可である。非合法である。

だが、部屋を貸して金を取るのにお上の許可が要るんだと、マキは考えていない。仮令《たとえ》法律で決まっているのだとしても、マキの知ったことではない。そんな法律はどうせ後から出来たのだ。マキはずっと昔からこうやって生きて来たのだ。

身体《からだ》も思うようにならないし手に職もない。蓄えもない。

僅かでも金を稼ごうとするならば、使えるものを使うしかない。使えるものはこの襤褸家《ぼろや》だけしかない。他に財産は何もない。身寄りだって居ない。友人さえ居ない。

自分の持ち家を他人に使わせてやって金を取ることの何処がいけないのかと、マキはそう思っている。そもそも公然《おおっぴら》にしていることではない。看板だって出していない。それに儲かりもしないのだ。年寄りの小遣い稼ぎである。官憲は、そんなものまで取り締まると謂うのだろうか。

いや、どうあってもいけないと謂うのであれば、逮捕でもなんでもしてくれと、マキはそう思っている。捕まったって死刑にはなるまい。監獄に入れられたとて、死ぬ訳ではないのだ。牢屋の中でも檻の中でも、息を吸って飯を喰って寝て起きていられるのであれば、今とそう変わらないのだし。

そんな変化は誤差の内である。否、喰い扶持《ぶち》が保証される分、投獄された方がマシであるかもしれない。本気でそう思う。

捕まえてくれと思う。

開き直っているのだ。

でも、警察は来ない。四谷《よつや》警察署は目と鼻の先にある。警官だって毎日近所中をうろうろしている。それなのにマキは、挨拶はされても注意されたことがない。連中とてマキがどうやって糊口《ここう》を凌《しの》いでいるのか知らない訳はないと思うのだが。

目溢《めこぼ》ししてくれている——とは思っていない。

官憲に情けを懸けて貰う謂れはない。これっぽっちもない。

マキはその昔、女郎だった。春を鬻《ひさ》いで身過《みす》ぎ世過《よす》ぎと為《な》していた。その頃から官憲とは反《そ》りが合わない。

現在でもこの家を利用するのは直引《じかび》きの散娼《さんしょう》——所謂立ちん坊ばかりである。汚くても屋根と畳《たたみ》がある。莫蓙《ござ》よりはマシなのだ。

今の法律がどうだかマキには判らない。だが現在、娼婦は取り締まりの対象である。赤線だか青線だか知らないが、連中は一斉取り締まりだの何だのを能《よ》くやっている。つまり、警察はマキの客の——敵ではあるのだ。だからマキは。

今だって——。

2

うしろめたい。

そんな気になった時期もあった。

あれはいつのことだったろうか。

マキは、鳥居耀蔵《とりいようぞう》が亡くなった日に生まれた。その鳥居と云う人がどんな人で、そしてそれが何年のことなのか、マキは詳しく知らない。

でも子供の頃から能《よ》くそう云われた。

明治の、初めの頃だろう。

マキが物心付いた頃——流石《さすが》に髷《まげ》の人はもう居なかったのだけれど、街並みの方はまだ江戸のそれであった。雑駁《ざっぱく》で質素で、見窄《みすぼ》らしい街ではあったが、今程殺風景で殺伐としてはいなかった。

見通しが良かった。

粗末な平屋ばかりだったからだろう。

その頃のことは能《よ》く覚えている。

果たして幾歳《いくつ》の頃の想い出なのか、それが明治何年のことだったのか、そうしたことは相変わらず靄靄《もやもや》として不明瞭なのだけれど、観たもの聞いたことの方は、かなり明瞭に記憶している。

中でも瞭然《はっきり》と覚えているのは。

屏風《びょうぶ》だ。

四曲一双の、背の高い、立派な屏風である。

絵柄も覚えている。地は金箔であった。下の方に水流が描かれており、上の方には雲が流れている。水上には幾種もの水鳥が浮かび、空にも沢山の鳥が羽搏《はばた》いている。唐風《からふう》のお堂のようなものや、梅林のような景色も描かれていたと思う。人物も描かれていた。異国人のような風体の様様な恰好の男女が、幾人も描かれていた。

日本の風景ではないのだろう。

誰が描いたものなのか、そう云うことは知らない。尋ねもしなかったし、教えてもくれなかった。それでも児童《こども》の目には物凄く上手《じょうず》に映った。迚《とて》も、綺麗だったのだ。もしかしたら高名な絵師の作であったのかもしれない。

高価なものだったのかもしれぬ。

いや——高価なものだったのだ。

その頃、マキの家は裕福だった。

家業は料理屋で、構えもそこそこ大きかった。料理屋と云うより料亭と呼ぶべきものだったのだろう。とは云え、老舗《しにせ》ではなかったようだし、一流と云えるだけの格式もなかったと思うが、客筋は良く、繁盛もしていた。

大事な客が来る時や大きな宴が催される時、そして慶事の折などに、その屛風は大広間に飾られた。

マキはその度に屛風の前に座って、見蕩《みと》れた。

宴席が始まるまでずっと見蕩れていた。

支度の邪魔になることはなかった。マキはまだ、ほんの童《こども》だったのだ。騒ぐでもなし走るでもなし、ただぺたりと屛風の前に座って、絵に見蕩《つ》れているだけだったのだから。

三つか四つか、そのくらいから――。

ずっと。

――十一の夏まで。

そう。

あれは十一歳の時のことだ。

赤い着物《べべ》を着て。

ちゃらちゃらした髪飾りを付けて。

何も――考えていなかった。もう充分にものを考えられる齢《とし》だったろうに。でもその頃の自分が一体何を考えていたのか、マキの記憶にはない。見たもの聞いたことの記憶はあるのだから、覚えていないのなら何も考えていなかったのだろうと思う。

その日の客は、偉い人だと云っていた。

思うに、時期的には華族令が発令された頃だから、なりたての華族様辺りが客だったのかもしれない。

客が来るのは夕方である。それなのにその日は午前中から準備が始まった。客が客だけに、念入りな客席の設えが施されたのだろう。

屏風は午前中に出された。

マキは、矢張《やは》りその前に座った。

下働きの女達が畳を拭いている。調理場と勝手口を頻繁に人が行き来している。何処も彼《かし》処《こ》も急《せ》か急《せ》かしていて、家中が落ち着きなかった。

そう云う日は、子供の居場所は何処にもない。何処に行ったたって邪魔にされるだけだ。

だから其処《そこ》に居た、と云うのもある。勿論、物心付いてからずっとの習慣ともなっていた訳だが。

屏風が立てられる場所は時時で様様だったが、その時は下座に一双並べて立てられた。その辺りにはお運びさんなどが控えるから、その目隠しに使うつもりだったのだろう。

もう、見慣れていた。

だから、その段階で、マキは既に屛風に見蕩れていた訳ではないのだ。見飽きてこそいなかったが、見慣れたものではあったのだ。

好きだった。

その時までは。

絵の中の、異国の景色。

がたがたとした喧騒《けんそう》も絵の中にまでは及ばない。

清らかな水流。

遠大な雲。

——あれは。

川蟬《かわせみ》だろうか。

鴛鴦《おしどり》だろうか。

群れて飛んでいるのは何だろう。

真ん中に翔《と》んでいるひと際巨《きわおお》きな鳥は、見たこともないような立派な鳥だった。半双に一羽ずつ、向き合うようにして羽ばたいていた。

鳳凰《ほうおう》なのだろうか。

雄と雌だと聞かされた。

マキは、まあ無心で、無心と云うか半ば放心してその巨《おお》きな鳥を眺めていた。ただ眺めていた。それまで何年も観続けて来たその絵に、茫とした視線を投げ掛けていた。

刹那《せつな》。

ふっと喧騒が静まった。

音も聞こえなくなった。

マキは、まるで絵の中に入り込んでしまったかのような錯覚に囚われて——。

すうと。

上の方を視《み》た。

雲の。

その上の。

屏風の縁から。

誰かが覗《のぞ》いていた。

顔半分。影に隠れた、黒い顔。

誰だか判らない。男か女かも判らない。

黒い黒い黒いものが。

覗いていた。

眼と——。

目が合った。

黒い黒い黒いものと——目が合った。

途端に怖くなって、マキは、十一歳のマキは、後ろにのけ反《ぞ》り、反射的に手を振り翳《かざ》した。翳した手の、その指先が屏風の表面を掠《かす》めた。

ざ、と云う音がした。

ほんの、瞬《まばた》きをする間くらいの出来ごとである。

黒い半分の顔は、もうなかった。

どんなに見詰めても、屏風の上には何も居なかった。

視軸を下に向ける。雲。鳳凰。唐人。水鳥。水流。

水鳥の処に——。

筋が付いていた。

見覚えのない筋だった。

次にマキは、何故か己の右手の指先を確認した。爪の突端に、得体の知れない感覚が残っていたからだ。

爪も指も、別にどうにもなっていなかった。

当たり前である。その感覚は、何かに当たった——否、何かを引っ搔いた時の感触だったのだから。

マキはもう一度屏風を見た。

水鳥の上に。

斜めに——。

くっきりと、三寸程の白い筋——傷が付いていた。

噫《ああ》、と思った。

爪が伸びていたのか。否、爪を切ったばかりだったのかもしれない。そうなのだろう。兎《と》に角《かく》、マキはただ、噫と思っただけだった。

そう思った途端に、喧騒が戻って来た。

音が聞こえ始めたのだ。音が静まっていたのは——と、云うよりマキに音が聞こえていなかったのは——ほんの一瞬、それこそ瞬きをする間くらいのことだったのだ。

その僅かの間にマキは屏風の上から覗き込んでいる黒いものを視て戦《おのの》き腕を振り上げ、そして屏風に——。

傷を付けたのだろう。

もう一度見上げた。

何もなかった。どうしたお嬢と云う声がしたので、マキは頭を空っぽにしたまま、屏風の上方を指差した。

何も、云わなかったと思う。

使用人の——名は忘れてしまった——年配の男が一人、背後に立っていた。何だい屏風に何か付いてるのかいとその男は云い、そして言葉はそこで途切れた。

そして、大騒ぎになった。

勿論、傷の所為である。

不思議なことに、傷を付けたのがマキだと思う者は誰一人居なかった。見抜く者も居なければ疑う者も居なかった。

水鳥に白い筋を刻んだのは——。

マキなのに。

能《よ》く見付けてくれたと、マキは逆に褒められた。

運ぶ途中に擦《す》るかぶつけるかしたのだろう、さもなければ設える際に引っ掛けたのだろうと——どう云う訳かそう云うことになって、詮議が始まった。大勢が叱られた。

マキは一言も発さずに、成り行きをただ見守った。

頭の中はずっと空っぽだった。

何も考えていなかった。

隠していた訳ではない。

隠していたのかもしれない。

どうやら傷は思いの外深く、また目立った。

こんな傷屛風を大事なお客様のお席に出す訳には行かぬと父親は云った。屛風は片付けられ、広間の設えは験《げん》が悪いと云うことで凡《すべ》て遣《や》り直しになった。幸いまだ午前中だったから、時間は充分にあったのである。

マキは結局、その日一日、口を利かなかった。

妾《わたし》が遣りました——と、幾度か云おうとした。したのだけれど、云い出す契機《きっかけ》を見失ってしまったのである。

いいや。

それ以前に——。

マキにはどうしても気になることがあったのだ。

その時。

騒ぎになって、蒼くなったり白くなったりした人達が右往左往し始めて、怒号やら泣き声やらが広間中に飛び交うようになって、そして漸《よう》く、マキの頭は働き出したのである。マキは、やっと考え始めていたのだ。

——怪訝《おか》しい。

屛風の傷を検分している父親も。

片付けた男達も。

誰も皆。

屏風より背が低かったのである。

その屏風の背は、どうやら七尺はあった。七尺を越す男はこの家には居ない。否、そんな大男は、その辺りには然《そ》う然《そ》う居ないだろう。あの黒いものは——。

背伸びしていたのではない。

寧《むし》ろ、覗き込むようにしていたのだ。

片付けられた屏風の後ろには、踏み台も何もなかった。

肩車でもしていたと云うのか。

それ以前に——。

あれは、何をしていたのだ。

マキを視ていたのか。

視ていたのだろう。

——それなら。

あれはもしかしたら、ずっと、ずっとマキを視続けていたのではないのか。物心付く前から、ずっと。屏風の前に座って、屏風に魅入られていたマキを。

マキは屏風を観ているつもりで——。

ずっと、視られていたのではないか。

マキはそんなことを考えていたのである。

だから。

傷を付けたのは自分だと云いに父親の前に出ても。

結局云えなかった。言葉を探す前に、あの黒いものが脳裡に浮かんだ。そもそも、あれの所為で傷が付いたのだ。あんなものが覗いていたからマキは屛風に傷を付けてしまったのだ。大事な大事な、綺麗な綺麗な屛風を台なしにしてしまったのだ。悪いと云うなら、それは、あの黒いものだ。あの黒い黒いものが覗いていたから——。

あれは何なの、あんな背の高いものが居るの、あれはどうして——。

妾を視ていたの。

そう尋きたかった。

でも尋けなかった。

先《ま》ず、説明が出来なかった。説明なんかした処で信じては貰えなかっただろう。そんなものは、云い逃れ、云い訳に過ぎない。高高《たかだか》十一歳でも、ちゃんと考えればそれくらいのことは解った。

あれは、有り得ないものだ。

七尺の屛風を覗き込める者など居ない。あんなものは居る訳がない。あれは、此の世に在る筈のないものだろう。

でも——。

視たのだ。

マキは見たのだ。

見たのだけれど。

騒ぎ立てる大人達を眺めているうちにマキはもうすっかり自分を信じられなくなっていた。否、あれは幻覚だったのだと、そう思い始めていたのだ。

屏風が片付けられてしまうと――。

もう、凡《すべ》てが嘘のように感じられた。

見間違いだ。マキ自身が先ずそう思った。

何しろ、一瞬のことだったのだ。何もかもが瞬きをする間の出来ごとだったのである。それ自体は、いずれ勘違い見誤りで済んでしまうようなことだろう。芒《すすき》を亡魂《ゆうれい》と見間違うようなものでしかない。

どうでも好いことだ。

どうでも好くないのは。

そのどうでも好い錯覚が齎した、屏風の傷と云う災厄の方である。傷だけは、夢や幻ではない。現実なのだ。

それだけは、紛《まご》う方なき現実だったのだ。マキの愚にもつかない幻覚が、取り返しのつかぬ状況を引き起こしてしまった――と云うことである。

本当に、取り返しのつかないことだった。

その日の宴は恙《つつが》なく終わった。

しかし翌日になって、三人が暇を出された。

蔵から大広間まで、屏風を運んだ三人である。何も解雇《くび》にすることはなかったのではないかと、マキは長い間思っていたのだけれど、今にして思えば、あれは寧《むし》ろ寛大な処置だったのかもしれない。料亭の下働きに弁償出来るような代物ではなかったのだろう。

矢張り値打ちものだったのだ。

実際に——。

傷を付けたのはマキなのであるが。

でも、もう云えない。今更云えない。こうなってしまってから云い出せるものではない。七尺を超える真っ黒な男が覗いていたから驚いてしまったなどと云う戯言《たわごと》を、この期に及んで云えるものではない。本当に戯言なのだ。一夜明けた段階で、マキの中でもあの一瞬は完全に虚妄となっていた。虚妄を理由には出来ない。子供とは云え、マキは十を越しているのだ。幼児ではない。何の契機も理由もなく、ただ無闇《むやみ》に屏風に傷を付けましたは通らないだろうと、そう思った。

でも、納得の行く理由はどうしても見付けられなかった。

考えているうちに益々云い難《にく》くなった。

そうして。

あの、黒いものは錯覚として片付けられて、マキの中には云い知れぬうしろめたさだけが残った。

疑われてはいなくとも、己には判っている。

悪いのはマキなのだ。

暇を出された三人は、濡《ぬ》れ衣《ぎぬ》を着せられたのだ。罪を被せたのはマキである。マキだけはそのことを知っている。知っていて、口を拭っている。

うしろめたい。

そのうしろめたさは、かなり長く残った。

残ったのだけれど——。

いつの間にか消えてしまった。

いや、消えてしまった訳ではない。忘れても思い出し、思い出しても忘れた。思い出す間隔が徐徐に長くなり、まるで思い出さなくなるまで——一年か、半年か、一箇月か、もしかしたらもっとずっと短かったかもしれないのだが——兎に角マキは、そのこと自体を忘れてしまうことで、うしろめたさを克服したのだ。

——忘れていた。

でも何十年も経って。

糞婆ァになって、思い出した。

でも、糞婆ァであるマキは、あの時の屏風の絵柄を未《ま》だ在り在りと脳裡に再現することが出来る。色合いから形まで微細に再現することが出来る。

水流も、水鳥も、人物も、鳳凰も、雲も——。

あの。

あの黒いものも。

あれも、思い出せる。今なら思い出せる。

あれは見間違いなんかじゃない。錯覚でも幻覚でもない。

あれは——。

3

うしろめたい。

次にそう思ったのは、あれは二十歳を過ぎた頃だっただろうか。

あの屛風に傷が付いてから、マキの家は傾き始めた。屛風なんかが家運を左右するとは思えないから、それは偶《たまさ》かのことではあったのだろうが、店の客筋はみるみる悪くなり、奉公人の質も下がり、やがて、客足は絶えた。

マキが十五の時、父親は店を手放した。

マキはそれまで暮らした家を、失った。

と――云っても、一家が路頭に迷った訳ではない。老舗でこそなかったが多田《ただ》の家は物持ちであったのだ。土地建物家財諸諸の一式を売り払うことで、ある程度纏《まと》まった金を得ることが出来たのである。

あの、屛風も売られたのだろう。

あの屛風がどうなったのか、幾価《いくら》で売れたのか、誰が買ったのか。マキは知らない。

傷を付けて蔵に仕舞われてから後、マキはあの屏風を一度も見ていない。あの時が最後であった。

父は家財の凡《すべ》てを処分した。衣類も簞笥《たんす》も何もかも売ってしまった。売れぬものは棄てた。暮らしに必要なものは手放した処で買い直さねばならないのだし、ならば残しておくべきだったろうとも思うのだが、その時も父は験《げん》が悪いからと云っていた。それまでの生活は、全部金に変えられた。

山のような借財を全部返しても、その金は残った。

家の一軒くらいは買える程の額が残ったようだった。

そしてマキの父は、本当に家を買ったのだ。住む家さえあれば、後は何とでもなると、どうやら父はそう考えていたようだった。

父は、前の家から三町ばかり離れた処の、迚《とて》も小さな家を手に入れた。

その時は、狭いと思った。実際、それまで暮らしていた家の三分の一くらいしかなかったと思う。それでも、今にして思えば決して狭い家ではなかったのである。何ひとつ不自由はなかった筈だ。マキが今暮らしている艦褸家よりずっと広い。何倍もある。それで文句を云うのは贅沢である。

奉公人が居た訳でもなし、母親と、祖母と、兄との五人暮らしだったのだから、広過ぎるくらいである。

買うにしてももっと小さな家で良かった筈だ。いいや借家で充分だったろう。とまれ、現金を少しでも残しておくべきだったのだ。

仕事がないのだから。

マキの父親と云う人は、板前としては良い腕だったのかもしれないが、どうも人の下で働くことが不得手な人であったのだ。それまで人の上に立ってあれこれ指図していた者が突然指図される側に回っても上手く行く訳がないと母や祖母は云っていたけれど、マキはそうは思わない。弁《わきま》えた人間はどんな境遇でもきちんと生きる。

父は、まるで弁えていなかったのだ。

偶偶《たまたま》運が向いて、先代が構えた店が大きくなって、それで回っているうちはそれで好かったのだろうが。

既に人を使うような身分ではないと云うのに。人に使われる身分であり乍《なが》ら、そんな大きな家に住む必要などはまるでない。分不相応である。

見栄を張っていたのではないと思う。所詮父は、そう云う人だったのだろう。

齢《よわい》を重ねた今のマキには能《よ》く解る。あれは――先の読めない、駄目な男だったのだろう。

でも。

十五のマキは、矢張り何も考えていなかった。

うしろめたさも屢々《しばしば》忘れ、ただのうのうと生きていた。

父はやがて、通いの板前として何処かの料亭に雇われたのだと思う。でも、一年と保《も》たなかったようだ。技術はそれなりに持っていたらしいから、すぐに次の店が決まったのだけれど、そこも長続きはしなかった。三軒巡って、父は渡世を変えた。

何を始めたのかは知らない。

その頃のマキは、そうしたことにまるで興味を持っていなかったのだ。生活は出来るもの、だと思っていた。

腹は金がなくては膨《ふく》れることはなく、金は黙っていては涌いて来るものではなく、仮令《たとえ》懸命に働いてたとしても喰えるだけ稼げるとは限らないと云う、そんな当たり前のことをマキは知らなかったのだ。稼げないのなら掠《かす》り盗るでも剝《は》ぎ取るでもしなければ生きてはいけない、形《な》り振り構わず喰い繋がねば死んでしまうのだと云うことを知らなかったのだ。

何も知らなかった。知ろうともしなかった。考えもしなかった。

小娘だったのだ。

愚かだった、と云うべきだろうか。

本当に、愚かだった。

家だけはあったが、父の稼ぎだけで一家五人は喰えなかったから、母も兄も働きに出ていたし、祖母も縫子の手内職をしていた。

それでも、マキは働くことをしなかった。

当時だって女は働いていた。職業婦人なんぞと云う偉そうな呼び名はまだなかったけれども、貧しい家の女は皆仕事をしていた。子供だって働かされていたのだ。奉公には普通に出されていたのだし、どうしようもなければ、売られた。

マキとてその気になれば何だって出来た筈である。

マキは、ただ遊んでいた。

勿論、マキとて家計が逼迫《ひっぱく》しているらしいと薄薄《うすうす》感付いてはいたのである。けれども、そんなことは自分の与《あずか》り知ることではないのだと、そう考えてもいたのだ。

ただ、習いごとは全部止《や》めた。止めさせられた。

することがなくなった。でも、何もしなかった。

労働と云う選択肢は、その頃のマキにはなかったのである。

それでも咎《とが》められることはなかった。家の金を持ち出して夜遊びしたりした時は流石《さすが》に叱られたが、小言は云われても働けと云われることはなかった。

云われても働きはしなかっただろう。

そのうちに。

マキは、男と出来た。若い書生だった。

書生と云っても家家の門前に立ち、ぞろぞろとした恰好で月琴《げっきん》や琴《こと》を掻《か》き鳴らし銭をせびる、門付《かどづ》けの書生である。要は乞食《こつじき》芸人のようなものであった。

恋人なんかではない。情夫《いろ》である。

惚れたのではない。遊んでいたのだ。

マキはどうしようもない娘だったのだ。

本当に、救いようのない娘だったと思う。

でも――考えようによっては、その頃は幸せだったのかもしれないとも思う。何も苦労していなかった。辛いことも悲しいこともなかった。

――否。

それでもマキは幸せなんかではなかったのだ。その頃の記憶は決して心安らかなものではないからだ。

投げ遣りな、どこか厭な想い出ばかりだ。

振り返るだに虚しくなる。

贅沢なことである。

遊んでも遊んでも満ち足りなかった。巫山戯《ふざけ》ても巫山戯ても可笑《おか》しくなかった。笑っても笑っても虚しかった。

うしろめたかった――のだろう。

うしろめたくても。

止《や》められなかった。

どんな事業に手を出したものか、或《あるい》はただの雇われ仕事であったのか、まるで判らなかったのだが、職を変えた父は外泊が多くなっていた。時には半月近く家に戻って来ないこともあった。母も兄も朝早くから夜遅くまで働いていた。狭いけれど分不相応に広い家には、祖母が一人居るだけだった。

マキは、男を家に引き入れるようになっていた。

金は欲しいが働かない、そう云う駄目な男だった。父以上に駄目な男だったと云うことだろう。

そいつが駄目な男であることは、マキにも最初から判っていたことだった。

駄目でも良かったのである。と――云うよりも寧ろ、その頃のマキには駄目な方が良かったのである。

そう思う。

自堕落《じだらく》であればある程、良かったのだ。

人にはそう云う時期と云うのもあるのだろう。何も生み出さず、何にも耳を貸さず。何にも目を向けず、ただ背を向けて、凡百《あらゆる》ものに背を向けて、それでも自分だけは特別だ自分だけは正しいと何処かで思っているような――そうした、那辺《なへん》の時期である。

最低だった。

劣っていること、愚かであること、淫《みだ》らであること、正しくないこと。

自分が屑《くず》であることを確かめるために、マキはわざと愚劣で淫蕩《いんとう》な振る舞いを続けていたのかもしれぬ。

それでも、何も云われなかった。

呆れていたのか。

余裕がなかったのだろう。

だから、マキはその書生と、昼間から情を交わした。家族が額に汗して働いているその時に、隣室で祖母が只管《ひたすら》縫い物をしている家の中で、マキは、男と通じた。

――もの凄く。

うしろめたかった。

それはもう、うしろめたかったと思う。

尤《もつと》も、祖母は耳が遠かったので、書生の来訪自体判っていなかったのかもしれない。縦《よし》んば通って来ていることは知っていたとしても、肉親が居る家の中で、襖《ふすま》一枚隔《へだ》てただけのすぐ其処で、真っ昼間から来訪者と孫娘が乳繰《ちちく》り合っているなどと考えはすまい。

それでも、否、だからこそ、うしろめたかったのだ。

胸の内側がちりちりと焦げるような、うしろめたかったような――。

そんなうしろめたさだったような覚えがある。

男と絡《から》まり乍《なが》ら、マキは裕福だった童《こども》の頃のことを思い出していたのかもしれない。

裕福だった頃は、駄目な父も駄目ではなかった。母も優しく、祖母も慈《いつく》しんでくれた。幸福だった。否、幸福だった筈だ。

でも童は馬鹿だから、どれだけ恵まれていたって有り難いとは思わないのだ。感謝の気持ちがなければうしろめたさも感じまい。うしろめたくなければ。

もっと愉しいのに。

もっと満ち足りるのに。

うしろめたくなければ——。

或る時、情事の最中に一度だけ襖が開いたことがある。

祖母は、孫娘の睦《むつ》みごとを目の当たりにして、迚《とて》も悲しそうな顔をした。顔付きなんかは忘れてしまったのだが、表情だけは覚えている。

マキのうしろめたさは倍増した。

マキは——。

隣室に開く襖の前に、衝立《ついたて》を置いた。

気休めである。

それ程までにうしろめたかったのであれば、そんな淫らな行いは止《や》めてしまえば良かろうものを。気休めに衝立など置いた処でどうにもなるまいものを。でも。

止められなかった。

衝立は——。

納戸で見付けた、古いものである。

この家の前の主の持ちものだったのだろう。

衝立には羽を広げた、青い鳥が描かれていた。

マキは、一目観てあの屏風を想い出した。筆致も構図も大きさも、色も形もまるで違っていたのだけれど。

衝立としては大きめの部類だったのだろうが、それでも高さは五尺程しかない。あの屏風と比べるならば遥かに小さいものである。

それから暫《しばら》く、マキはその衝立の絵柄を観《み》乍《なが》ら、愚劣な書生に抱かれた。

母が戻っても。

兄が戻っても。

気にしなくなった。

いいや、気にしなくなったのではない。そんな、その場凌《しの》ぎの遮蔽物《しゃへいぶつ》を置くこと自体、大いに気にしている——と云うことになる。

そして。

その日も——マキは窓のない四畳半の自室に蒲団を敷き、襖の前に衝立を置いて、どこか生《なま》ッ白《ちろ》い書生と、ぬるぬるとした肌を絡ませていた。

夏が来る前の、暑くも寒くもない時期のことである。

部屋の隅には月琴と菅《すげ》の笠が投げ出されており、書生の着物とマキの衣類が、矢張り淫らな形にだらしなく絡まり合って落ちていた。気温は低かったが、空気はやけに湿っていて息苦しい程に濃密だった。あの色白の書生の名前は進吉《しんきち》だったか達吉《たつきち》だったか。扨《さて》、どうだっただろう。

名は覚えていないけれども、脛《すね》の黒子《ほくろ》や項《うなじ》の触り心地なんかは能《よ》く覚えている。

その日は、祖母と、多分母も家に居た。

構うものではなかった。嫁入り前の娘が云々《うんぬん》などと云う月並みな科白《セリフ》は、その四畳半の中には見当たらなかった。

マキは、二十歳を過ぎた頃の自堕落なマキは、男の頸に腕を絡め、頭を空にして、肩越しに衝立を観ていた。構うものではなかったが、矢張り気にはしていたのかもしれない。

祖母や。母を。

襖が開いて、怒鳴られることを期待していたのか。

でも、襖は開かなかった。聞こえるのは男の愚かしい息遣いだけだった。男に首筋を吸われ乍《なが》ら、マキは衝立の青い鳥を、ぼうと眺めていた。

刹那、音が途切れた。

ふと視線を上げると、衝立の後ろから——。

覗いていた。
そう。
あの、黒い黒い顔が。童の頃に一度だけ視た、屏風の後ろの黒い黒い異形の顔が――。
覗いていたのだ。
黒い黒いそれは。
それはマキの愚かな様を、凝視していた。

4

うしろめたい気持ちは、なくなった。

綺麗さっぱりとなくなってしまった。

その後——マキの父は事業に失敗《しくじ》ったかして首を縊《くく》ってしまった。祖母も病《やまい》に斃《たお》れ、母と兄は借財を抱えて途方に暮れた。やがて、マキは廓《くるわ》に売られた。娼婦である。芸者でも酌婦《ホステス》でもない。尤も既に芸が仕込めるような齢ではなかった。

売る——つもりだったのだろう。母も、兄も。

まともに育てて嫁に出す気など端《はな》からなかったのだ。だから淫奔《いんぽん》な暮らしをしていても何も云わなかったのだろう。

そう察したが、別に気にもならなかった。

しかし、マキを売っても焼け石に水だったようだ。二度目の家が手放されることになったのは、マキが女郎になって間もなくのことだ。そして、マキは帰るべき場所を失った。母も兄も行方知れずとなり、その後会うことはなかった。何処かで野垂れ死んだのだろう。

気に懸ける相手も居なくなってしまった。

マキのうしろめたさは、その段階で消失した。

廓の暮らしはそれこそひと塊《かたまり》で、能《よ》く覚えていない。明けても暮れても同じようなことが繰り返されただけである。

でも、頸を白く塗ったことと、相手が情夫から客に変わったと云うことを除けば、それまでの生活と大差はなかった訳だから、どうと云うことはなかった。だから苦にもならなかったけれど、嬉しくも楽しくもなかった。

でも。

時に。

マキは、まるで思い出したかのように、あの黒いものを見た。見たように思う。勿論毎日は見ない。一年に一度か、何箇月かに一度か、それはもう覚えていない。凡てが一塊なのだから、幾度見ても、一度しか見ていなくても、今となっては同じことである。

衣桁《いこう》屛風やら衝立やらの後ろに。

まま、それは居た。

覗いていた。

マキが見知らぬ男どもに躰《からだ》を開く様子を、その黒いものは凝乎《じっ》と視ていた。マキがどんどん汚れて、どんどんと鈍感になって、磨り減って行く様を、それは視続けていた。

怖くはなかった。

そんな暮らしを何年続けたのか、どうしても勘定が出来ない。世の中のことをまるで知らなかったから、明治何年のことだったのかも能《よ》く判らない。

何年目のことだったか。

マキは、男に手を引かれて遊廓から出た。身請《みう》けされたのではない。足抜けである。逃げたのだ。

辛い暮らしから逃げたかった訳ではない。男の、能く回る口車に乗ってみただけだった。その証拠に、逃げる途中もマキはまるでうしろめたさを持っていなかった。そもそも廓の暮らしはマキにとって辛いものではなかったのである。

品川まで逃げて——。

男はマキを場末の娼館——否、淫売宿に売り飛ばして、そのまま姿を眩《くら》ませた。

騙したつもりだったのだろう。

でもマキの方に騙された自覚はない。だから男を恨むこともなかった。悔しいとも思わなかった。ほんの少し、芥子粒《けしつぶ》ばかりの淋しい気持ちはあったかもしれないけれど、それだけのことだった。

河岸《かし》が変わったと云うだけのことだった。生活自体に大きな変化はなかったからだ。

暫くは、そこに居た。

でも、その淫売宿は摘発されて、潰れた。

マキも捕まった。

朋輩達も皆捕まった。捕まった娼婦達はそれぞれ出生地に送り帰されることになった。中にはこっそり他の店に移って娼婦を続けた者もいたようだったが、大方の者は渡世を変えたり、実家《さと》に戻ったりしたようだった。

でも、マキには戻る処がなかった。

好んで娼婦を続ける気もなかった。

かと云って、新しい生活を始めるだけの気概も、もうマキにはなかったのである。

世に身を持ち崩すと謂うが、マキの人生は、まさに身を持ち崩したと謂うに相応しいものであるだろう。

自分でもそう思う。

マキは、東京中の悪所を転転とした揚げ句、四谷《よつや》鮫ヶ橋《さめがばし》界隈に、堕《お》ちた。

世に謂う細民窟《さいみんくつ》である。

そこには貧しき者、恵まれぬ者が犇《ひし》めいていた。そこは暮らして行けぬ者どもが暮らしている場所だったのである。

酷《ひど》い処——だった。

屋あれども風雨を防ぐに難《かた》く床あれども席を置かず——棟割長屋《むねわりながや》には戸板すらなかった。

文明開化だ四民平等だと、明治の世は随分と大層なことを吹いていたようだけれど、そこにはひと欠片《かけら》の文明も、ひと滴《しずく》の平等も見当たらなかった。

でも、貧しい者どもは逞《たくま》しかった。

そして、明るかった。

喰うや喰わずでも死にはしない、死ぬものかと誰もが思っていたからだろう。実際水だけ飲んでいたって死ぬことはなかった。朝になって陽が昇れば、それでその日は生きていられた。お天道さまさえ出ていれば何とかなるのだと——連中は皆そう思っていたのだと思う。

但し、仮令《たとえ》細民窟にあろうとも働かねば死ぬ。どれだけ貧しくとも遊んでいると云う訳ではないのだ。遊んでいて貧しくなった者など、其処には一人も居なかった。皆、働いても働いても喰えないと云う、それだけのことなのだった。若い頃のマキのような人間は、其処には一人として居なかったのである。

日銭稼ぎだろうが何だろうが、何もしなければ水すらも飲めなくなってしまう。そうなれば、死ぬ。

どんなことでもして生きてやろうと、生きるのだと、皆がそう思っていた。だから、誰もが逞しく働いていた。

貧しいからこそ、銭の重み、労働の重みは、いっそうに大きなものであったのだ。

戸板もないような掘っ建て小屋に肩を寄せ合って暮らしていても、暮らしがある限り其処には世間がちゃんとあるものだ。実際、集落の中には米屋もあれば魚屋もあり、酒屋も古着屋も、雑貨屋だって飲み屋だってあった。

集落の中で所帯も持てたし、そこで生まれた子供達だって沢山居た。笑ったり、泣いたり、怒ったりしていた。

マキはそこで、生きること、暮らすこととはどう云うことなのかを学んだ。親が教えてくれなかったことを、漸く学んだのである。

現在のマキは、糞婆ァの多田マキは、その頃に出来上がったのだろう。

それなら。

三十を過ぎて、やっとマキは人になったと云うことなのかもしれない。そして、人になった時、否、人になる前に、マキは既にしてうしろめたさを失っていた——と云うことになるのだろうか。多分、半世紀から昔のことである。五十年は経っているだろう。

マキは、働いた。色色なことをした。

そして、そこでマキは初めて所帯と云うものを持った。

入籍した訳ではない。内縁である。マキの夫となった男は車夫だった。頭の悪い飲んだくれで、女癖も悪かったが、悪人ではなかった。

為次郎《ためじろう》と云う名の、やけに背の高い男だった。

好きで添ったと云うよりも、生きるために添ったと云うべきなのだろう。そうでないならば——ただ縁があったとしか云いようがない。他にも男は大勢居たのだし、取り分けその男が違っていたと云う訳ではなかったと思う。

二年くらいは暮らしただろうか。

尤《もっと》も、後半の一年はあってないようなものである。

喧嘩ばかりしていた。亭主は酒を飲んでは女を引き入れてマキの目の前で抱いた。そうすることが当たり前のように。

まるで——。

娘時分の己を見ているようだった。

でも——戸板すらない棟割長屋には、衝立は疎《おろ》か襖すらなかったのである。当然、亭主は、為次郎は——。

うしろめたさなど感じていなかっただろう。

この男には、あの屏風の後ろの黒いものは決して見えないのだろうと、マキはそう思った。そう思うと、無性に亭主が嫌いになった。

嫌いで嫌いで、大嫌いになった。

そして。

マキは棄てられた。

為次郎は、車夫の分際で呉服屋の令室《おくさま》と出来てしまい、揚げ句の果てに駆け落ちをしてしまったのであった。駆け落ち先で捕まったとか捕まらなかったとか、心中したとかしないとか、そんな話も耳にしたけれど、もうどうでも良かった。

悲しくはなかった。ずっと一人、所詮一人である。

それから。

マキは生きるために旺盛に働いた。飯を喰うためなら、腹を膨らませるためなら、何でもした。同じような境遇の女達を束ねて、売春の斡旋業のようなこともした。

儲けたかった訳ではない。

生きたかっただけだ。

死にたくなかったのではない。

死ななかったのである。

死なないから、生きるより仕方がない。

生きる以上は慾が要る。生きるための慾だ。それ以上の慾は生きる邪魔になる。分不相応な慾を持つと父親のようになるのだと、マキは知っていた。

そんなマキは若い娼婦達に随分と慕われた。束ねていると云っても世話をしていただけで搾取していた訳ではなかったからだ。そうした群れは自然に出来上がったものだった。

大正になった頃。

マキは四谷に家を買った。

この、襤褸家である。

多田マキは、こうして糞婆ァになったのだ。糞婆ァとしてずっと生きて、そのうち昭和になって、戦争が過ぎて、そんなこととはまるで関係なしに生きて、そして今日も。

マキはただ生きている。

まるで虫螻蛄のように、ただ生きている。

死ぬまでこうして過ぎるのだろうと、マキはそう思っていたのだけれど——。

5

うしろめたい。

どうも、うしろめたい。

あの、屛風の陰の黒いものは——何だったのだろう。

男女の閨房《ねや》をして、屛風より他に知る者なしと世人は謂う。

屛風は遮蔽するためにある。見られたくないものを隠すために屛風や衝立と云うものはある。ならば——もしも屛風に眼があったとするならば——観ているのは屛風だけ、と云うことになるのだろう。

慥《たし》かに。

器物は古くなると化けると云う。百年も使えばどんな物も霊威を為すのだそうだ。あの屛風も衝立も、相当に古いものではあっただろう。ならばあれは、歳経《としふ》りし屛風の精か何かであったのだろうか。

それは違うような気がする。

あれが屛風そのものであるのなら。

その所為で屛風自体が傷付けられてしまったことになってしまうではないか。そうではない。それは違う。

——あれは。

そんなものではないのだ。

ならば。

絵か。描かれていた絵の所為か。

左甚五郎《ひだりじんごろう》の木鼠《きねずみ》ではないけれど、良く出来た拵《こしら》えものは時に生を得ることがあると聞く。達者に描かれた絵姿が夜な夜な絵を抜け出して怪をなす——と云うような話も、聞かぬ訳でもない。

あの屛風の絵は、多分かなりの達人の手になるものだった筈だ。

そうならば——。

絵が抜けたか。

それもあるまいとマキは思う。

あれは、あの黒いものは、鳥でも唐人でもなかった。

それに、屛風は兎も角、衝立の方に描かれた青い鳥は大した絵ではなかっただろう。それは立派な図柄ではあったのだけれども、高名な絵師の手になるものだったとは思えない。

加えて廓で度度《たびたび》幻視した、あれはどうなる。絵など何処にも描かれていなかったではないか。それは、ただ物陰から、遮蔽物の背後から、マキを覗き見ていただけである。

屛風の精でもないし、抜けた絵姿でもない。

そうしたものではないのだろう。

あれは。

——ただ覗くだけのものだ。

そこまで考えて、マキは白髪頭を振った。全く以てどうかしている、耄《ぼ》けてしまったのかもしれぬ。あんなものは幻覚に決まっているではないか。十を過ぎたばかりの童の時分でさえ見間違いとして決着をつけられたことではないか。数えることが出来ぬ程に馬齢《ばれい》を重ね、糞婆ァになってしまって、自分は今更何を戯《たわ》けた妄想に囚われているのだろう。

考えるまでもなく錯覚だ。

与太《よた》である。

物が化けるだの絵が抜け出すだの、そんな怪談噺《ばなし》もまた与太のうちだろう。信ずるに値《あたい》するようなものではない。

況《まし》て、得体の知れぬものが覗くなどと云う戯言は、余計に与太なのだ。亡魂《ゆうれい》ですら神経の所為とされてしまう昨今、そんな妄想を抱いていると云うだけで、もう、脳を病んでいると断じられてしまい兼ねない。

マキは躰を起こし、寝床の上に座った。

早く起きると、ろくなことを考えない。

特に最近は宜しくない。

取り締まりが厳しくなって、客も減っている。

馴染みの娼婦達は皆齢を取り、多くは死んでしまった。

そうでなくても長く続けられる商売ではない。それに戦後は進駐軍相手の立ちん坊が増えた。地回りどもも、どうにも質《たち》が悪くなった。マキの手には負えない。それに――。

現在、売春は犯罪である。犯罪になってしまった。

その犯罪に手を貸している自分もまた犯罪者である。太古《いにしえ》の昔はどうだったか知らないけれど、今はそうなのだ。

――だから。

うしろめたいのだろうか。

それは違うような気がする。法律を守らないのは悪いことだろう。しかし、マキの人生は法を破ったくらいでうしろめたくなるような弱弱《なよなよ》したものじゃない。いつだって、いつの時代だって、マキは天に唾《つば》するようにして生きて来たのだから。

それこそ、今更何だと云う話だ。

マキは眼を擦《こす》る。

何の具合か、最近は暗くなるとまるで見えない。所謂鳥目と云う奴なのだろう。不便と云えば不便だが、治す気もない。

どうせ間もなく死ぬ。

そう思う。

窓に目を向ける。

少しだけ明るくなり始めている。

時計が見えないから時間は判らない。時など計っても無駄だと思うから、判らなくたって構わないのだけれど。

昨夜、奥の小部屋に客が一組だけ入った。

妙な客だった。

商売女ではなかった。何でも、どこぞの呉服屋の、しかもかなりの大店《おおだな》の令室《おくさま》なのだそうである。

いけ好かない、と心底思った。

何不自由のない生活《くらし》をしていて、それで客を取っていると云うのか。ならば娼婦ではなく、娼婦の真似ごとをしているだけだ。仕事ではなく趣味である。ただの男漁《あさ》りである。

そんな了見では――。

他の娼婦達に申し訳が立たぬ。

好き勝手に生きているだけではないか。

気に入らなかった。大体そんなご身分であるのなら、こんな、襤褸襤褸《ぼろぼろ》の淫売宿に泊まることなどないだろう。

此処《ここ》は、息を吸って飯を喰うことすら覚束ない連中が使う場所なのである。爪に火を灯すように暮らして、その火さえ消えそうになって、それでも死にたくないと云う死にかけの連中が、漸《よう》よう辿り着く場所なのだ。

でも、マキはその女に部屋を貸した。

気に入らぬ女に一泡吹かせてやって欲しいと――頼まれていたのである。

話を持ち掛けて来たのは、何処の馬の骨とも判らぬ若い男だったが、聞けば本当に気に入らない話だったから、乗った。

呉服屋の奥様が陰で娼婦の真似ごとをしていると云う話だった。

訪れた若い男は、どう観《み》ても大店の主人には到底見ぬ風体であったし、風貌も物腰も、話の内容からして実に怪しいものでもあったのだが、いずれ浮気女の亭主に頼まれたかした人間なのだろうと、マキは勝手にそう断じた。

その女を此処に来させる――と、その若い男は云った。

どのような算段があるのかは聞かなかったが、兎に角この家で、この襤褸襤褸のマキの家で、その女に客を取らせるよう仕向けるのだと云うことだった。

女が寝入った処で身包《みぐるみ》剝《は》いで、大いに恥をかかせてやってくれないかと男は云った。着物がなくては帰るに帰れまい。それ以前に、部屋からも出られないだろう。

剝いだ着物は売るなり着るなり好きにしていいと男は云った。

泥棒は嫌だとマキが云うと手間賃だと云われた。それでも嫌だと云った。泥棒をしなければ生きて行けぬ程追い込まれているなら、マキとて追い剝ぎでも何でもするだろう。でもしなくていいなら絶対しない。恥をかかせるのが目的ならば、かかせた後で返せと云った。

尤《もっと》もだと男はやけに素直に認め、マキが損をしないよう、またマキに一切累が及ばないよう取り計らった上で、女に着物を戻す算段をする——と云うことになった。

奇手烈《きてれつ》な話だ。ただ、大店の女将《おかみ》が場末の淫売宿から襦袢《じゆばん》姿で御帰館となれば、慥《たし》かにただでは済まないだろう。淫奔《いんぽん》な女房にお灸《きゆう》を据えるつもりなのか、三行《みくだり》半《はん》を書く理由にするつもりなのか、どんな思惑でのことなのかマキには見当もつかぬが、場合に依ってはその大店の暖簾《のれん》に瑕《きず》が付くような事態にもなり兼ねぬ。赤ッ恥《あかばじ》だ悪戯《いたずら》だで済む話ではない。

でも、そんなことはマキの知ったことではなかった。

もしかしたらあの若い男は、亭主に頼まれた訳ではなくて、店なり女なりに恨みを持っている人物だったのかもしれない。意趣返しのつもりなのかもしれぬ。

それならそれでいい。どうであっても、マキの腹は痛まない。

本当に気に入らない女ならば、甚振《いたぶ》ってやるだけだ。

女は、夜半にやって来た。

酷《ひど》く背の高い客を連れていた。

――まるで。

マキを棄てた為次郎のように見えた。

暗かったから顔はまるで見えなくて、形影《シルエット》しか判らなかったのだが、背恰好は能《よ》く似ていた。予《あらかじ》め敵娼《あいかた》が呉服屋の女将だと知らされていたからそう見えてしまっただけ――かもしれなかったのだが。

――そうか。

そんなことが、マキの昔をほじくったのかもしれぬ。要らぬことを彼《あ》れ是《こ》れ思い出してしまったのも、その所為だったのかもしれない。

だが。

男の方は、まだ暗いうちにごそごそ一人で帰ってしまったのだった。

その段階で、もう駄目だなとマキは思った。客が帰ってから一人でぐうぐう寝ている馬鹿はいない。身支度をされてしまったら、もう着衣を奪うことは出来なくなる。

まあ、どうでも好いと思ってはいたのだが。

マキには関係のないことだった。

しかし、いつまで経《た》っても女は部屋から出て来なかった。

どうやら眠っている——ようだった。

気配も何もしなかったからだ。

目が不自由になると気配には敏感になる。マキは、僅かな物音、微かな振動でも目が覚める。夜は、見えない。

何も動く様子はなかった。

マキは——。

呆れた。客と寝て、寝た後に眠りこけてしまい、客の方が先に勝手に帰ってしまうなどと云う間の抜けた話は聞いたことがなかったからだ。それでは花代《はなだい》も取り剝ぐってしまう。

——いや。

もしかしたら。

あの女は余程つまらない女だったのではないか。あの客はそのつまらなさに愛想を尽かして先に帰ってしまったのではないのか。そうなら、愛想を尽かされた方の女は機嫌を損ねて不貞寝《ふてね》していると云うこともあるか。

そうなのかもしれない。

何しろ、あの女は商売女ではないのだ。

奥様なのである。気位も高いのだろう。

そんなことを思った。

暫くはただ起きていた。何をする気にもならなかった。

だが――考えようによって、これは都合の良い状況であると云うことに、マキは気付いたのだった。女が一人で眠りこけているのであれば、衣服を掠め盗ることは容易《たやす》い。

そう思った途端に――。

何故か、うしろめたくなったのだ。

それが何故なのか、マキはずっと考えていたのだ。愚にもつかない想い出を、ハトロン紙のように薄っぺらな己の日日の積み重ねを、ぐだぐだと反芻《はんすう》する羽目になった訳である。

――何もかも。

どうでも好い。

マキはそう思うことにした。自分はうしろめたさなど五十年も前になくしてしまった人間なのだ。屛風の陰の黒いものなど、ただの妄想だ。何の関係もない。

自分は、もう生まれた時からずっと馬鹿なのだ。

馬鹿だと知らぬ時期があって、わざと馬鹿を演じていた時期があって、その結果馬鹿として生きよう、ただ生きようと決めて、そして今、此処に、この襤褸襤褸の淫売宿に座っていると云うだけだ。

――あんな女には。

解るまい。

何だか無性に肚が立った。

マキは重い腰を上げた。

もう、外はすっかり明るくなっている。

建て付けの悪い襖を開けて、ぎしぎしと鳴る歪《ゆが》んだ廊下を進んで――。

納戸を改装したちっぽけな小部屋の襖に取り付けられた粗末な鍵は、内側からしか掛けられない。女が寝ていて男が先に帰ったのなら、必ず開いている筈なのだ。

しかし、鍵は閉まっていた。

つまり女が掛けたのだ。男が帰った後に中から女が掛けたとしか思えない。女は鍵を掛けて、そして眠ったのだ。

うしろめたいか。

だから衝立を立てるのか。屏風を立て回すのか。こうして鍵を掛けるのか。そんなものは何の役にも立たないぞ。立たないとお前も知っているだろうに。

マキは、忍び込むことを止めた。もう、本当にどうでも好くなってしまったのである。後付け急拵えの粗末な鍵など掛けたって、意味はないのだ。無意味なのである。

マキは、襖を思い切り蹴《け》った。

二度蹴ると襖は外れて、鍵の処を軸にして内側に倒れた。

「起きなッ。ぐだぐだ寝てるんじゃないよッ」

そう怒鳴って、マキは一歩踏み込んだ。

水鳥の柄が。

マキは息を呑んだ。

衣桁《いこう》屛風に、それは見事な水鳥の柄が描かれた、加賀友禅《かがゆうぜん》が掛けられていた。

その。背後から。

黒い、黒い黒い、得体の知れないものが。

瞬きをする、ほんの僅かの間。

覗いた。

声にならぬ叫びを上げて遁《に》げ出した多田マキが女の無惨な他殺体を発見することになるのは、それから約一時間後のことだった。昭和二十八年、早春のことである。

第拾四夜

◉

鬼童《きどう》

◎鬼童

鬼《き》童《どう》丸《まる》ハ
雪《ゆき》の中に
牛《うし》の皮《かは》を蒙《かうぶ》りて
頼光《らいくはう》を市原野《いちはらの》に
うかゞふと云

——今昔百鬼拾遺／中之巻・霧
鳥山石燕（安永十年）

1

僕は人だが、人でなしだ。

普通なら如何《どう》するのだろう、こう云う時は。

僕は、食事をしている。まるで不似合いだ。

不似合いと云うより間違っていると云うべきか。僕は卓袱台《ちゃぶだい》の前に座り、茶碗と箸《はし》を手にして黙黙《もくもく》と飯を喰っている。

昨日《きのう》の朝、一昨日《おととい》の昼、一昨昨日《さきおととい》の夜と全く同じ姿勢で。

幾多《いくた》の過去と、数多《あまた》の過去の日常と寸分変わらぬ情景の一部になっている。

一部になることで非日常を遣《や》り過ごしている。

——否《いや》。

この現状の何処《どこ》が非日常的なのか、僕には解《わか》っていないのだと思う。そこが解らないから、対処のしようがない。日常的に振る舞うよりないのだ。ならば、飯を喰っていると云うこの行為自体より、違いが解らないと云う前提の方を問題にすべきなのだろう。

慥《たし》かに昨日と今日は違う。昨日は雨だった。今日は多分晴れている。でも、僕にとっての差はそれくらいのものだ。僕以外のものごとにどれ程の変化があろうとも、僕は。

変わらない。

変わりようがない。

仮令《たとえ》、僕を取り巻く僕以外の世界の何もかもが、ある日突然様変わりしてしまったとしても——僕は僕なんだろう。

なら、変わった世界も、僕にとっては日常だ。

朝起きたら自分の顔形が完全に変わっていたとか、何もかもすっかり忘れてしまっていたとか——もしもそんなことがあったのなら話は別なのだろうが。

そんなことはない。

ないだろう。ないのだ。

冷えて少し固くなった飯は、あまり美味《おい》しくはない。

そもそも味が能《よ》く判《わか》らない。砂を嚙《か》むようなと云う比喩があるけれど、そう云う感じでもない。食感はあくまで米のそれである。多少乾いている感じがするし、偶《たま》に豪《えら》く固い粒が交じっているけれど、米は米である。だが、どうにも味がしない。

大体、僕は腹が空《す》いている訳ではないのだ。朝から何も食べていないのだけれど、空腹感はない。何だか無理に食べているような気もしないでもない。

そんな状態でいて、そしてこんな状況にあって、何故食事をする気なんかになったりしたのか、その辺りのことは自分でも能《よ》く解らない。

飯櫃《めしびつ》を開けてみたら。

中に一杯分くらい飯が残っていたのだ。

ああ、喰わねばなと思った。無意識に戸棚から茶碗を出して冷や飯を盛っていた。

飯櫃の蓋《ふた》を開けた理由も解らない。取り分け混乱していた訳でもない。

動揺はなかった。今もない。僕は迚《とて》も冷静だ。

強《し》いて云うなら、そのあくまで冷静でいる自分と云うのが理解出来なくて——いや、そこを理解して容認してしまうのが厭で——敢《あ》えて支離滅裂な行動を執ってしまったと云うことなのだろうか。

違う。

そんな解り易いものじゃない。

僕は、そんなに聡明ではない。もっと渾沌としている。渾沌としていると云うよりも、そう、僕の頭の中は泥土《でいど》のように粘《ねば》っていて、見通しも悪いし思い通りにもならない。胸の中にも腹の中にもそのどろどろしたものは詰まっている。それは、時に熱い。酷《ひど》く熱い。

融《と》けた鉛のようなものだ。

そんな益体《やくたい》もないもので充満しているのだから、まともな思考など出来る訳もない。

つまり、僕は冷静なのではない。鈍重なのである。何も感じないだけなのだ。否――表面では何かしら感じているのだけれど、中心まで響かないのである。

だから。

――人でなしなのだろう。

僕は飯を噛む。幾度も噛む。そして呑み込む。

呑み込み難《にく》い。水気が足りない。矢張《やは》り乾いている。

副菜はない。余り物の総菜があった筈だけれど、もう四五日前のものだし、きっと傷んでいるだろう。腐っているか乾いているかしている筈だ。ならばお茶でも淹《い》れようかと思ったけれど、湯を沸かすのは面倒だった。

それでも、味がしない飯ばかりを喰うのも流石《さすが》に堪らない気がしてきたから、僕は戸棚から梅漬けの壺を出して、ひとつ抓《つま》んだ。

壺の中は暝《くら》く、瑞瑞《みずみず》しかった。

紫蘇《しそ》の香りを嗅ぎ取って、その時漸《ようや》く僕は、家の中が不快な臭気で充満しているらしいことに気づいた。

全く以て鈍感極まりない。

この異臭こそが、飯の味が損なわれて感じられる原因に違いない。味覚なんてものはあやふやなものだ。半分くらいは嗅覚で決まってしまうものなのだ。

困ったものだ。

この状況で飯を喰おうと思う者はいないだろう。そうした理由からそう云うのではない。道徳だとか常識だとか、社会通念だとか、そうした理由からそう云うのではない。勿論そうした意味に於《お》てもそうであることは確実なのだけれど、これはそれ以前の問題だ。こんな環境で無理矢理に食事をしようとする者など絶対にいない。臭《にお》う。一度気にするとずっと気になる。我慢出来ない程強い悪臭と云う訳ではないのだけれど、嗅ぎ続けていたくはない。不愉快な、生理的に受け付け難《がた》い臭気である。

寒い時期で良かった。

このにおいは、もしや外にまで漏れ出しているだろうか。隣家にまで及んでいるのじゃないだろうか。窓を開ければ良いのか。しかし開けたら、それこそ往来にこの不快な臭気が漂い出してしまうのではないか。

——それはどうだろう。

僕は茶碗を卓袱台の上に置いて、顔を横に向けた。

開け放たれた襖《ふすま》の先に、母が死んでいる。

動かないから、きっと死んでいるんだろう。

もう、半日から動かない。朝からずっと動かない。母はここ暫《しばら》く床に臥《ふ》せっていたのだけれど、寝た切りだって少しは動く。だから眠っている訳ではない。

だって眼が開いている。瞬《まばた》きをしないのは怪訝《おか》しいだろう。呼吸《いき》だってしていないと思う。ぴくりとも動かない。死んでいるのだ。

母の死骸のすぐ横で、僕は飯を喰っている。

人でなしだ。

普通なら如何《どう》するのだろう。こう云う時は。

どこかに連絡をするんだろうな、とは思う。医者か警察か役場かお寺か火葬場か、まあその全部なんだろうけれど。

どうやって。

何て云えば良いのだろう。

もう、かなり長く生きているつもりだが、そんなことすら判らない。いったい僕は今の今まで何をして生きて来たんだろうと思う。思ったところで遣り直しは利かない。勉強し直すと云っても、二十何年分の人生を遣り直すのには、矢張り二十何年かかるのだろう。

でも、そんなこと誰も教えてくれなかった。

母親が死んでしまった朝は、どう過ごすのか。そんなことは教わってないと思う。教わったのだとしたら——理解したり覚えたりする前に、受け付けなかったんだろう。

母親はもう黒ずんでいる。

皮膚だって、紙のような質感だ。

仰向けで、少し反《そ》るような体勢で、反対《さかさま》に此方の方を観ている。いや、観ていないのか。死んでいたら何も見えないのだろう。見えやしないさ。瞳が、黒目の部分が、まるで碁石のようになっている。とろんとして、何も映していない。

口が半分開いていて、小さな歯が覗いている。

死んだ人の顔だ。

母さんは死んでいる。今朝からずっと死んでいる。

眼も鼻も口も、形も大きさも、生きている時と寸分違わない。でも、それなのにもう違うものに見える。実際違うものなのだろう。顔色や質感が変わった所為《せい》だけじゃない。決定的に何かが違っている。

――屍体だ。

魂と云うものがあるのかないのか、僕は知らない。あるならもう、母からは抜けてしまっているのだろう。

抜けて何処にあるのかは判らないけれど。

見渡したって何もない。

部屋の中は母が生きていた時と同じだ。違っている処は微塵もない。違うのはにおいだけである。

もう、腐敗し始めているのだろうか。

そんなに早く腐るとも思えないのだがな。

僕は、母の死骸を眺めた。

少し腕が縮んだみたいだ。肘《ひじ》が曲がったのだろう。

まるで荷物でも持っているような姿勢になっている。

朝見た時はもう少し真っ直ぐだったと思う。両腕は下腹の上に乗っていた。今は臍《へそ》の辺りだ。乾燥でもしたのだろうか、それともそう云うものなのだろうか。

何だか――。

何も気持ちが動かない。

泪《なみだ》も出ない。泪くらい出てもいいと思う。

僕は、いつだってそうだ。

鈍感な、人でなしなのだ。

感情がない訳じゃない。喜怒哀楽はちゃんとある。僕だって可笑《おか》しい時は笑うし、悔しい時でも。

辛いと思えば泪だって出るのだ。虫の居所が悪ければ怒りもする。

そう、嬉しいとか哀しいとか、その辺りのことが、僕にはどうにも解らない。あやふやだ。頭では解るのだけれど、心が動かないのである。

例えば親切を受けた、贈り物を貰った——そんな時は素直に有り難いと思う。感謝の気持ちは大いにある。悪い気もしない。だから礼も云うし、嬉しそうに振る舞うよう努力もする。そう、努力をしなければならないのだ。

嬉しい筈なんだけれども。

努力して嬉しそうに振る舞わなければ、外からはそう見えないと思う。実際、嬉しいのかどうか判らない。心地良いなとは思う。でもそれで嬉しいかどうかは解らない。哀しさに就《つ》いても同様だ。不快や不満は感じるが、哀しいのかどうかは怪しい。

そんな気がする。

こんな時くらい、哀しくなるべきじゃないか。

と、云うよりもどうして哀しくないのだろう。

肉親が——しかもたったひとりの肉親が死んでしまったのだから、哀しいに決まっているのだ。実際、可笑《おか》しくもないし、勿論嬉しくもない。母親が死んで嬉しい訳がない。それなのに、僕は——。

僕の心は全く動かない。まるで粘土みたいに。

何とも思っていないのではないか。

なら人でなしだろう。

哀しい筈だ。

葬式には何度か出たことがある。みんな泣いていた。

それは哀しそうに泣き喚《わめ》いていた。遺族ではない者だって泣いていた。死者を哀れに思うのか、遺族を哀れに思うのか、啜《すす》り泣いていた。涙ぐんでいた。慟哭《どうこく》していた者もいた。

かなしいのだろうな、と思った。

そして僕は、泣き暮れる人達に憧れた。

こんなに心が揺れ動いたら、どんなに良いだろう。

僕の中に詰まった粘土も、あんなに揺さぶられたら少しは動くんじゃないか。揺さぶれば、皹《ひび》くらい入るだろう。揺すり続ければもしや砕けて、さらさらになるんじゃないか。

ああ、流動する心が持ちたい――。

でも、母の死と云う、多分最大級の事件《イヴェント》に臨んでも、僕の中味は固まったままである。

粘土と云うより鉛が詰まっているみたいだ。

どろどろの鉛が、冷えて固まってしまっている。

そうでなくては、母親の屍の横で冷や飯を喰ったりしないだろう。出来ないだろう。してはいけないだろう。

頭では解っているんだ本当に。

でも、泪も出ないんだから、どうしたらいいのか判らないのだから。こうするより仕方がないじゃないか。僕は鉛の詰まった人でなしなんだ。そうなんだろう。

母が嫌いだとか云うのなら、別なんだけれど。

母のことは好きだった。死んだ今だって好きだ。他の人のことは判らないけれど、普通の人が親を好きなくらいには好きだと思う。普通の人と云うのがどんな人なのか、それも判らないのだけれど。

肉親だから喧嘩をしたこともあったけれども、母はいつも優しかったし、先《ま》ず穏やかな人だったのだ。何より女手ひとつで僕を育ててくれたのだから、憎むような理由はない。

随分と無理をしたんだろう。

銃後も戦後も、それは大変だった。

生きて行くためには仕方がなかったのだが。

その無理が祟ってこんなになってしまったのだ。

ならば、母が倒れたのも半分くらいは僕の所為である。半分以上かもしれない。僕が生まれていなければ、母も別な人生を送れていたのだろうから。

それなのに僕は――。

玄関の方で声がした。

2

登美枝《とみえ》さん登美枝さんどうしたんだい。

今日は身体《からだ》の具合の方はどうなんだい。

お店は今日も休むかねえ。どうするね。

そんな言葉が、玄関の方から流れて来た。多分熊田《くまだ》さんだろう。熊田さんは店を手伝ってくれているご婦人だ。戦争でご主人と息子さんを失って、天涯孤独だと云っていた。

家族を失った時、熊田さんは悲しかったのだろうか。

母は、小さな総菜屋を営んでいる。僕も手伝っている。ただ僕はお勝手仕事が不得手なので、熊田さんに手伝って貰っているのだ。雇っていると云うよりも、店を一緒にやっていると云った方が近いだろう。

店は今月に入ってからもうずっと閉めている。母が倒れてしまったからである。熊田さんも生活がかかっているのだろうから、このままではいけないとも思うが、母がいなければどうしようもない。僕は何も出来ないのだ。いい齢《とし》をして、木偶《でく》の坊なのだ。

徹《て》っちゃん徹っちゃんいるのかいそれとも留守なのかいと熊田さんは云っている。戸を叩く音もする。何か応えなければいけないのだろうとは思う。でも、何と云えばいいのだろうか。のこのこ玄関まで出て行って、母が死んでしまいましたよと云うのか。それはどうなんだろう。

莫迦《ばか》にしか見えないのじゃあないか。

泣いて乱れていると云うなら兎《と》も角《かく》。

僕は、到って平常なのだから。これでは人でなしにしか見えないだろう。実際そうなのだから仕方がないけれど。でも通りすがりの屑屋《くずや》に応対するかのように母親の死を他人に告げるなんて、幾ら何でも無慈悲過ぎるなと思った。

どうしたものですかと、僕は心中で死骸に問う。

死んでいるのだから声に出すことはないだろう。

母は。

ただ死んでいるだけだった。

死んで、腐っているだけだ。

答える訳もない。

ああ、僕も少し狂っているなあと思った。死んだ者に話しかけるなど、常人のすることではないだろう。つまり今の僕は平常とは云えないのだ。

そう考えると、少しだけ安心した。母の死は多少なりとも僕に影響を与えている。冷え固まった鉛のような僕も、幾分平素とは違ってしまっているのだ。

——そうなのか。

そうなんだろうか。僕は、世間体を気にしているだけではないのか。本当は何も動じていないのに、動じていないことを悟られたくなくて、でもどう振る舞うべきなのか判らないから、母に頼る振りをしてみただけじゃないのか。母はもう生きていないと云うのに。

その証拠に、僕はほんの僅《わず》か苛《いら》だってもいる。

こんな面倒臭い状況を招いたのは、母だ。

母さんが死んだりするからいけないのじゃないか。

いや、母さんだって死にたくて死んだ訳じゃない。

それは濡《ぬ》れ衣《ぎぬ》と云うものだ。逆恨みと云うのだろうか。

でも、僕の所為《せい》でもないさ。僕には母の病を癒すことなどは出来はしない。出来るのにしなかったと云うなら話は別だが。出来る訳もなかった。だから僕の所為じゃないよきっと。

そんな考えが、頭の後ろの隅の方で涌《わ》いている。

でも、それは肚の底にある想いじゃない。

僕の本心、否、真情ではないと思う。

——真情って何だ?

何よ徹っちゃんいるんじゃないよと熊田さんのひと際大きな声が聞こえた。がらがらと戸の開く音もする。

——ああ。

臭気が漏れてしまうなあ。でも外気が流れ込んで薄まれば家の中に充満した母さんは多少薄まるだろう。そうか、このにおいは母さんの魂なのかもしれない。死人から発散しているんだからそうなんだろう。

なら、早く薄まって無くなってしまう方がいい。

母さんも凝《こご》っているのは厭だろう。

凝って凝って、僕のように固まってしまったりしたら、もうどうしようもなくなってしまうから。

「何よ。徹っちゃん。徹っちゃんてばさ。あんた、どうかしちゃったのかい。お母さんの具合でも——」

熊田さんだ。上がり込んだのか。

「ちょっと。徹也《てつや》君ってば」

ああ、臭《くさ》いだろうなあ。

魂のにおい。

「何よ。あんた——ちょっと、どうしたのさ」

母の骸を眺めていた僕は、そこで漸く振り返った。

小さな眼を円《まる》くした熊田さんの顔がすぐ近くにあった。

「何よ——」

何と云えばいいのだろう。

「ちょっと、登美枝さん。登美枝さん？」

熊田さんは僕を押し退けるようにして前に出て屈《かが》み、母の死体に手を掛けて揺すった。登美枝さん登美枝さんってばと云い乍《なが》ら何度も何度も揺すった。

揺すると余計に魂が抜けるな。

薄まるのは良いことだ。

「登美枝さんッ」

ひと際大きな声でそう云った後、熊田さんは振り返って僕を見て、あんた、徹っちゃんと云った。

「は——」

上手に返事が出来なかった。

ずっと黙っていたからだろうか。それとも魂が滲み出た厭な空気を沢山吸ったからかもしれない。

「あんた——登美枝さんが、お母さんが」

死んでるじゃないのよ。

知っていますよ。

「まあ、どうしましょう。どうしたらいいの。あんた、確乎《しっか》りしなさい。ねえ、哀しんでるのは解るけど」

哀しくないよ。

人でなしだから。

ちょっと、しゃんとしなさいよと熊田さんは云った。

「はあ」

僕はそれしか云えなかった。

「はあって——いや、そうだよねえ。母一人子一人だもの気持ちは痛い程に解るけど、このままにはしておけないでしょうに。あんた、お母さんは亡くなってるわよ。ほら」

知っていますよ。そんなこと。

見れば判るでしょうもう黒くなっているし。こんなに魂が漂い出て、こんなに死のにおいがしているじゃないですか。

「認めたくないのは解るけど、でもね、ここにぼおっと座ってたってお母さんは生き返りやしないわよ。すぐに人を呼ばなくちゃ。ねえ、徹っちゃん」

熊田さんは今度は僕を揺すった。

揺すったって無駄なのに。冷え固まった鉛の僕は、揺さぶったぐらいでどうにもなりはしない。そもそも。

あなたの声は僕の内側にまで届いてない。

「徹っちゃんってばッ」

眼が充血している。

小鼻が開いている。

涙ぐんでいさえする。

熊田さんは物凄く動揺している。揺れているのはこの人なんだ。この人は、自分の動揺を僕に押し付けようとしているのだ。

心の振動が伝わってくる。

でも、鉛の僕は動じない。

本当にどうしようもない。

「どう――」

如何すればいいですかと云った。

「どうすればって、そうよね。いや、ちょっと」

熊田さんはもう一度母を揺すった。それから顔をくしゃくしゃにして、聞き取れないような言葉を云った後、僕を抱き締めて、オウオウと泣いた。

なる程なあ。

こうすればいいのか。でも、そう巧《うま》くは出来ないよ。

「あんたも――いや、登美枝さんもさあ。どうしてこうなのかねえ。どうして見放すかねえ、神さんも仏さんも、何だってこんな仕打ちをするのかねえ」

頑張って頑張ってこれからだって云うのにさあ。

――これから。

だったのだろうか。

それは能《よ》く解らない。

これからとこれまでと、いったいどれだけ違いがあるとこの人は云うのだろう。晴れか曇りか雨か、それくらいしか違いはない。いいや、違いなんかない。一緒だろう。

その証拠に。

母が死んだと云うのに、天地は引っ繰り返りもしない。空の色も街の様子も、まるで同じじゃないか。僕だって何も変わっていない。何ひとつ変わらない。

熊田さんが狼狽しているだけだよ。

熊田さんは僕から離れて、ぼろぼろ泪を溢《こぼ》して、それから反省でもするように座り直して、母の骸に手を合わせた。

――そうか。

そうだよなあ。死人は仏様と云うくらいだから、こうして拝むべきなのだろう。しかし魂がこんなに抜けてしまっている死骸の、いったいどこがそんなに有り難いのだろう。

そこの辺りは今ひとつ納得出来ない。

これは動かなくなった肉と骨と皮と毛の塊じゃないか。

生きて居た頃の母を拝むと云うのならまだ理解出来るんだけれども。死骸は死骸だ。腐りかけている。

僕は、そんなことを思っていた。ひと頻《しき》り母の屍を拝んでから、熊田さんは手の甲で泪を拭いて、それから僕の方に向き直った。

「徹也君。あんた、動顚《どうてん》してるのは解るけど、ここは気を確乎《しっか》り持って頂戴。ここであんたが確乎りしなくっちゃ、登美枝さんだって浮かばれないわよ。登美枝さんはあんたのことだけ考えて、あんたのために身を粉《こ》にして働いて来たんだからさあ。ね」

それは承知しているんだけれども。

「いい、ここにいてよ。変な気を起こしちゃ駄目よ。いい」

変な気とは何だろう。

寧《むし》ろ、変になれるならなってみたいと思うくらいだ。僕は、何ひとつ変わっていないのだから。

「ちょっと。本当に大丈夫なの？」

大丈夫ですと云った。

「あたし、これから——佐藤《さとう》先生呼んで来るから。でも、もう息がないから、お巡りさんが先なのかねえ。いや——まあちょっと、そうよねえ。あ、お隣さんだね、先ず」

「隣——ですか」

隣人は関係ないのじゃないか。

いや、死臭が届いてしまうからかな。

隣の家の死人の魂が流れ込んで来たりしたら、矢っ張り迷惑だろうからな。

「莫迦ね、先《ま》ずお隣よ。こう云う時は先ずご近所に報《しら》せるものなのよ。そう云うものじゃないか。すぐに誰か来るから。あんた、ちゃんとしてよ」

ちゃんと——どうすればいいのだろう。

熊田さんはもう一度手の甲で顔を拭って勢い良く立ち上がり、僕の肩を何度か叩いて、もう一度母を哀しそうに眺めて、それから足早に玄関に向かった。

ああ、これが普通なのだろうなあと僕は思った。

僕は、母が死んでいることを確認してから、何時間も何もしないでいた。熊田さんは訪れて数分の間に、驚いて悲しんで僕を励まして、そして行動を起こしている。何が普通なのか僕には判らないし断定も出来ないのだけれど、きっと熊田さんの対応が普通なのだろう。

熊田さんの言葉通り、すぐに人が来た。

右隣の古賀《こが》さんの奥さんと、左隣の石村《いしむら》さんのお爺さんの二人だった。

両名とも、僕は苦手だ。

「え、江藤《えとう》さんが――」

石村さんのご隠居が、何故だかそんなことを云い乍《なが》ら家に入って来た。江藤さんがどうしたと云うのだろう。江藤登美枝は此処で死んでいる。江藤徹也はその前に座っている。そんなことは熊田さんから聞いているのだろうに。

「あらまあ。登美枝さん――」

古賀さんの奥さんは玄関先で立ち止まったまま、ハンカチーフのようなものを目頭に当てている。矢張り、皆こうなるのだなあと僕は感心する。

石村さんは座敷に上がり込み、僕には一瞥《いちべつ》もくれずに母の死骸の前に立ち、立ったままひと通り母を見て、枕元に正座して矢張り手を合わせた。それから、僕を無視して玄関の古賀さんに向けて、

「亡くなられてますが、どうしましょうなあ。医者が来るまではこのままにしておいた方が良いのでしょうかな」

と云った。

「でも」

古賀さんはそれしか云わなかった。

石村さんは漸く僕に気づき、オウ徹也君、と云った。

「はい」

「どうするね。いや、君にこんなことを尋くのは酷なのかもしれないが、お母さんは亡くなられておるようだから」

「はあ」

どうして判り切ったことばかり云うのだろう。

お通夜の形に作るかね、と石村さんは云った。

「お通夜の形ですか」

「いや、まあその、寝かせ直してさ」

「石村さん、もう少し待ってあげましょうよ」

古賀さんが涙声で云った。

「待つかね」

「せめて、お医者様に確認して戴くまでは――徹也さんだってまだその」

「まあなあ。しかしこりゃ、亡くなってから随分経っておるようだぞ。君も気付かなかったのかね」

いや。

知っていたよ当然。

見れば判るだろう。

「君は――お母さんが亡くなったのを認めたくなかったのかな。いや、厳しいことを云うようだがな、そんな甘ったれたことじゃあいかんぞ。君だって十やそこらの童《こども》じゃあない。もういい年齢《とし》なんだからな。大の男がそんなでどうする。現実を直視しなくちゃ。そうしなくちゃあ――」

「石村さん。何も今そんなことを仰《おつしや》ることないじゃありませんか。仏様の前ですよ。徹也さん、お母さんをたった今、亡くされたばかりなんですよ」

「だからこそ云うておるのじゃないか。それにたった今じゃあないと云うておる」

「今は今ですから」

「そうは云うがね奥さん。いずれ葬式はあげにゃあならんのだよ。喪主がこんな腑抜けでどうするか」

「そのために私等がいるのじゃありませんか。少しは徹也さんの気持ちも考えてあげてくださいましよ」

――ああ。

煩瑣《うるさ》い。

勝手なことばかり云う。

母親が死んでいるのだから、何かしなければいけないのは当然のことだ。

僕が何もしないでいるのは、だから叱責されても仕様がないことだろうと思う。

だが、大人だ子供だ、男だ女だと云うのは解らない。子供だったら何も対処しなくていいと云うのか。そうではないのだろう。幼いと何かしたくとも何も出来まいと云う意味なのだろう。そこまでは良いとして、大の男がどうのと云われても困る。男も女もないと思う。

隣家の隠居は、二言目には男が男がと云う。

まるで理解出来ない。

人としていかんと云われるのなら解る。僕は人としてちゃんとしていない。だから僕は人でなしなのだ。自分でもそう思う。でも、男として云々と云われても、まるで僕には解らない。男と女は違うのかもしれないけれど、男女の差異を問う前に、僕は人として未熟なのである。未熟と云うより、いまだに人ではないのである。人でなしは、男や女になる前に先ず人にならねばなるまい。男になるのはそれからだ。

それから。

隣家の主婦の云うことも解らない。

僕の気持ちを考えろと云うけれど。

僕に気持ちなんかない。頭の中にも肚の中にもびっちり鉛が詰まっているのだ。気持ちなんかない。気持ちが入り込む隙間がない。だから哀しいかどうかも判らない。自分でも判らないものを、他人が判る訳がない。

察しろと云われても困るだろうに。実際老人も困っているじゃないか。

二人は何か云い合っている。でも、もう僕には届いていない。いいや、最初から届いてなんかいないのだ。声は聞こえてはいるけれど、話の内容は理解出来ているけれど、まったく僕には響かない。

煩瑣いだけだよ。

もう、隣人達の口論は僕とも母とも無関係だ。目の前で行われていると云うだけで、別の世界の出来ごとのようだ。勝手にしてくれ。何かしろと云うなら何でもするけれど。

と、云うか何かしなければいけないと思うのだけれど。

どうして良いか判らないからこうしているだけなのに。

指示してくれればいいだけなんだ。気持ちなんかどうでもいいんだ。普通の人ならこうするのだからお前もこうしろと教えてくれればそれでいいんだ。その通りにするんだ。僕は別に厭じゃないから。そこを教えて貰わないと普通に振る舞えないじゃないか。普通に振る舞えないと――。

人でなしだと云うことが知られてしまうじゃないか。

そうしているうちに、医者が訪れた。

3

心不全――だそうだ。

能《よ》く解らないけれど、心臓が止まったと云う意味であるらしい。それなら別に医者じゃなくても判ることだよなあと僕は思った。

母が病み付いたのは一月程前のことだ。

最初は頭痛だったと思う。働き過ぎで疲れているのだろうと云うことになって、二三日は休ませたのだけれど、それでも余り良くはならなかった。眩暈《めまい》がしたり吐《は》き気がしたりすると云うので、病院に行けと僕も熊田さんも云ったのだけれど、母は店があるから行けないわよと云った。

慥《たし》かに、母がいなければ店はやっていけない。それに医者に罹《かか》れば金もかかる。だから母の云い分も尤《もっと》もだと、僕は納得した。

心配しなかった訳じゃない。

でも、内心では――そうやって強がる母の姿勢を僕は歓迎していたのである。

仕入れのことだとか、店の借り賃だとか、そう云うことを僕は何も知らないのだ。勿論総菜も作れない。

熊田さんがいてくれるからまだ知った振りをして遣り過ごせていたけれど、そうでなかったら、途端に僕は指針を失っていた。僕は掃除をしたり重いものを運んだり届け物をしたり売り上げ金を勘定したり、そんな子供でも出来るようなことしか出来ない男なのだから。役に立っていないとは云わないが、出来ること以外のことは何も出来ないのである。

したくない訳ではない。覚えられないこともない。

でも、現状それで足りていて、それ以上を望んでいた訳でもないのだ。何かしたかった訳でも、何かになりたかった訳でもない。このままで良かった。いつまでもこれでいい。

勿論永遠に続くとも思っていなかったのだけれど。

これ程すぐ終わるとも、思っていなかった。

――いや。

終わったのは母の人生なのであって、僕の方は依然、何も変わっていないのだ。母が死んだと云うのに、同じなのだ。

無理をする母を、僕は頭の隅で心配しつつ、心のどこかでその無理がいつまでも利いてくれることを願っていた。その方が楽だから――僕自身が楽だからだろう。

酷《ひど》いと思う。

死んでしまえと思った訳ではないのだけれど。でも同じことだったのかもしれない。事実母は死んでしまった訳だから、同じことなのだろう。

懸念はしていたのだけれど。

早く治ってくれとも思ったのだけれど。

それだって母を慮《おもんぱか》った気持ちではない。自分が楽だからそう思ったのに違いない。

如何にも人でなしだ。

僕は、病み付いた母の看病もしたけれど、それも本気ではなかったように思う。どうせ治る、治って母はまた働き出すと信じていた。その確信もまた、そうならなくては自分が困るという利己的な欲求から出た願望だっただろう。

きっとそうだ。

僕は、人の心を持っていないのだ。

だから泪も出ないんだ。そう考えれば、僅かでも気が安らぐ。そう考えなければ、何だか落ち着かなくなる。

沢山の人が来た。

警察も来た。

警察と云っても、顔見知りの警官である。いずれ不審死ではあるだろう。でも、医者が病死と云っているのだからそれ以上疑うこともないですがと、警官は開口一番そう云った。

――疑えばいいのにな。

僕はそう思った。

警官はご愁傷様ですなどと云った。母を――見殺しにしたこの僕に向けて。それでいいのだろうか。

辛いのに働かせて。

大丈夫だと云う言葉に甘えて。

母さんは大丈夫だよねと僕は云ったと思う。それは励ましの言葉などではなく、単なる保身の言葉だろう。僕は、ちっとも母を気遣ってなどいなかった。病の母の身を案じてなどいなかったのだ。

その上、僕は。

病に苦しんでいる母を――遣り過ごそうとした。

母は、仕事に復帰したものの一週間程で倒れた。仕事中に店で倒れたのである。近くの病院に運ぶと、入院させろと云われた。ただの過労と云う訳ではなかったようで、念のため何やら色色と検査をすると云うことだった。

でも、心配ないよ念のための検査だからと云う医者の言葉を、僕はただ信じた。

母の回復を、健康を念じていたからそう思ったと云う訳ではない。どう考えたって方便に違いない、予定調和的に発せられる医者の常套句を無批判に信じ込んだだけだ。

その言葉に従った方が自分に都合が良かったからである。

迚《とて》も卑怯だ。

僕はその時既に、頭の隅の方で、母はもう駄目なのかもしれないと、そう察していたようにも思う。それでも僕は医者の言葉を丸呑みにして、その不穏当な考えを隠蔽《いんぺい》した。それもこれも、その方が都合が良かったからに他ならない。

検査の結果は、母にではなく僕に告げられた。

医者の口調は重く、その重さに相応しい、良くない結果が僕に齎《もたら》された。

ただ――思わしくないと云うことだけは判ったが、明確に原因を示されることも病名が知らされることもなかった。どうもいけないいから、もう少し大きな病院で精密検査を受けた方がいいと云われただけである。

僕は、そのままを母に告げた。

気休めも励ましもあったものではない。医者は病に萎《しお》れ怯《おび》えている母の状態を推し量って、わざわざ本人にではなく僕を選んで告知したのだろう。それなのに、僕はまるで子供の遣いのように医者の言葉を母に丸投げしただけだった。

愚鈍だ。

否、愚鈍な振りをしただけだ。

僕は狡《ずる》かっただけなのだ。

判断を、母本人に委ねたのである。

委ねたとは云うものの、僕は予想していた。

母は別の病院に行ったりはしないだろう——と。

もう大丈夫だから平気だからと云うに違いない——と。

これ以上検査をしたって仕様がない、検査して判ったって治らないものは治らない。治せるとしたって治すのにお金がかかるのなら治らないのと変わらない。そんな余裕はない。なら検査なんかお金がかかるだけの無駄だ——。

母はそう考えるだろう。

いや、そう云うだろう。

僕の口から云えることではない。

息子としては、何を横にどけても検査を受けろと云うべきだっただろう。いや、嫌だと云っても無理にでも受けさせるべきなのである。そして、その結果が悪かったなら、どんな大変な治療でも受けさせるべきなのだ。それで治るなら。

何だってすべきだったろう。

お金の心配は、僕がすべきことなのだ。母のすることではない。嘘でも無理でも心配するなと云って母を安心させてやるのは、息子である僕の仕事だ。それでなくたって母は病で気弱になっているのだろうから。

大丈夫だと云うべきは僕の方だったのだ。

でも、僕は母に大丈夫だと云わせようとしたのである。

人でなしだ。

母は——。

戸惑っていた。相当に辛かったのだろう。死にたくもなかったのだろう。

僕だって、母に死なれたくはなかった。母が好きだった。

僕は母さんが大好きだった。

それなのに——。

僕は、人でなしの僕は、愚か者を装って、幼い子供を装って、そして母に甘えた。大好きな母よりも——。

目先の安寧を望んだのだ。

面倒だったのだ。自立するのが億劫だったのだろう。このまま、このままでいたかったのだ、僕は。一日でも長く。半日でも長く。いや一分でも長く——。

病の母を癒すためには働かなければならない。自立するのが嫌だった訳ではないのだが、それでもすぐに母を養うなんて無理だと思った。辛かろうが何だろうが、母が今まで通りにしてくれるなら、それでいいやと思ったに違いない。

それの結果。

母の寿命が縮むことも承知していた。

それでも構わないと思った。いずれ母は死ぬ。死ねば、嫌でも自立せねばなるまい。そうなれば有無を云わさず僕は独り立ちすることになる。選択の余地はない。だが、今はまだ選択の余地があるのだ。ならば——。

ならば楽な方を選ぼう。

そう考えたのだろう。

酷い人間である。いや、人間じゃないだろう。

そう思う。

医者の言葉を告げた時、母は暗い顔をした。しかも明確な返答をしなかった。そして家に戻ってからも、ずっと、ただ横になって考えていた。考えていたのだろうと思う。

僕はと云えば——。

何も考えていなかった。

木偶人形のような僕は、ただ愚直な息子を演じ、只管《ひたすら》鈍感な若者を演じていただけだ。飯を炊き掃除をし洗濯をし片付けものをして、恰《あたか》も病の老母を労《いたわ》っているような——。

振りをしていただけである。

母さん、元気を出せよ早く良くなれよ早く治って働いてくれよ——口にする言葉は本心なのだけれど。

それは、そうなった方が楽だからである。

そうならないと云うなら――。

こんな状況は早く終わってくれと、僕はそう思っていたのじゃないだろうか。いいや、そうなのだ。そうなれば踏ん切りもつくのだから。

だから。

あの朝。

いいや、朝と云うより明け方だ。

明らかに苦しんでいる母の声を聞いているのに。薄明の中で踠《もが》いている母の姿を見ていると云うのに。僕は――。

何もしなかったんだ。

ただ、横になって寝所の中から――。

死んで行く母親の姿を、朦朧《ぼんやり》と見詰めていただけなのだ。

見殺しにしたのだ。

勿論、僕に打つ手はなかっただろう。慌てて医者を呼びに行ったところで間に合ったとも思えない。近所の医者は既に母を見放しているに等しいのだし、叩き起こして連れて来て縦《よし》んば間に合ったところで、どうにか出来ていたとも思えない。遅かれ早かれ母は死んでいたと思う。

でも、そう云う問題ではないのだろう。

要は気持ちの問題なのだと思う。間に合わないからと云って何もしない、何もしないでいられる自分と云うのは、矢張り人でなしなのだ。手遅れだろうが間違いだろうが、何かせずにはいられない——そう云う姿こそが、人として正しいのだろうと思う。

母は、凡《およ》そ三時間くらい苦しんで。

そして。静かになった。

ああ、死んだと思った。

それだけだった。

僕は、いつもと同じ時間に自分の寝床だけを片付け、いつもと同じように顔を洗った。

それから何時間も——僕は何もしなかった。何をすべきか考えているうちに更に時は過ぎ、午《ひる》が過ぎ、そしてやおら冷飯を喰った訳である。思い返すだに酷《ひど》いと思う。

酷いと思うけれども。

——仕方がないさ。

人でなしなのだから。

4

葬式が済んだ。

どかどかと人が上がり込み、母を着替えさせたり屛風《びょうぶ》を立てたり祭壇を飾ったりした。次次と弔問客《ちょうもんきゃく》が訪れて、お悔やみを云い焼香をし香典をくれた。お坊さんが現れて経を上げたり鉦《かね》を叩いたり説教をしたりした。そのうち母は運び出されて、竈《かまど》で焼かれた。

僕は本当に何もしなかった。何もしないだけでなく、殆《ほとん》ど口も利かなかった。それでも人は常に親切で同情的で、無気力な僕は無気力故に悲劇的でさえあった。

そう、見えただろう。

喪主である僕が何もせずとも、ことはとんとんと運んだ。

死亡届の提出も通夜の段取りも納棺も出棺も火葬も、何もかも諸事万端、滞りなく進められて、母はあっと云う間に骨壺に納まってしまった。位牌もあるし戒名も付いている。僕は云われるが儘《まま》に云われた通りのことをしただけだ。後は下を向いてハイハイと頷《うなず》いていたに過ぎない。

強い感情の動きもなかった。

映画でも観ているかのようだった。

現実感のなさだけは確実にあった。

まるで引っ掛かりのない、目を瞑っていれば遣り過ごせるような祭礼《セレモニー》だった。母が、たった一人の母が死んだと云うのに、これでは俄雨《にわかあめ》と一緒だ。

——いなくていい。

僕の周りで。

僕以外の人達が。

引っ切りなしに動き回って。

そうして、世の中は稼働している。

そう云うことなんだなあ——と僕は思った。僕不在でも母はちゃんと送れただろう。

僕は木偶の坊だ。

役立たずの、丸太のようなものである。

その丸太に、多くの人がお悔やみの言葉をくれた。

可哀想に辛いでしょう悲しいでしょうねえ哀れねえ気の毒にねえ。負けるな頑張れ確乎りしろ亡くなった人の分まで生きろこれからがお前の正念場だ。

意味は解るが。

通じなかった。僕は、別に可哀想でもないし気の毒でもないのだろうと思う。何しろ哀しみが判らないのだ。頑張れと云われてもどうしたら良いのか判らない。

母の死を悼《いた》んでくれるのは有り難いと思うけれども、同情されても返す言葉はない。何となれば僕は。

人でなしなのだから。

人でなしに同情したとて、するだけ損と云うものだ。

皆、僕を見損なっているのだろう。僕は同情されるような状態にはない。いいや、僕は人様からの同情を受けて良いような人間では決してないのだ。僕は、屑《くず》だ。母親を見殺しにして、死骸の横で飯を喰うような屑だ。寧《むし》ろ蔑まれ見下げられ疎んじられて然りだろうと思っている。

皆、間違っている。

誰もが勝手に——騙されているのだ。

でも、僕自身に周囲を騙すつもりなどない。僕は人でなしであることを取り分け隠していた訳ではないからだ。

僕はただ、黙っていただけだ。

皆が勝手に早合点をしている。

自分の尺度で僕を計っている。

彼らの尺度で計るなら、僕はちゃんと人の姿に見えているのだろう。

人に見えるから、坊主まで僕に法を説く。人だと信じて説くのだろう。人であるなら仏の功徳もご利益もあるのだろうが、人でなしには何も利くまい。

人でなしに説法は無用である。

有り難い法話など、お悔やみ以上に通じはしない。僕には何を云っているのかさえも解らなかった。僕はただ、聞いている振りをしていただけだ。

莫迦を装って。

愚直に振る舞って。

そうしていると、人に見えるらしい。

僕は、哀れな愚者に成り済ました人でなしだ。虎の威を借る狐ならぬ、牛の功を盗む虫である。

牛は、役に立つ。僕はその愚直で温厚な家畜の持つ、良き印象を利用しているだけなのだ。牛の皮を剝げば、そこにいるのは役に立たない虫螻蛄《むしけら》なのだ。牛の中味は薄気味の悪い毒虫なのだ。

誰も皆、親切に接してくれるけれど。

世話を焼き面倒をみてくれるけれど。

有り難いことだと思う。でも。

肚の中では何も感じていない。

胸の中で僕は退屈している。

頭の中の僕は止まっている。

融けた鉛を流し込まれたように。僕の内部は熱い鉛で焼け爛《ただ》れてしまっている。だからこんなに頭が重いのだ。だからこんなに胸が苦しいのだ。だからこんなに肚が熱いのだ。鉛は徐徐に冷えて固まる。

葬式が終わった頃、僕の中の鉛は完全に固まってしまっていた。もう、誰の声も聞こえなくなっていた。

それでも、何もかも恙《つつが》なく終わった。

骨壺に入った母だけが残った。

何だったんだろうと思う。

家の中もすっかり片付いていて、母が生きていた頃より綺麗なくらいだ。近所の人が掃除してくれたのだ。

魂のにおいもうしない。

人の出入りと、焼香と供物と、様様な風と香りが掻き混ぜて、母の魂を薄めてしまったようだ。

今は、線香の香りが幽《かす》かにしているだけである。

もう——。

何もかも元通りだ。母の形が変わってしまったと云うだけのことで、他は何も変わらない。世界の様子も、街の様子も、家の様子も、そして僕自身も。

僕は、小さくなった母を眺《なが》め乍ら、子供の頃のことを思い出す。

あれは五歳《いつつ》か六歳《むっつ》か、そのくらいのことだったろうか。

僕は母にこう云った。

頭に何かが詰まってる——。

本当にそう感じたのだ。母は慌てて床を延べて僕を寝かせてくれた。でも僕には判っていた。これは、病気なんかじゃない。具合が悪いとか気持ちが悪いとかどこか痛いとか、そんなことじゃないんだ。

ずっと、詰まっているんだ。

おかしいというなら生まれ付き、と云うことになる。

自分はおかしいのかな——とは思った。正直に云っただけで寝かされてしまうのだから。

その時眺めた天井の板目の模様は、今でも明瞭に思い出すことが出来る。

眠い訳でもなかったから、僕はただ天井を見詰めて、そして理解したのだ。

——煩《わずら》わしかっただけだ。

そう。僕は母が煩わしかったのだ。

否、決して母が嫌いだった訳ではない。子供が親を厭う訳もない。殴ったり蹴ったり理不尽な扱いをされたって、それでも子供は親を慕うものなのではないか。況《ま》してや僕の母は優しかった。きつく叱られた記憶はない。母はいつだって僕の身を案じ、僕の行く末を案じ、僕のために生きてくれていたのだ。

好きだった。でも。

その愛情が、煩わしかったのだ。

母と接することが、言葉を交わすことが面倒だったのだと思う。かけられた愛情に応じた見返りを、僕は相手に返すことが出来ない。そんな幼い頃から、僕はそう感じていたのだと思う。

だから、何か熱心に話をされるのが嫌だった。

優しく話しかけられるのも熱く語られるのも嫌だった。

他人の言葉が耳から侵入してくると、僕の頭蓋には泥が溜まる。泥は煮えて、融けて、やがて鉛のように固まる。慈愛に満ちた母の声でさえ、僕の中味は受け付けるのを拒否したのである。

他人の囀《さえず》りなど受け付ける訳がない。

——人でなしだなあ。

そう思う。

母は、もう終わった。これは人ではない。焼き場で拾い集めたこの母は、何かの塊に過ぎない。こんなものはもう母ではない。母ではないが――。

――この方がいいや。

僕は、そんな人でなしなことを思った。

その時、玄関の方からまた嫌な声が侵入して来た。

徹っちゃん徹っちゃんお疲れ様だったねえ――。

疲れちゃないよ。

熊田さんだ。面倒だなあ。折角、頭が軽くなり始めていたのに。また鉛が詰まってしまうじゃないか。熊田さんは何か云い乍ら家に上がり込んで来た。

帰れよ。

「あのさ、疲れてるとこ申し訳ないんだけれど」

なら帰れよ。

「あのねえ。あの、お店のことなんだけどもね。彼処《あそこ》はその登美枝さんがいないと――」

店は閉めましょうと云った。

「閉め――てしまうかね」

「出来ませんよ僕には」

「そう――かい。いや、そうかなあと思ったんだけど」

多分、熊田さんは店がなくなると困るのだろう。収入がなくなるのだから。路頭に迷うことになる。

「まあ、お母さんのこと思い出すだろうしねえ」

思い出さない。

母はもういない。死ねば——。

——死ねば終《しま》いだ。

「徹っちゃん、あんた、少し怖いよ」

熊田さんはそう云った。

「そんなに思い詰めちゃいけないよ。まあ、母一人子一人で長い間暮らして来たんだろうから、寂しくはなるけども。あたしだって寂しいけどさ。でも、生きて行かなくちゃいけないからね、お互いに」

違う。

生きて行かなくてはいけないのではなく、ただ生きている、いる、いるのだ、僕は。この人は何も解っちゃいない。あんたが何を囀《さえず》ったって僕には何にも届かない。

鉛が詰まった僕の頭には、あんたの言葉なんか入り込む余地はない。

慥《たし》かに母の世界は終わってしまったけれど、僕の世界はまだ続いている。それは昨日や一昨日と何等代わり映えのしないものでしかない。それは凡庸な日常に過ぎない。

それでも、僕はまだ続いている。

生きているからだ。

ただ生きているからだ。

世界にとって僕が木偶の坊であるのなら、僕にとって世界は書割りに過ぎない。

舞台に立っているのは僕独りで、僕以外の総ては板に描かれた背景だ。どちらが本物の世界なのかは判らないけれど、僕にとっては僕が真実だ。

——なる程な。

だから嬉しくも哀しくもないのかな。

母も、書割りだったのかもしれない。

だから、何も響かないのかな。この人の言葉も。坊主の説法も。近所の人達の世辞も。いずれも、僕の人生には余り関わりのないことなのである。慰めも説法もお悔やみも、僕には届かない。

書割りの発する言葉は、ト書きみたいなものなのだろう。それは舞台の上で語られる台詞ではないのである。僕の舞台には役者は僕しかいない。観客も僕だけだ。だからこれは仕方がない。僕以外の総ては、観客ですらない、板に描かれた風景の一部なんだ。

——ああ煩わしい。

本当に煩わしい。

熊田さんは何かぱくぱく口を開け閉めして言葉らしきものを発し続けている。聴き取れるし意味も解るが、鉛の僕には関係のない事柄だ。

——お金が欲しいのだな。

僕は要らない。

香典を出した。

「あんた、何よこれ」

「取ってください。その——先月分と今月分のお給金が欲しいと云う話ですよね」

「でもあんた、これ」

「足りませんか」

「足りないっていうよりさ。そんな」

そう云うことを云っているんだろうあんたは。

「これ、だってここから色色とかかるでしょうに」

「そうなんでしょうね」

如何でもいい。

「あんた、どうするのさ。お墓だって」

「墓——ですか」

考えてもいなかった。

考えたくもない。

矢っ張りもっと後にすれば良かったよ――と、熊田さんは云った。

「あたしもさ、まあ、苦しいからねえ。その、つい――あんたの気持ちも考えないでさ。悪かったよ徹っちゃん」

僕の気持ち。

僕に気持ちなんかない。

僕は人でなしなんだ。あんたなんかに解るまい。

「熊田さん」

僕は云う。

「哀しくないんですよ。本当は」

「え?」

「僕は、母さんが死んだと云うのに、まるで哀しくないんです。この骨壷だって、位牌だって、もう捨ててしまってもいいかなと思うくらいです」

「あんた、何を云い出すんだい」

「本当ですよ。僕はみんなが思っているようなまともな人間じゃないんです。人でなしなんですよ。そうでないなら哀しい筈ですよね。母さんが死んだんですよ。それなのに泪も出ないんですよ。まるで心が動かない」

「それはあんた、いや、哀しみなんてものは遅れて来るもんなんだよ。あんたはまだ動揺してて」

「動揺なんかしてないッ」

僕は大きな声を出した。

「何も動かない。僕は鉛の塊なんですよ。僕は母さんが苦しんでいるのに何もせず、見殺しにしたんですよ。面倒臭かったからだ。僕は何もしたくないし、何も望まない。誰にも会いたくないし誰の話も聞きたくないんだ。僕は」

「あんた」

帰れと云って、僕は香典を熊田さんにぶつけた。

5

店を畳み、あれこれと事務的処理を済ませた。家財の一切合切を処分し、蓄えも総て放出して身辺を綺麗にしたのだ。

三箇月以上かかった。年も明け二月を過ぎる頃には総菜屋を営むためにしていた借財も全部返済することが出来た。

熊田さんにも葬儀の際の非礼を丁寧に詫びて、未払いだった給金と僅かな手当てを渡した。熊田さんは、化け物でも見るような目で僕を見た。でも金を受け取ると態度を改めてこちらこそ悪かったわねなどと云った。

構わないよ。

もうあんたとはこれで縁切りだと、僕は心の中で思った。

恨みなどない。憎しみもない。寧《むし》ろ感謝しなければいけない相手だと思う。恩は幾らでもある。

でも、好きでもないし、関わりたいとは思わない。

熊田さんに限らず、僕は僕以外の人間と関わりを持ちたくない質《たち》なのだろうなと、その時気づいた。他者に興味がないのである。では自分自身に興味があるのかと云えば、そんなこともない。

まるで興味がない。

でも、死にたいとも思わない。

だからただだらだらと生きている。それだけである。

職も住み処も何もかも失ってしまうことになる訳だけれども、取り分け焦《あせ》りのようなものはなかった。不安を感じた訳でもない。

母を失っても寂しくなかったのだから当然だろう。

別に何か算段があった訳でもないし、いずれ何とかなるだろうと甘く見ていた訳でもない。僕は何につけ計画性に乏しい男だし、楽天的と云う言葉は僕には縁遠いものである。

どうにもならずとも構わない——と思っていただけだ。

捨て鉢と云うのとは違う。

自暴自棄になっていた訳ではない。

僕は端《はな》から生きることに対する執着がないのだと思う。生きていたい死にたくないと強く望んでいる訳ではないのだ。偶《たま》か死なないでいるので、そのまま生きていると云うだけなのである。だから、どうでも良かった。

これだけ無気力にしているにも拘《かかわ》らず、世の中と云うのは何とかなるものであるらしい。

例によって僕は何もしなかったのだけれど、周りは勝手に先に進めてくれる。将来のことは疎《おろ》か明日のことさえ、いつの間にか定まってしまう。僕は何ひとつ身の振り方を考えていなかったのだけれども。こんな人間であっても生きてさえいれば取り敢えず排除されてしまうことはないようだった。どうでも良いと思っていても、生きては行けるものなのだ。

——それならそれでいいさ。

死ぬまで生きるだけである。

身の振り方はすぐに決まった。

石村さんの遠縁に当たる人物が神奈川県で酒屋を営んでおり、住み込みの手伝いを探していると云うような話だった。

どうだと勧められて、断る理由もないから承知した。

落ち着いたら一度行ってみなさいと云われた。

身一つで行けば良いからと云われた。

身一つも何も、僕は何も持っていなかった。

すっからかんである。この家も、三月いっぱいで引き払わなくてはならない。

何もなくなった座敷に、骨壺と位牌だけが残っていた。

僕は、その骨壺の横に座って、熊田さんがくれた握り飯を喰った。

あの日死骸の横で喰った冷や飯の味を思い出した。

味なんかしなかったのだけれども。

結局——。

何も起きなかったに等しい。

僕は少しだけ夢想していたのだと思う。

例えば、母が死ぬ。育ててくれた大事な肉親が目の前で死ぬ。これは——大変なことだ。世間にとって母はただの貧乏な総菜屋に過ぎないのだけれど、僕にとって母は掛け替えのない人である。計り知れぬ程大きな存在だ。ならば。

その母が死ねば。

しかも、眼の前で死んでしまったりしたなら。

僕は——この僕の世界は、一変してしまうのではないか。

僕はあの時、そんな莫迦なことを夢想していたのじゃないだろうか。まるで身勝手な話だ。そうなら、僕は実験をしたことになる。母親の命を材料にして。

実験は失敗した。

僕は何も変わらなかった。込み上げる哀しみも寂しさも苦しみも、何もなかった。どろどろとした頭の中の鉛は冷えて固まるばかりである。

つまらない。

このつまらなさをうち壊すために、僕は敢《あ》えて母を見殺しにした——。

そうなのかもしれない。

結局無意味だったのだが。

——人でなしだ。

そう思った。

ふと顔を上げる。

何もなくなってがらんとした部屋がある。

箪笥も何もなくなってしまったので、縁側の硝子戸が剝き出しになって見える。

僕が——映っていた。

僕は握り飯を手にしたまま立ち上がり、硝子戸の前まで進んだ。人でなしの貌《かお》を見てみたくなったのだ。他人から見れば人に見えるのだろう、己の面《つら》を。

こんな僕が、人に見えるのか。善良で誠実な、人に見えるか。そう見えるなら、それは鈍重だからだ。まるで牛のように鈍重だからだ。でも、中身は蛇蝎《だかつ》の如く疎ましきものなのだ。蔑まれるべき蛆虫《うじむし》なのだ。その蛆虫の中には、鉛が——。

鉛が詰まっているのである。

牛の皮を被った虫だ——。

いいや。でも。慥《たし》かに。

硝子戸に映っている僕は、そんなものじゃなかった。

それでも人間の形をしているなと思った。

死んだ魚のように精気の抜けた眼。

愚鈍な表情の、茫洋とした顔。

「ひとでなし」

僕は口に出してそう云ってみた。

すると。

弛《たる》んだ力ない瞼を押し上げて、瞳の中から恐ろしく邪悪なものが顔を出した。

鬼だ。

鬼が出て来た。

僕の瞳の中の鬼は僕を睨み付けて、

「嘘吐《つ》きめ」

と云った。

「誤魔化して誤魔化して己も誤魔化して。書割りは誤魔化せても己は誤魔化せぬ。己は」

人でなしどころか。

い、い、ひとごろしではないか――。

鬼は威《おど》すような、嘲笑《あざわら》うような口調でそう云った。

そうか。

そうだそうなんだ。

見殺しにしたんじゃないよ。違うんだ。

僕は——。

本当に実験したんだ。

そうか。僕は。

僕は母さんの。

苦しんでいる母さんの口を押さえたんだっけ。

煩瑣かったからさ。面倒臭かったからさ。

こうすれば何かが変わると思って。

僕は、大好きな母さんを。

殺したんだなあ。

そう思った途端、僕の頭の中の鉛は、蒸発でもしてしまったかのようにすうと消え去った。僕の中味を満たしていた鈍重なものは一瞬にして晴れた。

「ああ、気分が良いよ」

僕はそう声に出して云うと、硝子戸を開けて、骨壺と位牌を庭に投げ捨てた。

何もかも、捨てた。

そうして――江藤徹也は人でいることまで放棄したのだ。
昭和二十八年弥生のことである。

第拾五夜

◉

青鷺火

あおさぎのひ

◎青鷺火

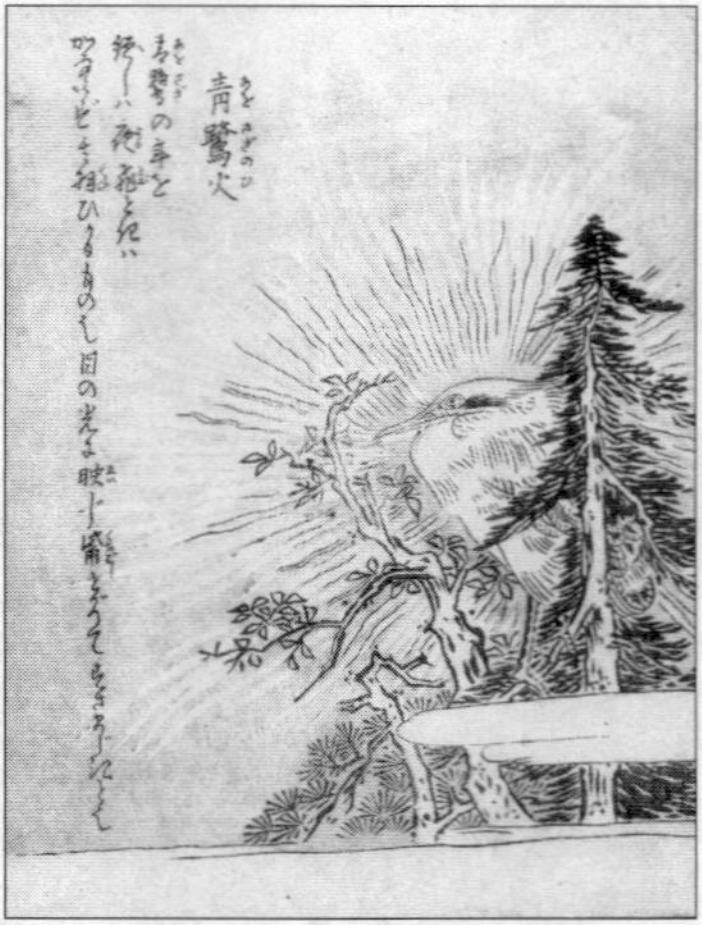

青鷺《あをさぎ》の年を経《へ》しハ
夜飛《よるとぶ》ときはかならず
其羽《そのはね》ひかるもの也
目の光に映《えい》じ
觜《くちばし》とがりてすさまじきと也

——今昔畫圖續百鬼／巻之中・晦
鳥山石燕（安永十年）

1

鳥は光りますよと宗吉《そうきち》さんは云った。

光るかねえと半《なか》ば如何《どう》でも好《い》い調子で応えると、光りますともと宗吉さんは何処《どこ》か嬉しそうな口調で返して来た。

私は読みさしの合巻本に付箋《ふせん》を挟《はさ》み、静かに閉じて、それから躰《からだ》を土間の方に向けた。

「電燈のように光りますか」

「いやあ、電燈のようには光りませんや。そうですねえ、陽《ひ》が硝子《ガラス》に跳ねっ返るように光ります」

夜でしょうと問うと、夜ですと云う。

「夜に陽が反射するようと云うのは、想像し難《がた》いですな」

小説書きの先生でも想像出来んことがあるもんですかなと云って、宗吉さんは愉快そうに笑った。

「おいおい宗吉さん、声が大きいよ。ほら、私の素性《すじよう》は内証《ないしよ》にしておいてくださいよ」

判ってますよと照れたように云って、人の良さそうな初老の男は短く刈った項《うなじ》を人差指で掻《か》いた。

宗吉さんは、唯一のご近所であり、現在《いま》の私が普通に言葉を交わす唯一の人物でもある。知り合って未《ま》だ日が浅いから友人と云う程親しい間柄ではないが、懇意にはしている。

しかしねえ先生、と宗吉さんは訝《いぶか》しそうな顔をした。

「あまり用心が過ぎるのも考えものですよ」

「考えものかね」

「考えものさ。ま、こんなことは云いたくないですがね、まあ、村の方じゃあ先生のことを何だ、その、怪しい――と、そう思うておる者も居《お》るです。隠してるからだよ」

怪しい、慥《たし》かに怪しいと私は答えた。

「私が村人でも、間違いなく怪しむだろうなあ。何しろいい齢をして働きもせず、戦地にも行かずに、昼日中から無為に過ごして居るのだからね」

無為ってのは解らんけどもと宗吉さんは真顔で云った。

「それがぐうたら、とか、ろくでなし、とか云う意味ならばな、そりゃ儂《わし》だ。儂はこの本庄《ほんじょう》で一番のぐうたらでろくでなしだわ。誰もが認めとる。本人が先《ま》ず認めておる。その儂と付き合うておることも、まあ、いかん」

「いかんですか」

「いかんねェ。色眼鏡で見られるわ。儂が駄目だからね」

付き合っちゃいかんいかんと、宗吉さんは顔を顰《しか》め、その顰め面の前で手を振った。

「まいったなあ。それでは私が飢え死にしますよ」

それですよ、それと宗吉さんは躰を捻《ひね》って首を突き出した。

「元元如何《どう》するおつもりだったかね、この先生様は。儂が居なかったらこんな処で如何《どう》やってお暮らしんさるつもりでしたか。近在に縁者が居るでもなし、仙人でもあるまいに、霞《かすみ》でも喰うつもりだったかね？　こんな村外れの杜《もり》の脇でさ、銭持ってたって何も買えんわ」

その通りである。私は何とかなると思っていた——否、何も考えていなかったのだ。

「それでなくたって、突然やってござって、こんな小屋に独り住まいでしょう。脱走兵か共産主義者《アカ》か、疑われたって仕様がないさ。疎開って云うにゃ半端な場所だからね」

疎開ですよと答えた。

実際の処は逃避に近い。

「疎開ってなもっと遠くに行かなくちゃ。此処から疎開する者も居るくらいです。此処はこれでも中山道一の宿場町——だったですよ。今はまあ、ただの田舎だがねえ」

「いや、田舎でもないさ。流石《さすが》にこの辺りは何もないけどもね、そこが好都合だ。幾ら敵さんが本土に飛んで来ようと、こんな処に爆弾は落とさないだろうよ。とは云うものの、児玉《こだま》の方なんかは賑やかそうじゃないか」

そうでもありませんやと云ってから、宗吉さんは煙管《キセル》を抜き出した。

「一服付けさせて貰いますよ。まあ、この辺りはどこも養蚕《ようさん》だからね。あの商売は、どうも浮き沈みが見た目に出ないんだね。でも、明らかに冷えとると思うね」

「戦時下だ。仕方がない」

そう云う冷え方とは違うんよと宗吉さんは云う。そして強く煙管を吸った。雁首《がんくび》の先が赤くなる。火の気のない部屋なので、点のような小さな火種でも心強く見える。

「二十年くらい前はもっと賑やかだった気がするよう。いや、街は住み良くなったかもしらんが、人のね、その、活気と云うかねえ」

その気持ちは、解らないでもない。

若い人が居ないからでしょう、と答えた。若者は皆出征してしまった。都市部ではまだ見掛けるけれども、軍の施設も何もない処には、本当に若い男性は居ない。老人と婦女子だけである。

「どうなっちゃうのかねいったい。勝つかね。負けたら、兵隊さんは死に損だね」

勝ったって死ねば死に損だと、私は思った。だが口には出さなかった。そうした物云いを呑み込んでしまう癖がついている。

「必ず勝つと――まあ嘘でもそう云っておかなくちゃ宗吉さん」

「勝つも負けるも実感がないんよ」

ろくでなしなんよ、儂——と云って、宗吉さんは再び煙管を吸った。

そう云う意味では私も同じだ。

「まあ、ここいら辺で暮らしてる限りは——余り国の行く末なんか気にせずに済みますからな。外地は大変なんだろうが——山も川もそんなことはお構いなしだ」

「まあね」

宗吉さんは鼻から煙をぷう、と出した。

「気にならんでも考えなくちゃいかんのだろうけどもねぇ」

「いや、都会に居ると、先《ま》ず空気がキナ臭い。するとね、気にしないでいても如何《どう》したって考えてしまう訳だよ。此処は棲み好いですよ」

利便性とは無縁だが、便利なら良いと云うこともない。活気がある方が疲れることだってある。宗吉さんはぐるりと首を回して、こんな荒家《あばらや》で住み良いですかいと云う。鼻と口から煙が立ち昇る。

「だって先生よ、電気もないよ。電気なら儂の処にだって来ておるよ。途切れ途切れだけどね。あんた、こんなに本を持ち込んで、蠟燭《ろうそく》に洋燈《ランプ》じゃあ。眼ェやられますぜ。儂なんか字は読まんけど、もう細かいもんは見えんから」

「まあ、何とかなるものですよ。その昔は月明かり雪明かりで勉強をしたそうだからね。ただ仰《おつしや》る通り、眼はいかんねえ。まあそんなに若くもないからなぁ」

それよりも問題は暖だ。

まだ十月だと云うのに相当冷える。朝晩は手がかじかんで、頁を捲《めく》るのが厭になる。真剣に暖房の算段をしなければなるまい。

宗吉さんは土間に火種をぽんと落として踏み消し、此処じゃ冷えるよと云った。

「周りに何もないからね。杜《もり》に川に山だしさ。この小屋は元は何だったんだろうね。誰が住んどったのか知らんけど、囲炉裏《いろり》も潰して——先生が潰したのかい？」

囲炉裏は最初からなかった。

「いや、持ち主は居るんですよ。借りたんだから」

貸主の名を云うと、其奴《そいつ》ァ養蚕で儲けた成り金だよと宗吉さんは厭そうに云った。

「単に地べた買い漁って地主ンなっただけです。いずれ開発されると思ったんだろうね、欲張りだ。買った地べたに、これが建ってたってだけだね。元の持ち主じゃあないよ。そうさねえ、儂がこの辺山歩きするようになったのは彼此《かれこれ》十四年くらい前からのことだけど、その頃から此処はもう空き家だったと思うがねえ。最低十四年誰も住まずに、深深《しんしん》と冷えておった訳。寒いに決まっておるよ」

「宗吉さんはそれまで町に居たの」

「儂？　儂はね、電気軌道動かしておったの。本庄から児玉まで走ってたのよ、その昔」

ハイカラな商売だったんよ、と宗吉さんは笑う。

電気軌道とは、要するに路面電車のことである。子供の頃に乗った覚えがある。

「廃止になったんよ。昭和五年に。八高線《はちこうせん》なんかも出来たしね。ま、儂はもういい齢だったし、家族の縁も薄くってさ、別にさ、無理に額に汗して働くこともないかと――まあ、そう思っちゃったんだね。それから、野菜作ったり山菜採ったりして、ぶらぶらしてるの。落伍者なのさ儂は」

「お蔭で私も南瓜《かぼちゃ》が喰える」

「出来は一向に良くならんがね」

落伍者の作る素人野菜だからと、宗吉さんは大きな口を開けて笑った。

宗吉さんが落伍者かどうか、そんなことは私に判断出来ることではないけれど、彼が地域住民の目に変わり者として映っていることだけは間違いないだろう。

宗吉さんには、所謂《いわゆる》職業がない。

前職に就いては今日初めて聞いたのだが、宗吉さんはずっと――今の話が事実なら十四年前から――野菜を作り山菜を採って暮らしているのだそうだ。否、作って採って、それを売って生計を立てている訳ではない。作って採って、それを喰って生きているのである。

喰う分だけ作り、出来たものを喰う。

宗吉さんは、時局がこんなになる前から自給自足で生きている――らしかった。宗吉さんは自分で作れないものを買う時だけ、少し働く。

でも要るもんなんて然《そ》う然《そ》うないよと宗吉さんは云う。雨露をしのぐ家があるなら、後は蒲団と鍋釜ぐらいで死ぬまで不自由はしないもんでしょうと、初老の男は笑って語った。

初対面の時だ。

何だか心強くなったものだ。

何の算段もなく当てもなく、この辺鄙《へんぴ》な場所に越して来た私は、偶然知り合った宗吉さんに何や彼《か》やと面倒をみて貰って生活している。

食料を分けて貰ったり日用品を調達して来て貰ったり――実際一方的に世話になっているとしか云いようがない。して貰うことはあれこれあるのだが、私の方は宗吉さんに何もしてやることが出来ない。野菜を分けて貰ったお礼に幾度かお金を渡そうとしたのだけれど、使い道がないからと云って一二度しか受け取って貰えなかった。

使い道は――ないのかもしれない。

宗吉さんは軽やかだ。

私とは違うのだ。

私は、無頼を気取って長年放浪をし続けて来たつもりでいたのだけれど、何処に行こうと何をしようと、結局何処かに繋がっていたようだ。

例えば金だ。私は金さえ持っていれば、何処に行っても取り敢えずは暮らして行けるだろうと、高を括《くく》っていたように思う。

砂漠や密林で暮らそうと云うのではないのだし、この国の中に居る限り、金があれば大概のものは手に入る、旧幕時代の藩札ではないのだから、金自体が使えなくなることなどもあるまいと——そう考えていたのだ。

慥《たし》かに金は何処でも使える。でも使う意味がなくなる場所はある。

木と草と川の中にあっては、金は使えない。勿論《もちろん》町に出れば使えるのだが、それは使えると云うだけなのであって、それで暮らせる訳ではない。金は喰えないし、燃して暖を取ることも出来ない。私は金と云う紐《ひも》で何処か妙な処に繋がっている。紐付きなのだとしたら、幾ら飛び回っているつもりでいても、それは精精凧《たこ》のようなものである。風がなくなれば墜《お》ちる。紐が切れても、墜ちる。

宗吉さんは気儘《きまま》に浮いて、軽やかに生きている。何処にも行かないが、何処にも繋がっていない。

羨ましかった。

私は自分自身が、不自由な上に何も生み出していないのだと云うことを知った。

変わったお人だよねえ先生は、と宗吉さんは云った。

「まあ、東京がしち面倒臭いのは解るさ。小難しいことは儂には解らんけども、物書きだからって痛くもない肚《はら》探られちゃ敵《かな》わんよね。でも、だからってあんた、家財も持たずに、こんな本ばかり持って」

「それを云われると面目がない。あの時宗吉さんが見咎《みとが》めていてくれなかったら、今頃はどうなっていたか判らないよ」

身ひとつと甘く見ていた。これを機会に読書三昧を決め込もうと大量に本を買い漁《あさ》って発送したのだが、考えてみれば運送屋は荷解《にほど》きまではしてくれない。解いたところで仕舞う棚も何もない。小屋の前に怪しげな包みや箱が堆《うずたか》く積まれて、私は閉口してしまったのだ。

「開けても開けても本ばかりじゃ。鍋も茶碗もありゃしない」

怪しまれて当然じゃと宗吉さんは再び笑う。

「奥さんでもお子でも居りゃ話は別だがね。五十面下げた人相の悪いのが独りだもの、こいつは悪いことした悪党が逃げて来たかと、思うでしょうに」

「まあそうです」

私は笑う。

「私は天涯孤独だからね。今の今まで気楽で良い身分だと思っていたが、そう云う弊害《へいがい》はあるんだなあ。身持ちと云うのは、所帯のことなんだなあ」

「田舎じゃ特にそうさ」

そう云った後、宗吉さんは私に背中を向けた。

「そう云えば——立ち入ったことを聞くけれど、ご家族は居ないの、宗吉さん」

家族の縁が薄い、と云っていた。

家族と云うのも、紐には違いない。

「逃げられちゃったのさ」

「逃げられた――」

「そう。飛んで行っちゃったんだよねえ、つうっと。羽根を広げてさ」

宗吉さんはそう云った。

2

私の生業《なりわい》は小説書きである。

先生先生と呼ばれてはいるが、高尚な文学者などではない。私は俗悪な大衆小説を書いているつもりだ。人殺しだの悪漢だの化け物だのが跋扈《ばっこ》する——良識のある者なら眉を顰《ひそ》める、そう云う類《たぐい》の小説である。

探偵小説ではない。犯罪、猟奇、いや、怪奇小説だろうか。

論理性はないし、時代掛かってもいるから探偵小説とは云えないと思う。講談に近い。

それをして幻想的だとか、耽美的などと称する者も居るようだが、書いている本人としては荒唐無稽《こうとうむけい》であり耽奇《たんき》猟奇《りょうき》でしかない。そもそも私は俗な人間なのだ。

根が下世話だから、下世話な話しか思いつかぬ。そもそも小説を書き始めた動機と云うのが、もう俗だ。私は、高尚な文学に憧れた訳でも高邁な思想に突き動かされた訳でも何でもなく、子供の頃から慣れ親しんだ講談話のわくわくする感じを文で書き表そうとしただけなのだ。格調も高くないし、芸術性もない。

ただ、人間が古いので表現が今風でないと云うだけである。

その所為《せい》か、もう二十年から書き続けていると云うのに、私は今だに文壇と云うものに馴染めない。文学談義が面白くないのだ。

別に、何か負い目がある訳ではない。

大衆文学が高邁な文学より低いものと私は思っていない。縦《よし》んば低いとしても、否、一段も二段も低いとしても、それで劣っているとも思わない。だから気負わず、何を云われても柳に風と、二十年好きなように仕事をして来た。

ただ継続は力なりとは能《よ》く云ったもので、そんな私でも二十年も経つと大家扱いされるらしく、先生先生と呼ばれるようになった。弟子門人こそ居ないけれども、慕ってくれる若い書き手や編集子も増えて来た。本人の自覚を他所《よそ》にして、居場所と云うものが出来上がってしまったのだった。

それでも。

私は閥《ばつ》だの群れだのが嫌いだったから、常に無頼を気取っていたのだ。

格好をつけていたのだろう。

この、侘居《わびずまい》に隠棲し、能く判った。

自由に飛び回っていたつもりでも、私は紐付きだったのだ。鳥を気取った凧だ。

結局何処へも行けない。

偉い先生なんだってねえ、と宗吉さんは云った。

偉いものかねと、否定だか肯定だか判らぬ答えをするしかなかった。

「方面委員に聞いたけども、何冊もご本を書かれてる先生だそうじゃないか。儂は字も能《よ》く読めんから、専《もつぱ》らラジオだけどもね。名前くらいしか書けんし――」

それから、宗吉さんも私を先生と呼ぶようになった。

厭だったけれども、仕方がない。この土地では身分を隠しておきたかったのだが、時節柄そうも行かなかった。幾ら田舎でも身許の知れぬ転入者を受け入れる訳には行くまい。それに地縁もなければ縁者も居ない土地に移り住むのに、著名人と云う肩書きはそれなりに有効だったのである。

結局――繋がっている。

自由ではない。私はいったい何から逃れて此処に来たのだろう――そう思う。ずるずると根っこを繋げて、根っこの長さの分だけ移動したって、何からも逃げられまい。

でも、東京には居られなかった。

書きたいように書けない。

最初は、国体に背くようなものを書かぬようにしろ――と云う指導があった程度だった。国民が一丸となって戦うべき時期に、戦意を喪失させるようなものは、仮令《たとえ》虚構と雖《いえど》も書いてはならぬと云う訳である。

そこまでは許容出来た。

私は、戦争には否定的だったが、反戦運動をする気もなかった。作家の中には積極的に反戦を唱え、反戦文書を書いて世に問うような者も少なからず居たのだけれど、私は違った。興味がなかった。卑怯だったのかもしれない。いずれ、私は諦観していた。

自分の書いている大衆小説は娯楽である。娯楽が社会を変えられるような影響力を持ち得る訳がない。それでも抗議するべきことは抗議すべきだし、曲げるべきでないものは曲げるべきでないと、そう云う声も聞いたし、それは正論だとも思ったのだけれども——。

元元そうした作風ではなかったのだから仕方がない。

反戦の意志があるから作風を変えると云うのも、一種の転向には違いない。それまで通りでいいのなら、私はそれでいいと思った。

同業者の中には厳しい指導を受けた者もあったようだが、幸いにも私の作品は何も云われることがなかった。切った張ったはあるものの、恋愛はない。おまけに時代物である。そもそも化け物だの祟《たた》り神だのが横行するような通俗小説は、当局の目にも止まらなかったのだろう。

探偵小説はいかんと云われ、中には捕物帳に路線変更を余儀なくされた者も居たが、私は平気だった。そう云う意味でも私の書くものは探偵小説ではなかったと云うことになる。

これ幸いと頰被りをして、私はそれまで同様に荒唐無稽な作品を書き続けたのだった。

でも。

国体に背くな、が国体に沿うように、となり、やがて国体を讃《たた》えよとなって、私は愈々《いよいよ》厭になってしまったのだった。

戦意を喪失させるようなものを書くな、まではいい。戦意を昂揚させるようなものを書けと云われてしまっては、困る。それこそ曲げなくていいものを曲げることになる。

消極的とは云え反戦者に変わりはない。戦争を讃えるようなものは書けない。

言論統制は、厳しかった。媒体自体が国策に沿ったものになっていた。

おまけに、作家同士が監視し合うような隣組制度などが出来上がった。

不自由極まりない。

国体の提燈《ちょうちん》持ちのような作品を書き続ける以外に、小説書きの存在が許されなくなってしまったのだった。

息苦しかった。

籠《かご》の鳥である。

私は書くことを止めた。

何も書かずとも、許しては貰えなかった。知人友人に共産主義者《コミュニスト》や無政府主義者《アナーキスト》が居ると云うだけで、私は睨《にら》まれた。沈黙自体が認められなくなって行ったのだ。積極的に戦争を賛美出来ないのなら国賊と変わらないのだと、そう云われた。

我慢出来なかった。

でも。

そこで反抗すれば、即国賊なのだった。国賊と変わりないのではなく、本当の国賊になってしまうのである。

同業者の幾人かは、投獄された。

文書にせずとも語っただけで捕まった。戦時流言は厳しく取り締まられたのだ。特高警察は、社会的影響力のない民間人まで捕まえて罰し始めた。国民の不信を誘発すると云う題目の下、批判的言論は何であろうと封殺された。

籠から抜け出したい——国ごとすっぽり籠に入っているのだから、抜け出しようもないと云うことは、充分承知していたのだが。

私が東京を出ようと決心したのは、サイパン陥落の大本営発表があった日——東条《とうじょう》内閣が総辞職した日から数えて、三日目のことだ。

サイパン守備隊全員死亡の発表は捏造も歪曲もされずにほぼそのまま報道されたものと思われた。

これは、考えように依っては、否、考えるまでもなく大事なのである。要碍《ようがい》が打ち破られ、四万人からの日本兵が死んだのだ。玉砕から発表まで十日近く経っているとは云え、それをそのまま国民に報せたと云うことは——果たしてどう云う裁量なのか。

その半年ほど前、戦局の厳しさを報じた海軍担当の新聞記者が懲罰応召《ちょうばつおうしょう》している。『勝利か滅亡か』と題されたその記事は、私の読む限り決して反戦記事ではなかった。寧《むし》ろ、切羽詰まっているから一層に奮起せよと云う論調だったのだ。

それでも駄目だと云われたのである。

事情通の話だと、『竹槍では間に合はぬ』と云う中見出しがいけなかったのだそうだ。どういけないのか、私には解らない。

それは――竹槍では間に合わないだろう。子供が考えたって判ることである。でも、間に合わなくても良い、と思わせなくてはいけなかったのだろう。

そうなると――どうなのか。

サイパン陥落の報道も、『だから危ない』でも『愈々踏ん張れ』でもなく、『それでも我が國は大丈夫』と結ばれていた。

それでも日本は滅びない、と。

大丈夫な訳はないではないか。大丈夫と云うなら、その根拠を知らしめるべきである。大丈夫でないならば手を講じるべきなのだ。国民一丸となって国を護れと云うのなら、国民一人ひとりが知恵を絞り、或《あるい》は行動するべき――ではあるだろう。しかしこれでは何も出来ない。それこそ竹槍を持つくらいのことしか出来ない。批判が出来ないのみならず、考えることも、自衛すら出来ない。

事実を隠す、或は事実を曲げる——これは、体制側の常套なのだろう。隠蔽《いんぺい》したり捏造《ねつぞう》したり、情報を操作することで大衆を誘導するような政策は、在り方としては勿論褒められたものではないのだろうが、手法としては有効なのだろうと思う。そうすることで良い方向に導くことも可能だからである。

しかし、事実を丸投げしておいて、どうも思うな、と云うのはどうなのか。そうしたあり方は既にして言論統制でも思想洗脳でもなく、国民に思考停止を迫るものでしかない——。

と、私は思ったのだ。

私は息苦しさに堪え切れなくなり、東京を出ることを決めた。籠から出ることは叶わなくとも、出たような気になるだけで良かったのである。

知人を頼って、疎開先をあれこれ当たって貰った。

だが、都合の良い場所は中中なかった。何処も一長一短で、ピンと来なかった。

病気療養を云い訳にしたのも良くなかったのだろう。軍だの情報局だの特高だのにごちゃごちゃ云われたくなかったから、私は癆咳《ろうがい》の疑いがあるのだと、知人にも嘘を吐《つ》いたのである。しかし、所詮仮病なのだから療養所を紹介して貰っても困るし、別荘だの旅館だのに行く気はしない。長逗留ではなく疎開、遊山ではなく厭世なのだ。

探し始めて一週間程経った頃、懇意にしている出版社の社主が偶偶《たまたま》見つけてくれたのがこの小屋だった。

迚《とて》も人が住める家ではないようですがと、紹介者は申し訳なさそうに云った。

其処《そこ》が良いと即答した。

実を云えば私は、この地——埼玉県本庄の出身なのである。出身と云っても幼い頃過ごしたと云うだけで、物心付く前に家は東京に引っ越してしまったから、郷里と雖《いえど》も余り記憶もないし、郷愁も殆ど感じない。生家もないし親類も縁者も居ない。

それでも良いように思ったのだ。

何故そう思ったのか定かではないのだが、僅かでも馴染みがある土地を無意識のうちに選択してしまった、と云うことなのだろう。

そうならば。

結局、何からも切れていない。

昔から、社会から、世間から。私は色色なものと、べったり繋がったままだ。

紐付きの凧どころではない。今も雁字《がんじ》搦《がら》めの籠の鳥だ。

何一つ、何からも自由になっていない。

こうこうと、夜の鳥が啼《な》いた。

3

鳥は夜も飛びますよと宗吉さんは云った。

眼が見えるのかねと問うと、そりゃ知りませんと云われた。

「鳥は暗いと見えないと云うのは迷信なのかな。梟《ふくろう》なんかもいるしね」

「さて、どうかね。見えず滅法に飛んでるのかもしらんが、飛ぶことは飛ぶ。ほれ、この間も云ったが、そう云う時に光る。鳥の火だね」

「鳥の火――ねえ」

青鷺《あおさぎ》なんかは能《よ》く光るよと宗吉さんは云った。

矢張り想像が難しい。

「想像って云うなら、儂は寝てる鳥の方が想像出来ないけどね。儂も随分と長いこと杜ン中うろうろしておるけれど、鳥の眠ってる処は見たことがない。あれは樹の上で眠りますかな。墜ちませんかな」

さあねえ、と私は答える。そう云われてみればそうである。

「昔、そう、二十年から前にね、ほんの少しだけ文鳥を飼っていた。でも、まあそう云われてみれば眠った処を見た記憶はないね」

寝ないのじゃないですかと宗吉さんは真顔で云う。

「寝ないことはないだろうと思うよ、動物なんだし。まあ、小動物は臆病だから、寝姿は見せないのじゃあないかねえ」

「生き物――ですかねえ」

宗吉さんは不思議な態度を取った。

「まあ、何であれ、鳥は夜寝ちゃないように思いますな。飛ぶし、啼きますよ鳥は。ですからね、珍しいことじゃないですよ。夜啼く鳥」

哀しいけどね、あの声は――。

宗吉さんは手にした笊《ざる》を卓袱台《ちゃぶだい》の上に置いて、窓の外に視軸を向けた。

「まあ、淋しいやね、鳥はさ」

「文学的なことを云うね宗吉さん。慥《たし》かに物悲しい、淋しげな声だったが――」

「そらそうさ。儂はね、夜歩きが好きなんだよね。夜回りにでもなれば良かったと思うよ」

「夜歩きですか？」

「徘徊すんの。街中《まちなか》ならね、火の用心だけど、この辺は家も疎《まば》らだし、杜の中で火の用心もないからさ、ただの不審者だよ。だから村の者も白い目で見るの」

宗吉さんは乾いた笑いを発して、笊《ざる》の中の芋を勧めた。

蒸かし過ぎたのだそうだ。私は礼を云って指先で芋を一つ抓《つま》んだ。もう熱くないよと宗吉さんは云った。

「どうもさ、先生は、まあ正体知らん人には得体は知れない人なんだけども、知っとる人には信用されとるようだね。儂は聞いて来たんよ。珍しく呼ばれてね、村に行って来たんだよね。で、要するに儂の評判が悪いだけなのよ。儂なんかと付き合ってるから、知らん人にはろくなもんじゃないと思われてしまうって話。あの人は偉い文学者の先生なんだから、お前みたいな落伍者が出入りしてると誤解されるって。儂、叱られてしまった」

「叱られたって誰にです？」

分校の校長よ、と宗吉さんは頭を掻く。

「あれ、同窓なのよ、尋常の。皆死んじゃったけど、あれと儂は生き残ってるから。煩瑣《うるさ》いんだね、あれこれ。若い時分から働け働けと説教する。今日も相当叱られた。何でも東京の方から憲兵さんが来たとかで、悶着《もんちゃく》起こさないように釘打たれちゃった」

「憲兵隊が？　本庄にですか」

「隊じゃない。独りだったみたいだけど。人捜しに来たとか」

「憲兵が単独で人捜しですか――」

少しだけ不安な気持ちになった。

捕まるようなことはしていないつもりだ。それ以前に何もしていない。私はただ本を読み耽《ふけ》り無為に過ごしているだけなのだ。宗吉さん以外とは殆ど口を利いていない。

それでもどのような云い掛かりをつけられるか判ったものではないのだ。この非常時に旧幕時代の荒唐無稽な本ばかり読み漁っているなどけしからんと——そう云われてしまえば返す言葉はない。

但し——いま私が読んでいるのは平田《ひらた》篤胤《あつたね》である。篤胤は国学者なのであって、戯作者ではない。私が繙《ひもと》いているのは、読本や合巻本と違って娯楽のために書かれた本ではないのである。

でも、その程度の差異には何の意味もないのだろう。江戸時代の国学が現在どのような評価をされているのか私は知らないが、篤胤だから読んでいて誉められると云うようなことはあり得ない。そもそも私が読んでいるのは国学啓蒙の書ではなく、『勝五郎《かつごろう》再生《さいせい》記聞《きぶん》』と云う、生まれ替わりに関する見聞記なのである。国益になんら関与しない、不要の書物であることに変わりはないのだ。

先生は関係ないよと宗吉さんは云った。

「憲兵は女の人を探してるようだったよ。見掛けたら報《しら》せろと——まあ、儂はそれで呼ばれたのさね」

「女を？　憲兵が？」

「変だよね。でもねえ。儂に云っても無駄さ。どんな事情があるのか知らんけど、こんなねえ、何もない村外れの荒れ地を他所者《よそ》のご婦人が独りで歩いてるとは思えんからね。昼も静かだし、夜はもっと静かだ。夜歩いてても誰も居らんよ。村の者も来ないしね。十四年歩き続けて人に会ったのなんか、数える程だ。夜は――」

鳥だけだよと云って宗吉さんはまた窓の外を見た。

そんなに、夜飛ぶものなのか。鳥は。

「鳥はさ」

あれ――。

死んだ人なんだろ。

宗吉さんはそう云った。

「死んだ人？」

「人はさあ、死んだら鳥になるのじゃないのかね、先生」

鳥になって。

夜に飛ぶのじゃあなかろうかねえ――。

何を――。

何を云い出すのだろう。

私は少少面喰らって、暫《しば》し沈黙した。

慥《たし》かに、倭建命《やまとたけるのみこと》の例を挙げるまでもなく、死後霊魂が鳥の形を取って飛び去ると云う説話寓話の類《たぐい》は、洋の東西を問わずにある。

取り分け珍しい考え方ではないだろう。空を飛ぶのは鳥か虫くらいなのだし、魂を鳥や蝶に擬《なぞら》えるのは、至極当然の連想だと云える。

だからと云って、鳥は死んだ人だと云われても、返答に困ると云うものである。

「どうして」

どうしてそんなことを云うのですと問うた。

「いや——違うのかねえ。儂は無学だからさ」

「違う——と云う訳じゃあないですよ」

否定はしたくない。否、違うと云い切ることは、私には出来ない。

ただ。

「まあ、死後霊魂が鳥の形になる、と云う云い伝えと云うか信仰と云うか、そうしたものはありますよ。しかし、それは鳥の形になるのであって——」

いいや、鳥は全部死人だよと宗吉さんは繰り返した。

「全部——と云うのですか?」

「全部だと思うね。だってさ、新仏が出ると鳥が飛ぶのさ」

「幽霊——と云うことですか?」

「幽霊なんて、儂は見たことないよ。でも、あれは人の形なんだろ。鳥になれなかった奴が出て来るのと違いますか、幽霊は」

「ははあ」

そう云う考え方もあるか。

私には少し新鮮に思えた。

「すると、鳥に生まれ変わると云うことですかな?」

生まれ変わり――転生、それは今読んでいる本の核である。

「生まれ変わりねえ。否、そう云うのとも違うと思うけども」

死人でなくっちゃああんな哀しい声は出ないよ――と、宗吉さんは云った。

こうこう。

昨夜の鳥も哀しかった。

――あれは死人か。

ところで先生はずっと寡夫《やもめ》かいと、宗吉さんは豪《えら》く唐突に問うた。

「それとも夫婦別れでもしなすったか」

「何故そんなことを?」

「だってお独りじゃないのさ。疎開だってんなら奥さん連れて来るでしょう。それに仏壇も位牌もないしね。ならずっと独身《ひとりみ》かと思うさ」

位牌も仏壇もない。

でも。

「死に別れですよ。と、云ってももう、十九年も経つが」

はあ、と宗吉さんは高い声を発した。

「こりゃあ――失礼しました。どうも申し訳ない」

「いや、別に謝ることはないです。私は無信心でね。妻には悪いが、祀《まつ》ったり拝んだりするのが苦手だ。墓もない」

「墓も」

「家内は家内の実家の墓に入って貰った」

「いやはや――」

何かご事情がおありですかと、宗吉さんは畏《かしこ》まって少しだけ前傾した。

「そんなものはないですよ。先《ま》ずね、うちの墓は――墓参りに行く者がない。係累と云うか子孫は私ただ独りで、その私が行かないのだから処置なしだね。一方で妻の実家には大勢親類縁者が居て、皆信心深い。お墓も立派なのが建っている。盆暮れ命日には必ず法要をするし、月命日にも花だの線香だのを供《そな》えるんだな」

埋めてしまえばもう何処にも行けぬ。

人に来て欲しいだろうと、そう思った。

「それにね、実を云えば、妻は娶《めと》って僅か二年で死んだ。胃穿孔《いせんこう》でね。苦しんで死んだ。私との暮らしは短いものさ。療養期間を除けば、二年と暮らしていない。一年だ。そんな男の墓に入れちゃあ家内があんまり可哀想だ」

妻は――昭和の声を聞かずに死んだのだ。

じゃあ大正の終わり頃かねと宗吉さんは上を見て、少し気弱そうな声で云った。

「そうかね。そうだったかね。儂の女房よりも先に亡くなってるんだね。そりゃ未《ま》だ若かったろうにさ。不憫《ふびん》なことだねえ」

私より八つ齢下だ。死んだ時は二十二歳くらいだったろう。そう告げると宗吉さんは短い眉を歪めて、若えなあと切なそうに云った。

「ずっと胃弱だったんですよ。かなり苦しんで亡くなったから、可哀想だった」

「そらあ病だつったって若過ぎだ。儂の女房も若く死んだが、それよりずっと若い。儂の連れ合いは十四年前にね、三十九で死んだ。栄養失調と、流行感冒だったよ」

「待ってください宗吉さん。慥《たし》かこの間――」

――逃げられたのよ。

そう云っていた。

「宗吉さん、奥さんは、その」

死んでから逃げられたんですわと、宗吉さんは照れ臭そうに云った。

「死んでから？」

「はあ。その、ですからね——」

矢っ張り儂が怪訝《おか》しいのかね。宗吉さんは下を向く。いや、そんなことはないと、私は無根拠に云う。

「私が今読んでいるこの本は、昔の偉い学者が書いた本ですがね、生まれ替わった男の話が綴《つづ》られている。死んだ子供が、別の場所で産まれるんだな」

「産まれるって、そりゃどう云う？」

「上手に云えないなあ。まあ、例えば私には子がないが——ここに藤蔵《ふじぞう》と云う子が居たとしますな。で、この藤蔵がまあ疱瘡《ほうそう》に罹《かか》って六歳くらいで亡くなったとする」

そんな小さくて死ぬのは可哀想だよと宗吉さんは泣き顔になった。

「いや、例えばの話ですよ。で、その藤蔵の死んだ後に、全く別の処で勝五郎と云う子が産まれたとしてください。これは全く別人ですよ。親同士も面識がない。村も違う。ところがこの勝五郎は、藤蔵しか知らない、藤蔵の記憶を持っている」

「藤蔵だったのかい」

勝五郎は勝五郎なのですと答えた。

「まだ全部読んでいないのだけども、この勝五郎はね、兄弟姉妹に、お前達は産まれる前はどこの子だった、と尋《き》いたんだそうでね」

「産まれる前?」

宗吉さんは不安そうな顔をする。

「産まれる前のことなんかは、まあ普通誰も知らない。知りようがないですよ。ないのだからね、此の世に居ない。でも勝五郎は知っていた。自分は藤蔵で、一度死んで、それから今の母親の胎《はら》に入ったんだと、まあこう云うんだね。葬式の様子なんかも覚えていたと——まあ、昔のことだし、本当のことかどうか確かめようもないけれども」

「うわあ」

宗吉さんは泣きそうな顔になった。

「如何《どう》したんです」

「そのさ、藤蔵が死んでね、それから勝五郎が産まれるまでの間、その藤蔵はどうしていたのかね」

「ああ」

あまり考えずに読んでいた。

「まあ——葬式の様子を読むと、埋《い》けられるまでは亡き骸と共にあり、その後家に帰ったようですがね。誰に話し掛けても通じず、やがて白髪の老人が現れて別の場所に連れて行かれて、其処で遊んでいたそうだ」

「別の場所ですかい」

「高い場所にある、花の咲いている綺麗な草原だったそうだね。鳥が居たと書いてある。花の枝を折ろうとしたら、鳥が出て来て威嚇《いかく》したんだそうだ。その後、老人に勝五郎の生家まで連れて行かれて、あの母から生まれよと指示をされて——」

「それはさ」

その藤蔵も鳥だったのじゃないですかいと宗吉さんは云った。

「鳥になった——とは書いてないけれどねえ」

「自分の姿は見えませんよ先生」

「そうだが——」

「其処は、その花の咲いた草ッ原は、まあ極楽かなんか知らんけど、死んだら行く場所なんでしょうや。そうならもっと死人が沢山居てもいいことになる。なのに、其処にはその爺様が居るだけで、他には鳥しか居らんのでしょう」

ならば。

「高い処にある草ッ原って、何処です？　高い処って山の上ですかい？」

そんなことは。

「宙に浮いてるンなら、飛んで行ったんじゃないんですかい？」

飛んだなら。

人は死んだら鳥になるんです。

鳥になるんですよ先生——。

「宗吉さん、あんた」

「女房も鳥になったんですよ」

鳥になって逃げたんです。

そう云う——ことか。

「儂はね、駄目な男さね。電気軌道に居た時はまだ、それでも普通にやってたけども、人生の中でまともに働いたのはあン時だけだったよ。廃止される少し前まで、五年働いたからね。それまでは、何をやってもひと月と保《も》たん。三日で辞めたこともある。養蚕も向いてなかったしね。金がないから、博奕《ばくち》に手を出したこともあったけど、性に合わんかった。要するに何も出来ない男なんよ。明治が終わって、大正になってさ、身を固めれば何とかなるかと思ったお節介が、女房を連れて来た。儂はもう三十過ぎてたからね、その時。女房は二十歳くらいさ。あれは能《よ》く出来た女だったさ。子供もね、二人授かってね」

「お子さんが——居たんですか」

もう居ないよと宗吉さんは云った。

「一人目は一歳になる前に死んじゃった。二人目はね、十一まで生きたけど、矢ッ張り死んだ。川に落ちたんよ。丁度、儂が電気軌道解雇される少し前にさ」

鳥になったんだようと宗吉さんは云った。

「最初の子が死んだ後、女房はさ、何処からともなく小鳥を連れて来て、暫く飼ってたんだよね。白い鳥だった。あれは、死んだ子さ。いつの間にか居なくなっちゃったけどね。二番目の子が死んだ時はさ、儂は酔い潰れていて、正体がなかったから判らんかった。でも」

あの子も飛んで行ったんだよね。

夜の杜をさ。

こうこう啼き乍《なが》ら。

どっか行っちゃった。

「子供も死ぬ、職も失うで、儂は益々駄目になったんよ。何もしないで寝てばかりいた。女房はさ、彼方此方《あちこち》で働いて、働いて、働いて、栄養失調で風邪ひいて死んじゃった。儂」

哀しかったよと宗吉さんは抑揚なく云った。

「動かないんだよ。死骸ってのは。揺すっても叩いても。女房はさ、骨と皮みたいに痩《や》せてさ、髪なんかぱさぱさでさ、どんどん白くなるのさ。お医者なんか呼べないから。寝かしておいただけだからさ。何にも云わないで、そのまま動かなくなっちゃった。眼だけは開けててさ、何も見てないのにさ」

「宗吉さん」

「儂は、ずっと横に座ってたの。莫迦《ばか》みたいに。丸一日。そしたらさ」

そしたら。

「突然、窓の外でばさばさって音がしたの。ぱっと見たら」

光ってたんだよ。

「青い光がさ、一瞬、窓の外をすっと通り過ぎたのさ。儂はね、何だか無性に、どうしても其処に居られなくなって、居ちゃいけない気になって、堪らなくなって表に飛び出した。そしたらさ、屋根の上に」

女房が居た。

「鷺だよ。大きな鷺。それがね、こう、青く光ってた。綺羅綺羅《きらきら》と光ってる。鷺は、こうと一声哀しそうに啼いてさ、ふわっと羽根を広げてねえ」

儂の方を見てさ。

飛んだ。

待ってくれ。待ってくれ。儂を置いて行かないでくれよう。

儂を置いて行かないでくれ。

「儂は追い掛けた。草履《ぞうり》も履かずにさ。走ったよ。村を抜けて、畦道《あぜみち》を抜けて、鷺は、女房は、荒れ地の上をさ、綺羅綺羅《きらきら》光り乍《なが》ら、こう、光の尾を引いて」

杜に。

其処の杜に。

逃げられちゃったよと、宗吉さんはぽつりと云った。

「それからね、儂は毎日、捜した。死骸も放ったらかしで葬式も何も出さなかったから、村の者からは随分と叱られて、この罰当《ばちあ》たりと詰《なじ》られたけどさ。儂には過ぎた連れ合いで、儂が苦労させてたこともね、村の人は知っておったからね。後始末何《なん》も彼《か》も他人に任せて、儂は何もせんで杜ン中うろうろしてたんだもん。気が違ってると思われたんだろうね。でも仕方がないよ。死骸はもう女房じゃない。あれは、飛んで逃げちゃったんだからさ」

「宗吉さん、あんたそれで――」

夜歩きを。

十四年も。

夜の杜を。

「いや、ずっと捜してた訳じゃないよ先生。最初のうちはさ、まあ訳も解らず彷徨《さまよ》っていただけだったし、そのうち何て云うの、習慣になっちゃっただけなんだよね。結局、儂は村の者から痴《し》れ者扱いされて――仕方がないから。まあ職もないし、働く気もなくてさ、借家も追い出された。今住んでる建物はね、前にも話した、同窓の校長の持ち家なんだよね。あれがね、宛てがってくれた。哀れに思ったのだろうさ。頭のイカレた幼馴染みに同情したの。家賃は無料《ただ》さ。使ってないから此処に住めって、そう云うのよ。まあね、儂みたいのが村に居ちゃ、何かと都合悪いから、厄介払いだったのかもしらん。でも、村八分みたいなものだからね、仕方なし、畑作って暮らすことにしたの。もう」

生きてても意味ないと思うたの。

「でもねえ、中中死なないものさ。もう十四年、それで生きてるのさ」

夜の杜には鳥が沢山居るよ。

「毎晩、毎晩、この十四年、鳥を見ない日はないよ。夜の杜の中をさ、飛んでいるし、啼いてるし、時に光るさ。人は毎日大勢死ぬからさ。鳥は飛んで来るんだよ。そして、こう、こう、啼く。青い火を燈して、飛ぶ。きっと」

サイパンは鳥だらけだよ。

大勢死んだんでしょうと宗吉さんは云った。

私は、空一面を覆い尽くす鳥の群れを思い描く。大地は累累たる骸の山で覆い尽くされている。地平線が鏡面になったかのように、それは対称《シンメトリー》だ。ただ。

屍は動かぬ。鳥は蠢《うごめ》く。

先生、有り難うねと宗吉さんは云った。

「有り難う――とは」

「儂はさ、鳥は何処に行くものか、ずっとずっと気になって居ったの。死んで、何かから解き放たれてさ、自由に飛ぶ、そこまではいいです。でも、そのままどっか飛んでっちゃうならさ」

それは余りにも儚《はかな》くないですかい、宗吉さんはそう云った。

「飛んで、飛んで、空の果てまで飛んで、そして消えちまう。そんなのは淋しいや。淋し過ぎるやい。でも、今日先生の、その難しそうなご本の話を聞いて、儂は得心が行ったよ。鳥は――」

人に生まれ変わるね。

「人に?」

「その、勝五郎。それは人でしょう」

「ああ」

なる程。宗吉さんは勝五郎の再生を、独自に解釈したのだろう。死後、人は鳥になる。そして一定期間飛び回り、やがて誰かの胎内に宿って、再び此の世に生を享《う》ける――と。

あの子もきっと生まれてるよねえと宗吉さんは云う。

「まだ口も利けないうちに死んだから。きっと儂のことなんか覚えてないだろうけど、何処かで生まれたんだよね。それなら気が休まるよねえ。だって、川で死んだ息子も」

女房も。

どっかに生まれているのだろ。

今度は苦労してなきゃいいけども。

「儂ね」

もう捜さないよと宗吉さんは云った。

「夜歩きを止めるのですか」

「止めるよ。死んだ人も、死んでまでこんな爺の面ァ夜な夜な見たくないだろ。儂、これからは」

命日に思い出すだけにするよ。

女房と子供を。

宗吉さんはそう結んだ。

4

今日が命日だ。

妻の命日なのだ。

私の妻は、大正十五年の十月十四日に、死んだ。

結婚生活は二年弱と云う短いものだ。子供は出来なかった。

見合い結婚だった。私が二十九、妻は二十一歳だった。私はまだ雑誌に小説が何本か載った程度の駆け出しで、媒酌人は載せてくれた雑誌の編集長だった。向島の百花園近くの料亭で見合いをした。妻は始終下を向き、何も言葉を発しなかった。

夫婦になってからも会話は乏しかった。でも、仲は良かったと思う。

私がそう思っているだけなのかもしれないのだが。

妻が幸せだったかどうか、それは判らない。私自身も解らない。幸せがどう云うものなのか、それが先《ま》ず解らないのだから仕方がないだろう。でも、少なくとも不幸ではなかった。

私はただ机に向かい、時に放浪した。

妻はただ執筆する私を見守り、私が何処へ行っても家で待っていた。

一年くらいで妻は倒れた。

何度か入退院を繰り返し、倒れて一年目に妻は病院で死んだ。

世話や看病もしたけれど、大変だった覚えはない。ただ、可哀想だった。可哀想だと思った。病気は、厭だ。家族――多分、私の唯一の家族――が病になるのは、自分が病むよりもずっと厭だ。何もしてやれない。励ましや慰めは何の役にも立たないと云うことを、私は仕事柄能《よ》く知っていたのだ。

治療費を稼がなければいけなかったから、仕事を減らすことは出来なかった。幸いにも注文はそれなりにあったのだ。私は時に病室で筆を執った。妻は、早く治ります、治って洗濯をします、と云った。

私の身態《みなり》が見窄《みすぼ》らしかったのだろう。

妻には親類は沢山居たが兄弟姉妹はなく、両親も他界していた。

妻にとっても私が唯一の家族だったのだ。そんなことは考えてもみなかったけれど。

花を買った。

慥《たし》か、花を買った。何故買ったのか、何の花だったか、全く覚えていない。でも、自分で花を買ったのは、生涯それ一度きりである。私が花を持って病室に行くと、妻はもう死んでいた。

——宗吉さんの云う通り。

屍は、もう動かない。私は揺すりも叩きもしなかったけれど、妻は動かなかった。

揺すったり、叩いたり。

泣いたりするべきだった。

十九年も経って、今そう思う。何故あのとき私は、泣いて騒いで妻を呼ばなかったか。

残念です御臨終です間に合いませんでした急に容体が。

——はい。

私ははい、と返事をしただけだった。

名前くらい呼んでやれば良かった。呼ぶべきだった。

——何が、何がハイだ。

格好をつけるのもいい加減にしろ。私は激しく後悔した。この十九年、一度も感じたことのない、それは激しい後悔だった。

私は。

私は何かから逃げて来た訳じゃないんだ。

色色なものから切れて、自由になりたい訳じゃないんだ。

寧《むし》ろ私は、切れたくなかったのだろう。私は妻と繋がっていたかったのだ。

妻と暮らした僅かな時間から目を背けていただけなんだ。

そして私は、十九年目にして漸く、妻の顔を思い出した。

噫《ああ》。

私は本を閉じる。

燈《あかり》を点けていないのだから、そもそももう文字など見えていなかったのだ。

今日は、妻の命日だ。

妻は十九年前の今日——。

鳥になったのか。

顔を上げる。部屋はもう真っ暗で、何も見えない。堆《うずたか》く積まれた無為な書籍の山が、黒黒と聳えているだけだ。

こう。

こうこう。

死人が啼いている。

鷺ですよ。

大きな青鷺だ。

綺羅綺羅光るんですよ。

青鷺の火だ。あれは、あれは女房ですよ。

死んだ女房が——。

私は立ち上がり、そのまま小屋の外に出た。

陽はまだ完全に落ち切っていない。黄昏刻《たそがれどき》と云う時刻である。

景色の細かい部分は既に失われている。杜も、叢《くさむら》も、曖昧模糊《あいまいもこ》とした塊《かたまり》になっている。私は屋根の上を見上げた。

何もない。何か居る訳がない。

杜の向こうに、円《まる》くて大きな太陰《つき》が見えている。

空は暝《くら》く、杜は梦《くら》い。

私は小屋をぐるりと回った。

裏には井戸がある。

——本庄は水が美味《うま》いよ。

宗吉さんは能《よ》くそう云う。慥《たし》かに、この辺りは地下に水脈があるらしく涌き水も多い。水系も豊かである。私は吸い寄せられるように井戸に近づいた。

井戸は——。

冥界に通じていると云う。小野篁《おののたかむら》は井戸を通じて現世と冥府を往還したと云う。

円い、穴を覗く。

黒黒とした水面が、遥か遠くにある。

手桶を下ろして水を汲み上げ、手で掬《すく》ってひと口飲んだ。

手が切れる程冷たい。そして、云われた通り美味かった。手桶の水も、夕暮れを吸い取って只管《ひたすら》暗かった。

私はその表面を見詰める。

ゆらりと揺れている。

夕暮れが揺れている。

刹那。

ばさばさと云う音が響いた。

水面を青い煌《きら》めきが過《よぎ》る。

咄嗟に顔を上げると。

鳥が光っていた。

「さと——」

私は大声で妻の名を呼んだ。鳥は光の尾を引いて飛び去った。

「さと、さと待ってくれ」

私はその後を追った。

鳥は、光りますよ。

鳥は夜も飛びますよ。

鳥は全部死人ですよ。

ほんとうなんだ。

私は、駆けた。土を踏み、草を蹴って走る。妻を追って、杜に分け入る。

鳥は。

鳥の火が。

小さな、小さな光だ。慥《たし》かに硝子に陽が反射するような光り方だ。

暝いから。あんなに見える。

そして。

私は杜の中で。

唐突に我に返った。

私は――どうかしていた。

宗吉さんの話や、篤胤の本や、私が抱えている鬱屈《うつくつ》や不安や、そうしたものが綯《な》い交《ま》ぜになって――私は正常な判断力を失っていたのだろう。家を出た理由も、駆けた理由も解らない。まさに発作的行動だったようだ。

妻の。

妻のことを考えていた筈なのだが。

乏しい想い出を掘り起こし、涸《か》れた感情を揺すって、過ぎ去りし昔に浸っていただけなのだ、私は。

それは単なる懐古趣味である。

五十の坂に差し掛かり、気持ちが弱くなっているのかもしれぬ。不安定な世情を映して心根に歪みが出ているのかもしれぬ。そうした不自然な精神の形が、何か些細なことを契機《きつかけ》にして壊れ、堆積した昔が激情的に流れ出ただけだ。

些細なこと。

私は立ち止まり、空を見上げた。

鳥の火。

青鷺の火。

鳥が光ることはあるようだ。多分、羽根の何処かが僅かな光――夕陽か幽陽か、或いは町の燈――を跳ね返すのだろう。

幻想的ではあるけれど、自然現象には違いない。

鳥が死人である訳もない。況《まし》て――。

妻である訳がない。

私は、笑った。

そして平静を取り戻した。

――扠《さて》。

どうしたものか。

散歩は能《よ》くするけれど、こんな夕暮れに杜の中に迷い込んだことなどない。宗吉さんは夜歩くそうだ。動機はどうであれ、樹樹《きぎ》の間枝葉の下を彷徨するのも悪いものではあるまい。

どうせすることはない。

私は縛られてなどいない。世間ではこう云う状態を、たぶん自由と呼ぶ。

少し歩いた。貧弱な杜はすぐに途切れて、景色が開けた。せせらぎが聞こえた。

川だ。

利根《とね》川だろう。

私は利根川縁《べり》に出たのだ。

此処なら一二度散歩したことがある。

芒《すすき》が河原一面に戦《そよ》いでいる。薄暗い。川面《かわも》は最早真っ黒で、ただ水が移動していることだけを示す僅かな煌《きら》めきが、瀬《はやせ》の面《おもて》に窺えるのみである。水音だけは止むことがない。景色は黄昏ている。不安な、そして能くある風景である。

水面の煌めき。

そうか、鳥の光はあの水面の煌めきに似ているのだ。

暫し眺めた。

煌めきはすぐに消えた。

流れに沿って視線を移動すると。

川の中程に――。

白っぽい人影が見えた。人じゃない。

あれは、多分、鷺だ。

川の真ん中に人が立っている訳もない。

そうして見直してみると、慥《たし》かに鷺だった。

東京で鷺を見かけたことはない。だから繁繁と眺めたことなどなかったのだが、こうしてみると人の形に見えないこともない。古来、鷺は幽霊に見間違えられることが多いと聞くけれど、無理もないな、と思った。

遠目で鷺を見詰め乍《なが》ら、川沿いに進んだ。

何も考えていなかった。

肌寒い。皮膚がぴりぴりする。

着の身着のまま飛び出して来たから、外套も着ていない。でも、宗吉さんと違って、どう云う訳だか靴だけは履いていた。

鷺は微動だにしない。

鳥は何も考えていないから。

多分、鳥には過去も想い出もない。

そんな、愚にもつかぬことを考えて、私は歩を進めた。

小説が書きたい――ふとそんな気持ちになった。書けないとか書かせて貰えないとか、書いても載せて貰えないとか書き直しをさせられるとか――誉められるとか貶《けな》されるとか、情報局も特高も軍も戦争も、如何《どう》でも良いような気になった。

文字に塗《まみ》れて。読むだけではいけない。紡《つむ》ぎたい。原稿用紙の中ならば少なくとも私は自由だ。其処には過去も想い出も何もないから。戦争も何もないから。白い升目にただただ文字が連なって行くだけだ。字に字を継ぐだけで、私は鳥にでも女にでもなれるのだ。

――無様に生きる意味などないさ。意味などなくていいのだ。

世間と離れていても社会と隔《へだ》たっていても、私は平気だ。

平気だよ、さと。

書に浸る。

そして荒涼たる広磧《こうせき》を逍遥《しょうよう》する。

雑草の戦《そよ》ぐ川縁をゆっくりと歩く。

空には既に淡月が昇っている。

火点頃《ひともしごろ》の風が吹き渡る。

その時。

ぞくりと不安な気持ちになった。水音か。否、風で草原が戦ぐ音か。人の――声か。

――女。

何故か私はそう感じた。既に夕闇はその濃さを増している。

鷺もいつの間にか居なくなっていた。

がさがさと云う音がした。音の方に目を向けたが、背の高い草や芒が邪魔をして川面は能《よ》く見えなかった。争うような気配だけが伝わって来る。

——女だ。

再び私はそう思った。

何もない村外れの荒れ地を他所者のご婦人が独りで歩いてるとは思えんからね——。

そう。

宗吉さんの云う通り、こんな処に女は居ない。居る訳はない。

居るならそれは。

——青鷺だ。

大きな水音が聞こえた。

何かが落ちた。尋常ではない何か不吉な気配が、河原の土手を転げて水に落ちた。そうとしか思えなかった。私は如何《どう》しても確認をしなければいけないような気になって、土手の端まで行ってみた。音は止み、気配も消えていた。どうにも釈然としなかったので、私は叢を掻き分け芒を除けて、幾度か転びかけ乍《なが》ら川の際まで降りた。枯れ草だらけになった。

何もなかった。

川がゆるゆると流れているだけだった。

莫迦莫迦しい。どうかしている。

本当に私はどうかしている。

川風が矢鱈《やたら》に冷たかった。

苦労して降りたのにまた登るのも癪《しゃく》な気がしたから、そのまま川辺を家の方に向けて進むことにした。寒かったけれど、その方が良いように思えたのだ。土手は川に沿ってあるのだし、何処で上がっても一緒だ。

小屋までどのくらい掛かるだろう。

みるみる暗くなった。

もう、夜だ。

ああ、また鷺がいる。

川の真ん中で、鷺が光っているぞ。

あれは。

あれは、
あれは人間の女だ。

さと――。

私は川の中に脚を踏み入れた。あれは。

宇多川崇《うだがわたかし》が川の中で意識を失っていた女の命を救ったのは、昭和十九年十月十四日の、肌寒い宵のことである。

第拾六夜

◉

墓の火

はかのひ

◎墓の火

去《さ》るものハ日々にうとく
生ずるものハ日々にしたし
古きつかハ犁《すか》れて田となり
しるしの松ハ薪《たきゞ》となりても
五《ご》輪《りん》のかたちあり〱と
陰《いん》火《くは》のもゆる事あるハ
いかなる執《しう》着《ぢやく》の心ならんかし

——今昔畫圖續百鬼／巻之中・晦
鳥山石燕（安永八年）

1

「神仏と云うものは――」

人が作るものかなと、寛作《かんさく》翁はぼそりと云った。云ってから囲炉裏《いろり》に炭を足す。寒くもないが暑くはない。未《ま》だ暖を取らなければならぬような季節ではないのだけれど、それでも夜は冷える。頑丈だが粗末な小屋である。

「作るとは――また妙な云い方ですね」

寒川《さむかわ》はそう返した。

神仏と云う言葉と作ると云う言葉の取り合わせは、耳に馴染むものではないだろう。とは云うものの、寒川はただ素直に感じたままを述べただけであり、深く考えた末の返答ではなかった。

老人は乾いた肌に皺《しわ》を刻み、意外そうに、

「何故だよ」

と尋《き》き返した。

「何故って、それはだから、矢張《やは》り妙としか云いようがありませんよ。だって、神や仏と云うのは――」

作り物なのだろうか。

いや。

「まあ、神仏が本当に居るのか居ないのか、そう云うことは私には解《わか》らないけれども、それだって人が作ると云うのは何だか変ですよ。真実はどうであれ、そうしたものは大勢に信仰されているのだし、ならば――そう、不敬じゃあないですか。聞く人が聞けば、罰《ばち》当たりと云われますよ」

寒川にしてみれば軽口のつもりである。

寛作翁はだが余計に顔を顰《しか》めた。

「何が罰当たりかよ」

「おや、やけに突っ掛かりますね。別に寛作さんに罰が当たると云ってる訳じゃあないです。真意が汲めないだけです」

そのまんまだよと云って老人は顔を囲炉裏に向けた。

「お前さんこそ、東京の大学やらに行っとった学士様なんだろが。そう云う賢い人は、神だ仏だ、そう云う迷信は信じねえのではないのか」

神仏は迷信とは云いませんよと寒川は答える。

「そうかの」

「そうです。まあ昨今、何でもかんでも迷信迷信と云う風潮もない訳ではないですが——そう、明治大正と迷信撲滅に半生を捧げた井上圓了《いのうええんりよう》先生だって、素性は仏教哲学者ですからね。僕も井上先生の御著書を興味本位で何冊か読みましたけれども、信仰自体は否定されていませんでしたよ」

「その仏教とか信仰とか云うのは——どうなんかの」

「どうと云うと」

「いずれ小難しい話だろうさ。村の年寄りが仏さん拝むのと、その仏教とか信仰とか云うもんは、同じなんかね。哲学たらは余計に解らんがね」

年寄りに理屈はねえと寛作は云う。

「それだけじゃあねえ。神さんも仏さんも、区別はないのと違うかのう。何たら教だのかんたら信仰だの、そう云う名前付けたなあ、また別物だろ。学のある者が云うとるだけのことではねえか」

そうなのだろうか。

「大体、その、信仰、ちゅうのもなあ」

老人は——今日は珍しく冗舌だ。

「信心深いと迷信深いは同じ意味じゃねえのかい。特に都会の人にはさ」

「同じ――じゃないですよ。きっと」

「まあ解るけどもな。何処《どこ》その婆《ばば》が、背痛《せや》みがすンで治してくれろと云って裏の祠《ほこら》に願懸けるのは信仰なのかの。その祠の神さんを信仰しとるちゅうことか。俺にゃそうは思えんのだわ。婆は背中が痛《いて》ェだけじゃ。治してくれるなら、それこそ鰯《いわし》の頭だって拝むわな。婆、祠ン裡《なか》に何が御座《おわ》すのか、それも知らんのじゃないかな。それも信仰なのかね」

「さあ」

そう云う話は寒川の専門ではない。

「まあ、現世利益《げんせりやく》があるかないかと、宗教の教義はまた別の話だと云うなら、それは解りますよ。頭痛が治るだの商売繁盛だのと仏教の教義は関係ない――でしょうね」

「だろ。商売繁盛は、そりゃ切実な願いだわ。病気もそうだろよ。そう云うのを信仰とか云うのはどうなんだ。念仏唱えるなァ、極楽往生したいからだろ。阿弥陀《あみだ》さんを敬う気持ちが先んじてある訳じゃねえわ」

そうかもしれない。

寒川は外套《がいとう》の襟を立てた。寒かった訳ではない。そもそも室内であるから脱ぐべきなのだろう。それ以前に、外では着ていなかった。手に持っていたのだ。

小屋に入る時に、寒川は外套を羽織ったのである。

そう云う場所なんだと思う。

「でも――都会に暮らす者には信心がまるでないなんて、そんなことはないですよ、寛作さん。基督《キリスト》教にしろ仏教にしろ、信徒だから蔑《さげす》まれるなんてことはない」

「ないか」

「ないでしょう。だって、何処の家にも仏壇はあるし、命日やお盆にはみんな墓参りをする。正月には神社に詣でる。それを古臭い迷信だと誹謗《ひぼう》する人は――まあ、居ないこともないのでしょうが、少ないでしょうよ」

少ねえのかなあと老人は呟いた。

「ただ、まあ寛作さんの仰《おつしや》ることも解りますよ」

「解るか」

「何となく――ですけど。そう云う年中行事的な催しや、亡くなった人を悼《いた》む気持ちなんかと、何何宗だ何何派だと云う括《くく》り方は、あまり沿わない気もしますよ。まあ、宗派や地域に依《よ》って祀《まつ》り方や拝み方はまちまちなんでしょうけども、でも、根っこのところは同じでしょう。その、根っこのところには教義だの宗派だの、そう云うもんは関係ないですよ」

「それが関係ねえとしてよ、その、お前さんの云う根っこのところの方を迷信というのじゃあねえか」

「え？」

老人は痩軀《そうく》を寒川に向けた。

「俺が児童《がき》の時分、村にワカサマってのが居てな」

唐突な展開だったので、私は多少面喰らってしまった。

「若様――ですか？」

「勘違いすんな。お殿様のことじゃねえよ。どう云う字を書くのかは知らんがな。目の見えない女の、そう、巫女《みこ》みたいなもんさ。これはよ、生き口とか死に口とか云って、口寄せすんだよ」

「口寄せって――何です？」

「知らねえかい。そうよなあ、死んだ者《もん》とか、遠くに居る者とかの――依代《よりしろ》になんだ。あれは、魂と云うのかな、何と云うのかな。こう云う茶碗に水張って、紙捻《こより》で掻き回してよ、呼ぶんだよ」

「霊を――ですか」

「それをよ。で、呼んだ者になり代わって喋《しゃべ》る」

迷信だな、と寛作翁は云った。

「そう云うなァ、迷信だろ」

「まあ――」

そう云うことになるだろう。

「神仏はさておいて、霊となりますとねえ」

「いや、迷信だと村の者も云ってたからな、迷信なんだよ。それからよ、蜂《はち》に刺された時に俺達はな、蜂《はち》が平《だいら》の蜂巣狩り弓矢の恩を忘れたかあびらうんけんそわか——と三遍唱えるんだ。そうすると酷《ひど》くならねえ。寝小便《ねしょんべん》が治らねえ子供は、蒲団背負わせて家の周りを三周させる。そうすれば治る」

「治るんですか」

知らねえよと老人は突慳貪《つっけんどん》に云った。

「迷信だ」

迷信だろと寛作翁は繰り返した。

「そう云うのを迷信と云うのじゃねえのかい」

「まあ」

その手のものは押し並べて迷信と呼ばれるだろう。

ぱちん、と燠《おき》が爆《は》ぜた。

「そら何だ、根拠がねえってことだろ」

「そう——でしょうね。まあ理由がないと云うか」

「理屈が通らねえって訳だろ。そら解る。俺のような昔の人間にだって解るさ。家の周り何遍回ったって小便垂れは小便垂れるさね。要するに、筋の通らないもんは嘘だ、まやかしだと云うこったろうよ。違うかい」

違わないだろう。

寒川はでも、返事をしなかった。

「お前さんの云うよ、その根っこのところってなぁ、筋の通らないとこなんじゃあねえのかい。咒《まじない》したってお祈りしたって病気は治らねえだろ。病は気からで済むもんじゃねえや。そんなもんなら願なぞ懸けねえや。況《まし》て、金が欲しいだの嫁が欲しいだの、そんなものどうにもなるものじゃあねえ」

「それは——そうです」

なら迷信よ、と寛作翁は云う。

「片や、そうでねえところ——宗教だの信仰だの、そういう理屈の通るとこの方は、まあ良しとするのだろ。何何宗だとか、その、哲学だとか、道徳だとかよ、そう云うンならいいですと、まあそう云う理屈になりゃしねえかね」

なるのかもしれない。

寺院も神社も、本来的には現世利益を齎《もたら》すためにある訳ではないのだ。寺は出家した僧の修行の場なのだろうし、神社は神霊を祀《まつ》る神聖な場所なのである。そこに押しかけて、金が欲しいだの頭が良くなりたいだの身勝手な頼みごとをすると云うのは、まあ本来なら間違った行いなのだろう。世の災厄を祓《はら》うなり、国を鎮護するなり、衆生の暮らしを守るなり、そう云う役目はあるにしろ、である。

「ならよ」

老人は不機嫌そうに口をヒン曲げた。

「戒律だの教義だの、そう云うもんは良しとされてて、根っこのとこは迷信だと云うことになりゃしねえか。なら神さんも仏さんも迷信の部類だろよ。違うかね、寒川さんよ」

「いや──まあ」

そう断言されてしまうとどうにも抵抗がある。寒川は理学博士を志した男でもあるし、神仏が実際に実在すると考えている訳でもないのだけれど、それでもそんな風にまるごと否定してしまうことは出来ない。気が咎めると云うか。

うら寂しいと云うか。

「迷信とか云う話ではなくて、その──心の問題と云いますかね。観念の中のものと云いますか」

「だからだよ。そりゃ、じゃあさっきの霊とかと違うのか」

「霊──ですか」

「幽霊ってのは迷信なんだろ」

「ああ」

まあ──今の御時世、まともに幽霊を信じている者はまず居ないだろう。いや、かと云って完全に否定する者も居ないように思う。要は、どうでもいいのだ。

生きるのに精一杯の時期が長過ぎた。

戦争中は、それこそ死なずにいるだけでギリギリだったのだから。戦地でも、銃後でも、死は常に眼前に立ち塞《ふさ》がっていた。自分が殺されてしまうかもしれない幽霊を怖がる余裕などなかろう。

戦後は戦後で暮らしを立て直すのに国中が夢中だった。死んで行った者に対する哀悼の意は誰しもが強く持っていたのだろうけれど、一歩間違えば自分が哀悼を捧げられる方になっていたかもしれぬと云うのも事実なのであって、死霊だの亡霊だのにかかずらわっている暇はなかったと思う。

必死に生きようとしている者には、死人《しびと》の方も関われなかろう。兵隊の亡霊だの空襲で死んだ者の幽霊だの、そう云う話も聞かなかった。世の中が落ち着きを取り戻し始めて、漸くちらほら耳にするようになった程度である。

「幽霊が迷信なら、神も迷信よ。お前さん、其処《そこ》の」

老人は顎をしゃくった。

「お宮に祀られてンのが誰か、知ってるだろ」

「それは――」

其処、と云う程近くはないと思うのだが、老人の指し示す方向の先にあるのは、間違いなく日光東照宮《とうしょうぐう》だった。

「徳川家康公《とくがわいえやす》――ですか」

「東照神君徳川家康――権現様だがな」

人だろ、と寛作翁は云う。

「偉い人かもしらんが、人だよ。偉い人の霊はあンのか。それ祀るなあ信仰で、俺達みてえな屑の霊は迷信か？」

「いや、まあ――」

どちらも迷信じゃないですよと寒川は云った。

「さっきも云いましたけど、墓参りは迷信とは云われませんよ。偉い人は墓も大きいと云うだけのことでしょう。あの奥の院と云うのは、あれは墓所なのじゃないんですか」

「墓ァ別にあらあ。駿河《するが》の久能山《くのうさん》が埋め墓で、位牌は三河《みかわ》にあるそうだ。それに、ほれ、東京にあるだろ。大きな寺」

「増上寺《ぞうじょうじ》ですか」

「そこが徳川《とくせん》の菩提寺《ぼだいじ》なんじゃねえのかな。だから、あそこのあれは、矢《や》っ張《ぱ》りお宮なんだと俺は思うがね」

「すると寛作さん。寛作さんは――神も仏も作り物で」

嘘ッ八だと仰りたいのですかと、寒川は問うた。

あまり口に出したくはなかったのだが。

老人は今度は口を尖《とが》らせて、

「そうじゃあねえよ」

と云った。

「俺はな、もう今年で八十超した。明治生まれだ」

寛作翁は、慥《たし》かに年寄りである。

しかしその矍鑠《かくしやく》とした物腰からは齢《よわい》八十の衰えは感じられない。寒川は初めて会った時、六十過ぎくらいかと思った程だ。

「八十年から生きてんだ俺は。骨董品なんだ。俺が児童《がき》の頃はな、この山の寺ァ、満願寺《まんがんじ》と云った。戊辰《ぼしん》戦争で新政府が勝ってな、で、輪王寺《りんのうじ》って名前を取り上げちまったんだそうだよ、政府が。理由は知らん。輪王寺ってのは、まあ宮様がくれた寺号なんだそうでな。頂戴するまでは満願寺だったんだ。戻したんだな。尤《もつと》もその満願寺も天皇様から下賜された名前らしいがな」

「そう——なのですか」

「ま、そらいいさ。呼び方なんてどうでもいいや。しかし問題なのは、だ。いいか、この日光山はな、東照宮と二荒山《ふたらさん》神社と輪王寺と、二社一寺だ。だが、元を正せばそら全部、このお山の一部だ」

「一部と云うと」

「いいかい、寒川さん。二社一寺になるまでこの日光は、男体《なんたい》、女峰《にょほう》、太郎の三山、千手観《せんじゅかん》音《のん》、阿弥陀如来、馬頭《ばとう》観音の三仏、新宮、滝尾《たきのお》、本宮の三社——三山三仏三社同一と云われておったのよ。神も仏も区別なかったンだ」

「神仏混淆《こんこう》と云うことですか」

難しい言葉ぁ解らねえよと老人は云う。

「この——山全体が霊場よ。日光の山ぁ開いたのは勝道《しょうどう》上人とか云う大昔の坊さんだそうだがな、だからってこの山に仏さんがやって来られた訳じゃあねえさ。山から仏が涌いた訳でもねェ。聞きゃあ祀ったのは二荒《ふたら》権現だそうだ。二荒の二荒《にこう》が、日光になったんだそうだからよ」

権現さんてな神様だろうと老人は云う。

「まあ、権と云うのは仮の、と云う意味らしいですよ。だから権現と云うのは、仮の姿を現すと云う意味ですかね」

「まあ、仮なんだろうさ。神さんとして現れりゃあ、まあ三社の権現さんなんだろうし、仏の姿になれば菩薩だ如来だというだけのこと。俺はそう思っている」

「慥《たし》かに、権現様と云うのは仏様が神様の姿をとって顕現されたと云う意味らしいですが」

本地垂迹《ほんじすいじゃく》と云うのだったか。

仏さんだって仮の姿だと老人は云った。

「ここにはな、ただ山があるだけだ。だから、家康も同じことだと思うのよ。人が神さんになった訳じゃなくて、家康もこのお山のひとつの姿――ってことなのじゃねえか。だから権現さんなんじゃねえのかな。まあ、俺はその、無学な年寄りだからよ、教義とかは知らねえのだがな」

「私も詳しくは知りませんけど――天台宗《てんだい》から派生した山王《さんのう》神道と云う教えがあるのだそうで、これは比叡山《ひえいざん》を開いた最澄《さいちょう》が、中国の天台宗に倣《なら》って比叡山の地主神を祀ったものなんだそうです。輪王寺の住職で、家康に仕えた天海《てんかい》大僧正も天台宗のお坊さんですから、その山王神道を基礎にして山王一実《いちじつ》神道と云う神道の一流派を作ったんですよ。その教えを元に、東照大権現をお祀りしたんだと――」

「え？」

作ってるじゃねえか、と寛作翁は云った。

「神さんを作ってるだろ」

「あ――ああ」

そう云うことか。

「俺は、この山で育った。と――云うかな、俺は元元は山の者だ。今でこそ戸籍もある平民だがよ、俺の親父は平民じゃあなかった。士農工商のどれでもなかった。四民平等の内輪には居なかった身分よ。いや――だからって蔑まれていた訳じゃあねえけどもな」

マタギだったのよと寛作翁は云った。

「熊撃ちだ。マタギは、もっと北の方にゃ沢山《たくさん》いた。青森や岩手や、新潟やらな。秋田マタギなんかは有名だ。要は鉄砲撃ちだからな、いざと云う時役に立つんだよ」

戦《いくさ》の時よなと老人は苦苦しく云った。

「だから南部藩なんかじゃマタギ百姓として、それなりの扱いを受けてたようだがな。俺のとこは――まあ、そう云うのとは違う」

「違う、と云うと」

「ほら、転場者《てんばもの》と云うかな。ひとつ処に定住しねえで暮らす山の者だよ。親父の代で此処に腰を据えたがな」

「ああ」

小説で読んだことがある。

「三角寛《みすみかん》なんかの書く――」

それこそ作り物だと老人は云った。

「サンカとか云うのだろ。ありゃ官憲が使う言葉だ。しかも西の方の言葉だろ。俺達はそんなものじゃねえよ」

いい、いい、
慥《たし》かに、そんなものではないのだろう。

山窩《さんか》と云う当て字も差別的な印象を持っている。たぶん、元より蔑称《べっしょう》なのだ。

「マタギってのはな、高野《こうや》派と日光派と二流あるのよ。俺の親父は日光派だった。日光権現から、日本中の山の獣を獲って良しと云うお墨付きを貰ったのが——日光派だ。高野派ってのは、獣に引導渡して良しと弘法大師《こうぼうだいし》が赦《ゆる》してくれた秘巻とやらを貰ってるんだそうだ。それ持ってると、獣殺しても罪にならねえらしいな。俺達は、まあ罪を赦された訳じゃあねえのだが、許可は貰ってる訳だ」

ここにな、と老人は胸を叩いた。

「山立根本《やまだちこんぽん》ノ巻てえのがある。まあ秘伝書だ」

「秘伝書——ですか」

「オウ。そもそも日光派マタギの始祖は、この山の麓に住んでた万事万三郎《まんじまんさぶろう》と云う弓の名人だ。この男、日光権現に頼まれて赤木《あかぎ》権現の遣わした大百足《むかで》を退治し、赤木権現も平らげた。その見返りに戴いたのがこの秘伝書だ。これは、土地土地の山の神に対して見せる、日光権現の狩猟許可書よ」

老人は再度胸を叩いた。

「俺は——もう熊撃ちはしてねえ。だが、これを持っているからな。別に期限が切ってある訳じゃねえから、今だって有効だ。俺は、どこで獣獲ってもいい身分なのだ。で——どうだ。この場合、俺は日光権現を信仰しているのか？」

「いや——」

「俺は徳川家康を信仰してるのか？　この許可書出したのは中禅寺《ちゅうぜんじ》の立木《たちき》観音でもねえし、阿弥陀如来でもねえぞ。多分この山そのものだ。それなのによ、神社と寺ァ分けろだの、祭神変えろだの、どう云うことだ。神仏てえのは、そんな分けたり一緒にしたり得手勝手出来るものなのか？」

明治政府が発布した神仏判然《はんぜん》令のことだろう。

政府に仏教排斥《はいせき》の意図はなかったらしいが、それを契機に排仏毀釈《はいぶつきしゃく》の運動が起き、その風潮は先の戦争が起きるくらいまで続いたのである。

「俺はな、寒川さんよ。そんな、作ったものはどうでもいいのだわ。迷信でも何でもいいのだわ」

この山が俺を生かしてくれているのだと老人は云った。

「だからな、畏《おそ》れるならこの山だ。敬うならこの山だ。尊ぶのもひれ伏すのも――」

この山よ、と寛作翁は小屋の中をぐるりと見渡した。

2

寒川が日光を訪れた理由は複雑である。

一番大きな理由は、父の死の真相を究明したいと云う欲求であった。寒川の父は、昭和九年に日光で亡くなっている。

転落死であった。

自殺だったのか、事故なのか、将《はた》また他殺なのか、結局は判らなかった。

いや、判らなかった訳ではない。警察が出した結論は過失に依る事故死であったのだから、父は事故死とすべきなのだろう。

ただ、納得は行かなかった。

納得の行かぬ理由は幾つかある。

ひとつは、父の死んだ場所だ。父の死んだ場所が、どうも瞭然《はっきり》しないのである。父は発見された時には既に死んでいたらしいのだが、何故か病院に運ばれている。警察の病院ではなく、個人医院だった。

報《しら》せを受けて駆け付けた寒川は、小さな診療所の粗末な寝台《ベッド》の上に横たわる父の遺体と対面した。

どう観ても即死であった。

父の頭は石榴《ざくろ》のように割れており、頸《くび》も大きく捩《ね》じ曲がっていた。この状態で発見されて、医者に運ぶだろうか。警察に通報するのが普通なのではないか。監察医か何かが現場に検死に来ると云うのなら解るのだが、どうにも釈然としなかった。見付けた者とて息があるとは思わなかっただろう。蘇生出来る状態とも思えなかった。

しかし、その時はこう云うものなのか――と思った。

不審死の場合、遺体を解剖して死因を特定したりする作業があるらしいから、そのための措置なのかと考えたのだ。

だが、解剖はされなかった。

それもその筈で、父は素人目にも白地《あからさま》な転落死なのである。刃物などによる外傷はなかった。拳銃で撃たれた様子もない。加えて、父が搬送された医院には遺体を解剖出来るような設備はなかった。いや、寒川は遺体を解剖するのに一体どのような設備が必要なのか知っている訳ではない。もしかしたらメスの一本もあれば簡単に出来てしまうものなのかもしれない。それにしたって――。

その施設には何もなかった。

村の診療所としか思えなかった。

更に。

何処で発見されたのか、誰が発見したのか、それも能《よ》く解らなかったのである。

警察の説明に依ると、その診療所からほど近くの沢で倒れている父を発見した旅行者二名が、これは一大事と父を運び込んだ――と云う経緯《いきさつ》であるらしかった。

その旅行者は父を医者に預けると黙って立ち去ったのだと云う。医者は慌てていたらしく、きちんとした手続きをさせることは疎《おろ》か名前さえ聞いていなかったそうである。

どうにもお粗末な話だ。

だからと云って医者を責める訳にも行くまい。突然大怪我をした者が担ぎ込まれたら先《ま》ずは患者を診るだろう。病院に連れて来られた以上、生きていると考えるのが当たり前だ。

生きては――いなかったのだが。

それでも確認はするだろう。その僅《わず》かな隙に、発見者は姿を消してしまった訳である。

従って通報者は医者――と云うことになる。

当然、死体があった場所は正確には判らない。いや、医者にはまるで判らないのである。

警察は一応捜査をした。そして父が死んでいたらしい場所を特定した。それは、その診療所から三町ばかり離れた、十二三メートルはある崖下の沢であった。崖の上には足を滑らせたような跡が残っていたそうである。

寒川も崖下まで行ってみたが、まあ彼処《あそこ》から落ちれば死ぬだろうとは思った。下は岩場でクッションになるようなものは何もないし、落ちたなら正に真っ逆さまの態《てい》になる。

だが。

証拠は何もなかった。

遺留品も見付からなかった。父が手にしていたと思われる鞄《かばん》や、多分被っていただろう帽子もなかった。落下する際にどこかにすっ飛び、それを拾った誰かが隠匿したと判断されたらしい。だが、帽子は兎《と》も角《かく》鞄がそんな遠くまで飛ぶものだろうか。それに、崖の途中や沢に落ちている帽子や鞄を都合良く拾う者がいるだろうか。一方、財布や手帳、身分証等は上着の内ポケットに入ったままだった。その辺りが物取りではないとする判断材料になったのかもしれない。

身に付ける物以外の遺品は宿にそのまま残っていた。

不自然だ——とは思った。

どうにも釈然としなかった。

釈然としない理由は、もうひとつあった。

父が診療所に搬送されたのは明け方であったと云う。死ぬ前日の夜、二十時前後までの父の足取りは判明している。つまり父は、陽が落ちてから夜が明ける前——真っ暗なうちに崖の上まで行ったと云うことになる。何のために夜中にそんな場所に居たと云うのか。

父は、植物学者だった。

深夜にその近辺の植生を調査していたのだろう——と、警察は説明した。まあ、それはあり得ないことではないと寒川も思った。寒川の父は、人一倍仕事熱心であったし、また学者にありがちな変人の類《たぐい》でもあったから、もし気になることがあったのなら、夜中だろうが明け方だろうが、確認しに行くと云う可能性はある。

あるけれど。

父は変人でもあったが、同時に慎重な人でもあったのだ。

危険な場所での作業を能《よ》く行う職種だったからこそ、そんな夜中に軽装備で出掛けて足を滑らせるような軽率な行いはしない筈である。

加えて、日光に於ける一連の調査活動は父の個人的研究のためになされていたものではなかったのである。

そんなスタンドプレイをする意味はない。

その当時寒川の父は、公共機関からの依頼を受けて日光山の自然環境の調査をしていたのである。一人で請け負ったのではない。地質学者や建築学者やら、能くは知らないけれど数名のチームで調査するのだと云っていた。

日光は、風光明媚《めいび》な土地である。

緑深い山山は勿論、中禅寺湖や華厳《けごん》の滝、霧降《きりふり》高原等の名勝、絶景も多い。

そうした元来の自然美に加えて、壮麗かつ類例のない建造物——寺社仏閣が山内に数多く点在している。つまり人工美も加えられている訳で、風景地としては日本でも屈指と云えるものだろう。

だが、日光は明治期に一時荒廃した。

政権が交代した所為《せい》である。東照宮に祀られている人物が作り上げた政権——幕府は倒れ、徳川《とくせん》時代は終わった。後を引き継いだ新政府は、当然乍《なが》ら日光をバックアップする理由を持っていなかった。結果、それまで定期的に行われていた公的な補修も行われなくなった。朝敵の祖を祀った宮に金や手間を掛ける謂《いわ》れはないだろう。

加えて、件《くだん》の神仏分離政策も——当然——悪影響を及ぼしたものと思われる。

繰り返すが、新政府は仏教排斥を目論んだ訳ではない。神道を国教化したかっただけだったようである。だが、寺院経営の根幹となる本末制度や檀家制度そのものが、即ち幕府による民衆統制の仕組《システム》であったことは間違いなく、それに対する反発は、上からも下からも少なからずあったのである。

寺領は召し上げられ、寺院は収入源を断たれた。

システムは崩壊した。

そうしたこととは別に、そもそも寛作老人の云う通り、この国に於て神と仏を強制的に分離すると云う政策には無理があったのだ——と考えた方がいいのかもしれない。

例えば修験《しゅげん》と呼ばれる山岳宗教は、神仏習合の姿勢を以て成るものであるらしい。寺と神社、神道と仏教を分離する際、修験道は何よりの悩みの種となったと云う。どちらかにしろと云われたところで、修験に関して云うならば、神仏は不可分なものであったのだ。どちらかにしろと云われたところで、それは同じものなのであったのだ。寺を選べば排仏毀釈で潰される。しかし神社になることも出来ない。選べなければ廃されてしまう。

事実多くの行者が還俗《げんぞく》したと聞いている。

出羽《でわ》三山、大峰《おおみね》山、立山《たてやま》、白山《はくさん》、富士と、修験の霊場は全国にある。そして、日光山もまた、修験の行場でもあったのである。

山王一実神道を持ち出すまでもなく、日光山は元来神仏習合の霊場であったと云うことになるだろう。

排仏毀釈の波は国中を席巻するまでには到らなかったのだけれど、一部寺院は酷い仕打ちを強いられたと云う。

結局、神道の国教化と云う目標は頓挫し、半ばなし崩し的に寺院は生き残ったのだけれど、明治のある時期、この国の仏教界が手痛い打撃を受けたことは事実であるようだ。

そんな最中《さなか》――明治になってすぐに輪王寺宮本坊が焼失していると云う。時期が時期であるから、修復も儘《まま》ならなかったのではなかろうか。国からの支援を打ち切られた上に無理な社寺の分割、追い討ちをかけるように災厄《さいやく》が訪れたと云うことになる。

それぞれの時代に於て、それぞれの時代の権力者から庇護や援助を受けることで長い間隆盛を誇って来た日光山も、流石《さすが》に衰退の相を現さざるを得なかったのである。

少なくとも——日光にとって、明治と云う新しい時代は、受難の時代でしかなかったのであった。

そんな状況下、荒廃の一途を辿る日光山の美を保護しよう、日光を立て直そうと云う動きが民間から出始める。明治末から大正にかけて、そうした幾多の試みが各方面各分野で提唱されたそうである。

但し、霊場、聖地としての復興が計画された訳ではなかった。

その当時から日光は観光地、保養地として注目されてもいたようである。

寒川の聞く限り、最初に日光をそうしたことに利用出来ると気付かせてくれたのは、外国人であったらしい。日本を訪れた外国人は挙《こぞ》って日光を訪れ、そしてその美しさに驚嘆したと云う。

やがて有志の民間団体などが結成され、鑑賞対象資源、つまり自然と建造物の原状回復による保全が画策された。

また交通機関、宿泊施設の整備なども順次行われた。

ただ、それらの活動は包括的な意味での資源の保護にも活用にもなり得なかった。各各《おのおの》が各各の目的に沿った手段を講じたと云うだけでしかなかったのである。

何故ならば——幾度申請されても——国はそのための予算を捻出することをしなかったからだ。海外に誇るべき文化財であり、また利用価値の高い資源でもある日光を放置しておくことは得策ではない。それは誰しもが考え付く。だがそうした想いが届くのは精精がところ県レヴェルであった。国の動きは鈍く、明治大正と、日光山復興が国家事業の対象とされることはなかった。

昭和になって、国民の休養、運動、娯楽と云う明確な目的を掲げた国立公園制度の制定が検討されることになり、昭和五年には内務省に国立公園調査会が設立された。目的は国民の保健、休養、教化のためと変更されたが、それでも日光は昭和七年に国立公園候補地に——漸く——選定される。

寒川の父は、日光が国立公園に指定された暁に必要となる整備計画の方針案を纏《まと》めるための前段階調査を依頼されたらしかった。ただ自然を保護し、建物の原状回復をするだけでは駄目なのだ。国立公園となるからには国民が利用出来る施設とならなければならない。そのためにどのような手を講じるべきなのか、それを図るための仕事であった。

急ぐことはなかった筈だ。

父の死後半年程で日光は国立公園に指定された。しかしその段階で国からの公園化計画は打ち出されていない。栃木県に依る『日光國立公園施設計畫案』が纏められたのも翌昭和十年のことである。

寒川は漠然としか認識していなかったのだけれど、寒川の父を雇ったのは、国ではなく県だったのだろう。父が依頼を受けた段階では、国立公園指定の時期も、公園敷地の線引きもされていなかった訳だから、文字通り、期限も範囲も漠然とした調査であったと思われる。夜中に単独で調査しなければならない理由などない。

実際、行動を共にしていた他の学者達は寒川の父の奇禍に対し、首を傾げていたと聞く。

本当に、釈然としなかった。

そして。

寒川を日光に駆り立てた理由は、更にもうひとつある。

それは——父の死後に寒川宛てに届いた、父からの葉書である。

暑い季節であったし、頭の割れた遺体を東京まで連れ帰る訳にも行かぬから、寒川は現地で父を茶毘《だび》に付した。あれこれと手続きなどを済ませて、寒川はその時凡《およ》そ一週間は日光に滞在したのであった。

骨壺に収まった父を抱いて真っ直ぐ生家——父が独りで生活していた家——に戻ったのだけれども、戻ったら戻ったでやることは山のようにあって、少ないとは云え親戚知人などもそれなりに居たので、その対応等をし、結局寒川が下宿に帰れたのはそれから更に二三日後のことだった。

帰ったら、葉書が着いていた。

消印は父が亡くなる一日前のものだった。死ぬ前の日に投函したのだろう。否、葉書を投函した翌日に奇禍に遭ったと云うべきだろうか。

葉書には端正な文字で短い文が記されていた。

秀巳《ひでみ》殿　日に日に暑くなるが、健勝で居るだらうか。父は頗《すこぶ》る體調良し。但し仕事は餘《あま》り捗《はかど》つてゐない。昨日、厄介な物を發見した。此れは大いに厄介である。當初、調査は一箇月で終へる目算であつたが、半月は延びると思ふ。留守の間、家の事等、宜しく頼む。日程が決まり次第連絡致します。　英輔《えいすけ》拜

葉書は、今も持ち歩いている。すっかり黄ばんでおり、折れ皺《じわ》まである。十九年も経っているのだ。それだけの歳月が沁みている。当時学生だった寒川も、もう不惑を超えた。

厄介なもの——。

厄介なものとは何だ。国か県か知らないけれど、いずれにしろ行政が依頼した国立公園施設計画の調査に於て、厄介なものと云うのはどう云うもののことを指すのか。

しかも、父は発見したと記している。

新種の植物でも見付けたのだろうか。

それとも。

死と関係があるものなのか。寒川は警察に報せようかどうしようか迷った。散散に迷って、結局は何も云わなかった。

面倒だったのかもしれない。

現場が遠方――栃木《とちぎ》だったと云うこともある。それに、寒川にとっての事件は日光を後にした段階で終わっていたようにも思う。否、それは事件でさえなかっただろう。恐ろしく日常から掛け離れた数日間は、如何《いか》にも作り物めいていた。日光で過ごした数日の現実感は希薄だ。まるで舞台でも観ていたかのように遠い。夢の中の出来ごとのように儚《はかな》い。父親の死と云う大きな事件《イヴェント》さえも、その儚さに呑み込まれてしまっていたのである。

だから寒川は結局、何も行動を起こさなかった。勿論、そんな子供染みた理由だけで通報を思い留めた訳ではない。

警察はそれなりに捜査をしていたのだ。

父と一緒に調査に当たっていた学者達からも詳しく事情を訊いている筈である。その、厄介なものと云うのが調査に関わるものであったとすれば、当然警察もそれに就いての情報を得ている筈である。その上で事故と云う結論が出されたのであれば、その厄介なものは父の死とは直接関わりのないものと判断された――と云うことだろう。

寒川はそう考えたのだ。否、そう思い込んだのだ。

どう云う訳か、それ以外の選択肢は考えつかなかった。

例えば、その厄介なものが、調査とは無関係なものであると云う可能性さえも、その時の寒川は捨て去っていた。捨て去る以前にそんな選択肢は寒川の頭の中には最初からなかったのだろう。調査期間が延長する云々《うんぬん》と云う次のくだりに引き摺られてしまっていたのかもしれない。だが父の文章は、調査期間が延びることとその大いに厄介なものは無関係だ——と読むことも出来るのである。

そうであったなら。それは、父が個人的に厄介だと感じるものだったのかもしれないと云うことだ。その可能性は、今思えば甚だしく高い。高いのだけれど——。

寒川には、あの父が厄介だと思うものなど想像することができない。父が厄介と感じると云うこと自体、あまりピンと来ないのである。それは今だにそうである。

他人行儀な親子だった。肉親の縁が薄かったと云う方がいいだろうか。

母は寒川が十五の時に逝った。

父は根っからの学究肌で、家庭を育むとか、子供を育てるとか云うことに対して、生涯興味や情熱を持てなかった人なのだろう——と思う。遊んで貰った覚えもないし、叱られた記憶もない。褒められもしなかったし、ぶたれたこともない。日常的な、他愛もない会話も殆どなかった。

でも、寒川は決して父が嫌いだった訳ではない。疎んじられていたと感じたこともない。

普通だった。

迚《とて》も普通だったのだ。だからそれで寂しいとか哀しいとか思ったこともなかった。父はいつも理詰めで、学問のことばかり考えていて、それでも根っこは繫がっているんだと、寒川はそう何処かで信じていたのかもしれぬ。

血縁がどうとか、そう云うことではない。人として、互いに認め合っていたと云うことだ。だから、亡くなった後も実感はなかった。ただ目の前に居ないだけなんだ――そんな感覚である。

父の死を実感したのは、父が亡くなって十年以上経ってからのことであった。或る日、本当に何の前触れもなく、寒川はもう二度と父には会えないのだと、何故か知った。

十年経って、涙が出た。

父がどうして死んだのか知りたいと云う強い欲求を、その時寒川は漸く持ったのだった。

しかし、いずれにしろ遅過ぎたのである。鬱鬱《うつうつ》とするうちにまた数年が過ぎ、気が付けば二十年近くが経っていた。

そして。

3

寒川は杉の巨木に囲まれた祠の前にいた。

行者堂と云うらしい。裡《なか》には役行者《えんのぎょうじゃ》の像が安置されていると云う。外からは暗くて判らない。

用事があった訳ではない。観光と云う訳でもない。

昨日、寛作翁にあれこれ話を聞かされたから、山岳修験に縁のある場所に来てみたくなったのかもしれない。

寒川は父のことを思った。

二箇月ばかり前。

父の命日に、寒川は墓参りに行った。亡くなって暫《しばら》くは参ることをしなかったが、此処数年は年に数度は行く。

墓の下には骨があるばかりで、石の塊《かたまり》に礼を尽くしたところで何がどうなるものでもない。そう云う意味では、寛作翁の云う通り、墓参りとて迷信のうちなのだろう。

父の墓があるのは天台宗の寺だが、寒川は天台宗に入信している訳ではない。大雑把《おおざっぱ》に括《くく》れば仏教徒なのだろうが、取り分け何かを信仰していると云う訳ではないのである。墓参りは、要は自分のためにしているのだ。寒川は自分の気持ちを収めるために通っているに過ぎない。それなりの場所に赴き、それなりの作法に則り、それなりの行いをするなら、そこには某《なにがし》かの効果があるものなのである。

正に、気休めではあるのだが。

その日、父の墓前には一人の男が立っていた。

寒川は随分と驚いた。

初めてのことだったからだ。

男は尻端折《しりはしょ》りの和装で、背に梵字《ぼんじ》が一文字書かれた白い羽織りを纏っていた。奇妙な恰好である。柄杓《ひしゃく》の入った手桶を持っており、手首には数珠が捲かれていた。

年齢は判らなかったが、少なくとも老人ではなかった。

父の墓には花が手向けられていた。

線香の煙も立ち昇っていた。

普通に考えれば男は父の墓に参っている——と云うことになるだろう。男は寒川に気付くと怪訝な顔をした。寒川もまた、かなり怪訝な顔をしていたのだとは思うが。

それが寒川と、笹村市雄《ささむらいちお》との出会いだった。

笹村は下谷《したや》に住む仏師である。初めて対面した時、寒川は仏師と云う職業に就いての知識をまるで持っていなかった。仏像を彫る仕事だと云うことくらいはすぐに知れたが、仏師が皆笹村のような恰好をしている訳ではないと云うことまでは判らなかった。

父との関係を尋くと、笹村は口を濁らせた。

直接面識はないと云う。直接面識のない者の墓に参ると云うのはおかしい。少なくとも寒川の常識からは外れた行動である。

気になった。

迚も気になった。

寒川の知らぬ父の何かを、笹村は知っている。そう考えなければ納得が出来なかった。すぐに思い浮かんだのは――。

釈然としない父の死に様だった。

思えば。

父の死と笹村の出現は、最初から寒川の中で繋がっていたのである。

しかし。

笹村は、本当に父のことを何も知らなかった。

問い詰めても問い詰めても笹村は何も語らなかったが、寒川が父の死に疑念を抱いていると云うことを語ると、笹村は漸う《ようよ》重い口を開いた。

笹村は、十九年前に起きたとある事件に関わる不可解な謎を追う過程で、父に行き着いたのだと語った。行き着いたはいいが、肝心の父は死んでいた、と云う訳である。

父の死を知り、ここから先はもう辿れぬと笹村は思ったそうである。そして笹村はせめてもの気休めに——笹村としては気休めと云うよりもっとずっと深刻な心持ちだったとも思うのだが——父の墓に参ったのだと云うことだった。

笹村の話を聞いた時の胸の高鳴りを、寒川は今も思い出すことが出来る。

どうやら笹村はその日が父の命日と知って訪れた訳ではないようだった。つまり——父の墓前で寒川と笹村が出会ったのは、偶然なのである。

——そう。

偶然である。

だが——こうした偶然こそを、人は神秘と呼ぶのではないのか。これを亡き父の導きと考えたとしても別段おかしくはあるまい。

勿論それは、思い込みであり迷信であるだろう。死者に意志などはない。あったとしても示せはしまい。

そうは思ったが、それでも寒川は、亡き父が、生前余り話し掛けてくれなかった父が、死後、他人行儀な息子に対して発した意思表示であるかのような錯覚を抱いたのだった。

ナンセンスだと思う。

でも、仮令《たとえ》そうであったとしても、寒川はその、何とも云えぬ昂揚感を信じたいと云う気持ちになっていたのだ。

ところが。

笹村が追っている事件に寒川の父がどう関わるのかは、幾ら聞いても寒川にはまるで判らなかった。

笹村はその十九年前の事件で両親を失っているのだと語った。笹村の父母は殺害されているのだ。しかし真犯人は疎《おろ》か、事件の全容さえも判っていないのだと云う。笹村の父は新聞記者で、その時、何か大きな不正に関わる事件を追っていたらしい。

十九年も経っている。

既に時効である。

それでも知りたいのだと笹村は云った。その気持ちは寒川には能《よ》く解った。笹村は何年もの時を掛けて父が追い掛けていたと思《おぼ》しき事件を丹念に調べ上げたのだと云う。

汚職事件らしいと云うところまでは判明したらしい。

とは云うものの、一介の職人風情に汚職事件の解明など出来る筈もないのだ。手繰《たぐ》れど探れど、まるで雲を掴むような行為の積み重ねであったらしい。断片は拾えても全体像は皆目見えて来なかったのだそうである。

当然だと思う。

寒川にも出来はしないだろう。

寒川は薬剤師だ。探偵ではない。犯罪捜査など、何から手を付けていいのかも判らない。

親父の遺品の中から手帳を見付けたんですよ――と笹村は云った。手帳には沢山の文字が記されていた。ただ単語は判るが、文章にはなっておらず、暗号のようでまるで理解は出来なかったらしい。しかし笹村は諦めず、コツコツと調べ上げたのだと云う。

手帳には日光、と云う単語が何度も出て来たと云う。

それから、石碑。

そして――寒川。

日光は地名、寒川は人名と当たりを付けたのだそうだ。

そして笹村は、十九年前の日光山国立公園選定準備調査委員会の名簿に寒川英輔の名を発見した。父である。父は調査の途中で死亡しているため、最終的に作成された公園施行計画案の方には名が載っていない。その所為で発見が遅れたものと思われた。

石碑は兎も角、日光と寒川の組み合わせを発見した笹村は大いに興奮したのだそうである。しかし、それ以外には何も出て来なかった。

その上、寒川英輔は亡くなっていた――と云う訳である。

そう。死んだのだ。父は。

しかも不審に死んだのである。寒川の中で、疑念はむくむくと膨らんだ。

そして、寒川は日光に来た。

父の死の真相を探るために。

——否。

厄介なものとは何かを知るために——なのか。

それはどちらも同じことなのだろうとは思う。同じことなのだろうが。

——どっちなのだろう。

寒川は己の心中を計り兼ねている。

寒川は、もう二度と会うことの出来ぬ父の姿を追い求めているのか。それとも、抑え難い好奇心に突き動かされているのか。

杉木立を眺める。

見上げる。

何かが降り注いで来るような気分になる。

気持ちが良い。でも爽快と云うのとは違う。清清《すがすが》しいと云う訳でもない。厳かな、安らかな気持ちである。

父は植物を好んだ。特に樹木が好きだった。植物学者なのだから当然と云えば当然なのだろうが——父はきっと、樹木のこう云うところが好きだったのだろうと寒川は考える。

想像に過ぎないけれど。

十九年前、父も此処に来た筈だ。そしてこの杉木立を観たのだろう。これは、父が観たのと同じ木なのだ。この木木は十九年前に生えていたものなのである。

ずっと此処に在ったのだ。

植物と云うのは――凄いものだと思う。

いや、植物は単独で在るものではないのかもしれぬ。

この凄さは、木にのみ宿るものではない。

木は大地と共にある。植物は環境と共棲している。

此処に在るのは沢山の樹木ではない。これは、森と云うものなのだ。否――。

――山か。

山だ。山は、多くの命の複合体としてある。木も草も苔も虫も獣も鳥も土も――山の一部なのだ。

山は、山として生きているのだろう。

ならば、この山は、意図的に殺さぬ限りは永遠に死なないのだろう。一本の樹木は枯れるけれども、それだけで森が滅びはしない。縦《よし》んば森が死に絶えたとしても、それだけで山は死なない。木はまた生える。森もまた生まれる。

山は不老不死なのだ。

寒川は杉木立に囲まれてそんなことを思った。

山を崇め山を畏れ山を尊ぶ――。

慥《たし》かに、此処には神も仏もない。

いや、神でも仏でも構わないと云うべきかもしれない。

山は神聖だ。山には霊気がある。山は山全体が生命なのだ。

そうなら、山に分け入った寒川も、山を構成する一要素に過ぎないだろう。今は寒川もまた山の一部なのである。

この日光に於ては、山自体が本尊であり、山そのものが神体なのだそうだ。

その感覚は、今の寒川には能《よ》く解る。

山で暮らす人人や山を修行の場とする人人が、どのような思いで生きて来たのか、寒川は少しだけ理解出来たような気分になった。

それもまた気の所為なのだろうけれど。

杉木立から離れて坂を下った。

少しだけ気が落ち着いた。

今日は父が落ちたと思われる崖まで行く予定である。午後までに寛作老人の住む小屋に戻らなければならない。

桐山《きりやま》寛作は、十九年前調査団の案内役を務めた男である。

笹村に刺激されて、寒川も調べたのである。

日光のことを学び、当時の関係者を探した。

だが父と共に調査に参加した人物の多くは既に他界していた。残った者も高齢で、当時の記憶も定かではなかった。

しかし、複数の人間が案内人が居たことを覚えていた。尤《もっと》も名前まで覚えていたのは一人だけだったのだが——それでも寒川は日光の山に精通した案内人が調査団に雇われていたと云う事実を突き止めたのだった。

但し、寛作は正式な調査団のメンバーではなかった。

従って書類上に名前はない。当然、住所も判らなかった。

引退した地質学の教授が覚えていた、カンサクと云う名前だけが頼りだった。

それでも一縷《いちる》の望みはあると判断して、寒川は日光に入ったのだった。

二日、当てもなく捜した。

三日目に山小屋で暮らす老人の話を耳にした。

何の確証もなかったが、妙に気になって、寒川はその小屋に足を運んだ。

中《あた》りだった。

会って話を尋《き》いてみると、老人は即座に——それは自分だと答えた。

その老人が、寛作だった。寛作は十九年前のことを明確に記憶していた。そこで、寒川は寛作に十九年前と同じルートで山内を案内して欲しいと頼み込んだのだった。

六日巡った。

調査する訳ではない。ただ巡るだけであるから、六日で全行程の殆どを消化することが出来た。何の発見もなかったけれど、寛作と山内を廻るのは楽しかった。老人は無愛想で無口だったが、そこが却《かえ》って良かったのかもしれない。寒川は父の足跡を辿れるだけで充分だと云う気になっていた。

今日――。

最後に父が死んだ場所付近に連れて行ってくれと頼んだ。

ただ寛作は、今日に限って午前中用があるらしく、待ち合わせは午後と云う運びになっている。そこで寒川は、ふらりと行者堂を訪れてみた――と云う次第である。

山を背にして坂道を下る。

背中全体に山の気配が射す。

寒川は立ち止まって、振り返り、山を見た。その瞬間。

「寒川さん」

と、呼ばれた。

慌てて向き直ると、坂下に笹村が立っていた。

「さ、笹村さん――」

良かった此処にいらしたのですねと笹村は云った。

初めて会った時と同じ装束である。

東京で見ると奇異な印象に映るのだが、この場所では寧《むし》ろ景色にしっくりと馴染んで見える。不思議なものである。

「いやァ、会えて良かった。もし会えなかったら、夜まで宿で待たなければいけなくなるところでした」

「それはいいが――どうして」

「僕は今朝日光に入りました。ほら、寒川さん、手紙を下さったでしょう。三日前に届きました」

慥《たし》かに寒川は笹村に書簡を送った。

何か判ったら連絡すると約束したからだ。取り分け何かが判った訳ではないのだが、寛作老人と出会ったことで何か判るかもしれないと云うことを報せたかったのである。

「あなたが日光にいらっしゃると知って、どうも凝乎《じっ》として居られなくなりましてね。阿弥陀様お一人、急いで仕上げて来てしまいました」

「いや――それより」

何故この場所に来られたのか。

これも偶然だとでも云うのか。

いやですねえと笹村は笑った。

「寒川さんは手紙で宿の名前も教えてくださったじゃァないですか。宿に行って尋ねたんです。そしたら御堂山《みどう》の方に行かれたと云うので——」

「ああ」

寒川は宿の者に道順を尋ねている。つまり、宿の者は寒川が何処に行くつもりなのか知っていた——と云うことである。

「それで此処に」

「いやいや、道順を聞いたはいいが、右も左も判りませんや。僕は日光は初めてなので、まるで土地勘がない。もし行き違ってしまったりしたらどうしようと、そろそろ歩いていたところですよ」

「そうですか」

気が急《せ》いているのだろう。

「でも」

僕は散歩していただけですよと寒川は答えた。

「今のところ収穫は何もありません。手紙にも書きましたが、寛作さんと云う案内人は迚《とて》もお元気な方で、かなりのお齢《とし》なのに足腰も、頭の方も確乎《しっか》りしている。当時のことも能《よ》く覚えていらっしゃる」

「それじゃあ——」

「いや。父の死に就いては何も御存じないようです」

そう云うと、笹村は如何《いか》にも残念そうな顔をした。

「しかし、唯一の生き証人と云うことでしょう、当時を知る」

「いやあ、それはそうなんですが、そう簡単なものではないでしょう。寛作さんは調査団の指示に従って、先導役として山内のあちこちを案内すると云う役目を任されていたようなんです。彼は、この日光三山全域に精通しているんです。一般道以外の山道や獣道なんかも熟知していらっしゃるので、道のないようなポイントでも行ける訳ですよ」

「道者《どうしゃ》なんですね」

笹村は当たり前のようにそう口にしたが、寒川にはそれが何なのか判らなかった。質《ただ》してみると、出羽辺りで、お山に参る者の道先案内をする半俗の僧の人間のことをそう呼ぶのだそうである。寛作は山伏や修行者でこそないが、本人の談を信じるなら山の民の末裔《まつえい》ではある訳だから、似たようなものなのかもしれない。

「彼は、十九年前何処をどう巡ったのかも全部覚えていらっしゃった。だから私も一応調査団が廻った山内のポイントには概ね行くことが出来ました。ただ、父は夜に一人で出掛けて死んでいるので――」

なる程、と笹村は神妙な顔をした。

これから行くのですと寒川は云った。

「行く——と云うと」

「父が亡くなったと思われる場所に行くんです」

「その——崖下の」

上ですよと寒川は答えた。

「十九年前、私は警察に連れられて父が倒れていたらしい沢までは行きました。しかし、父が墜ちた崖の上には行っていないんです。そこに——午後案内して貰うつもりです」

行かなかったのですかと笹村は問うた。

行かなかったのだ。

「足を滑らせた跡があると説明されました。争ったような形跡はなかったそうです。遺留品もなかった。そんな処に行っても仕様がないと——あの時はそう思ったんです。しかもかなり行き難《にく》い場所なんですよ」

「其処は、その調査団が廻った地点ではないのですか」

「いや——寛作さんの話だと、父が死ぬ前前日、其処に行ける場所までは案内したのだそうです。で、まあそれぞれが各各《おのおの》に調査をした訳ですね。調査団の面面は、寛作さんが案内したポイントを中心に、半日以上は自由に行動している。父は植物が専門でしたから、まあ植生やら何やらを調べたのでしょう。そして」

何かを見付けたのだろう。

「厄介なもの——でしたっけ」

「ええ。厄介なもの——です」

正確には、大いに厄介——である。

「そして、父は翌日、それを葉書に書いて、僕宛てに出した。更にその次の日、単独で其処に行き」

転落して、死んだ。

そう云うことになるのだろう。

「寛作さんの話だと、父が足を滑らせたことになっている崖の上と云うのは、普通は誰も行かない場所らしい。寛作さんも行ったことがないそうです。何もないし、足場も悪く大変に険しいのだそうです。寛作さんが案内したポイント——その崖上に通じる場所にだって、普通の人は行ったりしないらしい。今も同じだそうです」

この二十年で日光は随分と変わったのだと寛作翁は云っていた。都市部からのアクセスも便利になったし、建物は補修され、山内も整備された。宿泊施設も出来た。押しも押されもせぬ観光地となったのだ。

しかし、其処は手付かずであるらしい。

「魔所——のような処なのでしょう」

「魔所？」

「山で暮らす者達も近寄らなかったと云うんですからね。良くない場所ではあるんでしょうね。まあ、魔所などと云うと迷信めいて聞こえますけれど、利用価値がない上に危険な場所だ、と云うことなのでしょうけれど」

そう云うと笹村は不思議そうな顔をした。

「何か変ですか？」

「いや、変じゃありませんよ。でも、日光と云えば、行楽地でしょう。僕にはそう云う印象しかないです。慥《たし》かに綺麗な処ですが——そんな恐ろしげな場所があるのですかね」

あるんですよと寒川は答えた。

「此処は、山岳宗教者の行場でもあったんです。日光修験はほぼ廃絶し、もう山伏は居ないようですが、その昔は厳しい修行の地でもあった。ですからそうした危険な場所もあるのでしょう」

お詳しいですなあと笹村は云った。

付け焼き刃ですよと寒川は答えた。

「これが普通の行楽地だったなら、そんな危ない場所は寧《むし》ろ切り崩したり均《なら》したりしてしまうものなのでしょうが、この日光山は国立公園ですからね。勝手な乱開発は出来ません。それで残っている——と云うことではないでしょうか」

なる程ねえと笹村は感心した。

「それにしても、お父さんはいったい何を見付けたのでしょう」

「それは——」

これから判ると寒川は思った。

4

道はなかった。

十九年前、寛作翁が調査団を案内して回ったポイントと云うのは、いずれも山の中の、何もない場所ばかりだった。建物も、道もない。本当に何もない。

否——何もない訳ではないのだ。

樹木がある。

草が、花が、蔦が、藪が、苔がある。

岩が、石が、土がある。そうしたものが混じっている。

多分、多くの虫や禽獣が潜んでいる。

山——なのだ。

その場所も、そうだった。

「ここまで連れて来た」

寛作翁は短く云った。

「俺は此処で――この石にこうやって腰掛けて、終わるのを待っていた。学者達は三三五五に散って、二三時間は何かしていたな。何をしていたのかは知らん」

「凄い処ですね」

笹村は見渡す。

寛作翁が腰掛けている石を中心にして、小さな広場のようになっている。そこだけ陽が当たっているように見える。周囲には見上げるような老木が聳《そび》えており、その中に入ってしまえば文字通り昼なお暗いと云う様相である。

「あんたの親父殿が墜ちた崖は、そっちにある。速足でも三十分は歩くぞ」

老人は指を差す。

「連れて行って貰えますか」

「行くのは構わねえよ」

「行ってはいけない場所――ではないのですか」

「いけねえってことはねえよ。ただ、誰も行かねえだけだよ。慥《たし》かに山にゃあな、しちゃいけねえことと云うのはある。だがそれは大抵、すると良くねえことなんだ。する意味のねえことや、すると危ねえことよ。そう云うなあ大概は迷信だと云われるが、理由がねえってこともねえのよ。だから行っちゃいけねえ場所ってのは、行く必要のねえ場所だと云うだけのこった。だから行くなァいいさ」

でも。

「雲が出た。早く暗くなるぞ。行くなら急いだ方がいい」

老人はそう云ってから立ち上がり、森に分け入った。

寒川は跡を追う。笹村も続いた。

父は。

この道を進んだのだろうか。

この古木に手を掛けただろうか。

この根を踏んだのだろうか。ここを歩いたのか。

十九年前この道に踏み込んで——父はそのまま帰らなかったことになる。つまり警察が現場検証に来て以来、この道は誰も通っていないのだろう。

違う。道じゃない。道なんかない。

「いや、そうじゃないですよ」

背後から笹村の声がした。

「これは古い——道です」

「道ではないでしょう」

「いいや、寒川さん。これは道です。いや、道だったと云うべきですかね。此処は、その昔は道だったんですよ」

「どうして――そんなこと」

「ほら。木の生え具合を見てください。今、僕等が進んでいるこの先――そして通って来た後。明らかに広い。他はもっと密集して生えている。草もそうです。ほら、両側を見てください。奥の方の叢《くさむら》はずっと背が高い。落ち葉や草が積もっているので判り難《にく》いですが、その下の地べたも固い。どうも、筋のようになっていて、僕等はその筋に沿って進んでいるんですよ」

「獣道、と云うことですか？」

「獣道――と云う訳でもないようですね。獣が通る道はこんな風になりませんよ。獣は地べたに体重を掛けない。慥《たし》かに筋は付くけれど、こんな風にはなりません。これは、大昔に人に依って踏み固められた、人が通る道だったんですきっと」

「そう――ですかね」

前を行く寛作翁は無言だ。

「でも、誰も通らなくなってしまったのでしょう。つまりこれは道の残骸です」

「残骸って――」

道としてはもう死んでるんですと笹村は云った。

「誰も通らないのでしょうからね。でも、道だった名残はある。土地と云うのは記憶を持っているもんでしょう。そうは思いませんか寒川さん。僕はそう思う」

「土地の記憶――ですか？」

「ええ。人は死ぬ。死んで執着を残したところで、死んでしまえばどうにもなりません。本当に幽霊が居るのだとしても、そんなものには何も出来ないと僕は思う」

「何も――出来ないとは」

「出来ませんよ。生きていたって僕等は無力です。好き勝手に生きることなんざ、出来やしない。ああしたい、こうしたいと願っても、その通りにはならんでしょう。大体死んで恨みが晴らせるくらいなら、生きているうちに何とか出来るでしょうよ」

何を云い出すのだろう。

寒川は振り向かず、答えもしなかった。

「死んでからの方が強くなれるなら、みんな死にますよ。憎い相手を祟《たた》り殺せるなら、望んで死ぬでしょうよ。でもそうじゃない。みんな生きたいんです。幽霊ってのは、だから方便ですよ。生きてる者が勝手に作り出すもんです」

「死ねばそれまで――と云うことですか」

「死ねばそれまででしょう。でも、それまでじゃないと思いたいから、みな勝手なことを云うんでしょうよ。幽霊なんてのは嘘ッ八ですよ。そうでないなら」

どうして。

「どうして僕の両親は化けて出ないのです」

笹村はそう云った。

「親父は志《こころざし》半《なか》ばにして殺されたのです。お袋は何の罪もないのに道連れにされた。化けて出たって良さそうなものだ。いいや、怨敵《おんてき》に祟れなくても、せめて僕の処に出て、犯人が誰なのか告げてくれればいいじゃないですか。僕が仇を討ちますよ」

それは道理だ。

「だから、幽霊なんて居ない。迷信です。人なんてものは無力なんですよ。生きていたって無力だ。死んでしまったら、無力どころか、無ですよ、無。でも」

この山はどうです。

「この場所はどうです。山は死なないんです。僕が踏んだ苔は枯れても、すぐに次の苔が生《は》える。木は伐《き》ってしまえばそれまでですが、山が山である限り、木は生えます。山は生まれ変わり死に変わり、決して死なない。去るものは日日に疎い。でも生じるものは日日に親しい。だから」

山は何もかも覚えている。

「寒川さん、あなたのお父さんのことも、この山は、この場所は覚えている。僕は——そう思う」

「父のことを——覚えていると?」

「必ず覚えている。僕は此処に来て、そう確信しました」

「慥《たし》かに、山は生きていると——私も感じていた処です。山と云うのは有機物の集合体として、命のようなものを宿しているように思えますよ。大地には歴史の痕跡が刻まれる。そこから涌《わ》き出づる生命も、大地の在り方に沿ったものなのでしょう。ならば、それこそを土地の記憶と呼べないことはない。でも、私にはそれを読む能力がない。読めたとしても、それは迚《とて》も大雑把なものでしかないですよ。この、悠久に等しい山の歴史の中で、父の死などと云う事件は、ほんの一瞬の、極めて瑣末なものでしかない筈です。木の葉は一日に何枚も落ちるでしょう。百年二百年のうちに、いったい何枚落ちるのか判らない。でも」

父の死はたった一回だ。

「そんなもの、山にしてみれば虫に刺されたようなものじゃないですか。虫に刺された場所を何年も何十年も覚えてる人はいない。山だって——」

いいや、覚えていますと笹村は云った。

「一度しかなかったからこそ」

「いや、そんな都合の良いものじゃないですよ。あなたの云うように、私達が歩いている此処は、その昔、道だったのでしょう。踏み固められるだけ人が往き来した、その時間の集積が痕跡として残っている。それもこれも、歴史を刻める程に反復されたからでしょう」

「それは人の感覚なんじゃないですか寒川さん」

「人の？」

「時間の尺度も、昨日今日と云う区分けも、過去と未来と云う方便も、それは何もかも、人に都合良く、人が生きて行くために都合良く、作られたものじゃないんですかね」

「作られた？」

　僕は仏様を作ってますと笹村は云った。

「それは、仏様の像を刻んでいると云うことじゃないのですか」

「いや、違いますよ寒川さん。仏作って魂入れず、なんて云うでしょう。あれはどう云う意味か知ってますか？　魂なんてもんはないんですよ。入れようもない。要は、作ったものが本物として崇められるかどうか、と云うことです」

「大事にされるかどうかと云う？」

「神も仏も存在しません。魂もないでしょう。でも、それを崇め敬う気持ちはある。それは尊いものですよ。それこそが仏の魂です。ちゃんと崇められれば、僕が彫った木片は本物の仏様になる。だから僕は」

　本物の仏を作っていますと笹村は云った。

「神仏も人が作ったんです。ないものをあるとすることで、人は何とか生きている。過去も未来も、時間だって同じですよ。だってそんなものはないじゃないですか」

「ない――ですか」

　ないでしょうどこにあるんです、と笹村は云う。

「過去も未来もないでしょう。本当は、今しかないんですよ。あることにしているからあるだけなんです。人が作ったものは、人にしか通用しない。木や草にはないんですよ。

「ない？　いや、しかし――」

「ええ。勿論、この世にあるものは凡て、不変ではない。万物は縷縷《るる》変わるもんです。人はその変化を、時間というないものに置き換えて理解してるだけです。でも、人以外のものに時間なんてものは通用しない。人以外のものには昨日なんてない。さっきもない。沢山の今があるだけだ。今と、違う今とがあるだけです。だから――」

寧《むし》ろ。

悠久は無に等しい。

特異な一瞬こそが明確になる。

「木は悠寛《ゆっくり》と育つでしょう。去年の木と、今年の木の違いは、見た目には判り難いもんですよ。でも、傷を付ければ、すぐに判る。いつ付けられた傷なのかも判る。この木は」

十九年前もここにありましたよ。

「しかし」

そうだとしても。

「そうだとしても、私はこの山から」

山から何かを感じとる術《すべ》を知らない。山の記憶を知ることなど出来ない。

「私には木木の話を聞くことも、山の記憶を知ることも出来ませんよ」

寒川は、笹村にそう告げた。

そんなこたあねえと、突然に前を行く老人が云った。

「寛作さん――今、何と」

「そんなこたあねえと云ったんだ。いいかね寒川さんよ。俺達は――今、山の一部だ」

寛作翁は木の根を踏み締め乍《なが》ら、振り返らずにそう云った。

「山の一部って、それはどう云う」

「山はな、厳しい処だ。受け付けて貰えねえ者は、排除される。入ることも出来ねえし無理に入っても、死ぬよ。でもな、受け入れて貰えたなら、その者は――山になるのよ」

「山に――ですか」

「人だろうが仏だろうが山にゃ関係ねえ。何であろうと、虫や獣や、草や木と扱いは一緒だよ。山ってのはそう云うもんで出来てる。つまり、こうして山に分け入って、こうやって山歩きさせて貰ってる俺達は、草や木と同じく、山の一部だってことだ」

だから。

「山に居れば山のことは解る」

「でも――」

「俺達は山で生きて来た。この、俺の懐に収まった山立根本ノ巻はよ、この日光の山がくれたものだ。日光権現はこの山そのものだからな。山の獣を獲って良しと云うお墨付きは、つまりはお前も山そのものだと云う証しだ。獣も鳥も山の一部だ。それを獲って良いのは、矢張り山の一部だと云うことよ」

樹木が。

草が花が蔦が藪が苔が。

「この日光の山には沢山の堂宇が、宮が、祠《ほこら》がある。それは建物じゃねえ。この山が受け入れた、山の一部だ」

「寺も——社もですか」

「そう。この日光は、三つの仏、三つの神を祀る。それは三つの山が、三つの形で現れたと云うだけのことだ。この山はこの形で、宮も院も、人も、それ全部で日光山なんだ」

保護だの修繕だの烏滸《おこ》がましいぜと老人は云った。

「人が山に敵うものかい」

そう云って老人は——否、山は、更に己の奥深くに踏み込んだ。

「そっちの人の云う通り、山ァ何でも覚えているぞ。だからお前さんの親父のことも——」

ちゃんと覚えてるだろと。

寛作は断言した。

「そうだとして、どうやって――」

「その崖ってのはもうすぐそこだ。観《み》な」

地面がせり上がっていた。

「この屏風みてえな岩場を登ると、そこから先が崖になる。これを登らなきゃ落っこちることも出来ねえ。ただ、どこから登ってどこから落ちたのか、俺は知らないがな」

下から見ても判らなかったが、あの、そそり立った崖の縁には、まるで障壁のように岩場が巡らされていたと云うことになる。

「此処まで来ても、大概ここで行き止まる。これを攀《よ》じ登ろうって奴はいねえ。落っこちようと思う奴しか登らねえ。それ以外に用はねえからな。だから、魔所ってんだ」

上がるか、と寛作は問うた。上がりますと寒川は答えた。

「そうかい。扠《さて》、何処から登ったもんかな」

寛作は岩の壁を見渡した。

「必ず――い、い、印がある筈ですよ」

笹村が云った。

「印って――笹村さん」

「山は覚えている筈です。なら、山の一部である僕達にも判る筈だ」

「そうさな」

寛作翁は短く答えて、一点に視軸を止めた。

「観な」

寒川は目を向ける。

岩の縁が少しだけ明るい。何かがぼうと光っている。

「教えてくれてるぜ」

老人は云うや否や岩場に取り付いた。

「ちゃんと――足場もある。間違いねえ。あんたの親父さんは、この筋を登った」

寒川は足早に駆け寄って、老人の後に続いた。

この石に脚を掛け、この蔓《つる》を摑んで、そして、寒川の父は――。

――それよりも、あの光は。

あの、淡い光は何だ。

寛作の姿は見えない。既に登り切ってしまったのだろう。岩場の上にも樹木は鬱蒼と生い茂っている。寒川は息を切らし、枯れ草と泥に塗《まみ》れ、漸《ようよ》う老人に追い付いた。

寛作老人は立ち竦《すく》んでいた。寒川は木の幹に摑まって老人の横につけると、老人が見詰めている方向に視線を投じた。

そこには。

大きな、古い、朽ち果てた、苔生《む》した——。

碑《いしぶみ》があった。

「これは——」

寒川は息を呑んだ。そして、直感的にそれが父の云う厄介なものであると諒解した。何の根拠もなかったのだが、それは間違いないのだと寒川は確信した。山が、父が教えてくれたのだと——思い込んだ。

その石碑は——。

青白く、幻妖な光を放っていた。あり得ない光景だ。

——これが——父の。

——墓の火だ。

それが、やがて日光で起こる不可解な事件の契機となる石碑だと云うことを——寒川秀巳はまだ、知る由もなかったのである。

昭和二十八年初秋のことである。

第拾七夜

◉

青女房

あおにょうぼう

◎青女房

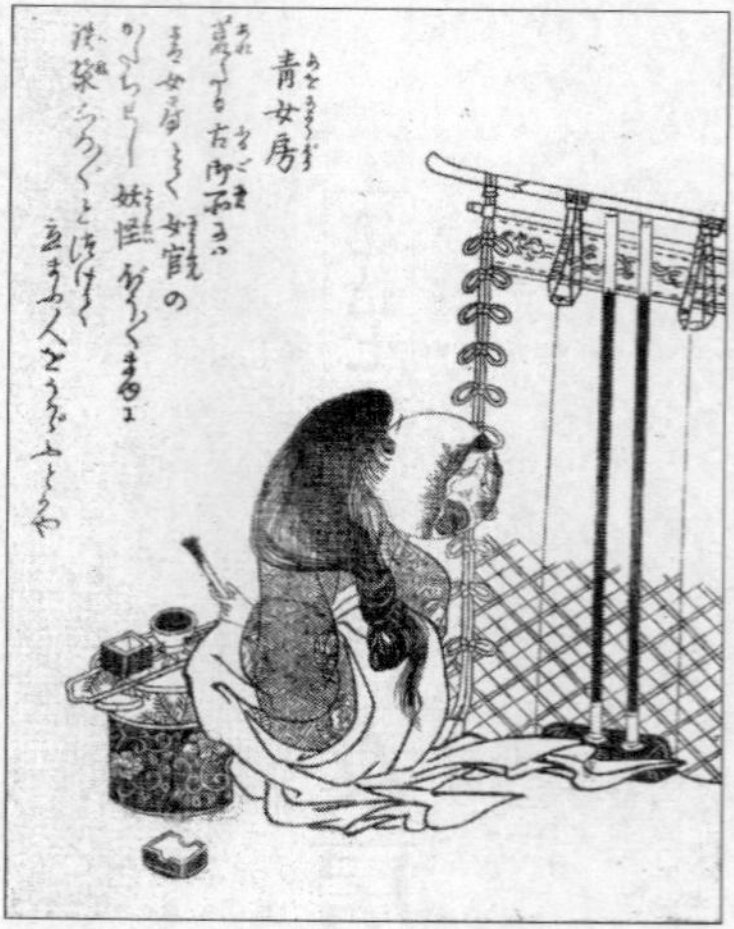

荒《あれ》たる古御所《ふるごしょ》にハ
青女房とて女官《にょうくわん》の
かたちせし妖怪《ようくわい》
ぼう〱まゆに
鉄漿《かね》くろ〴〵とつけて
立まふ人をうかゞふとかや

——今昔畫圖續百鬼／巻之中・晦

鳥山石燕（安永八年）

1

復員船の中で夢を見た。

女房が座敷に座っている。私は、どう云う訳か畳《たたみ》に額を擦り付けて、只管《ひたすら》に詫《わ》びている。

何を詫びているのかは判らない。夢の中の私は、何か、迚《とて》も神妙な、神妙と云うよりも恐怖を覚えているような、不安定な気持ちを抱いている。

女房は一言も口を利かない。

顔も無表情で、仏像のように固まっている。

何か反応してくれ。怒っているのか哀しんでいるのかそうでないのか、解らない。赦《ゆる》してくれるのか赦してはくれないのか、赦さないなら赦さないでいいから、叱るのでも詰《なじ》るのでも蔑《さげす》むのでも愚痴《ぐち》を云うのでも何でもいいから。何か云って呉れないか。

睨《にら》むだけでも。

瞬《まばた》きでも溜め息でもいい。

微笑《ほほえ》んでくれたなら、もっといいけれど。

夢の中の私は、僅かな反応が欲しくて更に詫びる。

私は何やら百言を費《つい》やし、声も嗄《か》れんばかりに語っているのだが、何を語っているのかは自分でも解らない。謝っていることだけは確《たし》かである。

動悸《どうき》が激しくなる。

汗が出る。

一世一代の大博打《おおばくち》をしているような心持ちになる。

笑うのか。

怒るのか。

笑うか。

怒るか。

しかし、そもそも自分は何故謝っているのか。何を詫びているというのだろう。悪いことなど何ひとつしていない。働いて働いて働いて、兵隊に取られて。塹壕《ざんごう》を掘って、銃剣を手入れして、物資を運んで、殴られて撃たれて撃って、歩いて歩いて、泥に塗《まみ》れて、破裂して爆発して。

でも我慢した。

だから生きている。

生きているんだ私は。

祝ってくれ喜んでくれ慈《いつく》しんでくれ。

否——。

そんな資格はないか。

どっちでもいい。どっちでもいいから何か云ってくれ。

女房は黙っている。

微動だにしない。

何か云ってくれ。いいや、頬《ほほ》を動かすだけでもいい。私の言葉は届いていないのか。どうして無反応なんだ。すると。

女房の。

女房の顔が。

みるみる青くなって。

顔が。気が付くと顔が。無表情のままの顔が。

三倍にも四倍にもなっていて。

恐ろしくて恐ろしくて目が覚めた。

動悸が高まっているのと、大量に汗をかいているのは現実だったようだ。蒸《む》れた不潔な空気が充満している。不愉快なエンジン音が聞こえる。床は不安定に揺れている。

船の中だ。

大丈夫かいと上官が云った。

「熱はねえようだが。お前《めえ》は痩《や》せておるし神経質だから心配《しんぺえ》だよ寺田《てらだ》。マラリアにでも罹《かか》ったら死ぬぞ」

「あ——」

起き上がろうとするのを上官は止めた。

「ええて。もう上官でも部下でもねえ。戦争は終わった」

「しかし」

「まあ、あんだけ叩いて蹴って、怒鳴って小突いて、命令して、命まで預けさせてよ、突然そう云う関係をやめれとゆってもだな、すぐにはそう出来ねえだろがよ。でも、畏れ多くも陛下御自らが負けたと仰せになったんだ」

横に居た兵隊——もう兵隊ではないのか——が上官を睨んだ。未《ま》だ受け入れていない者も多い。

「まあ、そう硬《かた》くなることたねえ。お前は四角四面でいかんよ寺田。折角生きて船に乗ったんだ。生きて一緒に本土の地べたを踏むべいと、まあ俺はこうゆってるんだ」

気楽にせえ、と上官は云った。

上官ではないのか。

私の気持ちを察したものか、徳田《とくだ》でいいよ——と、その人は云った。

「具合悪いならゆえ。まあ、この有り様じゃ大した治療もして貰えねえんだろがな、野戦病院よりはマシだ。爆撃もねえし。取り敢えず喰うものもあるし、安心だ」

「はあ」

戦地の医療施設など、あってないようなものだ。

どれだけ軍医の腕が良くても、設備も調《ととの》っていないし医療物資も乏しいのだから、手の施しようがない。応急処置しか出来ない。一方で怪我人病人はどんどん増える。あの劣悪な環境では治る者も治るまい。自力で治癒しない者は死ぬしかないのである。健康な兵隊でさえ喰うや喰わずで弱っていたのだから、戦力外の負傷兵などに構っている余裕はなかったのだろう。

彼処《あそこ》は治す場所ではなく、死を待つ場所である。

腕のない者、足のない者、腹が抉《えぐ》れた者。

青黒く変色した、死臭漂う覇気《はき》のない顔。

青い顔。

みんな死んだ。

私は手先が器用だった所為《せい》か軍医に気に入られて、能《よ》く手伝いをさせられた。無学であるから医療知識などは皆無だったが、職人としての細かさが眼鏡に適ったのだろう。

でもみんな死んだ。

傷や病で死ぬ訳ではない――と思った。

彼等は、絶望で死ぬのだ。治れば戦線に復帰することになる。治ったところで死ぬだけなのである。死ぬために傷を癒す病を治す、そんな矛盾はない。

命を繋ぐのは医者でも薬でもない。

生への欲求だ。

それがなければ、治らない。

欲求が満たされないことが明らかである場合、生命力はみるみる衰えるのだと思う。人を殺すのは傷でも黴菌《ばいきん》でもなく絶望なのだ。

その証拠に終戦を迎えた途端、傷病兵の治癒率は恐ろしく上がった。戦争に負けたと知った途端に希望が生まれるというのは、蓋《けだ》し皮肉なものだと思う。

伝染《うつ》ったら大変だぞと徳田は云った。

「俺は生きて帰《けえ》りてえよ」

大丈夫でありますと答えた。

「疾病《しつぺい》ではありません」

希望がないだけだ。

絶望している訳ではないが。

私の胸の中には、不安しかない。

私の希望は小さな匣《はこ》に入れられていて、その匣の蓋は確《しっか》りと閉じられている。蓋を開けた時にその希望が絶望に変質しているのではないかという予感が、私の中には充《み》ち満ちている。もし、それが絶望に変わっていたなら。そう思うと私は居ても立ってもいられなくなる。

だから、決して蓋は開けない。

悲観も楽観もしていないけれど、その予感はいつだって不安に彩られている。

――だから。

あんな夢を見たのか。

「お前、東京だな」

「はい。武蔵野の方です」

「嬶《かか》ァが居るんだろ」

「女房は――」

青い。

青い、大きな大きな。

青い、大きな大きな、無表情の顔。

突然夢の中の恐ろしい顔が浮かんで、私は怖気《おぞけ》立った。

ええなあと徳田は云った。

「俺は千葉だが、嬶ァは栄養失調で死んだそうだわ。あんな田舎、空襲もねえだろし、喰うもんくらいあると思うが、どうなっておるのかなあ、内地は。田舎つってもよ、東京の隣だし、やられたのかもしらん。息子も先に出征しておるし、親父も足腰が萎《な》えとるから、迎えに来る者は居らんかもしらん」

漁師だったんだがなあ、と徳田は云った。

「漁師出来るんかな。船はあるべか。魚獲れるべいか。あんた仕事は」

「自分は職人であります」

「そらいいな。潰《つぶ》しが利く。手に職があるなァ、ええよ」

「そうでしょうか」

そうは思えない。

「何の職人だ。大工かい」

「木工もやりますが、主に金属加工であります」

違う。

箱作りだ。

私は箱屋と呼ばれていた。箱屋と云っても、花街で芸子の世話をする箱屋ではない。そのまま、箱を作る渡世と云う意味である。

なら何でも出来るよと徳田は云った。

「それこそ潰しが利くぜ」

他の仕事が出来るだろうか。

私は、手先は器用だが、人付き合いは不器用なのだ。

鉄や木や、物言わぬ材料と機械と道具と——そうしたものとは真っ直ぐに向き合えるけれど、人の顔は真っ直ぐに見られない。使うのも使われるのも、苦手だ。

笑ったり怒ったり泣いたり。

伝えたり汲み取ったり。

そう云う、人がする全てのことが、苦手だ。

箱はいい。

真っ直ぐと真っ直ぐで出来ている。曲がったり捩《よじ》れたりしない。曲がるにしても理詰めで曲がる。角度も曲がり具合もきっちり決めなくては、決めた通りに作らなくては、箱にならない。きっちり囲って、きっちり蓋を閉めて、漸《ようや》く箱は箱になる。

一方、人の心は靄靄《もやもや》としていてさっぱり摑《つか》めない。摑めないと云う以前に形さえない。そんなぐにゃぐにゃのものを相手にするのは、怖い。

渾沌《こんとん》は恐ろしい。

整然としていること。

秩序立っていること。

そうした、整然とした在り方を求める気持ちと云うのは、賢さから出《いず》るものではないのだと私は思う。私は愚直《ぐちょく》だ。鈍重《どんじゅう》だ。決して聡明ではない。だからこそ、解り易さを求めるのである。

軍隊は解り易い処《ところ》だと人に聞いた。整然とした、秩序立った組織だと教えられた。あれこれ考える必要はない。命令されたことをきちんと遂行出来さえすれば、それでいいならば向いている——と、私は思った。

それならば、少なくとも纏《まと》まりなく理解し難《にく》く取り留めのない日常生活よりは、自分に向いているやもしれぬと思った。

でも、そんなことはなかった。

人間は人間だ。

兵隊は人間で、箱ではない。

上官も敵も人間だ。大将も新兵も人間だ。

どうしても記号にはなってくれなかった。

一列に並んで殴られている兵隊どもは、皆顔が違う。背の高さも違う。考えていることも違う。生い立ちが違う。全部が違う人間だ。こんなにバラバラなのに、同じ階級だからと云うだけで同じモノとして扱われる。記号に置き換えれば何奴《どいつ》も此奴《こいつ》もただの二等兵になるのだろうけれど。

置き換わってくれなかった。

些細《ちっ》とも秩序立っていない。

作業も雑だ。

土嚢を積んだり穴を掘ったり水を汲んだり、まるできっちりしていない。いい加減に出来るものではないが、正確さを求められるものではない。水平も垂直も、直線さえない。精度に拘泥することは不必要とされた。

求められるのは迅速さと頑丈さである。

一粍《ミリ》の狂いさえ許されない几帳面《きちようめん》な仕事ばかりをして来た私にとって、その雑な作業は苦痛でしかなかった。

子供の泥遊びのようなものだ。

不潔だ。不衛生で不正確だ。私には不向きだ。

銃剣の手入れが一番性に合っていた。それは念入りにしたものである。他人の分までしてやった。

それでも。

撃てば、汚れる。

撃たれても、汚れる。

爆撃を受ければ、何もかも粉粉になる。

泥と土と石と。火薬の臭いと。閃光《せんこう》。煙。煤《すす》。火の粉と血飛沫《ちしぶき》と。肉片と骨片と。悲鳴と爆音。轟轟《ごうごう》と何もかもが弾けて鳴り響く。啼《な》き叫ぶような赤い空。

厭《いや》だった。

軍隊は私には向いていなかった。

あんた、俺と同じくらいの齢《とし》かなと徳田は云った。

「もう三十七です」

何だずっと若いなと徳田は笑った。

「老けた新兵だと思って殴る時も手加減してたんだがな。まあ若くはねえが、俺よりはずっと下だなあ。俺はもう四十五だよ。この齢で前線はきついわ。でも、十九や二十歳《はたち》の若い者《もん》を死なすくれえなら年寄りが死んだ方が良かんべえと思うて、これでも懸命に前に出て戦ったんだがなあ。生き残ったなあ。お互いに」

そう。

私は生きている。

指先で額の汗を拭った。

油のように粘る。厭な汗だった。

雑然としている。埃《ほこり》と汗とが混じり合った、不潔な空気が鼻孔から侵入し、そして肺に充満する。

この船の中にごろごろと木屑《きくず》のように転がっている兵隊どもは、どんな気持ちでいるのだろう。此奴等に希望はあるのか。皆、どんな夢を見ると云うのか。こんな雑然とした、水平さえも保てない大海の上の、汚らしい錆びた船の上に雑魚寝をして、いったい何を夢見ると云うのか。

それでも。

生きてはいる。多分、死にはしないだろう。

武蔵野とやらはやられなかったのかいと徳田は尋《き》いた。

「やられたとは」

「空襲だよ。東京はもう何も残ってねえらしいぞ。一面焼け野原だと聞いた。都心じゃねえにしたって、其処《そこ》も都下なんだろうによ」

「さあ」

知らない。

「知らねえのかい」

徳田は驚いたような顔をした。

「家があんだろ。家族は」

「女房と」

――サト。

子供が一人と云った。

「なら心配だろう。子供は幾歳《いくつ》だい」

――竣公《としきみ》。

何歳になったのだろう。

十三か、いや、もう十四か。出征して何年経ったのか、そんなことすら私には判らない。

一体、今は昭和何年なのだろう。日本は夏なのだろうか。冬なのだろうか。もう十五くらいにはなっているのか。

あの――。

不幸な子供は。

「何だ、自分の子の齢《とし》も判らんか」

「はい」

正直に答えた。

「怪訝《おか》しな男だなあ、あんた。妙に細かくて几帳面で、勘定なんかさせると馬鹿に正確でよ、芋《いも》の分配でも汁汲みでも秤《はかり》で量ってるのじゃないかと噂になってたもんだが、そのあんたが自分の子供の齢知らねえってのは腑《ふ》に落ちないぞ」

訳アリかと徳田は問うた。

訳などない。

自分は人と関わるのが不得手なのだ。女房子供と雖《いえど》も、人は人である。自分ではないのだから、他人だ。

子供は嫌いかと徳田は重ねて問うた。

「いや」

嫌いではない。可愛いと思う。慈しみたいと思う。可愛がり方や慈しみ方が判らないだけだ。それでも、乳飲み子の頃は一生懸命に育てた。何から何まで全部私が世話をした。泣いて、垂れて、寝ているだけの時分——赤児のうちは良かったのだ。

でも、子供は育つ。育って人になる。人になってからは。

矢張《やは》り苦手だった。

「上手に世話が出来なくて」

「父親なんてなそんなもんだろう。俺だって何もしたこたねえからな。全部嬶ァ《かか》に任せ切りだ。それでもでかくなる」

「はい」

放っておいてもあの子は人になった。

しかし。

「女房は——」

病気なんですと云った。

「そりゃ余計に心配じゃねえかい。具合は」

「判りません」

戦局が悪化する前に何度か手紙を出した。しかし一度も返事はなかった。復員が決まってからも葉書を出したが、届いているとは思えない。いや、届いてはいるのだろうが、読んでいるとは思えなかった。

女房は——サトは。

「神経を」

そうなのだろう。

「神経をやられているもので」

「神経？」

「気鬱《きぶさぎ》の病です。いや、これは身内の恥ですから、人様に申し上げられるようなことではないのでありますが——」

「生死の境を一緒に越えた仲じゃあねえか。それに病気は別に恥じゃねえだろ。そうだろうよ。まあ、俺は無学だから神経がどうのと云われても解らねえがなあ」

どんな病気だと徳田は問う。

「何処《どこ》が悪いと云うことは——」

何も出来なくなってしまう。人が変わってしまう。

何もかもが——きっと——楽しくなくなってしまうのだろう。生きていることさえ。

「そりゃ脳病じゃあねえのかい」

「違うようです」

「ってことは——」

気がふれたってことでもねえのだろうなと徳田は問うた。

「いや、怒らんでくれよ。悪気はねえんだ。俺は物を知らねえのだ」

「正気です」

気がふれているのは——。

私の方だと思う。

そうなのだろう。否、そうだったのだろう。

箱を作って。箱を作って箱を作って。箱を作って。

箱ばかり作って。

「それじゃあどうしてそうなる」

「巧《うま》く説明出来ません」

サトの中で一体何が起きたのか、そして何が起き続けていたのか、私には全く理解することが出来なかった。

「女房は——」

サトは元元明るい女ではなかった。生真面目《きまじめ》な、口数の少ない女だった。黙黙《もくもく》と働く、私と同じ種類の人間だった。

それが、子供を産んで間もなく。

あれは、親父の葬式の後だった。

親父は陽気な人だった。祖父は一本気な職人だったが、親父は人付き合いの良い、木工所の経営者だったのだ。祖父の代から通っている職人達も、新しく雇い入れた工員も、皆親父を慕っていた。私の家業――寺田木工は、或る意味、父の人柄で保《も》っていたのだろうと今は思う。

家の中は火が消えたようになった。

サトは。

一切口を利かなくなった。部屋から出なくなった。何もしなくなった。やがて、死にたいと云い出した。

乳飲み子を――放り出して。

私が悪いのだ。

否、私が悪かったのだろう。そう考えて、随分と思い悩んだ。

一緒に死のうかとも思った。

でも、子供が居た。

子供の小さな顔を見ると、それも出来なかった。

赤児は無力だ。世話をしなければ死んでしまう。こんな無力なものの命を奪ったりしていい訳がない。そんなことは、仮令《たとえ》親であろうとも許されることではあるまい。大人の都合は子供には関係ない。そう思った。

だから私は、懸命に子供を育てた。そうすることがサトの気持ちを変える、サトを元に戻す唯一の手段だと、その時はそう思っていた。

それが気持ちの問題などではなく病なのだと云うことを私が知ったのは、かなり後になってからのことである。

でも。もう――。

2

先祖は宮大工だった。

代代そうだったと聞かされているが、いつの時代からそうだったのかは知らない。

何代前が何処其処《どこそこ》の天満宮《てんまんぐう》を造った、神輿《みこし》を作った、寺の伽藍《がらん》の細工をした、それが祖父の自慢だったようだ。否。自慢だったと云うより誇りだったと云うべきかもしれない。

祖父は既に宮大工ではなかった。

明治になって、寺社建築の仕事は激減したのだそうだ。

だから祖父は宮大工を廃業したと云う訳ではないのだ。単に依頼がなくなったと云うことなのだと思う。曾祖父の代から所謂《いわゆる》普通の大工としての請負仕事が増えて来ていた——と云うことであるらしい。

祖父はそれが気に入らなかった。宮大工と只の大工は違うものだと祖父は考えていたのだ。だから曾祖父から独立して居を移し、細工物の木工仕事を始めたのだと云う。

凡《すべ》て後から聞いたことである。

祖父の細工は、それは見事なものだった。技は細かく形は流麗で、繊細でいて力強く、美しかった。何時間眺めていても飽きなかった。幼かった私にはそれが何に使うものなのかまるで判らなかったのだが、それでも大好きだった。こんな素晴らしい仕事が出来る祖父と云う人間を、私は心から尊敬していた。大人になったらこんな細工物が作れる職人になりたいと、本気で思った。

祖父の細工物は、今でも在り在りと目に浮かぶ。

それなのに――私は祖父自身のことは余り覚えていない。

しかし、それでも私と云う人間が、その余り覚えていない祖父の強い影響下にあると云うことだけは、多分間違いないことなのである。

遠い記憶の中の祖父は、主に額に刻まれた三本の深い皺《しわ》によって表される。その部分ばかりを思い出す。と、云うよりも、其処《そこ》しか覚えていない。

三本の皺と、それから鑿《のみ》を使う手先だ。

太くて節榑立《ふしくれだ》っているのに器用に動く指先だ。

繰り出される鑿の動きは正確無比だ。祖父の考えた通りに祖父の手は動き、祖父の思惑通りの精度の高い仕事が成し遂げられて行く。

考えた通りに動く体。素晴らしい。

斯《かく》在るべしと私は強く思い込んだ。

後、覚えているのは——声だ。

物静かな、それでいて厳しげな口調だ。

流石《さすが》に内容までは覚えていないけれど、その抑揚や声音《こわね》だけは脳裡《のうり》に確乎《しっか》りと残っている。激することなく理路整然としていて、平時の祖父の声は頼もしく、優しかった。

ただ。

怒鳴り声も覚えている。

祖父は、時に怒鳴った。

怒鳴られていたのは祖母だ。

弟子や父母や私ではない。記憶の中で怒鳴られているのは必ず祖母である。祖父は、祖母以外を怒鳴ることはなかった。

祖父は厳格な人だった。

決められたことは何が何でもきちんと守り、何ごとにつけ真摯《しんし》に取り組み、正確且つ精緻に仕上げる。そう云う人だったようだ。融通《ゆうずう》が利かぬ男と云ってしまえばそれまでだけれど、正しいものは正しいのだし、間違っているものは矢張《やは》り間違っている。だから私は祖父のそうした生き方は、見習うべきだと思ったし、今でも思っている。

祖母もまた、そんな祖父に能《よ》く仕えた。仕えたと云うとまるで家来か何かのように聞こえるけれども、その時代は皆そうだった。妻は夫に従うものだったのだ。

そう云う意味で祖母は立派な妻だった——のだと思う。

祖父は理由なく伴侶を責めるような人ではなかったし、温厚で健健《まめまめ》しく、濃《こまや》かで控え目な祖母も、凡《およ》そ亭主に怒鳴られるような人ではなかったと思う。

ある一点を除いて。

祖母は、ひとつだけ祖父にとって到底受け入れられない性質を持っていたらしい。

天眼通《てんげんつう》だ——と古くから居る職人は云った。

それがどのような能力《ちから》なのか私は知らない。霊術のようなものなのだろう。祖母は勘が鋭い人だったと云う。また稀に何か見透しているような言動をとる人だった。

遠くのもの、壁の向こう、箱の中身等が、祖母には見通せた——のだそうである。失せ物等を見付け出すのが得意だったと聞いている。

占いのようなものなのだろうか。私には判らない。

ただ、月に四五度、近所の人が相談に来ていたことは覚えている。頼られていたのだろう。つまり役に立っていたと云うことだ。占いだとしたら的中していたと云うことになるだろう。

相談者は野菜だの菓子だの、時に金一封まで携えて私の家を訪れた。そして一様に感謝の意を表し、幾度も礼を述べて帰って行った。

子供の私は、そんな光景が好きだった。

祖母が迚《とて》も良いことをしているように見えたのだ。

実際、相談者の誰しもが喜んで、安心して、時に涙さえ流して帰った。それだけ感謝の意を表されていて、悪いことをしているようには見えまい。

それなのに祖父は、相談者が来ると厭な顔をし、帰ると必ず祖母を怒鳴った。訳が解らなかった。良いことをして怒鳴られるのは理不尽だ。これはおかしい、間違っていると、幼心に思ったものだ。

でも、私は何も云わなかった。

私は口の重い子供だったのだ。それ以前に、愚かな私は言葉を見付けることが出来なかったのである。私にとって祖父は、それはそれは偉い人だったのだ。偉い人に意見するような真似は出来ない。

幼かったのだし。

祖父に憧れ、尊敬していたのだし。

ただただ、そんな立派な祖父に叱られる祖母が、只管《ひたすら》可哀想だった。婦人《おんな》と云うのは、理不尽に呵《さいな》まれてしまう可哀想なものなのだと、幼い私は理解した。

母もそうだった。

怒鳴られたり叱られたりすることはなかったが、母はただ寡黙に働いて、何者とも解らぬ何かに尽くして、尽くして尽くして死んだ。

祖母のように人と違うところはなかった。だから大勢に感謝されることもなかった。母は何処までも凡庸《ぼんよう》で、その人生は平板そのものだった。それはそれで理不尽だと思った。

母が死んだ時、父は大いに泣いた。

祖母が死んだ時も祖父が死んだ時も泣いた。

私は、いつもいつも、泣く父を眺めていた。

我慢していたのではない。矢張り、口が重かったのだ。言葉が探せなかったのだ。

感情と云うものは。

あってないようなものなのだと私は思う。

慥《たし》かに、肚《はら》の中だか胸の裡《うち》だか頭の芯だか、何処かその辺りに、朦朧《もうろう》とした、何か感情めいたものはある。それは元からある。でも、それは感情ではない。

感情は、それを説明する言葉があって、それで漸く感情になるのだと思う。

口にするまでは、悲しいと辛いと苦しいの差は、そんなにない。もしかしたら全く差はないのかもしれない。カナシイと云う言葉を選んで、それに不定形の何かを当て嵌《は》めて、口に出して初めて、それは悲しいと云う感情になるのだ。

感情は、知っている言葉の数に規定される。

言葉を知らない者は、感情の種類も乏しい。

語彙《ごい》は、使わなければ増えぬ。

口数の少ない私は、自分が悲しいのか辛いのか能《よ》く解らないのだ。ただ、茫《ぼう》と思うだけである。

自分の気持ちは曖昧なままだったが、ただ私はこう思っていた。

死んでから泣くなら生きて居るうちに泣け——と。

母が酬われない気がしてならなかった。

自分が悲しいかどうかさえ解らないのに、私は母が哀れだとは思ったのだった。

不幸、と云うべきだろうか。

父と云う人は、私にとっては——私の人生にとってはと云うべきか——いずれ異質なものだった。父は社交的で、明るく能く喋る男だった。祖父とはまるで違っていた。

そう、まるで違っていたのだ。

父は職人としては三流だった。

細工など出来る人ではなかった。真っ直ぐで平らな板を削り出すのが精一杯と云う、そんな人だった。不器用だったのだ。祖父はそんな父の資質を早くから見抜き、鉋《かんな》掛けだけを学ばせたと云う。兎《と》に角《かく》出来ることをやらせようと考えたのだろう。父は、板ばかり削っていた。祖父の弟子達が鑿を振るい小刀を操っているその時、父はただ板を削っていた。

そんなでは——。

祖父の代わりは到底務まらぬ。

祖父が死んで、細工物の仕事は減った。優秀な弟子は何人も居たけれど、弟子は所詮弟子である。真っ直ぐな板しか作れない父は――。

箱作りを始めた。

ただの四角い箱である。真っ直ぐな板を組み合わせるだけで作れる箱である。陶器や人形や日本刀や美術品や、そうしたものを入れる木箱である。直角に交差した直線だけで構成される単純《シンプル》な六面体の――箱である。

最初は僅かな注文しかなかった。職人達も不器用な跡取りの手慰み程度のことと思って容認していたのだろう。しかし細工物の注文は減り続け、箱の注文は増え続けた。需要があったのだろう。

私が十七の頃、父は工房に木工製作所の看板を掲げた。

宮大工が細工物師になり、そして木工製作所になった。それが時流に合わせた的確な変容なのか、単なる堕落でしかないのか、私には判らなかった。どうであれ、宮大工の流れを汲む細工物師の工房――私の家は、ただの木工所となったのだ。だが――。

我が家は木工所とすら呼ばれなかった。

世間は、私の住む建物を箱屋と呼んだ。

私は、気が付くと箱屋の惣領《そうりよう》と呼ばれていた。別に厭とは感じなかったけれど、嬉しくもなかった。私は長じてもまだ、口の重い鈍重な鈍間《のろま》だったのだ。

その頃、私は鉄工所で働いていた。

木工職人ではなかったのだ。父は何も教えてくれなかった。祖父の技術は私には伝えられなかったのである。尤《もっと》も、父自身にそれを受け継ぐ技量がなかった訳だけれども。

私は家業を継げと云われたことは一度もない。強制されなかったと云うだけではなく、望まれてもいなかった。継がないことを前提に育てられたと云うべきか。

当時のことを思えば、私が木工修業をさせられずに育ったと云うこと自体、奇異なことであったのかもしれない。その頃は、魚屋の子は魚屋で、大工の子は大工だった。それが当然で、そうでない方がおかしかったのだ。世襲するからこそ、家業などと云う言葉があるのである。

それに就いて祖父がどう思っていたのかは知らない。ただ父は何も云わなかった。私自身は祖父とその仕事に強い憧れを持っていたのだから、寧《むし》ろ修業をさせて貰った方が良かったのだろうと、今はそう思うのだけれど——それも後講釈である。

私は何も云わない子供だったのだ。

自分の気持ちさえ解らない鈍間だったのだ。

だから、そう云うものだろうと思っていた。

今にして思えば、そうした扱いは父の、父なりの、私への思い遣《や》りだったのだろう。

父自身が——厭だったのだ。

不器用な父は、職人として敵《かな》う訳もない祖父の名代を継ぐと云う重圧に、ずっと苦しんでいたのかもしれない。想像に過ぎないけれど。

否、そうであったに違いない。

祖父の細工は一流だった。

父の作る箱は、只の箱だと云うのに精度が低かった。

父は敢《あ》えて精度が低くても構わない仕事を生業《なりわい》とする道を選んだのである。否、父にはそれしか出来なかったのだ。

わざわざ木工所の看板を掲げたのは、父なりの祖父への回答だったのだろう。過剰な人付き合いの良さも、陽気な振る舞いも凡《すべ》て、祖父に対する抵抗だったのかもしれない。自分は違うんだ——と云う主張である。

そんなことをせずとも、人は皆違うのに。

親子と雖《いえど》も同じではない。同じであって欲しいと願う気持ちが何処かにあると云うだけのことだ。

父と私もまるで違っている。父は、自分が親と違っていたからこそ、私もまたそうだと考えたに違いない。慥《たし》かに私は父とは違っていたのだけれど、違い方も様様だと云うことにまで父は思い至らなかったのだろう。

私は中学に通わされている。

考えてみれば分不相応なことである。勿論、望んだ訳ではない。決めたのは父だ。私は諾《だく》諾《だく》とその決定に従ったまでである。

これからは中学くらい出てないといかんよと、父は笑って云っていた。それもこれも、将来の選択肢を増やしてやろうと云う親心であったのだろうと思う。だから、有り難い話ではあるのだ。

私の方は、将来のことは疎《おろ》か、自分のことなど何ひとつ考えてはいなかったのだから。考えるだけの語彙《ごい》を持っていなかったのだ。

学校生活は楽しくもなかったが辛くもなかった。決められたことを決められた通りに行うのは、私にとっては苦痛でも何でもなく、しかしそうした在り方に喜びを感じると云う訳でもなく、出来なくて貶《けな》されても当然だと思ったし、出来て褒められても嬉しくはなかった。何もかも、当たり前のことだ。

そう思っていただけだ。

ただ決められた期間を決められた通りに茫洋《ぼうよう》と過ごし、可もなく不可もなく凡庸なまま中学を卒業した私は、旋盤工《せんばんこう》になった。小さな工場だったが、何の疑問も抱かずに働いた。旋盤の技術をきっちりと習得し、その後工場が左前になったので、社長の周旋で少し大きめの鉄工所に移った。そこで溶接の仕事をした。

鉄と云う素材は、それなりに私に合っていた。

硬く冷たい。

だが熱すれば溶ける。

自在に加工することが出来る。

冷ませば、再び硬くなる。正確な数値で計算通りの部品を作り出すことが出来る。木工の
精緻さとは違う。


金属には命がない。

煩《わずら》わしい処は一つとしてない。

夾雑物《きょうざつぶつ》は燃えてなくなってしまう。

冷えた金属は硬質で無機質で好ましい。

私は、日日鉄を溶かし鉄を継いで、暮らした。

だが。


二十歳になろうとする頃。

私は突然、木工製作所で働くことになった。家業を継ぐ継がないと云う話ではなかった。

単純に手が足りなくなってしまったのである。

箱屋の商売が軌道に乗ったのだった。

その時も、何も思わなかった。

嫌でもなかった。

私は古参の職人——祖父の弟子達に木工のいろはを教わった。

成人してから、私は幼い頃に憧れていた祖父の技を——人を介してとは云うものの——伝授されることになったのである。

木は鉄とは違った。

木には生命の名残がある。

それは決して幾何学的な素材ではない。膨らんだり痩せたり、曲がったり反《そ》ったり、呼吸したり割れたりもする。汗もかく。節もあるし歪《ゆが》みもある。木は、植物なのだ。伐《き》り倒すまでは生きていたものなのである。

それを、無理矢理に削る。

自然界には決して存在しない直線に切り揃え、自然界には決して存在しない同じ形を複製し、人工物に加工するのだ。

しかも木は一度削ってしまえばもう元には戻らない。遣り直しは利かない。一切利かない。接いだり張り合わせたりもするが、基本は一度切りである。

木は、縷縷《るる》変化し続けているくせに、手を入れると二度と元には戻らない素材なのだ。

暫く格闘して、面白くなった。

素材としては金属の方が性に合っていたのだろうと思うのだが、技を磨くと云う意味で木工の仕事は魅力的だった。

真っ直ぐに。

平らに。

先ずは其処から始めた。先ず父を超えなければ、祖父の域に達することは叶わぬと、私はそう考えたのだ。だから削って磨いて精進した。

箱を。箱を作って――。

3

箱なあ、と徳田は云った。

「じゃああんたは、何だ、箱に取ッ憑《つ》かれちまったたってことかねえ」

「はあ」

上官だった男にあんた、と呼ばれると妙な気になる。

「まあ、それが商売なんだから、そりゃ好《い》いことなんじゃねえのかよ。博打に取《と》ッ憑《つ》かれる白首《しろくび》に取ッ憑かれる、世の中にゃろくでもねえものに取ッ憑かれて身を持ち崩す馬鹿が大勢居るべい」

「ええ」

あんた真面目だよと徳田は云った。

「不平を云わねえとこが立派だ。その、工場だって、続かなかったんじゃなくて、要は辞めさせられた訳だろ」

「はあ」

父には弟子が居なかった。

腕が悪かったのである。父より腕の良い職人は沢山居たのだが、そんな技量は箱作りに必要なものではなかった。他人を雇うくらいならお前がやれと云う、それだけのことだった。

母の具合も良くなかったのだ。

私が家業を手伝うようになって間もなく、母は死んだ。父は、それから徐徐に仕事から離れて行った。酒が好きな人だった。酒に溺れたのである。

私は、いつの間にか、なし崩し的に家業を継いでいた。

頼ったんだろと徳田は云った。

「まあ、連れ合いが逝《い》っちまうってのはな。心弱ェもんだからな。俺も、こッ羞《ぱ》ずかしい話だが、嬶ァが死んだという報せが届いた夜は泣いたもの。親父さんも気弱になっていたんだろうよ。しかも、眼の前に頼もしい息子が居るとなりゃ頼りたくもなるだろよ」

そうなのだろう。

箱屋は、いつの間にか私が仕切るようになっていた。

父よりは上手に作る。もっと良い箱を、もっときちんとした箱を。もっともっと――。

素晴らしい箱を。

父の気持ちなどは考えたこともなかった。否、どうでも良かった。私は仕事に夢中になっただけだ。母が死んだ後の腑抜けた父を、私は殆《ほとん》ど無視していたように思う。

製品の精度を上げれば評判も上がった。注文も増えた。

私は見合いをし、二十五で結婚した。

「女手がなかったから――ですよ」

「そんな風に云うもんじゃねえよ」

「ええ。私はそうは思っていませんでしたが――最初はそう云う話だったんです。女房は」

どう思っていたのだろう。

余り口を利かなかった。ただ、所帯を持ったからにはもっともっと働かねばならぬと、私はそう思っただけだった。父が祖父と決別するために木工所の看板を掲げたように――。

私も父とは違うことをした。

金属の箱作りである。

鉄の魅力は捨て切れなかった。私は元務めていた鉄工所と話を付けて業務提携し、最小限の機材を買って、金属の箱作りを始めた。

需要はあった。特別仕様の容器や什器《じゅうき》、そして機械の部品《パーツ》など、大量生産するまでには及ばない小ロットの金属加工品――である。そんなものを作る工房はあまりなかった。

懸命に作った。

木箱の方は職人達に任せた。私は鉄箱を作った。看板は掛け替えなかったが、私の家は木工所ではなく正真正銘の箱屋になってしまった。私は箱屋で、ただ働いた。

女房は——我慢していたんでしょうかと私は問うた。

「さあ、どうかなあ。まあ、放蕩亭主なら愚痴も云えるだろうが、仕事一本槍となると、文句も云えねえわな」

「ええ」

文句を云われたことはなかった。

でも。私は、女房の気持ちもまた、どうでも良かった。

「子供が生まれました」

「嬉しかったか」

「多分」

能《よ》く解らなかった。でも、嬉しくなかった訳ではないのだろう。嬉しいと云う言葉を知らなかっただけだ。一方で父は大いに喜んだ。あんなにはしゃぐ親父を見たのは、後にも先にも一度切りである。でかしたでかしたと嫁を誉めた。

サトも、多分笑っていたと思う。

私は——。

箱を作っていたのだけれど。

孫の顔を見て安心したのか、やがて父も逝った。医者には飲み過ぎだと云われた。肝硬変《かんこうへん》であった。死の床で父は、思うに初めて真正面から私を見て、云った。

女房を――。

大切にしろ。泣かすな――。

決して儂《わし》のような生き方をするな――。

もっと。サトを見て、サトのことを考えてやれ――。

世の中で解り合えるのはな、夫婦ぐらいのものだぞ――。

解り合えるものだろうか。夫婦だって所詮は他人だ。自分以外は他人じゃないか。自分の気持ちさえ解らないのに。

そう思った。

でも、不幸に彩られた母の生や、詰《なじ》られて逝った祖母の生を思うと、父の言葉は少しだけ沁《し》みた。同時に私は――。

「もっと働かなくてはと思ったのです」

「まあ、子供が出来りゃあ何かと物入りだわな。その気持ちは解らんでもねえが、張り切り過ぎたかい」

「まあ」

そうなのだろうか。

もっと精度の高い箱を。もっと美しい箱を。もっともっと。

でも。

サトのことも気に懸かった。しかし気が散ると仕事の手が鈍る。精度が落ちる。そうすれば注文が減る。注文がなければ箱は作れない。それは厭だった。

私は分裂した。元元《もともと》不器用だった私は、家庭に向ける顔と仕事に向ける顔を使い分けることなど出来なかった。父のように世間の凡てに愛想を撒くような芸当は出来る筈もなかったし、祖父のように生涯厳格に在り続けることもまた出来なかった。私はただ、あたふたとしていただけだった。

厳しい職人の顔と、優しい父親の顔を、時に私は取り違えた。そして自らが誰よりも混乱した。

サトの心情を推し量る余裕などなかった。

家庭も仕事も巧く行かぬ——気ばかり逸《はや》った。もっとちゃんとしなくてはいけない。もっときちんとしなくてはならない。もっと厳しく。もっと厳しく。

自分に厳しく。

そうした在り方が即ち他者にも同様の厳しさを強いることになるのだと、何故か私は気付かなかった。

愚かだったと思う。

私は師匠に当たる職人にさえよりいっそう厳しく接した。

箱の精度は上がった。受注も増えた。しかし。

妻は、壊れてしまった。

「子供の世話をしなくなったんです」

「それは——何だ、湯を使わせんとか、襁褓《おしめ》替えんとか」

「乳も遣《や》りません」

「それじゃあ死んじまうべえ」

そう、死にかけたのだ。

私が気が付かなかったら息子は死んでいただろう。

「思わず怒鳴り付けました」

「そりゃまあ、当然だと思うが——」

返事はなかった。

サトの目はもう、現実を見詰めてはいなかった。

「憑《つ》き物《もの》が憑いたのかと思いました。でも、そんな迷信が実際にあるとは思えない。だから、話せば通じると思った。でも通じませんでした。何も」

何も言葉は通じなかった。私の言葉が足りないのだと思った。それまで言葉を軽んじて来た自分を、自分の口の重さを、その時程恨めしく思ったことはない。

でも——仮令《たとえ》百言を費やしたところでサトに私の気持ちは通じなかっただろうし、口を利かぬサトの気持ちを汲むことも私には出来なかった筈である。

私は。

そして初めて、息子の顔を見たのだと思う。

小さな小さな生き物だった。ひ弱で儚《はかな》い命だった。

こんな弱い者を放っておく訳には行かぬ。何が何でも守らなければならぬ。そう――強く思った。

「どうした」

「背負って働きました」

折角軌道に乗った商売を止める訳には行かなかった。

否――私はきっと、ただ箱が作りたかったのだ。金属の箱は私にしか作れない。木箱の精度を落とす訳にも行かぬ。一度昇り詰めたらもう下がることは出来ないと思った。

毎日毎日、柔らかくて弱い赤児を背負って、硬くて正確な箱を作る――。

そりゃあ大変だよと徳田は云った。

「だって、八百屋や風呂屋じゃないだろう。俺はその、溶接だの何だのは能《よ》く知らんが、ありゃ火花が散るだろ」

「はい」

自分は人でなしだと思う。

でも、どうしようもなかった。

見兼ねた近所の人達が取っ替え引っ換えやって来て世話を焼いてくれたのだが、私はまともに礼すらも云わなかったと思う。背中が軽くなると、これ幸いと――。

箱を作った。

箱を、作った。そうすれば、欲求の赴くままに精度の高い箱を作れば、それがそのまま経済的な余裕に繋がる。金が稼げれば、きっと。

きっとサトも喜ぶ。

そんな風に思っていた。

勘違いだ。まるで間違っていた。自分の行動を正当化するための詭弁《きべん》だ。経済的な余裕が心の余裕に繋がると考えるのは幻想だ。貧困は確実に生活を脅かし、やがて心をも蝕むものだと思う。しかし、富貴は必ずしも心を満たすものではないのだ。

私は箱が作りたかっただけだ。

きっとそうだ。

サトは廃人のようになっていた。

辛うじて食事はした。身の回りのことも、最低限ではあったが――自分で出来た。しかし口は利かなかった。時に暴れて、死にたがった。死にたがる時だけサトは声を発した。

元来口下手な私は、もうサトに話し掛けることすら止めていた。

面倒と云うより何も出来なかった。

優しくしろと、もっと見てやれ、汲んでやれと父に云われて、そうしようと思った途端に私は弾かれてしまった。弾かれた私は、弾かれたことをいいことに。

箱を作っていただけだ。

子供も。

育てたのではない。

守ったのではない。

殺さなかっただけだと思う。

「小さくて弱いものだと思っていましたが――」

子供は強かった。そんな、愛情の欠片《かけら》もないような育まれ方をしたと云うのに、母の温りも知らず、父の背で溶接の火花を見ていただけだと云うのに、私の息子は死なず、大病もせずに、育った。

全く口を利かない子供に。

ただ凝乎《じっ》と、工房の隅に座って、泣きもせず笑いもせずむずかりもせず、ちかちかと散る火花やするすると飛び散る木屑を眺めているだけの、そんな子供に育った。

手の掛からぬ子供じゃ。

皆、そう云った。

温順《おとな》しいとか、物静かだとか、聞き分けが良いとか、そうしたレヴェルではなかった。私も口の重い子供だったのだけれども、息子は本当に何も話さなかった。明らかに普通ではなかったのだろう。でも。

それは。

私にとって都合の良いことでしかなかった。

鉄の焦げる匂いと木の香りと、物静かな職人達の緊緊《きびきび》した動作と。機械の如くに働き続ける父親と、廃人のように動かない母親と。言葉の飛び交うことのない生活。要求をしても受け付けられない暮らし。

仕方のないことだろう。

良い子だねえ。

良い子だよねえ。

内情を知らぬ外の人間は異口同音にそう云った。

でも。

サトは違った。

息子が五歳《いつつ》になった辺りで――。

サトの瞳に、突然心が宿ったのである。否、戻ったと云うべきだろうか。サトは前触れもなく正気を取り戻し、薄紙を剝《は》がすように快復して、半年程で理性や感情を取り戻した。

喜ぶべきことだった筈だ。

本来は——と云うことになるのだが。否、掛け値なしにそれは良いことである筈だった。

病が癒えたのである。悪いことである訳がない。

それなのに——。

その頃の私は、正直に云うなら快復した妻を鬱陶《うっとう》しく思っていたに違いないのだ。

喋らない子供。喋らない妻。それでいいじゃないか。

そもそも私は、人間が苦手だったのだから。

何とかなっているのだ。仕事は出来ているのだ。動かずとも喋らずとも妻も子も生きているではないか。そして、きちんと箱も作れているじゃないか。何処がいけないのだ。

ああ、面倒臭い。

そう感じていたように思う。

サトは、最初は詫びた。自分はおかしかったのだ、どうかしていたのだと私に謝った。謝って謝って、そして。

いや——サトはサトなりに平穏を取り戻そうと必死だったのだろう。どんな気持ちであったのか想像もつかないけれども、それはサトなりの努力だったのだと思う。妻には妻の日常があって、それは私の日常とはかなり違ったものだったのだろうと思う。

でも。

サトは日常を手に入れることが出来なかった。

妻は結局、子供を怖がった。物云わぬ我が子を、恐れ、厭《いと》うた。

こんな子供じゃ面倒なんかみられない、この子は言葉が通じない、おかしいわ、気味が悪いわ、この子は、この子は。

人間の子じゃない。

今更何を云うのだ。

何なんだこの女――そう思った。私は憤った。

どうして。

どうしてそうやって私の静かな生活をぶち壊すのだ。いつもいつもお前は――。

あなたの所為じゃないのとサトは云った。自分が病んでいる間この子を育てたのはあなただ、どんな育て方をしたらこんな子供になると云うの――。

育ててなんかいない。私は何もしてやっていない。でもそれもこれもみんなお前が、母であるお前が――。

理屈なんか通じはしなかった。

この子をこんなにしたのはあなただ。私の子をこんな化け物にしたのはお前だ。お前が。

お前が悪いんじゃないか。

そうだ。

私が悪いのだ。何もかも。でも。

じゃあどうするべきだったのか。

どうしろと云うのだ。

それは――。

「まあ、難儀と云うかなあ。でも、あんたの所為じゃあねえだろうよ。かみさんの所為じゃあねえか」

「そうじゃないですよ」

私の所為なのだ。病は癒えてなどいなかったのだ。呆けていた時よりもサトはずっと恐ろしかった。目には狂気が灯っていた。お前が悪いお前が悪いお前が悪いお前が悪い。そうだよ。私が悪いんだ。だから。

「罰《バチ》が当たりました」

「罰とは」

箱の注文が激減したのだ。

「そりゃ」

「ええ。戦争の所為なんでしょう。でも、罰ですよ。箱が作れなくなってしまったんですから。戦況が悪化し、鉄もなくなった。くだらない箱作りに使う鉄なんか一欠片もなかったんですからね」

箱が作れない箱が作れない。

お前の所為だお前の所為だ。

こんな子は育てられないわ。気味が悪くって死にそうよ。何とかしなさいよッ。

そう云われて。

私は頭が破裂しそうになった。箱も作れず、家族は狂っていた。私も含めて狂っていた。

怒り叫び私を詰る妻と、黙ってそれを眺めている無表情な息子と、作れない箱のことだけをずっと考え続けている私と。

もう、妻を殺し子を殺し、死んでしまおうかとも思った。

消えてなくなってしまいたかった。でも子供を殺すことは出来ないと思った。それは決してしてはならないことだ。妻もいつかは元に戻ると夢想した。夢を見て生き永らえた。

そこに召集令状が届いた。

そんな妻子を残して――私は出征したのだ。

4

予想とは違っていた。

復員船が着く浜辺は、何もない寂れた砂浜なのだと私は勝手に思い込んでいた。砂浜には犬の子一匹居らず、ただいがらっぽい潮風が吹き荒れているのだと信じていた。脚を海水に浸《つ》けてじゃぶじゃぶと陸に上がり、それから点呼を取って、後は勝手に何処へでも行けと云われるのだろうと、そう思っていた。

日本は焼き払われたと聞いていたから。

松の木くらいは残っているか。もう南方の青青とした樹樹《きぎ》は見飽きた。だから、枯れかけた松の木の根本でひと休みしようか。どんよりとした白茶けた空を見乍《なが》ら。そんな想像をしていた。

ところが——。

港は人で埋まっていた。

皆、日本人だ。しかも兵隊の格好をしていない。それがこんなに大量に居る。

人人は、口口に何か叫んでいる。家族の名を書き付けた半紙を掲げたり、両手を口許に添えて呼んだりしている。婦人《おんな》や子供や年寄りが、港に充満している。

何処の国に着いたのかと思った。

何だよ。みんな生きているじゃないか。建物も在る。戦争に負けたと云うのに、この活気は何だろう。これじゃあお祭りみたいじゃないか。私は出征する時に壮行会さえ開いて貰っていない。こんなに大勢の人間を見るのは、生まれて初めてじゃないだろうか。

「すげえなあ」

徳田が云った。

「何だか、すげえなあ。こうなると、俺は生きて国に帰ったんだって思うよなあ。なあ、寺田よ」

私は答えなかった。

其処此処で、喜びの声が上がった。抱き合って泣く者手を握り合う者、その場に崩れ落ちる者。飛び跳ねる者。下を向いたまま並んで帰る者。弁当を喰う者。大笑いをする者。

家族達。

矢ッ張《やば》り居ねえわなあと徳田が云った。

「本当に俺の嬶ァは死んじまったようだ」

親父も生きとるだろかなあと云って、徳田は空を仰いだ。

「こんだけぞろぞろ人が居るのに、知っとる者は誰も居らんと云うのも妙なものだよ。全部他人の家族だよ」

「そうですね」

ああ、あんたもそうだわなあと云った後で、徳田は顔をくしゃくしゃにした。

「悪かったなあ。まあ、心配だよな」

「ええ――」

もしかしたら。

息子を連れたサトが居るのではないか。

一瞬だけでもそんな想像をしたことはしたのだが。

居る訳はない。私を迎えになど来るものか。それ以前に生きているのだろうか。生きていたとして――。

暮らせているのか。あの木工所で。慈しんでくれぬ母と。物を云わぬ息子は。

「気が気じゃあなかったろうなあ」

「え？」

「いやいや、俺があんたなら、もう気も漫《そぞ》ろになっちまうよな。だって、それじゃどんなことが起きたって不思議じゃあねえものさ。ま、悪く云うつもりはねえけんど、あんたの嬶ァは普通じゃあない。そして息子も普通じゃあないんだろ」

「普通と云うのは」

解らない。

云い方が難しいなあと徳田は云った。

「つまり、一人じゃあ暮らし難《にく》い訳だろう。両方とも」

「まあ――」

出征すると決まった時も、サトは私を睨み付けただけだった。でも、少なくともサトは以前のように何も出来ない状態ではなかった筈だ。私と、そして息子に接する時だけサトは常軌を逸した言動を執るのだ。それ以外では、何とか周囲に合わせて暮らして行けていた筈である。

一人の方が良かったのですと答えた。

「まあ、奥さんはまだいいわな。大人だもんな」

息子は。

息子は幾歳になったんだろう。

難儀だべなあと徳田は云う。

「俺の息子も復員出来たのかどうか判らんよ。でも、それなら戦争で死ぬ方がまだ気が楽だわ――ああ、いやあ、すまん」

「いいんですよ」

気に懸けてくれていると云うことだけは解る。

顔がくしゃくしゃだったからだ。なる程、人と云うのはこうして色色伝えるのだなと私は思った。

迎えが来なかった私達二人は、成り行きで一緒に汽車に乗り込んだ。

行き先は別別だが、東京までは一緒に帰ることになる。

鉄道もちゃんと走っているのだ。

私は、また少し驚いた。

車窓を流れる街並みは、処に依っては惨憺《さんたん》たる様相を見せてもいたけれど、決して死んでいる訳ではなかった。寧《むし》ろ活気に満ちていた。

もう、復興が始まっている。

そうだ。何だって直るのだ。人は壊れたものを直すことが出来る。人にはそう云う力が備わっているのだ。

あっちにもこっちにも。

新しい箱が出来ている。

「女房を――」

悪く云わんでくださいと、唐突に私は云った。

「――悪いのは自分です」

「や、悪く云うつもりはねえんだけどなあ。気に障《さわ》ったなら謝るよ、でも、どう聞いてもあんたの所為とは思えないがなあ」

「自分の所為です」

今は本気でそう思う。

「と――」

呼び慣れない。

「徳田さん」

「あン」

「人の気持ちは、まあ自分には解りません。自分は己《じぶん》のことも能《よ》く解らない。だから解り合えるものじゃないと思う。でも、解り合った振りをすることは、大事だと思うです」

「フリって何だ」

「解っているぞ、と示してやることです。いいや、解ってなどいないのですが、そう云う振りでも、して見せる。それは大事なことなのでしょう、違いますか」

「フリなあ」

徳田は考え込む。

「軍隊の階級だって振りでしょう。徳田さんは上官で、自分は一兵卒だ。だから徳田さんは殴った」

「いや、それはだから」

「いいのです。上官なんですから。上官なら上官の振りをすべきだと思うのです。そうしなければ、軍隊は軍隊にならない。でも、徳田さんはどうしても兵隊を殴りたかった訳ではないんでしょう。加減をしたと仰《おつしや》いました」

「した。いや、別になあ、口で云えば解ることだしな」

「それでも、叱り付ける振りをして、力一杯殴っている振りをされたのでしょう。でも自分は、本気で叱られて、力いっぱい殴られているのだと思っておりました。真逆《まさか》、加減をして戴いているとは毛程《けほど》も思わなかった。もしそうした真情を知っていたなら——それが他の者にも知れていたなら、規律は乱れ統率も取れなかったと思います」

「まあ、そりゃそうだわな」

「軍人は軍人の振りをしなければ立ち行かんのです。何だってそうでしょう。私は、良き夫、良き父親の振りをすることさえしなかった。これが素だ、これが真実だ、だから仕方がないのだと考え、振る舞っていた。それでは駄目なのです」

「駄目かな」

「仮令《たとえ》良い夫でもそうした振りが出来ていなくては、良い夫とは見做《みな》されないのです。逆に酷《ひど》い夫であっても、上手に振りが出来ていたなら良い夫に見えてしまう」

外側が大事なのだ。

「妻の病も同じことだと思うのです。人は誰しも、肚《はら》の中にもやもやとした、理屈の通らない、醜い顔を隠しているのじゃありませんか。でも、そうでない振りをすることで自分をも騙している。その、振りが出来なくなれば」

人は人にさえ見えなくなる。

人は人の振りをして、人に化けなければ、人にならないのだ。

そうしてみると、私は人ではなかったのだ。人でない夫を持ったから、妻の神経は病んでしまったのではないか。

今なら上手に出来そうな気がしますと私は云った。それは本心だった。

「軍隊生活が教えてくれました。軍人の振りをしていなくては、あんな過酷な行軍は出来ません。敵を殺して仲間を殺されて、堪えて殴られてただ死んで行く——そんな生活は、人ならば一分も保《も》たないです」

人は皆、渾沌としているのだ。でも、秩序立った振りをすることで人の形になる。壊れてもきっと直せる。今度こそ良い夫の振りを、良い父の振りをしよう。妻と子のために。そうすれば、いずれ。

遣り直せますかと問うとはなしに問うと、徳田はそりゃ遣り直せるだろうと答えた。

「生きて居るなら何とかなるさ」

そうですねと私も答えた。

徳田と別れ、私は一人で生家に向かった。

三鷹《みたか》の箱屋——寺田木工製作所である。

帝都は何処も彼処《かしこ》も修理中だった。だが、流石に都心を離れると工事箇所は減り、見慣れた風の景観が広がり始めた。

生家の周辺は全く変わっていなかった。森も畑もある。

駄菓子屋も、煙草屋も、風呂屋もそのままだった。

風呂屋の隣に、父が書いた看板が出ていた。

無事だ。

「サト。トシ」

私は声を上げ、玄関を開けた。返事はなかったが、そんなことを気にする前に私は家に上がり込んでいた。今度こそ今度こそ遣り直せるぞサト、トシ。

私は。

廊下を駆ける。

襖《ふすま》を開けても。

開けても開けても。

誰も居なかった。職人も。妻も子も。どくどくと不安が肥大した。人気《ひとけ》がない。閑寂《しん》としている。この家は空き家だ。

女房は。子供はどうした。

サトがずっと寝ていた部屋——奥座敷の襖を開けた。

人の気配はしなかった。

誰も居なかった。

でも、人の名残があった。

その、人の名残がのろりと振り向いた。

真っ青な、青い青い面が、人でない女房の、大きな大きな顔が、恨めしそうに悲しそうに
この世のものとは思えぬ程恐ろしげな表情で——。

私を睨んだ。

ああ、駄目なんだ。

私は目を瞑《つむ》り首を竦《すく》め頭を両手で押さえて、敷居の上で蹲《うずくま》った。

ゆるしてくれよ。

勿論。

何の反応もない。誰も居ないのだ。そう、この家は。

無人だ。

私はそろりそろりと顔を上げた。青い女房は、あの妻の気配は——。

——違う。

座敷には箱がひとつ、ぽつんと置いてあるだけだった。

箱が。

あの中に――。

蓋を。いや、蓋を開けては。

私――寺田兵衛《ひょうえ》が、その決して開けてはならぬ箱の蓋を開けてしまったのは――。

未《ま》だ少し蒸し暑さの残る、昭和二十一年秋のことである。

第拾八夜

◉

雨女

あめおんな

◎雨女

もろこし巫山《ふざん》の神女《しんぢょ》は
朝《あした》にハ雲《くも》となり
夕《ゆうべ》にハ雨《あめ》となるとかや
雨《あめ》女も
かゝる類《たぐゐ》のものなりや

——今昔百鬼拾遺／中之巻・霧
鳥山石燕（安永十年）

1

いつも雨なんだ。

赤木《あかぎ》はそう思った。

いつも——と云うのは恐ろしく曖昧《あいまい》な言葉だ。常に、平素と云う意味なのだろうが、この場合は必ず、ずっとと云うような意味合いが暗に含まれている。いや、そちらの方が割り合いが多いだろう。それにしても常に必ず雨、平素ずっと雨と云う物云いは、考えるまでもなくおかしい。

晴れの日だって曇りの日だってある。雪だって降る。

そんなことも判らない程、赤木は莫迦《ばか》ではない。

その筈だ。生まれたての児《こども》でもあるまいに。

——そのくらいのことは知ってるよ。

赤木はそんなことを考える。

いや、だからその常や平素には条件が付いているのだろう。

何かの時には必ず、機《おり》に付け必ず、と云うような意味合いなのである。

――どんな機だ。

赤木は自問する。

朦朧《もうろう》とした中で、主体である赤木と客体である赤木が入れ替わり乍《なが》ら表層に現れる。何方《どちら》が真の赤木なのか、赤木自身にも判らない。

いや、何方も赤木なのだ。

俺なのだ。

――雨の日って何だよ。

「ありがとう」

突然、乳臭い甘ったるい声が脳裡に響き、そして赤木はのろのろと覚醒した。

不潔な、仮住まいの寝床。

磯の香り。海が近い。空気が温《ぬる》い。

がさがさとした質感の、湿った敷蒲団。

瞼を開けて、赤木はまず両の掌を見た。薄汚れている。裏返す。手の甲もがさがさしている。爪には黒い垢《あか》が窺える。

汚らしい。

今の自分は汚らしい。

今の自分の人生は汚らしい。

後悔とも諦観とも知れない、遣《や》り切れない気持ちが涌き上がる。自己嫌悪ではない。自分が嫌いなのではなく、好きな自分が駄目だという現実が悲しいだけなのだろう。

小さい男だ。

赤木は半身を起こす。

窓から見える空は、暗い。

雨だろうか。雨だ。雨が降っている。

――いつも雨なんだ。

赤木は思い出す。何だろう、何だったんだ。何がいつも雨だと云うのだ。間違いなく自分がそう思ったのだ。いつ思ったのだろう。

――夢の中か。

まあ、そうなのだろう。赤木は今目覚めたのだし、誰か他の者が口にした言葉でないことだけは確かだ。

事実、雨模様であることは間違いない。空が抜けていないと気が滅入る。青く澄み切っていればいたで、何となく遣り切れない気分にもなるのだが。

――雨か。

更に身を起こす。

松の木が視界に入る。その先は海である。

雨の海と云うのは厭なものだと思う。淋しいというより悲しい。物哀しい。

水を湛えた、水ばかりの、無量の水で出来上がっている海に、無数の水滴が、細かく果無《はかな》い雫《しずく》が、止めどなく降り注ぐ。

こんな無為なことはない。

無為の極みである。

雨粒の圧倒的な卑小さ。

海原の圧倒的な雄大さ。

赤木は我慢が出来なくなる。雨は好きじゃない。

目を逸らす。もっと寝ていたい。昨夜の酒が残っているのだろうか。顳顬《こめかみ》の奥の方が痛い。身体も怠い。でも、眠れない気がする。目も逸らせない。遮蔽するものがない。窓にはカーテンも何もない。

——見たくないのに。

見てしまう。あの松の木。

赤木の、無能の証しである。

——無能だ。

無能さを嘲笑うかのように雨は松の木に降り掛かる。

幾ら降ったって砂浜に染みるだけなのに。

——そうじゃない。

やっと、赤木は芯から覚醒した。着替えもせずに寝ていたらしい。迚《とて》も不快だ。腹も空いているのだろうが、食欲はない。安い酒を浴びたからだろう。

出来るなら酔い続けていたかった。

何もかも上手《うま》く行かない。凡《すべ》て失敗する。捨てるものも失うものも何もないのに、それでも怖い。何が怖いのか判らない。今更如何《どう》なったって構わぬ程に零落《おちぶ》れていると云うのに。

——最低の、クソのような人生だ。

何ひとつまともに出来やしない。

頭が悪い訳ではない。家柄も悪いし貧乏だったから学歴こそ低いけれども、考える力は人より優れていると思う。試験はいつだって一番か二番だった。物覚えだっていい。要領も悪くはない。機転だって利く。

でも。

運が悪いのか。

度胸がないのか。

立ち回り方がいけないのか。

どんどん思考が沈んで行く。気が鬱《ふさ》ぐ。雨の所為《せい》だ。

赤木は寝床から這い出して、兎に角《と》、先ず《かく》《ま》は着替えようと思った。寝床も人生も薄汚れているけれど、それでも赤木は綺麗好きである。不規則で怠惰な生活に馴染んでいるけれども、赤木は几帳面だし、折り目正しいことを好む。

その方が生き易いと思う。

だから、赤木は生き難《にく》い。

ぐだぐだなのだ。折り目正しい筈の人生が、ぐだぐだと崩れて行くのだ。

不可抗力もあるし怠惰もあるだろう。力不足もあるし読み違いもあるだろう。でも掛け違えた鈕《ボタン》は、一層にずれることはあっても、時を遡《さかのぼ》って掛け直しでもしない限り決して戻ることはない。

拭《ぬぐ》っても拭っても人生の汚れは取れない。それでも泥塗《どろまみ》れ垢塗れで生きて行くしかない。それしかないじゃないか。

不快だった。

せめて、体表だけでも清めたい。汗は拭い去りたい。

湿った襯衣《シャツ》を脱ぐ。汗臭い。大嫌いな臭いだ。肌着も蒸れている。堪らない。

風呂に入りたい。

でも、風呂を焚く気力がない。雨の日には屋外に出たくない。薪《たきぎ》も湿気《しけ》っているだろう。

銭湯は未《ま》だ開いていない。

手拭いを手繰り寄せて身体を拭き、下穿《したば》きから何から全部着替えて、赤木は部屋を出た。

妙な造りの建物である。企業の保養所として建てられたものだと聞かされているが、今はもう、ただの使えない空き家だ。四つの和室の真ん中に、炊事場付きの大きな洋風の広間がある。こんな変梃《へんてこ》な造りの家は見たことがない。住み難いこと甚だしい。

だから、保養所と云うのは本当なのだろう。

炊事場で顔を洗った。一度では気が済まなかったので何度も洗った。それから口を濯《すす》いで、喉を鳴らして水を飲んだ。

向かいの部屋の同居人はまだ寝ているのだろう。

静かだが、油断は出来ない。

もし起き出して来たりすると面倒だ。相手をするのは疲れる。

同居人と云っても名前も知らない。偶《たま》さか向かいの部屋で寝起きしていると云うだけの関係だ。かなりピントの暈《ぼ》けた、足りない男である。恋人の拵《こしら》えた借金を肩代わりし、債鬼に追われて逃げて来たのだ——と云う話だが、どこまで本当なのか知れたものではない。女のためと云うからには親切だ情熱的だと云うことになるのだろうが、ものも知らないし話は通じないし、どう良く見積もっても鈍感な腰抜けの役立たずとしか思えない。そんな男だ。

悪人でさえない。

相手にすると面倒なので、あまり関わり合わないようにしている。

だから、すぐそこで寝起きしていると云うのに、顔さえ見ない日も多い。文字通りひとつ屋根の下に棲んでいることになるのだが、そこは遣りようである。人と云うのは、その気になれば繋がりを持たずとも暮らして行けるものなのだ。

挨拶をするのも億劫な気分だったから、顔を拭ってさっさと自室に戻った。

部屋は生温《なまぬる》い。黴《かび》臭い。光量も足りない。畳《たたみ》の目が空《す》いている。隅《すみ》には埃《ほこり》が溜まっている。不潔な感じがする。

外は雨である。

——あの。

松の木の先で、少女が死んだ。

守ると約束したのに。

守れなかった。

我慢出来ない。

でも、仕方がないとも思う。赤木の人生はいつだってこうなのだ。何もかも、どんなに誠実に努めても、凡て裏目に出てしまう。何ひとつ赤木の思い通りに運ぶことはない。

でも——云い訳をしたり責任転嫁をしたりするようなことは、どうも性に合わない。だから赤木は、概《おおむ》ね黙って現実を受け入れる。

その所為で損をすることも多い。

謂れのない罪を背負わされることもある。

身から出た錆《さび》だと思い、悉《ことごと》く諦めることにしている。

そうして、また赤木の人生はぐずぐずと崩れて行く。思い描いた清清《すがすが》しい筈の明日が、まるで違った、歪《いび》つな異形へと変わり果ててしまう。

呑み込んで、酒を浴びて愚痴を垂れ、堪える。

その繰り返しだ。

今回はそうは行かないように思った。

一度は逃避したけれど、矢張り我慢が出来なくなった。何しろ人が死んでいるのだし、赤木が呑み込んで、何もかも被って済ませられるようなことではない。

だから——。

筋のような雨の中に、女が立っていた。

2

覚えているのは泥濘《ぬかるみ》だ。

古い記憶を掘り起こして行くと、概ね泥濘に辿り着く。その記憶は泥の臭いを伴っている。土の臭いと云うより、矢張り泥なのだ。

泥濘の水溜まりに映っているのは女の顔だ。あれは母の顔だったのか。きっとそうなのだろう。能《よ》く判らないけれど。

いつ頃の記憶なのだろう。

赤木の実家は干瓢《かんぴょう》農家だった。

赤木は父親の厄年に生を享《う》けた。

厄年に生まれた子は、村の習わしに従って一度捨てられ、拾い親によって拾われてから家に戻される。死産が続いた家に生まれた子や、生まれ付き身体が弱い子供も同じようにする。生れ持った家運ごと子供を一度捨ててしまって、運気のある者に拾わせることで人生を仕切り直す——と云うことなのだろう。

赤木も親の厄を背負って生まれ出たため、村の辻に捨てられた。拾ってくれる役目は村の区長――生まれ育った村ではそう呼んでいた――に頼んだらしい。

勿論、儀礼的なもの――と云うより儀礼そのものであるから、本当に捨てる訳ではない。十字路の真ん中に置くだけである。置いて、すぐに拾われる。

ところが。

地べたに捨てるなりに。

一天俄《にわか》に掻き曇り、どうどうと雨が降って来た――のだそうである。父親は驚き慌て、拾い親が拾う前に赤子を拾ってしまったのだと云う。

仕切り直しは出来なかったのだ。

その後、再度儀式は行われたらしいが、儀式と云うのは本来遣り直しが利くようなものではない。どうでも良い、迷信だと云うのなら、最初からしなければ良いだけのことだ。してしまった以上は囚《とら》われてしまう、儀礼とはそうしたものなのだろう。

ことある毎に云われたものだ。

お前は拾われ損ねた子だよ。

捨て切れなかった子だよ。

厄が落ちていないよ。

実際、厄は落ちていなかったのだと、それは赤木自身がそう思う。

赤木の生れた村では、拾い親を親分、拾われた方が子分と呼ばれ、家同士が親子の関係を結ぶ。それを契機に村の有力者と縁が出来ることになる訳だが、その縁すらも半端なものとなった。

お前の所為で——と、幾度も云われた。

生まれたてのことであるから、勿論赤木は何も覚えていない。いないが、それは赤木の所為ではなく——。

雨の所為である。

——偶然だ。

考えるまでもなく、偶然だろう。

世に、雨女、雨男などと云う。

雨を呼ぶ者、と云うことであるらしい。

香具師《やし》を稼業としていた赤木にとって、天候不順は生活を左右する一大事である。天気次第で興行は延期にも中止にもなる。遠征して祭りの間中雨ばかりだったりすると、もう飯の喰い上げである。

だから、雨女も雨男も嫌われる。

赤木自身は雨男と謂《い》われたことはない。ただ、雨が降る度に雨男雨男と罵られていた飴《あめ》売りを一人知っている。

濡《ぬ》れ衣《ぎぬ》だ。

間違いなく濡れ衣である。慥《たし》かに、その飴売りが咬む興行は雨で流れることが多かった。でも、決して必ずと云う訳ではなかったと思う。いや、必ずである訳がないのだ。梅雨時《つゆどき》だって晴れ間はある。何であれ当たり外れはある。でも当たり通しがないように、外れ放しもある筈がないのだ。

理屈が通らない。

飴屋が一人で興行を打つ訳ではないのだ。回る顔触れは多く被っている。飴屋だって商売はしていたのだから、雨ばかりと云う訳ではなかった筈だ。あの男にしてみれば、他の連中が雨男に思えた筈である。

何だか知らないが、嫌われていたのだろう。

そのうち、顔を見なくなった。

何処に消えてしまったものか。

赤木はあの飴屋のことを思うと切なくなる。いや、ずっと切なかった。

謂れのないことで悪し様に罵られるのは、厭だ。

物心が付く前から赤木はそうした理不尽な扱いを受けて来たのだ。それが理不尽な扱いだと知ったのは、ずっと長じてからなのだが。

親の厄を背負って生きる子などいるものか。

雨が降る度に。

愚痴を云われた。

赤木の家は貧しかったのだ。

干瓢は土地の特産品である。だから大きな干瓢農家も沢山あった。赤木の実家は家族五人で凡てを賄《まかな》っていた。つまり、生産量は僅かなものだったと云うことだ。母と祖母はいつも枝垂《しだ》れ柳のように項垂《うなだ》れて、鉋《かんな》を指に引っ掛け、ぐるぐるぐるぐる夕顔を剝《む》いていた。手回しの丸剝き機すら買えなかったのだ。

父は真面目だが不器用で、愛想のない男だった。

母は働き者だったが絶えず不平を云う女だった。

祖母はそんな母と大層折り合いが悪く、それでもぶつかり合うことをせず、常に父ばかりを叱っていた。

尋常小学校に上がったか上がる前か。

矢っ張り雨が降っていた。

女の子が転んで泣いていた。痛がっていたのではない。多分泥だらけになったから泣いていたのだと思う。赤木は慥《たし》か、それを眺めていた。転んだ娘を眺めていたと云うのもおかしな話なのだけれども、赤木の記憶ではそうなのだ。

思うに、目の前で転んだのだろう。

赤木の方は、襤褸《ぼろ》傘を差していたのだ。蝙蝠《こうもり》ではなく和傘で、持ち難い上に重たかった。竹の柄がつるつる滑って、握り締めているだけで掌が痛くなった。そう云うことは能《よ》く覚えているものだ。

助けなかった。

ただ、観《み》ていた。そうだった。

女と口を利くと弱くなる——。

女に触ると手が腐る——。

そんな馬鹿な話はないだろう。ないだろうとは思うが、当時は、当時の子供達は、そんなことを謂《い》っていたのだ。信じる信じないは兎《と》も角《かく》そう謂われていたのだし、そうした風潮に皆が倣っていた。

だから助けなかったのだろう。

可哀想に、とは思ったのだ。面白がって観ていた訳ではない。呆然としていたと云うべきか。呆然と眺め、結局観続けることも立ち去ることも出来ずに、赤木は下を向いたのではなかったか。

足下には泥濘があった。

水溜まりに、矢張り女の顔が映っていた。

——それは。

それは母の顔ではないだろう。違う。それは絶対に違う。

周囲に人影はなかった。その場に居たのは、泥の中で足掻《あが》いている女児と、赤木だけだった。それは間違いない。

何故なら――。

赤木は周りを見渡し、誰も居ないのを確認してから。

女児に手を差し延べたのだから。

ちゃんと確認したと思う。

人が居なかったから赤木は女の子を助けたのだ。誰か居たなら出来なかっただろう。女に触ると。

――手が腐るか。

でも。

手を差し延べたその理由《わけ》は。

そう。

水に映った女の顔の、あの蔑むような視線に堪えられなくなったからだ。あの水面の女は、無言で赤木を責め立てたのだ。お前は弱い。弱虫だ。弱い者の難儀を救おうとしないのは、もっと弱いと云う証しだ。腰抜けだ。駄目な人間だ。所詮お前は厄を背負った――。

要らぬ児《こ》だ。

あの眼はそう云っていた。

声が聞こえた訳ではない。泥水の表面に浮かんだ顔だけの女の瞳が、赤木にそう告げていた眼が赤木を責めたのだ。だから、そんなことはないんだと、助けることだって出来るのだと、自分は要らぬ児なんかではないのだと——そう決心して手を伸ばしたのだ。それでもどうしても人目が気になってしまい、だから辺りを見渡したのだ。

見渡して誰も居なかったのに。

なら誰が映っていたのだろう。

——母ではないか。

違うだろう。水溜まりに映る女の顔——あれは母のものではない。母な訳はない。絶対に違う。それはあり得ないことだろう。

疑問に思ったこともなかったし、真面目に考えたこともなかったから、何とも思っていなかったのだが。

小さい頃から何度も見ている。

何度も何度も——。

——雨の度に。

そこで赤木は二度目の覚醒をした。

起きたつもりが、まだ寝床の中にいたようである。服も着替えていないし、顔も洗っていない。そのつもりになっていただけである。全部夢だったと云うことか。

余程不快だったのだろう。

着替えたい顔を洗いたい、着替えねば顔くらい洗わねばと云う強い想いが寝起きの一瞬に夢を見せたのだ。

赤木は今度こそ起き上がる。

怠い。

頸《くび》が痛い。

胃の腑《ふ》から苦いものが込み上げて来る。

宿酔《ふつかよい》とも違う、厭な寝覚めである。伸びをするのさえも億劫だった。

――雨の所為か。

そうだろう。

雨の所為だ。着た切りの不快さと、悪酔いの不快さと、雨音の不快さが相俟《あいま》って――赤木は夢現《ゆめうつつ》のうちに、普段まるで意識することのない記憶の古層を掘り起こしてしまったのだ。

――雨の女か。

覚えている。慥《たし》かに、水溜まりの表面に映る女の顔を赤木は瞭然《はっきり》と覚えている。幼い頃から幾度も見た。

いつも同じ顔だ。

何とも思っていなかったのだけれど。

赤木は立ち上がらず、這《は》い擦《ず》るようにして窓際まで移動した。雨が降っている。薄汚れた硝子《ガラス》の向こう側を、幾多の水滴が、筋になり流れを成して滑り落ちている。その先に雨垂れがとめどなく落ちて来る。

糸のような雨。

その先は海だ。

——おかしい。

能《よ》く能く考えてみるに、それはかなりおかしな記憶なのだと、赤木は漸《ようや》く気付いた。

水溜まりに顔が映ることはあるだろう。角度やら光の加減やら、色色と条件はあるのだろうが、泥水だろうが濁り水だろうが、水面であれば明瞭な像を結ぶことはある。

だが。

雨が降っているのであれば。

雨粒は水溜まりにも引っ切りなしに降り注いでいる筈である。水面には次から次へと波紋が出来ているのではないか。

それならば、縦《よし》んば何かが映っていたとしたってまともに見える筈もない。鏡のように凪《な》いでいるのでなければ、あんな風には映るまい。

赤木は身を乗り出して窓に顔を寄せた。

何とはなし。

水溜まりを実際に見て確認してみたくなったのだ。

そんなもの、確認するまでもない当たり前のことである。その筈なのだけれども、そうせずにいられなかったのだ。

雨に烟《けぶ》っていたし、桟が邪魔していて、地べたは殆ど見えなかった。

——こんなものだろう。

雨が上がった後なら兎も角も、降っている最中《さなか》水面には何も映らないだろう。映っていても画《え》は乱れ歪み、像を結ぶことなどなかろう。

ならばあの水面の顔は何だ。

何故あんな綺麗な画《え》を映しているのだ。女が水中に居たとでも云うのか。そうであってもあんな風には見えまい。あれは映っていたのではないのだ。

——そんなこと。

初めから判っていたことではないのか。

誰も居なかったのだから。

己の醜い顔しか映るまいものを。

赤木は突然、うそ寒い想いに駆られる。

この生温い、汗ばんだ不潔な部屋の隅で、赤木大輔《だいすけ》は水を浴びせられたかのように一二度震えた。

あれは。

あの雨の女は何なのだ。

幻だったのか。そうでなければ、もののけが差したのか。

顔を上げると。

筋のような雨の中に、女が立っていた。

3

それはお前さん、あんたの良心だよ。

そう云われた。

誰に云われたのだろう。どうも記憶が曖昧だ。

——そうだ。

云ったのは先生だ。

先生と云っても教師や代議士ではない。先生と呼ばれているだけの、浮浪者である。平塚《ひらつか》界隈を根城にして物乞いなどをしている六十過ぎの老人だ。あの老人が何故にそんなことを云ったのか。

——そうか。

赤木は、雨の女のことを先生に話しているのだ。

ならば赤木は、突然あの雨の女のことを不審に感じた訳ではない——と云うことになるのだろうか。

たった今その奇妙さに想い至ったような気がしていたのだが、それはそんな気がしただけで、実は前前から怪しんでいたと云うことになるのだろう。

酔っていた筈だ。

その時赤木は、したたかに酔っていたと思う。前後不覚になって、赤木は先生に雨の女の話をしたのではなかったか。

そう。

普段は忘れているのだ。意識が沈下して、沈んで沈んで底まで至って、漸くあの女の顔は思い出されるのである。だから赤木は、心中で強く怪しみ怖れてい乍《なが》らも、それを忘れて暮らしていることになる。

赤木は訳あってこの保養所に身を寄せるようになってからずっと、平塚界隈で商売をしている。商売と云っても、店を持っている訳でもないし芸を売っている訳でもない。辻に茣蓙《ござ》を広げて雑貨を売る、所謂《いわゆる》露天商である。

歯ブラシだのゴム紐だの、屑のような品物を道行く人に売り付けるだけだ。押し売りの方が実入りは良いが、どうも赤木に押し売りは無理である。訪問した段階でもう腰が引けてしまっているから、結局客に呑まれてしまう。追い返されるのが落ちである。要らぬ物でも無理に押して買わせるから押し売りなのだ、無理な一押しが出来ないのであれば、押し売りは無理だ。

露天で莫蓙を広げていれば、まあ寄って来る者も居る。声を掛ければ足も止まる。自由意志で寄って来た以上、幾許《いくばく》かの興味はあるのだろうし、ならば勧めることも吝《やぶさ》かではない。

赤木は、半端なのである。

そう云う人生なのだ。

赤木は人見知りこそ激しいのだが、人から怖れられることは少ない。愛想はないが、見下される質《たち》なのだ。だから路上で暮らす者達との悶着《もんちゃく》もなかったし、地場のやくざ連中との確執も一切なかった。そもそもこの辺りは金満家の保養地や要人の別荘なども多いので、治安が良いのだ。警察に睨まれさえしなければ、あまり面倒な問題は起きない。地回りにみかじめ料を払うこともせず、それでも追い立てられることもなく、赤木は無事に商売をすることが出来ていた。尤《もっと》も、カスられる程の儲けはなかったのだが。

それでも仁義は切ろうと思った。

挨拶をするとか金を払うとか、そう云う仁義ではない。

路上で能《よ》く見掛ける連中の中で一番年長と思われる人物に声を掛けて、安酒を一二杯振舞っただけである。

それが、先生だった。

戦前、何かの学校で師範をしていた人らしい。詳しくは聞かなかったが、リウマチが酷《ひど》いと云っていた。

親しいと云う程の関係は築けなかったと思うが、それでも顔見知りにはなり、顔を合わせれば多少話をするくらいにはなった。仲間内に入れて貰ったと赤木は諒解した。

——そうだ。

あの——松の木の先で。

守るべき人を亡くしてしまった赤木は、自らの無能を呪い、自暴自棄になって保養所を飛び出し、当てのない放浪を四五日続けた揚げ句、結局平塚に舞い戻った。そして。

先生と酒を飲んだのだ。

——あの時か。

散散《さんざん》飲んだ。

赤木は、無頼を気取ってはいるが酒は余り飲めない。寧《むし》ろ弱い方である。気持ち良く飲めない。飲めば赤くならずに白くなり、気分が悪くなって愚痴ばかり云う。良い酒ではないことは自分でも承知しているから、人を誘って飲むことは少ない。

でも、あの日は飲まずにいられなかったのだ。

遣り切れなかった。己の崩れた人生が、己の役立たずな様が、どうしても許せなかった。

先生は何かを察したものか、ただ話を聞いてくれたように思う。勿論、赤木は何もかも話した訳ではない。話せば色色累が及ぶ。迷惑を掛けずとも良い人に、要らぬ難儀を背負わせることにもなり兼ねない。

だから、酷《ひど》く曖昧な、抽象的な話ばかりした。

それは結局、自分が如何《いか》に駄目なのかを語ると云うだけの、実に面白くない講釈だった筈である。でも先生は相槌を打ちながら熱心に聞いてくれたのだ。その辺りのことは、まあ覚えてもいる。でも。でも、あの雨の女の話なんかしただろうか。

した――のだろう。良心だと云われたことは覚えているのだ。

その良心ってのは何ですか――。

そうだ。慥《たし》か、赤木はそう尋き返したのではなかったか。その問いに対して、良心は良心だよ――と、先生は答えたのだ。それから、だってあんた結局良いことをしているじゃないかと、そう続けたのである。良いことなのだろうか。良いことなんか、しているか。

責めるような眼で見るのだろう――。

いったい誰があんたを責めるかね――。

あんたを責めるのはあんたの良心だよ――。

あんた、悪振ってるけど良い人なんだろうさ――。

先生はそう云った。

悪振っているつもりはない。どう立ち回っても悪くなってしまうと云うだけである。本当は良い人だと云われればそうかとも思うけれども、根っからの悪党など然《そ》う然《そ》う居ないから、普通なのだろうと思う。

臆病ではあるだろう。慎重さには欠けるけれども、下手に気が回る分、腰が引けてしまうことが多い。それで失敗する。

とは云え。

あの水溜まりの女は赤木の良心の顕現した幻影なのだと解釈することは可能なのかもしれぬ。慥《たし》かに納得出来ないこともない。

あの幼かった日も。

泥だらけになって泣いている女の子を可哀想だと思ったのだから。助けられるのに助け起こしてやらないのは、いけないことだとも思ったのだ。それが出来なかったのは人目を気にしたからだ。他の悪童どもなら、きっと気にも掛けないのだろう。寧《むし》ろ指差して哂《わら》っていたのかもしれぬ。

赤木は哂えなかった。逆様《はんたい》に、じくじくと心が湿ったのだ。雨に打たれた水面のように心に波紋が広がったのだ。それは間違いない。赤木の芯の方にある何かが、赤木を責めたのかもしれぬ。それが、女の形を取って現出したのだろうか。

水溜まりの表面に。

ならばそれは幻覚だ。深層の意識が見せる幻だ。

幻ならば、雨に打たれても乱れも歪みもすまい。

そして赤木は考える。

あの時もそうだった。

——あれは。

赤木が家を捨てて半端者に成り下がる少し前のことだったか。

若衆《わかいしゅ》になって暫く経っていたから、十七八の頃だろう。村の男は、十五になると一人前と見做され、若衆組に入れられ、四十二になるまでは村仕事や行事の運営をさせられるのである。

その日も雨だった。

雨の中、村人総出で虫送りをした。害虫を捕り、川へ流す行事である。若衆中心に酒盛りになって、騒ぎになって、居所をなくした赤木は、酔い醒ましに外に出た。

小屋の裏手の妙見様の石塔の辺りをふと見ると。

人が居た。

娘だった。

雨の中、傘も差さずにその娘は下を向いて泣いていた。

干瓢を剝く母親のようだと思った。

一度そう思ってしまうと、可哀想で仕方がなくなった。

それは、咲江《さきえ》と云う名の娘だった。咲江は、オモリ様と呼ばれる巫覡《まじないし》の家系で、その所為《せい》か、若衆連中からは距離を置かれていた。

差別されていたとまでは云えないだろう。田舎のことではあるけれど、それ程昔の話ではないのである。嫌われていたとか、蔑まれていたとか云うこともない。でも、咲江が色眼鏡《いろめがね》で見られていたことだけは間違いなかった。白地《あからさま》に蔑視されるようなことはなかったのだけれど、少しばかり気味悪がられていたのである。

あまり関わるべきではない、と思った。

赤木は、若衆の中では浮いていた。

家は貧しく、発言力もない。頼りにされることもない。

嫌われると遣り難《にく》くなるから愛想だけは良くしていたが、居心地は悪かった。戯《おど》けてみせて座持ちをしても野次が飛ぶだけで、好かれることはなかったし、況《まし》てやそれで尊敬されることはなかろう。年長者からは無視されて、同年代からは小馬鹿にされ、齢下からも軽視されている。そんな立ち位置である。

それは体感としてあった。

だから。大勢《たいせい》から外れた行動を取ることは危険だ。

声を掛けたり慰めたりするだけで、どんな面倒ごとが起きるか知れたものではない。

赤木もまた、下を向いた。見て見ぬ振りをしようと思ったのだろう。

足許の水溜まりに。

女が映っていた。

女は、矢張り眼で赤木を責め立てた。

それでいいのか。本当にそれが本意か。泣いている者に手を差し延べることも出来ないなんて、お前はなんて卑怯者なのだ。周囲に迎合し、己の危なっかしい立場を死守するためだけに奔走する、それしか出来ぬが己の人生か。

女の眼はそう告げていた。

堪らなくなった。

違う違うそんなんじゃない、俺はそんな腰抜けじゃない。卑怯者じゃない。

赤木は雨と涙でずぶ濡れの咲江に傘を差し掛けた。

そして、話を聞いてやった。

咲江は途切れ途切れに判り難《にく》い話をした。

どうやら若衆の一人に性的暴行を受けたようだった。

赤木は――。

その翌日、咲江を手込めにした男を呼び出して厳しく糾弾し、きちんと責任を取るように迫った。紛乱《ごたごた》はかなりあった。狭い村はそれで大いに揉めた。だが、結果的に咲江はその男の許に嫁ぐことになった。そう云うことで、落ち着いた。

そらね――。

先生は云った。

良いことをしているじゃないか――。

お前さんのお蔭でその娘は倖せになったのだろう――。

同情したのか、義憤に駆られたんか知らんが、どちらにしたって善行だ――。

良心に従ったから、そうなったのだろうよ――。

それは、そうだ。

悪いことではない。結果的には良かったのだろう。揉めはしたが丸く納まったのだし、悪いことは何もない。

――何もないか。

そうなのか。

い、い、い、ほんとうにそうか、い、い、い。

それは良いことなのか。否、良いことだろうさ、

――そうだ。あの時も。

あれは。

赤木が家を飛び出し、やさぐれて零落《おちぶ》れて、やくざの三下に成り下がって、面白くも可笑しくもない暮らしをしていた頃だから――。

一昨年《おととし》の秋だったか。

その日も雨だった。

雨で興行が中止になって、昼間から飲んだくれて破落戸《ごろつき》連中とくだを巻いているのにも飽き飽きした赤木は、当てもなく塒《ねぐら》を出たのだった。

神社の軒下に、女が蹲《うずくま》っていた。

それは、兄貴分である大庭《おおば》の女房、里美《さとみ》だった。

里美は傷だらけの痣《あざ》だらけで、しかも裸足《はだし》だった。

ひと目で、乱暴されたのだと知れた。

大庭は酷《ひど》い男だ。嫉妬深く我《わ》が儘《まま》で、その上猜疑心の固まりのような男である。一人相撲《ずもう》で火のない処に烟《けむり》を立てて、その度に里美を責め立てる。殴る蹴る、終《しま》いには刃物で切り付ける。人前でもお構いなしである。見ていられない。

考えるまでもなく、暴行を受けて逃げ出して来たに違いなかった。それも相当に酷い仕打ちをされたのだろう。

この場合——。

大庭は頭に血が昇っている状態、と云うことになる。

最低の男でも兄貴分である。点数を稼ごうと思うなら、里美の居場所を報せるなり、捕まえて連れて行くなりするべきだろう。舎弟としてはそうするべきなのだ。いや、そうしないまでも、見なかったことにして遣り過ごすが得策だろう。

赤木は顔を背けた。

境内の水溜まりに。

女が映っていた。

女はあの、責めるような罵るような視線を赤木に投げ掛けている。それでいいのか。それが正しいのか。虐げられている者を見過ごすのか。虐げている者に手を貸すのか。仁義とはそうしたものなのか。腐ったような人生の、腐ったような関係を維持するために、お前はこんな非道を認めるのか。

人間の屑め。

女の眼はそう云っていた。

堪らなくなった。

違う。

俺は屑じゃない。赤木は――。

里美に声を掛けた。里美は怯え、声を上げ、泣き叫んだ。赤木はわななく里美を宥《なだ》め、介抱し、話を聞いてやった。聞くまでもないことではあったが、聞くだに肚《はら》が立って来た。

赤木はやくざだ。しかも三下だ。

充分に屑である。人生の敗残者だと自覚している。事実そうなのだろう。周りも屑ばかりである。里美もまた、同じようなものだ。やくざの情婦など、どこかで身を持ち崩した、半端者でしかあるまい。倖せである訳がない。みんな、駄目なのだ。

それでも。

大庭のことは許せないと思った。

思ったところで如何《どう》することも出来ない。

兄貴分に意見が出来る訳もない。そうした立場を横にどけたとしても、赤木にそんな度胸はない。所詮はチンピラ、腕っ節も弱ければ押しもない。だから下っ端なのである。

愚痴を聞いてやるくらいのことしか出来ない。

里美もそれは承知しているようだった。赤木のような軽輩に何が出来る訳もない。そのくらいのことは厭と云う程知っていただろう。でも、語らずにはいられなかったのだろう。里美の口からは大庭に対する悪口雑言が止めどなく流れ出た。

聞くのが辛かった。

だから下を向いた。

神社の軒から落ちる幾粒もの水滴を眺めた。

雫は――。

水溜まりに落ちる。

水溜まりには――。

あの、女の顔が映っていた。

女の眼は未《ま》だ赤木を責めていた。

何もしないのか。そこまでお前は堕《お》ちているのか。そうなら屑の中の屑だ。仮令《たとえ》出来ないことだって、しなければならぬことはあるだろう。それでもお前は人間か。

——そう。

良心なのだろう。

少なくともあの水溜まりの雨の女が、赤木の背徳《うしろめた》さを、疾《やま》しさを刺激したことだけは間違いない。その結果呼び覚まされるのは良心であっただろう。

赤木は、それから屢々《しばしば》里美と会い、やがて里美に乞われるままに手に手をとって逐電《ちくでん》した。逃避行は長くは続かず、すぐに二人は捕まって引き戻されてしまったのだが——。

大庭は上の方から不始末をきつく叱られ、里美に対する態度も多少は改まったのだと聞く。謝罪めいたものもあったと云う。

良かった——のだろう。

先生の云う通り、雨の女は赤木に善行を強いる。

つまりは赤木の良心の化身——であるのかもしれない。

崩れて腐った最低の人生のその中で、見失いかけている良心が、女の姿をとって顕現するのだろうか。

そうであるならあれは幻だ。この世に実体を持つ存在ではない。

——そして。

悪いものではないのだろう。その通りなのであれば、邪悪なものではないことになる。

——だが。

何故に雨の日なのか。

どうして泥濘の、水溜まりに映るのか。

泥水を啜《すす》って生きるような人生だからか。泥溝《どぶ》の中で喘《あえ》ぐような渡世だからか。

そうかもしれない。

どろどろの醜く汚らしく乱れた泥濘で、唯一平板で美しいのは、水の表面だ。そこに、まるで上澄みのように良心が浮かび上がってくるのかもしれぬ。

大事にしたれや——。

先生はそう云ったのだ。

どんなに崩れても、汚れても、間違っても、魂までは穢《けが》れてないんだと、そう思えば良いのだと、齢老いた浮浪者はそう云ってくれたのではなかったか。

精一杯の励ましだったのだろう。

自分だってろくな人生じゃないのだろうに。

——良心か。

違う違う違う。

そんな訳はない。

赤木の頭の奥の方で騒騒《ざわざわ》とした不穏な何かが広がる。

眼を擦《こす》る。未だ朦朧としている。己に良心などない。あったとしても、それはもう煤けてしまっている。こんな崩れた人生に正しいことなどあるものか。正しい行いなど——。

この汚れた手には。

窓の外には。

筋のような雨の中、女が立っている。

4

まだ。

――覚醒していないのかもしれない。

赤木はそんな気がしている。自分は酒と汗と汚濁に塗れてまだ惰眠を貪っているのではないか。その昏睡の中で、赤木は悪い夢を見ているのだ。

そうに違いない。

過去と現在が綯《な》い交《ま》ぜになったようなこの得体の知れぬ感覚は、凡《およ》そ現実のものとは思えない。渾沌《こんとん》としている。

明瞭《はっきり》しているのは。

あの雨の女だけだ。

雨粒に揺らされても泥土に濁っても、影が差しても、あの女の顔だけはいつだって澄んでいる。

――あれが。

良心だと云うのか。

慥《たし》かに先生の云う通り、赤木はあの雨の女に導かれて、善行めいた行いをした。転んで泣いている女の子に手を差し延べ、陵辱《りようじよく》された娘のために発奮し、甚振《いたぶ》られている女を救うために危険を冒して逃避行までした。それらの行為に悪意はない。欲得ずくでもない。同情なのか救済なのか知らぬが、凡て他者のために為された行いではあるだろう。そして赤木の執った行動に因って、状況は僅かなりとも変わったのだろう。

だが。

そうだとしても。

その行いが、赤木自身にいったい何を齎《もたら》してくれたと云うのだろう。良いことをして気持ちが良かったか。他人が倖せになって嬉しかったか。そんな自己満足的な喜びが果たして何になると云うのか。

——いいや。

違う。

矢張り違う。

あれは良心なんて聞こえの良いものじゃない。絶対違うと赤木は思う。

あの雨の女は、赤木にとっては——。

そう。

あの幼い日。

周囲に誰も居ないのを確認し、泥濘で転んだ女児に救いの手を伸ばした時。

泥はぬめって能《よ》く滑り、女の子は泣き喚いて暴れていたので、すぐに立ち上がらせることは出来なかった。暫く悪戦苦闘し、傘を捨てて、赤木はじたばたする女児を両手で捕まえた。引っ張り上げるのを諦め、一度持ち上げて立たせようとしたのである。

その時。

おい、と声が聞こえた。

赤木は瞬間的に女の子の身体を放した。

拙《まず》い、と思ったのだ。見られた、と思ったのだ。

関わると弱くなる、腐る。嘲される。苛められる。

そうした想いが、一瞬にして幼い赤木の脳裡を巡った。

女の子は——。

再び泥濘の中に沈んだ。

何をしてるんだッ——。

女の子の父親の声だった。赤木はその剣幕に怖れを抱いて一歩後ろに退いた。それもいけなかった。

見ようによっては。

赤木が女の子を抱えて泥の中に叩き落としたように見えた筈である。いや、実際そう思われたのだ。女の子の父親の眼には、単に赤木が娘を泥の中に突き飛ばしたようにしか見えなかっただろう。

何をすンだおめえッ——。

女の子は、火が付いたように泣き叫んだ。

父親は泥水を撥ね上げながら駆け寄って女の子を抱き上げると、それから赤木を殴り飛ばした。うちの子に何をするんだッと、雷のような声が響き、横面を殴られた赤木は泥泥の地べたに横倒しになった。持っていた蛇の目の上に倒れたので、かなり痛かった。傘の骨も折れた。

女の子は泣くばかりである。

雨は止む気配もない。

赤木は起き上がる気力もなかった。眼の前の泥水の表面には、あの。

雨の女がまだ映っていた。

どんな表情だったかまでは覚えていない。

云い訳はしなかった。説明するだけの余力がなかった。赤木は泥だらけで家に帰り、叱られた。その上、娘の親父が怒鳴り込んで来た。母と祖母は平謝りに詫びて、日を改めて謝罪にも行かされた。それから、赤木は父に怒鳴られ、何度も殴られた。

か弱い女の子に乱暴をするなんて――。

お前は屑だ。厄を背負った屑の子だ――。

どんだけ親に恥をかかせれば気が済むか――。

申し開きはしなかった。

出来なかった、と云うべきだろうか。云い訳をすればよりいっそう、きつく叱られていたことだろう。信用されていない。される訳もない。助けようとしたのだと云うのも、厭だった。女にちゃらちゃらしていると、他の子供に云われる気がした。知られたくなかった。

かなり長い間。

赤木はその一件を引き摺って暮らした。

――良心なのか。

良心なのだろう。でも、何もかも裏目に出ている。赤木にとって、それは楽しい想い出ではない。厭な、暗い、苦しい辛い想い出でしかない。

そう。

あの、青年の日。

咲江に暴行を働いたのは、赤木より一歳齢上の、村の有力者の息子だった。しかもそれは、生まれた時に赤木を拾い損ねた人物――親分にあたる家――の息子だったのだ。

身分が違い過ぎる。

でも、赤木は黙っていられなかった。

赤木はその男に嚙み付き、詰《なじ》り、責任を取れと迫った。当然悶着は起きた。それでも赤木は怯《ひる》まず、先方の家にまで押し掛けた。それに就いては村内でも、赤木の家の中でも大いに物議を醸した。騒ぎ立てることではない、寧《むし》ろ騒ぐべきではないことだと大勢に責められた。咲江の家からも、咲江自身からも止めてくれと懇願された。

赤木は孤立した。

それでも引き下がらなかった。引き際を見失っていたのだ。

考えてみれば、いや、考えるまでもなく、赤木の強硬な態度は無茶であったろう。咲江の家の者にしてみれば娘が傷物にされたことを喧伝されているようなものだ。咲江に至っては犯されたことを吹聴されているに等しい。

狭い村の中の話なのだ。

強姦と捉えれば犯罪に他ならないが、所詮は若い者の色恋沙汰である。勿論、合意の上でない以上許されることではないのだけれど、そこを除けば珍しいことではない。黙っていれば見過ごされてしまうことでもある。

見過ごせないと思ったのである。

正義だとか大義だとか、そんな立派なものを持ち合わせていた訳ではない。強いて云うなら意地である。

赤木は――。

咲江に懸想していたのだ。

咲江のことが好きだったのである。

だから。

雨の中で咲江の話を聞いた時、赤木の胸は張り裂けそうになったのだ。悔しくて哀しくて虚しくて、どうしたらいいのか判らなくなったのだ。

気にするな俺が嫁に貰ってやるよと――そう云いたかった。

云いたかったが、それは筋が違うと思った。

それでは弱味に付け込むようなものではないか。それ以前に、そんな物云いは咲江個人の尊厳を無視した暴言となり得るものだろう。気にするなと云うのはそもそも無理だ。それは、俺は気にしないからの云い換えに過ぎない。俺は傷物でも我慢するよと云っているようなものではないか。それは、暗に見下している。

本気で慰めたいと思うなら、真に救いたいと思うなら、そんな言葉は出て来ない筈だ。赤木の気持ちなどどうでもいいのである。咲江の気持ちこそを汲むべきなのだ。

だから好きだと云わなかった。

雨の女が云うなと云っていたから。

あれは――良心なのだから。

——いいや。

違う。絶対に違う。赤木が何も云えなかったのは、自信がなかったからだ。自分が好かれているとは到底思えなかったからだ。腰抜けの、村中から小馬鹿にされている、親の厄を背負った貧乏人の小倅《こせがれ》だったからだ。

もし己の気持ちを告白したとして、それで咲江が。

咲江が拒否したら。

それが怖くて出来なかっただけだ。だから、赤木の暴走は義憤から出たものなんかじゃない。同情でもない。ただの鬱憤晴らしに過ぎない。自分の想いが叶わぬことへの、打ち壊されてしまったことへの当て擦《こす》りでしかない。

——そんなものは。

良心じゃないだろう。

咲江は——。

やがて自分を襲った男のことを好いていたと告白した。行き違いはあったものの、取り敢えず合意の上のことと云うことになり、咲江は嫁として迎えられることになった。

村の中では考えられない取り合わせだった。家柄が釣り合わない。格が違い過ぎる。差別されていた訳ではないにしろ、村の中では最下層の家と、村の有力者の家の縁組である。当時としては考え難《がた》いものだった筈だ。

それが成ったのは、赤木が騒いだ所為である。

やがて両家の婚礼が執り行われた。

赤木は呼ばれることはなかった。当たり前だろう。それどころか赤木の家は、結果的に村八分に近いところまで追い込まれてしまった。

両親はもう口を利いてもくれなくなった。

貧乏な家は、いや増して暗くなった。

裏目。

裏目ばかりだ。

良心と云えば良心なのかもしれない。だがその良心の発露は、赤木に、そして赤木の家族に、堪え難い苦しみのみを齎しているではないか。

いいや、家族だけではない。

身分違いの婚姻など、所詮上手く行く訳がなかった。咲江はかなり辛い思いをしたようである。赤木が村を捨てた後、首を吊って死んだのだと風の噂に聞いた。

何のための良心か。

あの雨の女は――。

赤木に何をさせたかったのか。

良いことをさせるために現れたと云うのか。その結果、どうなったと云うのだ。

赤木の父は村内での立場を一切なくし、出稼ぎに出るよりなくなってしまった。母はよりいっそうに下を向いて、道の端をこそこそ歩くようになった。赤木はそんな暮らしが堪え切れなくなって、親を見捨て、家から村から出奔した。

良心の果てに。

いいや、あれは、良心に擬態した悪心ではないのか。

本当にあの雨の女がさせたのだとしたら——。

そう。

あの、神社の軒の。

泣いていた里美。

可哀想だった。本気でそう思った。

か弱い女に手を上げるなんて人間の屑だ。

そう思った。

今思えば、赤木自身がそう云われたからこそ、そう思ったに違いないのだ。それはそうなのだが、それでも大庭の仕打ちはあんまりだと思った。

あの時は、それこそ義憤だったと思う。赤木は里美に岡惚《おかぼ》れしていた訳ではない。兄貴分の女に惚れるなどと云う大それたことはそもそも出来ないし、考えもしなかった。哀れな女に同情し、非道な兄貴分に憤慨しただけだ。

でも。

結局、赤木は兄貴分の女を寝盗って駆け落ちした外道、と云うことになってしまった。

殴られるのは厭だから――。

詰られるのも厭だから――。

もう、あいつと暮らして行くのは厭だから――。

死にたいと云う里美をほだして、思い留《とど》まらせて、それでも我慢が出来ない辛抱出来ぬと云うので。

逃げろと云っただけだ。

そうしたら一緒に逃げてくれと云われた。

そして赤木は、その気になった。

着の身着のまま、二人で逃げた。

取り敢えず隣の県まで行って、安宿に泊まった。

一日殴られなかったのは今年になって初めてだと云って里美は笑った。

里美とは親密にはなったけれども、一度も寝ていない。

同じ部屋で夜を過ごしたけれども、手も握っていない。

赤木は里美のために出来る限りのことをした。それが正しいことだと信じたからである。

あの。

雨の女がそうするべきだと云ったのだ。いや、無言でそうするよう仕向けたのだ。赤木の良心を揺さぶって、小心者の僅かな心の綻《ほころ》びを広げるようにして、あの女は。

捕まった日も雨だった。

雨の中、赤木は大勢に引き摺り出されて前後不覚になるまで殴る蹴るの暴行を受けた。歯が一本と肋骨が二本折れて顔が倍に腫れた。

そのまま括《くく》られて連れ戻され、二日ばかり土蔵に放り込まれて、指を詰めさせられた。

尤《もっと》も、赤木が里美と出来ているなどと考えている者は組の中には誰も居なかった筈だ。駆け落ちなどではないと云うことは、上の者も百も承知のことだっただろう。そして、原因が大庭にあることもまた解っていたのだと思う。その証拠に、大庭もかなりきつく締められたのだ。それでも。

けじめはつけなければいけない。

表向きは、兄貴分に恥をかかせた外道として扱われなければならなかったのである。理由も動機も関係ない。赤木の仕出かしたことは、前歯一本と肋《あばら》二本と小指一本に相当する行為だったのだ。少なくとも赤木の所属する社会の中では。

落とし前をつけはしたものの、組としては赤木をそれまで通りに扱う訳にもいかなかったようだ。それでは大庭の顔が立たないと云うことだろう。赤木は組を放逐され、若頭《わかがしら》の口添《くちぞ》えで、東京の小さな組に迎えられた。勿論、一番下っ端として、である。

里美は、大庭の許に戻った。

嫉妬深いのは相変わらずのようだが、暴力は多少収まったのだと、里美は電話で教えてくれた。

――何だったのだろう。

いったい、赤木のしたことは何だったのだ。

義憤でも同情でも良心でも、何でも構わないけれども、結局赤木は自分で自分の首を絞めただけである。殴られて蹴られて、指が一本なくなっただけだ。里美だって、多少マシにはなったと云うものの、倖せになった訳ではない。

――それなら。

あの雨の女は、赤木に何をさせたかったと云うのか。

良心に従った行動をさせたかったと云うのか。そうではないのではないか。

あの雨女は、赤木の良心を刺激することで赤木を不幸にさせたかっただけではないのか。

そうならば、あの雨女こそ災厄ではないのか。あれは、赤木が落とせなかった厄そのものだったのではないか。

あの女は。

雨女め。

雨。

そこで。

赤木は我に返った。

——ば。

馬鹿じゃないか。

何度か頭を振った。振る度ずきずきと顳顬《こめかみ》と頸《くび》の付け根が痛んだ。

何が女だ。妄想じゃないか。あり得ない。水面に浮かぶ女の顔なんて、完全に迷妄だ。狂気の沙汰だ。そんなもの——もし見えた記憶があるのだとしても——それは幻覚だ。ならば責任逃れに過ぎないだろう。幻覚の所為にしているだけじゃないか。

何もかも赤木がしたことだ。

赤木が考え、決めて、行ったことだ。その結果誰かが不幸になったり悲しんだり苦しんだりしたなら、それは赤木の所為である。そして赤木自身が不幸になろうが悲しもうが苦しもうが、それは自業自得と云うものだろう。

——そうだ俺の所為だ。

今の、この状況も赤木自身が招き寄せたものだ。

この、取り返しのつかない状況もまた、誰の所為でもない、赤木自身の所為である。赤木は今、崖っ縁に立たされていると云って良いだろう。もう、後がない。下手《へた》な立ち回りをすれば赤木の人生は終わってしまい兼ねない。

それもまた仕方のないことである。赤木はそれだけのことをしたのだから。

赤木は、落ち延びた東京で一人の女と出会った。

名前を、実菜《みな》と云う。

実菜もまた、理不尽な運命に翻弄される、幸薄い人であった。しかし、実菜と云う女性は自らの不幸を嘆くだけの人ではなかった。彼女は己の境遇を顧みず、同じ不幸に苦しむ友の身を案じていた。

その姿勢に、赤木は奮い立ったのではなかったか。柄になく同情し、義憤を感じ、良心に従って、何か役に立とうと思い立ったのではなかったか。

そして、失敗《しくじ》ったのだ。

赤木は、犯罪を未然に防いでくれと頼まれた。そして或る人を守ってくれと頼まれた。実菜は自分の幸福よりも友の幸福をより強く願っていたのだ。それなのに。

犯罪は行われた。

そして、守るべき人もまた逝ってしまった。

あの、松の木の先で。

赤木は何の役にも立たなかった。

懸命に、赤木なりに努力もしたし、機転も利かせたつもりだったのだけれど、それらは何ひとつ功を奏さず、事態は最悪の結果を迎えてしまった。

——心底。

役立たずだ。辛くて悔しくて、赤木はどうかしそうになったのだ。そして自棄《やけ》になり、この保養所を飛び出して飲んだくれて、酔って、酔い潰れて。

——雨女を想い出したのか。

そうだろうか。

本当に想い出したのか。赤木は過去に、真実そんなものを見ていたのか。それは責任逃れのために捏造された嘘の記憶ではないのか。役立たずの自分の駄目な部分を認めたくなくて、だからその駄目な部分を自分の中から外に追い出そうとして、赤木は過去の記憶まで捏造してしまったのではないのか。

起きてなお朦朧とした意識の中で、赤木は努めて理性的であろうとしている。赤木の理性は、何もかもが夢であると告げている。水溜まりに映る雨女など幻である——と。

居るのは。

あの。

窓の外の女。あれは。

あれは実菜だろうか。

実菜が心配して様子を見に来てくれたのだろうか。判らない。

筋のような雨が邪魔して、あれが誰だか判らない。

あんな処に立って、ずっとこっちを見ているのだから、実菜に違いないと思うのだけれど。

赤木は、取り返しのつかぬことをした。

酔って潰れて、先生に慰められて、そしてこの保養所に舞い戻り、それから——。

何もかも巻き返そうと奮起したのだ。許せなかったのだ。実菜を、そして彼女の友を苦しめる非道なる者が。だから行動した。悪辣なる者に天誅《てんちゅう》を下す、そんな気持ちで。

——それも。

思い上がりだったかもしれない。

単に人生を仕切り直したかっただけか。己の数数の失敗を償おうとしただけか。いや、償うのではない。それは償える類《たぐい》のものではなかろう。ただの。

——自己満足だ。

良心でも義憤でも同情でもない。何もかも、狭量な小者の自己満足なのだろう。

——それにしても。

あそこに立っている女は誰だ。実菜ならあんな処にいつまでも立ってはいないだろう。近寄って来る筈だ。あんな遠くから眺めているだけなんて怪訝《おか》しい。

それとも、これも夢なのだろうか。

夢ならば、あれは。

真逆《まさか》。

雨女ではなかろうな。

そう思って観ると、あの水溜まりに映る女の顔に面差しが似ているようにも思える。いや、明らかに似ている。

あれが雨女なのじゃないか。

そんなことを考えた途端、女の顔は突然に輪郭をくっきりとさせた。それは紛う方なき雨女の顔だった。あの顔だ。あの本物か偽物か判らない、記憶の中の女の顔だ。その。

責めるような眼だ。

まだ責めるのか。

これ以上どうしろと云うのか。

もう後がないじゃないか。やめてくれ。良心を揺さぶるのはもう止めてくれ。良心に従ったって、どうせ。

どうせ俺の人生は――。

赤木は固く眼を閉じ、身体を丸めて蒲団を被った。雨音がしなくなるまでそのままの姿勢でいた。瞼の裏にも雨女の顔はこびり付いていて、そして赤木を責め苛んだ。もう厭だ。

厭だと思ううちに、再び意識は遠退《とおの》いた。

何もかもが混濁した。

雨だけが残った。

赤木が真実覚醒したのは夕方のことであった。

既に雨は止んでいた。どうやら、厭な記憶が織り交ぜられた悪夢と、目覚めた夢――過去の夢と現在の夢――を交互に繰り返し繰り返し幾度も見ていたらしかった。

赤木は憔悴していた。風呂を沸かして入り、飯を炊き、缶詰めを開けて腹拵《はらごしら》えをして、漸く人心地ついたのは深夜のことだった。

外に出ると満天の星空が広がっていた。

明日は晴れる。洗濯をしよう。そう思った。

そのまま無為に夜明かしをした。部屋に差し込む朝日は迚も眩しくて、清清《すがすが》しかった。

消毒されるような気分になる。

やがて思った通り抜けるような青空が広がった。赤木は昨日脱ぎ捨てた汚れ物を持って裏に回り、己の人生の穢れを殺ぎ落とすかのように、それを洗った。

洗濯するのは気持ちが良い。

そして考える。

愚にも付かない雨女のことを。それは、酒と疲労とで泥濘のようになった赤木の頭が生み出した妄想だ。それは間違いなかろう。そうだとして。

あの顔は、誰の顔なのだ。

母だろうか。最初は母の顔だと思い込んでいた。でも、すぐにそれは違うと思ったのだ。ならば誰だ。知っている顔ではあるだろう。蛇口から迸《ほとばし》る水流を見乍《なが》ら赤木は考える。それが赤木の妄想ならば、見知った誰かの顔である筈だ。そうでなくては妙だ。

——あれは。

実菜か。矢張り実菜なのか。

そう思い至った瞬間。

盥《たらい》の中一杯に、雨女の顔が映った。

「アリガトウ」

女は初めて笑った。

赤木大輔が平塚の保養所裏で息を引き取ったのは、昭和二十八年九月十一日、午前九時過ぎのことである。

第拾九夜

◉

蛇帯《じゃたい》

◎蛇帯

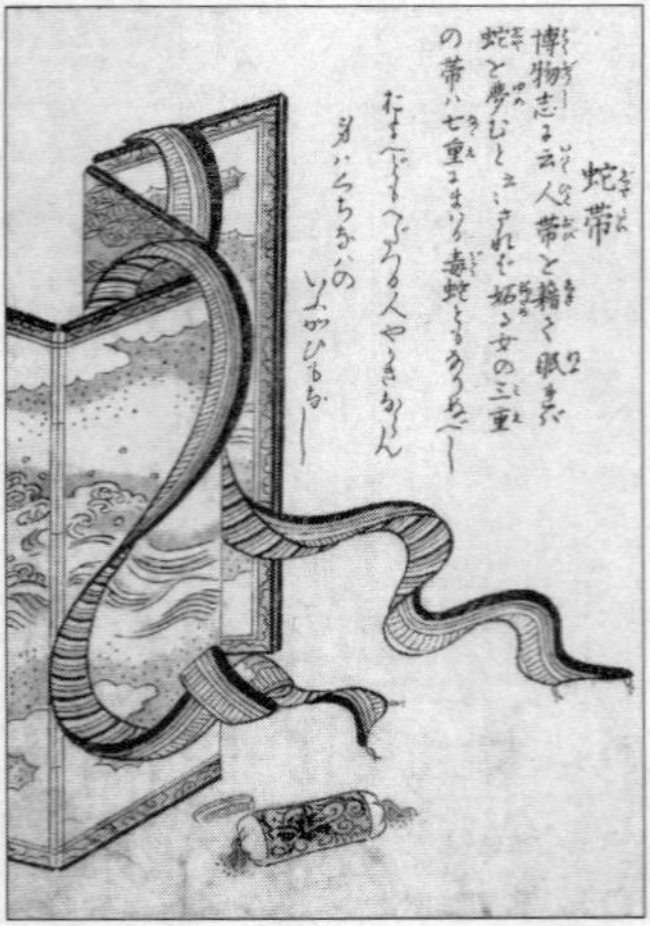

博物志《はくぶつし》に云《いはく》
人《ひと》帯《おび》を藉《しき》て眠《ねぶ》れバ蛇《じや》を夢《ゆめ》むと云々
されば妬《ねため》る女の三重《みえ》の帯ハ
七重《なゝえ》にまはる毒《どく》蛇ともなりぬべし
おもへどもへだつる人やかきならん
身ハくちなハのいふかひもなし
――今昔百鬼拾遺／中之巻・霧
鳥山石燕（安永十年）

1

蛇が怖くて悲鳴をあげた。

登和子《とわこ》は、あまり物ごとに動じない方なのだけれど、どう云う訳か蛇だけは苦手だ。幼い頃からそうである。長いものを目にするだけで、肚《はら》の底と云うか頭の芯と云うか、躰《からだ》の奥の方から堪え難《がた》い恐怖が込み上げて来るのだ。

一瞬のうちに。

それが何なのか判断する間もない。

蛇に見える。

否、見える訳でもないのだろう。視覚で捉えたその何かがいったい何なのか、認識し理解するだけの余裕はない。それらしきものは悉皆《しっかい》、瞬時に蛇と断じてしまうのである。

案の定、それは荒縄の切れ端だった。

縄だよ縄だよと、照子《てるこ》が云う。

何さまたトワさんの蛇なのと浩枝《ひろえ》さんが笑う。

桃代《ももよ》さんは、ぽかんとした顔で登和子を眺めていた。

あんた達また油を売ってるのね早くお部屋の支度をしなさいと、女中頭《がしら》の栗山《くりやま》さんの大きな声がした。

「お庭はいいのよ。庭師はそのためにいるんだから」

「ええ、でもその徳三《とくぞう》さんが」

徳さんがどうしたって云うのサと云い乍《なが》ら、栗山さんは中庭に顔を覗かせた。

「庭木の手入れはするけども、塵芥《ごみ》拾いは俺の仕事じゃないからって云うンです」

「塵芥？」

「ほら、大風で何やら吹き込んで」

こんなものまでと云って、照子は屈み、縄の切れ端を抓《つま》んで掲げた。

登和子は再び怯《びく》りとする。

動きが蛇に見えた——思えた。

「また怖がって。可笑《おか》しいったらありゃしない」

ほれほれと照子が縄を揺する。

見えているのは縄なのだが、それでも蛇だ。

止《や》めてと云うと皆はけらけらと笑った。

「笑ってるのじゃないわよ」

栗山さんが睨《にら》む。

「だってこの娘《こ》ったら、これを蛇だって」

「桜田《さくらだ》さんが臆病なのは今に始まったことじゃないでしょうに。あんた達は庭掃除人じゃあないのよ。そんなことこそ徳さんの仕事じゃないのサ。あの人にも困ったものね。あんた達はお部屋の方があるじゃないの」

「はあ」

桃代さんが答えた。

「今日のお客さんは日本人だから床掃除くらいでいいだろうと徳三さんが云うんです。日本人は寝台で寝ないし、庭が綺麗な方が喜ぶぞ、とか」

「そんな莫迦《ばか》なことないでしょう。洋室に蒲団敷く訳にいかないんだから。メイキングをしているのは誰なの」

セツさんがしていますと浩枝さんが答えた。

「セツさんですって」

栗山さんが大きな眼を円《まる》くした。

「あの娘に任せたりして、どうなるか解っているの。後始末の方が大変じゃないの。ここはいいから、さっさと行って頂戴。今日はオーナーさんがいらっしゃるのよ。何か不始末でもあったらあんた達なんかすぐ解雇《くび》になるわよ」

栗山さんがぱんぱんと手を叩く。

桃代さんと浩枝さんが慌てて庭を走る。

照子が舌を出す。そして縄の切れ端を放った。

切れ端が。

蛇に——見える。

ほつれた先が蛇の舌に見える。

蛇はくちなわとも謂《い》う。縄の先に口があればそれは蛇だ。

蛇にしてはうんと短いのだが——否、それは荒縄であって蛇なんかではないし、そんなことは解っているのだが——。

それでも身が竦《すく》んだ。

ほらトワさん早くと照子が呼んだ。

地べたの縄から目を逸らし、登和子は照子の方を見た。

メイドの衣裳が似合っていない。もう見慣れているのだけれど、似合わないと思う。自分は特に似合わないと登和子は思う。

いいや——全員似合っていない。

この仕事は厭ではないけれど、この装束だけは半年経っても馴染まない。前掛《エプロン》も洋袴《スカート》も頭巾も、迚《とて》も可愛らしいのだけれど、日本人の体形には合わない。

顔だけ取って付けたようだ。

要は仲居なのだから、矢張《やは》りそれなりの恰好《かっこう》の方が良いのではないかと思う。

尤《もっと》も、登和子は和装が好きだと云う訳ではない。寧《むし》ろ大嫌いである。普段は洋装で暮らしている。浴衣《ゆかた》も着ない。和服を着ることは一切ない。それでも、この制服は戴けない。

――違う。

和服が嫌いなのではない。

和服自体は好きなのだと思う。形も着心地も和服の方が良いと思う。たおやかで、動き易い。何より、見慣れている。家族も友達も、皆着ているのだから見慣れていて当然だ。

ただ。

登和子は着ら、れ、な、いのだ。

着付けが出来ない訳ではない。そんな娘は居ない。

和服は、着る際に必ず紐を使う。縛ったり締めたりしなければ着られない。でも、登和子には腰紐も帯も帯締も、何もかもが蛇に思えるのだった。迚《とて》も着られるものではない。

それ以前に、紐に触れないのである。我慢して手に取ったとしても、気味が悪いことに変わりはない。帯だ紐だと判っていても、握ることができない。抓むのが精一杯である。

だから和服は着られない。無理に着せて貰っても気分が悪くなってしまう。腹に蛇を巻き付けているような気分になってしまうのだ。

居ても立ってもいられなくなる。

それで登和子は前職を失敗《しくじ》った。

最初に奉公したのは料理屋だった。

しかし、そんな登和子に料理屋の仲居が務まる訳もない。

着替えには異様に手間取って、毎朝毎朝、大幅に遅れた。見兼ねた同僚が着せてくれたりもしたのだが、着ている間中気分が悪くて、粗相ばかりした。

一月《ひとつき》も経たぬうちに解雇《くび》になった。

でも、一日たりとも遊んでいる暇はなかった。

唯一の働き手だった母が亡くなり、家事を切り盛りしていた祖母も病み付いてしまっていた。蓄えも全くない。妹は未《ま》だ十二歳だ。虚弱な性質《たち》で、床《とこ》に臥すことも多い。弟はまだ十歳である。元気な登和子が働かなくては、暮らしは立ち行かないのだ。

しかし、都会と違って女が働ける職場は限られていた。病人を抱えている以上、遠方に出稼ぎに出ることも儘成《まま》らない。祖母の看病もしなければならないから、どうであれ家から通える処でなくてはいけなかった。家のことは妹が或る程度は熟《こな》してくれるけれども、任せ切りには出来ない。

それに加えて。

洋装で働ける処となると更に少ない。

家から通える圏内に工場などはないし、無学な登和子に事務だの経理だのが出来る訳もなかった。土産物屋の売り子を少しだけやらせて貰ったが、矢張り洋装では様にならないと云われた。

そう云う土地柄なのである。慥《たし》かに、ただ生活しているだけでも洋装はやや浮いて見える。そもそも景観が和風なのだ。

ほとほと困窮していたところ、絶好の働き口があると云う噂を聞いた。

メイド——だと云う。

噂の出元は、同じ町内に住む徳三と云う庭師だった。

顔馴染みではある。

登和子にとっての徳三は、寄合の度に浴びる程に酒を呑み大声で下手糞な唄ばかりがなり立てる、近所の気の良い酔漢に過ぎなかった。どこかのお屋敷のお抱え庭師だとばかり思っていたのだが、それは思い違いだったらしい。

手が足りないので通いのメイドを探しているのだと、徳三は云った。

メイドと云うのが一体どんなものなのか、登和子は知らなかったから、甚《はなは》だ困惑したのだけれど、聞けばお掃除やお運びだと云う。接客業ではあるが、酌《しゃく》をしたり芸を見せたりする訳ではなく、要するに洋風の仲居であると説明された。

仲居の仕事なら出来る。

料理屋で失敗《しくじ》ったのは、和装だったからに外《ほか》ならない。メイドと云うのは和装ではないと聞いたので、頼み込んで雇って貰った。正月から三月ばかり見習い奉公をさせられて、春に採用されたのだ。だから勤めて未《ま》だ一年に満たない。

登和子が働かせて貰っているのは、ホテルである。

旅館ではなくホテルなのだそうである。

ホテルと云うのは洋風旅館と云う意味なのだろうと思っていたが、そう云う訳でもないようだった。いずれ宿泊施設ではある訳だから、その認識も強《あなが》ち間違っていると云うことはないのだろうけれど、矢張り違うようなのだ。

元元は外国人向けの保養所として作られたものらしく、建物の造りは和洋折衷《せっちゅう》だ。否、どちらかと云えば和風の色合いの方が勝っている。外国人向けに造ったからわざと和風にしたのだそうである。

その辺の感覚が登和子には能《よ》く解らない。

この土地で生まれ育った登和子の印象では、この辺りは山とお寺と湖しかない寂れた鄙《いなか》でしかない。昔は栄えていたのだと老人達は口を揃えて云うのだけれど、それだってもっと町が大きかったとか、人人が富んでいたと云う訳ではなくて、堂宇《どうう》だか伽藍《がらん》だかが立派だったと云うことなのだろう。

それは今でも立派なのである。

御一新後に手入れがされなくなったので、かなり傷んでしまったのだと年寄り連中は云うのだが、登和子にしてみればそんな生まれる前のことはそれこそ能《よ》く判らない。ただ戦後になってあちこち修繕していることは知っている。戦争が終わったからと云って、随分と綺麗にするものだと思ってはいたのだ。

外国人の姿も見かけるようになった。戦争に負けて、占領までされているのだからこんなものなのかと思っていたのだが、そう云う訳ではなく、あれは物見遊山《ものみゆさん》であったらしい。どうやらこの一帯は日本でも有数の名勝地なのだそうである。こんな辺鄙な処がそれ程有名な観光地になるなんて、登和子には信じられない。正直云って理解出来ない。

観光と云うのが先《ま》ず解らない。

物好きが見物に来る、と云うことなのだろう。

外国の人にとっては、この景観は珍しいのだろうか。

なら普通に和風旅館で持て成した方がいいのではないかとも思う。郷《ごう》に入れば郷に従えと謂うのだし、客が旅先の風情やら異国の情緒を味わいたいと云うのなら、土地土地の特色なりを打ち出して接待する方がより正しい姿勢のような気がするし、その方が喜ばれるのではないだろうか。

それこそ、素人《しろうと》考えと云うものなのだろう。

でも、半端だなあとは思う。

玄関で靴も脱がないし、畳《たたみ》なんかないし、洋卓《テーブル》と椅子だらけだと云うのに、屋根は瓦葺《かわらぶ》きで、和風の庭園を抜ける渡り廊下には欄干が付いていて、擬宝珠《ぎぼし》まである。新しく架ける橋には擬宝珠なんかは付いていない。いや、今日日擬宝珠のある橋なんかはないと思う。この辺だって、深沙王堂《じんじやおうどう》の前に架かっている神橋《しんきよう》くらいにしか付いていないと思う。あの橋は、聞くところに拠れば寛永《かんえい》時代に架けられたのだそうだし――登和子はそれがどのくらい昔のことなのか実感も何も持てないのだけれど――ならば思い切り和風だと云うことになるではないか。

一方で、壁は煉瓦《れんが》か何かだし、部屋に大黒柱もないし、床の間だってない。造りは完全に洋館なのだ。

でも、香炉だの、掛け軸だの、唐獅子の置き物だの、どう見たって和風なものばかりが置いてある。玄関に活けられた生花だって、まるでお正月の料亭の大広間に飾られるような大振りのものがずっと飾ってある。

その花を見乍《なが》ら、外国の人が珈琲《コーヒー》を飲んでいたりする。

珍妙な風景である。

外国人向けならいっそ全部洋風にしてしまえばいいように思うのだが、和風を半端に織り交ぜた方が外国人受けするのだそうである。

そこが、登和子には能《よ》く解らない。

勿論《もちろん》登和子達もお膳を運んだりはしない。

広い洋風食堂——レストランがあるし、部屋で注文された食事も手押し車のようなものに載せて運ぶ。料理長は外国人である。依頼があれば和食も作るようなのだが、その場合は外に人を頼む。食事は殆《ほとん》ど洋食だ。

パンだとか肉だとか、スープだとか、もっとややこしい名前の料理だとか、登和子が食べたことのないものばかりだ。

味が想像出来ない。

登和子だけではない。メイド達は誰もが、自らが運ぶ料理の味を知らない。

恰好だけは洋装だけれど、中身は日本人なのだ。

だから、体形だの人相だのを云い出す以前に、中身が釣り合っていないのである。このメイドの衣裳は、登和子達には不釣り合いなものなのである。

英語だって判らない。

栗山さんだけは英語が話せるようだが、後の者は皆、片言しか話せない。登和子も、挨拶などの最低限の言葉は教えて貰ったのだが、相手に通じているとは到底思えないし、相手の話す言葉は珍紛漢紛《ちんぷんかんぷん》で、聴き取りは一切出来ない。客も不便だろうと思う。

相手はお金を払って遠方から——それも物凄く遠方から来てくださっているお客様なのだから、誠心誠意お世話をしたいと思うのだけれど、まるで無理である。

情けない。

でも、仕方がない。出来る限りやるだけである。このホテルから放逐されてしまっては文字通り路頭に迷ってしまう。

少し遅れて廊下を進むと、客室の方からつまらなそうな顔をしたセツが出て来た。

セツは一番の新参者である。

来て未《ま》だ三月経っていないから、今も見習い期間なのだろう。何だか中華丼《どんぶり》の模様に描《か》いてある唐子《からこ》のような顔付きの、やけに小柄な娘なのだが、何故だかメイドの衣裳は一番似合っているように思う。

能《よ》く喋るし、能く転ぶ。明るいが粗忽《そこつ》な娘だ。

セツは登和子の顔を見ると、登和子さんもお部屋なのかしらと云った。

「セツさんは？」

「あたしは庭の塵芥拾いをしろと云われたわ。あたしの敷いた敷布に皺《しわ》が寄ってるって云うの栗山さんは。一生懸命引っ張ってるから大丈夫なの。絶対大丈夫の筈《はず》」

「あなた、張った後に上に座るのじゃなくて？」

「あ」

セツは口を開け、少しだけ上を向いて、そう云えば座ったわと云った。

「それじゃあいけないわよ」

「いけないかしら。あたし、迚《とて》も軽くてよ」

「軽くたって紙じゃないんだから、お臀《しり》の形がついちゃうでしょう。手を突いたって凹《へこ》んでしまうのよ。そうすれば皺が寄るわ。あれは、四方にピンと張っていないといけないのですもの」

「何だかイヤなものね。ベッドって」

蒲団の方がいいわ、そんなことないものとセツは云った。

蒲団だって同じだろうと登和子は思ったのだが、黙っていた。セツはきっと、綺麗に敷いた後、踏ん付けて蒲団に足跡を作るような娘なのである。

「あたし、ベッドは嫌いだわ。だって下が空いているのですもの。あんな縁台の上で寝るみたいな器用なことは出来ないもの実際。寝ている間に下に誰か居たらと思うと寝られやしないわ。異国の人の気持ちは解らないわ悪いけど」

本当に能《よ》く喋る。

「脛《すね》もぶつけるし、大体寝ているうちに落ちるわ」

そちらが——本音だろう。

登和子は、寝台の方がいいと思う。

今だに寝台で寝たことはないのだけれど、地べたから浮いているのは魅力的だ。

地べたは——。

蛇が這《は》い擦《ず》るから。

あの気味の悪い長虫は、板間でも畳でも、のろのろとのたくって這い擦り回る。蒲団はその上に敷く。蛇は敷蒲団の下にでも、否、蒲団の中にだって這い入って来るだろう。そうしたらもう避けられない。

寝台には脚が付いている。

あの鄙俗《いやら》しい蛇のことだから、寝台の脚くらいするすると上って来るのだろうけれど、それは何だか――理由はないのだけれども――考え難《にく》い気がした。蛇は柱だって上るし梁《はり》や天井裏にいることもあるのだから、あんな短《みじか》な脚なんかすぐに上れるのだろうけれど、それでも直《じか》に潜り込んで来られるより幾分マシだと登和子は思う。

またぼおっとしているわとセツが云った。

「登和子さんって何を考えているのかしら」

「え？」

「あたしは考え始める前に手が出て考え終わる前に口にしているもの。そうやって何か考えていることがないのだわ。そうして考えてる時間が何だか勿体《もったい》ない気がするから本当のところ」

そう、能《よ》く自失していると云われる。

でも大抵。

熟考している訳ではない。

そういう時、登和子は概《おおむ》ね蛇のことを考えている。

蛇を思い浮かべて戦《おのの》いている。怯えている。

それだけだ。

「私――」

云いかけた時、栗山さんの声が聞こえた。何をしてるのセツさん、トワさん、いい加減にして頂戴――。

セツはあら厭だと云って転びかけた。

登和子は――。

2

それは少しおかしいわとセツは云った。

「可笑《おか》しいでしょう。自分でも笑ってしまうから」

そっちじゃないのと小柄な娘は云った。

「どっち？」

「笑える方の可笑しいじゃないわ。変だと云う方の怪訝《おか》しいなの。あたしは慌て者でガサツな性分らしいから、そんな他人様のことを笑うようなことはしないの。笑える立場じゃないもの」

セツさんこそ可笑しいわよと登和子が云うと、ほらそうでしょうと云ってセツは頬を膨らませた。

「あたしは笑われるわ実際。笑われることは多いけど、それだけに他人を笑ったりはしないんだわあたし。研修中だし」

女中部屋である。

正しくは使用人控室と云うのだが、メイド達は皆、女中部屋と呼んでいる。女中部屋は板敷きで、靴が脱げる。

今日登和子は早番で、見習い中のセツと同じ時間に上がりなのである。登和子は和装が苦手だとは云うものの、一日中靴を履いているのだけは苦手だ。蒸れるし、浮腫《むく》む。

だからこの部屋で靴を脱ぎ、メイドの装束を解く瞬間が結構好きである。

「変かしら」

登和子は問うた。

変だわとセツは答える。

「セツさんは蛇が嫌いじゃなくて？」

大嫌いだわとセツは云った。

「蛇が好きな人なんか然《そ》う然《そ》う居ないと思うわ。あんなにょろにょろしたものが好きなのは、縁日の見世物小屋の人とかくらいじゃないかしら」

「おお厭だ」

ものの本に拠れば、蛇を身体に這わせたり、蛇の喉笛を嚙み切ったりする見世物があると云う。幸いにしてこの辺りに巡業で来ることはないようで、登和子は見たことがない。

小屋掛けされていたって見ることは金輪際《こんりんざい》ないとは思うけれども。

考えただけで身の毛が弥立《よだ》つ。

「あんな、冷たくてガサガサしたもの、どうしたら触れると云うのかしら」

「あら、蛇ってぬるぬるしてるんじゃないの？」

セツはぽかんと口を開け、小さな目を見開いた。

「してないでしょう。鰻《うなぎ》よ、それは」

「あら、そうかしら。鰻は魚よね。魚って鱗《うろこ》があってガサガサしてない？　あら」

「蛇の鱗は魚なんかよりずっと硬いと思うけど。蛇は大体じめじめ湿った処に居るから、そう思ったのじゃない？」

能《よ》く知らないけど鰻や泥鰌《どじょう》はぬるぬるしているものだわと登和子は云う。

そうよねえ蛇はそう云う日陰に居るわねえと云ってセツは考え込む。

「ぬらぬら光って見えるけど濡れてる訳じゃないのね」

気味が悪いからそれ以上云わないでと登和子は云う。想像してしまうのである。それだけで背筋が凍る。

「あたしも別に云いたくはないからもう云わないけど、でも登和子さんは能《よ》く知っているわよ。あたしは蛇のことなんかそんなに能く知らないわ。好きじゃないけど興味もないし、あんまり見たことも触ったこともないから」

「セツさんが前にいらした処は何処なの？　蛇は居なかったのかしら」

蛇ねえ、と云ってセツは再び考え込む。

「ここに来るまでは東京の金満家のお屋敷に奉公していたの。御主人はいけ好かない成り金だったけど、お屋敷は街中《まちなか》だったから蛇なんかは見なかったわ。その前は千葉の海っぺりのお屋敷。そこはお庭が広かったし、樹も草もいっぱいあったから居たと思うわ、蛇。知らない？　あの目潰し魔と絞殺魔に襲われて一家全滅したお屋敷なの。たった一人生き残ったお嬢様も縊《くび》り殺されちゃったのよ酷《ひど》い話ね」

呪われていたのよとセツは云った。

恐ろしい話である。

「だから蛇どころじゃなかったわ」

睦子《むつこ》さんに紹介された処《とこ》はどこもそんなで困るのよとセツは続けたが、登和子には何のことか全く判らなかった。先《ま》ず睦子さんを知らない。

「世の中には恐ろしいことが溢れているの。一寸先は闇なのよ。だから蛇なんか怖がっていたのじゃ生きて行けないわよ登和子さん。まああたしも蛇は怖いけど。嚙まれたりしたら死んじゃうわ」

「嚙む――」

そう、蛇は嚙む。しかも、牙に毒がある蛇も居るのだ。

ただ、登和子は嚙まれるから怖いと思ったことはない。

「普通は嚙むから怖がるのかしら」

「どうかしら。見た目が気持ち悪いから、先ずそっちじゃないのかしら。虫だって気持ち悪いのは見た目だわ。蚊なんかは喰うけど、別に怖くはないじゃない。でも油虫は嚙まないけど死ぬ程嫌いだわ」

「そう――よね」

登和子は蛇が怖いのだが、嚙まれると思ったことは多分一度もないのだ。嚙むとか嚙まないとか云う以前に、もう、居ると思っただけで乱れてしまうからだろうか。

でも蜂《はち》は怖いわねとセツは云った。

「蜂が飛んで来たら必死で逃げるわ、あたしは。蚊に刺されても痒《かゆ》いだけだけど、蜂は痛いわよね。場合に依っては死んじゃうわ。だから怖いのよねきっと。痛かったり死ぬから怖いんだわ。蛇も嚙まれたら死ぬのよね？」

「死ぬのかしら」

死ぬのかもしれない。

――いや。

そこはどうでもいい気がする。

自分の命が危なくなるとか、危害を加えられるのが厭だとか、そう云う怖さではないのだ。それは獰猛《どうもう》な犬が怖いとか云うのと同じ怖さなのだろう。そう云うものとは違う。

――でも。

死——と云う言葉には引っ掛かるものがあった。

生理的に受け付けないと云うのはあるわとセツは云う。

「食べ物の好き嫌いと一緒で、どうしても駄目と云うのはあると思うの。そうなら理屈じゃないのよねきっと。それにしても登和子さんは少し異常よ」

悪い意味じゃないから気にしないでねとセツは云った。

良い意味の異常があるとは思えない。

「だって、これも駄目なんでしょう」

セツは畳んだ自分の前掛の紐を手にすると、ひらひらと振った。

蛇だ。

白い蛇がうねっている。

死ね死ね死ね死ね死ね死ね死ね。

——何？

何だろう。

このどす黒い感情は。

「止《や》めて頂戴」

「ほら。これは布だわ。と云うか、そんなこと判ってるんでしょうに」

セツは更に振る。

蛇だ蛇だ蛇だ蛇だ。

——これは布切れだ。

いいや蛇なんだ。

蛇。

「厭だってば」

「ね？」

「ねって——」

セツは自分の前掛を割とぞんざいに畳み直して棚に仕舞った。

「まあ洋服は鈕《ボタン》だけれど、前掛だけは紐がなくっちゃ締められないものねえ」

「前掛の紐を結ぶ時も厭なのよ、私。前掛の紐は端が布に縫い付いているからまだ良いのだけれど、手が震えるわ」

「あらまあ」

セツはもう一度覗き込むように自分の前掛を見た。

「そうねえ。これが蛇なら尻尾がないわね」

「厭なこと云わないでよ」

「じゃあ尋くけども、ただの紐だともっといけないの？　男の人の洋帯《バンド》なんかもいけないのかしら」

「いけないわ。そんなもの触ることも出来ないわ」

「帯も駄目なのよね」

帯は――。

一番怖い。

「糸くらい細ければ平気だけれど」

重症だわねえとセツは云う。

「それはねえ、ただの蛇嫌いじゃないと思うのよ。好き嫌いで済ませられるようなものじゃないでしょう登和子さん。悪いけど」

「好き嫌いでしょう？」

嫌いなのだ。

と云うより、怖いのか。

セツはいつの間にかすっかり身支度を整えていて、もう靴まで履いていた。洋装の所為《せい》か、土地の者には見えない。登和子も慌てて靴を履く。セツより先に用意を済ませていた筈なのだが、どうにも出遅れてしまう。

セツは自らの足許を見下ろし、

「靴紐も駄目かしら」

と云った。

「靴紐は糸程細くないけどねえ」

「それは――」

平気だ。

「まあねえ。こんな細ッこい蛇はいないものねえ。蚯蚓《みみず》とかだわ。あたしは蚯蚓も嫌いだわよ。と云うか、蛇よりも蚯蚓の方が目にする機会は多いから、より嫌いよ。登和子さんは蚯蚓は好きなのかしら」

好きな訳はない。

「変なことを云わないで頂戴」

女中部屋を出て、従業員通用口に向かう。

「蚯蚓が好きな人なんて、それこそ居ないでしょう。気味が悪いじゃないの。それこそ湿っていて、ぐにゃぐにゃしていて」

「でも平気なのでしょう」

「平気じゃあないわよ」

「あのね」

硝子《ガラス》戸の前でセツは止まった。

「前掛の紐と蛇よりも、靴紐と蚯蚓の方が似ているわ」

「そう？」

「前掛の紐は細い布じゃない。帯だって平べったいわよ。細く長く織ってあるだけだわ。厚みがないもの。似ているようだけど全然違うもの。蛇は厚みがあるわ。輪切りにしたら円《まる》いじゃない。それに、蚯蚓は気持ちが悪いけど噛みはしないし毒もないわよ。噛まれるとか毒とかが関係ないのなら、蛇も蚯蚓も鰻もあんまり気持ち悪さに変わりはないと思うの。そうすると、登和子さんの蛇嫌いは矢ッ張り異常だと思うわ。悪いけど」

外は、そこそこ寒かった。

間もなく冬が来る。あまり好きな季節ではない。

山が枯れて、水が凍てついて、うら寂しい気分になる。

おかしいわとセツは続ける。

「まだおかしいの？」

「だって、冬に蛇は居ないでしょ。冬眠するんだわあれは。登和子さんにとっては良い季節の筈ね」

それは――そうなのだが。

「あまり変わらない。怖いものは怖いし」

「それって、もう生理的に嫌いとか云う簡単なものじゃないのよきっと。理屈抜きなんじゃなくて、逆だわ」

「逆って何？」

「必ず何か理由があるのよ。必ず」

「理由ですって？」

考えたこともなかった。

「前の前のお屋敷にいた時に、ちらっと聞いたことがあるの。ちらっとだけど。そう云うのは神経とかの所為なの」

「神経？」

「詳しくは知らないんだわ、あたしも。でもそうなの。何とか恐怖症とか、そう云うのはあるのだわ。症と云うからには病気なのよ。登和子さんは蛇恐怖症だわ」

蛇恐怖症――。

間違ってはいないだろう。

病気なら治る筈だわとセツは続けた。

「治る？　治るものなの？」

性分が治るものだろうか。

「治るわ。大体、理由が判れば治るものだと聞いたわ。耳学問だけど、そうなの。治るかどうかは別にして、そうなった理由は必ずあるのよ。きっと。何か心当たりはないの登和子さん？」

「そんなもの――」

ある訳はない。

怖いのに理由なんかない。

「ないわよ。さっきセッちゃんも云っていたじゃない。蛇は誰だって嫌いなものなのじゃないの？　私は一寸度《ちよつと》を越してるだけじゃないの」

「度を越すにも程があるもの。紐にも帯にも触れないなんて人は何処にも居ないもの悪いけど。本物に触ったら死んじゃうのじゃなくて登和子さん」

触るなんて、考えたくもない。考えただけで卒倒しそうになる。

「誰だって蛇は嫌いだけど、そこまで怖れはしないと思うの。登和子さんが蚯蚓を嫌う程度に嫌いなんだわ世間では。それなのに、職を棒に振る程怖がるなんて、それはもう異常だわ。治した方がいいと思う」

治しておくべきよとセツは云う。

「この仕事だっていつ解雇《くび》になるか判らないのよ。真面目にやってても失敗はするし、しなくたって支配人の気が変わるかもしれないわ。オーナーが臍《へそ》を曲げたらそれまでよ。お暇を出されなくたって、このホテルが潰れてしまうかもしれないのよ」

「そんな」

縁起でもないこと云わないでと云うと、世の中何が起きるか判らないものよと、小娘は真顔で答えた。

「あたし、お金持ちの家に居たんだわ。殺しても死なないような業突張《ごうつくば》りだったけど、あっさりお縄になったの。その前は日本で一番二番三番くらいのお金持ちだったのよ。それなのに、家の紛乱《ごたごた》で一家は全滅よ。そんな大物だって路頭に迷うようなご時世なのよ。あたしは生き証人だわ。そう云う不測の事態が起きた時のために備えておかなくっちゃ。それでなくたって女が独りで生きて行くのは大変なことよ」

それはその通りだろう。

登和子さん扶養家族が居るのでしょうとセツは大人びたことを云う。

「なら尚更大変だわよ。選《え》り好みなんかしていられないわよ。それなのに、和服が着られないなんてのは、もの凄く不利じゃないの？　悪いけど。職業婦人になるつもりなら別だけども。でも、この辺りでＢＧになるのは無理かしら」

「それ以前に、私にはそう云うお仕事は無理だと思う」

私も無理とセツは云った。

「計算とか帳簿とか見ただけで駄目」

算術は永遠の敵よと、妙に世慣れした小娘は云った。

「算術恐怖症なの？」

「違うわ。向き不向きの問題だと思うの。登和子さんの蛇恐怖症とは違うのよ。あたしは家政婦向きなの」

向き不向きと云うのなら、登和子も大いに不向きだと思う。頭の回転が多少遅いのか、器用さに欠けるのか、何をするにも時間が掛かる。失敗をしないよう慎重になればなる程、仕事の進みはどんどん遅くなる。掃除にしても配膳にしても、人の倍掛かる。役場や会社の仕事がどんなものなのか登和子には想像も出来ないが、多分無理だろう。

セツの方も、まあ無理だとは思う。セツは要領こそ良いのだがあれこれ雑なのだ。不真面目にしている様子はないから、そう云う性分なのだろう。どう欲目に見ても家事全般が不得手だとしか思えない。能《よ》くものを落とすし、壊すし、転ぶ。セツの方は今の仕事にも向いているとは思えない。

治すべきだわとセツは云った。

「だからどうやって治すの」

「怖くなった理由を思い出すのよ。生まれつきなんてことはないんだもの」

セツがそう云った時、通用門を潜って若い娘が前庭に入って来た。どうやら客ではないようだった。

あの娘は明日から入る人よとセツは云った。

「新しい人なの？」

「あたしの後輩だわ。色色教えてあげなくちゃ」

セツは愉しそうにそう云った。

3

幼い頃の記憶――。

記憶と云うのは、いったいどのくらいまで遡《さかのぼ》れるものなのだろうか。産湯を使った記憶があるなどと云う人も居るようだし、中には母の胎内の記憶があると云う話も耳にしたことがある。流石《さすが》にそれは信じ難《にく》いように思う。

否、信じないと云う訳ではないのだけれど、それが一般的な在《あ》り様《よう》とは矢張り思えない。

登和子《みちこ》がそう云うと倫子は笑った。

倫子は新しく入ったメイド見習いだ。まだ十九だそうだが、落ち着いていて、そつなく仕事も熟《こな》す。気持ちの良い娘だ。

「それはどうでしょう」

「ないかしら」

「いや、あることなのかもしれませんけど――矢《や》ッ張《ぱ》りないと思うンです。覚えていたとしたって、何が何だか判らない筈でしょう」

「判らないって？」

「だって、お胎《なか》の中にいる時って——暗い処で丸まって、眼だって閉じてる訳でしょう。そう云う記憶は生まれた後だって数限りなくある筈ですよ。そう云う後からの記憶と区別は付かないと思うんです」

それもそうである。

「まあ、あるんだとしても、判らないと思います」

「そうよねえ」

滝は見たのと問うと、布引《ぬのびき》の滝だけ見ましたと倫子は答えた。

「まあ、あんな処から。華厳《けごん》の滝じゃなくて」

「彼処《あそこ》は身投げをする人が居るそうじゃないですか。怖いです」

「毎日ある訳じゃないわ。私は地元だけれど、投身自殺なんか一度も見たことがないもの」

そうですよねと云って倫子は笑う。

綺麗な娘である。

どう云う素性の娘なのかは聞いていない。ただ地元の人間ではないようで、休みの度にあちこちを観て回っているようだ。客に何かを尋ねられた時に困らないように、土地のことを知っておきたいと云うのが動機らしい。

見上げたものだと思う。

セツは色色教えるなどと云っていたが、教えることなどないくらいに何でも出来るし、能《よ》く働く。セツが教わった方がいいと思う。

「まあ、精精三歳くらいじゃないですか」

倫子はそう云った。

「何が？　ああ」

記憶の話だ。登和子が振ったのだ。

「妾《あたし》は山育ちですけど、生まれた小屋の記憶があるんです。でもその小屋は、私が四歳になる前に壊されてしまっていたようで、覚えている訳がないと家族は云います。でも、板間や土間の感じとか、囲炉裏《いろり》とか、自在鉤《じざいかぎ》の形なんかは、矢っ張《やば》り覚えているんです」

「そうねえ。三歳くらいかしらねえ」

父は登和子が六つになった時に亡くなった。

その父の記憶を登和子は瞭然《はっきり》と持っている。容貌なんかは朧《おぼろ》げだけれども、大体の印象と、それから細かな処は覚えている。無精髭の生え具合だとか、喉仏の隆起だとか、少し変わった形の耳だとか、それから匂いだとか。

肩車をして貰ったことも、負ぶって貰ったことも。

つまり、四五歳の頃の記憶はある、と云うことか。

父は漆塗《うるしぬり》の職人で、栗山村《くりやまむら》辺りで作った平膳の仕上げをしていたのだそうである。

黒くて艶艶《つやつや》したお盆のようなものを、登和子は矢張り能《よ》く覚えている。刷毛《はけ》だとか、壺《つぼ》だとか、そうしたものも——覚えている。

「四つか、五つくらいのことなら覚えているわねえ」

そう云った。

登和子の父は、仕事が巧く行かなくなったのか、他に深刻な理由があったのか、首を縊《くく》って死んだ——のだそうである。

自殺——だったのだ。

聞いた話なのだが。

登和子は、どうしてもその前後のことは思い出せない。登和子は父が好きだったから、それは哀しかったと思うのだけれど、どうしても思い出せない。

葬式の記憶も曖昧である。

暫《しばら》く経ってから母は再婚し、そして妹が産まれた。その頃のことはもう、すっかり記憶の内である。二人目の父は商人で、温和だったがあまり笑わぬ、豪《えら》く生真面目《きまじめ》な人だった。その父も患い付いて、登和子が十二の時に亡くなった。戦争中のことである。

登和子が思い出す葬式は、二度目の父のそれである。

川原の石で棺の蓋の釘を打った。母が位牌を持って、登和子は机を持たされたのだ。

実父の葬式に関しての、そうした記憶は一切ない。

「いや、でもムラがあるわね」

それはありますよと倫子は云った。

「繰り返し思い出していることは、中中忘れはしないものですよ。印象に薄いことは、思い出し難《にく》いものです」

「そう――かしら」

義父の葬式を繰り返し思い出していたつもりもない。取り分け印象に残っていると云うこともないと思う。何しろ。

二度目の筈なのだし。

「さっきの話とおンなじで、一度目と二度目の覚えが混じってるンじゃあありませんか」

「ああ――」

そうなのかもしれない。

二度目の葬式の記憶が、最初の葬式の記憶に上書きされてしまったのかもしれない。

お父様が好きだったのじゃないンですかと倫子は云う。

「え？」

「登和子さん、お父さん子だったのじゃありませんか」

「そうなのかしら」

「思い出したくないことも、忘れてしまうそうですよ」

「思い出したくないこと？」

「余程哀しかったのじゃないンですか」

そうなのだろうか。

哀しくて哀しくて哀し過ぎて——。

忘れてしまったのだろうか。

二人目の父が亡くなった時、登和子はそれ程までに哀しまなかった。嫌いだった訳ではなく、寧《むし》ろ好きだったから、哀しくなかった訳ではないのだが、泣いた覚えはない。項垂《うなだ》れる母の横で、お前も男運が悪いねえと、祖母が染《し》み染《じ》みと云っていたのは覚えているが、登和子は泣いていなかった。

妹は未《ま》だ二つかそこらだったし、弟に至っては生れたばかりだったのだから、二人とも何も解ってはいなかったと思う。弟は父親と云うものを知らないのだと思う。

生きていれば徴兵されていただろうし、そうなれば見知らぬ異国の土となっていただろう、本土の畳の上で死ねたのだからまだ良かったのだと——戦争が終わってから、近所の人にはそう云われた。

——そうかもしれないけれども。

良かったとは思えない。死んで良かったなんてことはきっとない。

そうしてみると二度目の父——桜田裕一《ゆういち》と云う人は、不憫《ふびん》な人だと思えてしまう。

もっと哀しんであげれば良かった。

今更遅い。もう、十年も前のことである。

連れ合いに二人まで先立たれた母は、紬《つむぎお》織りの仕事などをし乍《なが》ら苦労して登和子と妹弟を育ててくれた。

祖母も、登和子も地《いざりばた》機を手伝った。この土地の女は皆紬を織るのだ。しかし、紬織りは所詮副業なのである。それだけで生計が成り立つ訳ではない。やがて母は料理屋でも働き始めた。働いて働いて働き詰めで、今年の正月に死んだ。

過労だと云われた。

その時も、哀しくはなかったかもしれない。

否、哀しかったのだけれども、涙は出なかった。可哀想だと思った。ご苦労様ご苦労様と、登和子は何度も労《ねぎら》いの言葉を掛けたけれども、死人に届くかどうかは解らなかった。

母の顔も、今は実父の顔と同じくらいに朧げだ。

一年も経っていないのに。

「記憶なんて曖昧なものなのね」

そう云うと倫子はええ、と答えた。

「簡単に捻《ね》じ曲がってしまうンですよ。掏《す》り替わったり入れ換わったり、人の頭の中なんて、いい加減なものです」

「そうなのかしら――」

そう云えばいつから。

いつから和服を着なくなったのだろう。小さい頃は浴衣を着て寝ていたと思う。父の背中に負われていた時は――。

――帯を締めていただろうか。

そうかもしれない。

その辺はもう暈《ぼや》けている。

祖母は今も和服だ。母も、死ぬまでそうだった。

妹も弟も今は洋服だけれど、ずっと洋服を着続けているのは、登和子だけではなかったか。二人とも着物は着ていた。

妹の着付けを拒んだ覚えは幾度もある。

登和子は小さい妹が可愛かったから、他のことなら何でも甲斐甲斐《かいがい》しく面倒をみたのだけれど、帯を締めてやるのだけは厭だった。厭だ厭だと泣き叫んで祖母が呆れたこともあったと思う。だから、少なくとも妹は――。

――いいや。

妹は小さい頃、登和子のお下がりを着ていたのである。

つまり、登和子も着ていたと云うことだ。

着なくなっただけなのだ。

——いつから。

そこが思い出せない。

いつからか登和子は、和服——と云うより帯や紐——を嫌って、洋服ばかりを着るようになったのだろう。セツの云うように何か理由があるとするならば、きっとその時に何らかの契機《きっかけ》があったと云うことだろう。洋服ばかり着るようになった時にはもう——。

蛇が怖かったと云うことになるのだから。

「忘れてしまったことは——もう、二度と思い出せないのかしら」

「そんなことはないでしょう。何かの拍子に、どうでもいいことを思い出すことって、能《よ》くありますよ。覚えている必要もない、意識すらしていないような些細なことなのに、ふと思い出す。つまり、忘れてはいない、いないんです」

「忘れていない？」

「消えてなくなる訳じゃァないんでしょうね」

「そう——なのかしら」

「家の中の失せ物と一緒です。必ず何処かにあるンですよ、思い出は。でも、どこに仕舞ったか判らなくなるンです。捨ててしまったり、泥棒に盗まれたり、どっかに落っことしてしまったりする訳じゃあないンだと思いますよ」

「押入れの奥にきっと厳重に仕舞ってしまうンじゃあないですか。押入れの奥だとか、天井裏だとか、普段は絶対に覗かないような判り難《にく》い場所に」

ああ。

あるのだろうか。

「何処かに——」

それは、何となく解る。

「仕舞ったことすら忘れてしまうンです。でも、大掃除をしたり、何か片付けものをしたりした時に、思いもかけずに出て来てしまうことがある——そんな感じがしますけども」

そう考えれば。

少し安心だ。無くしてしまうことはないのだ。あまり哀しまれずに逝った義父も、苦労ばかりで逝った母も、何処かに残っているのだろうし。

——でも。

安心なのと同じだけ、怖いことのような気もする。それは、消し去ることも出来ないと云うことなのだろうから。

風に乗って——。

何かの香りが鼻孔を掠《かす》めた。倫子の匂いだ。何かしら佳《よ》い匂いねと云うと、これでしょうかと云って倫子は匂い袋を出して見せた。

その瞬間――。

登和子は何かを思い出した。

――何だろう。

何だろうこの、懐かしいような怖いような、不思議な記憶は。この匂いか。匂いの記憶か。ぞくぞくする。背筋がぞくぞくする。寒気ではない。

蛇を――。

蛇を思い出している。

「どうしたんですか？」

倫子が覗き込んでいる。いっそう強く匂い袋が香った。

「何かを思い出したような気がして――」

「その、蛇のことですか？」

「いや、瞭然《はっきり》しないのだけど」

酷《ひど》い汗ですわと云って、倫子はハンカチーフを出し、額を拭いてくれた。ハンカチーフにも薫りは染み込んでいる。

「この香りは」

「これは――龍脳《りゅうのう》だそうです。少ォし樟脳《しょうのう》に似ていますけど、樟脳より控えめで、それでいて馨《かぐわ》しいンだって、妾《あたし》に呉れた人が云ってましたわ」

「そう」

云われてみれば樟脳の香りに似ていなくもない。

何を思い出したんですかと倫子は問うた。

「能《よ》く判らないけど——」

「もしかしたら簞笥《たんす》じゃないですか。虫除けに樟脳を入れますでしょう」

「簞笥？」

簞笥が何だと云うのだろう。

だって着物が入っているでしょうと云われて、ああそうかと登和子は納得した。

「連想したのじゃないですか。その、帯や紐を」

「そうかもしれないわ。でも——」

そうだろうか。

思うンですけど——と倫子は心配そうに継いだ。

「セツさんに聞いたんですけど」

「何を？」

「登和子さん、その、セツさんに蛇は冷たくてガサガサしているって云ったそうじゃないですか」

云った。

「だってセッちゃん、蛇がぬるぬるしてるとか云うんですもの。鰻やなんかと間違えているんだわ」

「登和子さん、どうして知ってるんです？」

「え？」

蛇に触ったことがあるのじゃないですかと倫子は云った。

「私が？　蛇に？」

考えただけでぞっとする。

「触れる訳ないわよ。だって腰紐だって触れないのに——」

「じゃあどうして知っているんです？」

「え？」

どうして——だろう。

「妾《あたし》は山育ちですから、蛇も能《よ》く目にしましたし、棒で払ったり、死んでるか生きてるか木の枝で突《つつ》いてみたりしたことまでありますけど——」

直《じか》に触ったことはないですと倫子は云った。

「抜け殻だって触れないですよ。登和子さん程じゃないにしろ、蛇は嫌いですから。だから、冷たいとかガサガサしているとか、正直言って判りませんでした」

「そう——ね」

何故知っていたのだろう。

想像した訳ではない。登和子は知っていたのだ。それは、登和子にとって当たり前のことだったのである。

「もし」

倫子は続ける。

「何かの拍子に蛇を握ってしまうようなことがあったンだとしたら、それはもう厭だろうと思うンです。幼い頃だったらそれはもう大変なショックになるんじゃないですか？」

「そう——よね」

「それが契機《きっかけ》で、恐ろしくなってしまったとか、そう云うことはないですか？」

この。

登和子は自分の両手を見る。

この手が蛇を握った？

この——。

「ああ」

帯だ。蒲団の、蒲団の上に帯が。帯がだらりと、畳の上までだらりと延びていて、登和子はそれを。

摑んだ。

摑んで、力一杯握って、引いた。

引っ張った。

あれはいつのことなのだろう。

覚えているような、いないような、そんな時期だ。それなら父が亡くなった前後のことか。五つか六つの時分か。

幼い登和子は。

帯をぎゅっと握って。

握った帯が。

帯だと思ったものは。

冷たくて。

ガサガサの。

帯じゃない。

蛇だった。

蛇だ。

「あ——ああ」

蛇だ蛇だ蛇だ。蛇だ。蛇だった。あれは蛇だった。

「あれが、あれが蛇だったの」

「登和子さん、確乎《しっか》りしてくださいな。顔の色が真っ青ですよ。それに、凄い汗。そこのお店で少し休みませんか」

登和子さん、登和子さん。

倫子の声が遠ざかる。

——私は。

私は蛇を。

「思い出したの。帯だと思って握ったのは蛇だった。鄙俗《いやら》しい、邪悪な蛇だった。私は蛇を握ってしまった」

頭の芯が疼《うず》くような気がした。

そして、龍脳の香りが染みた。

4

父親が横たわっている。

そして、その首の辺りに、あの気味の悪い蛇がのたくっている。のろのろと。

おお、厭だ。

この上なく厭だ。

こんな厭なことはない。

父は死んでいる。死んでいるのだろう。喉仏の隆起がやけに目立つ。無精髭が疎らに生えている。白目を剝いて、口を半開きにして、黄色い歯と、乾いた舌が覗いている。もう生きた人間の顔じゃない。縊《くび》れ死んで人相が変わってしまっている。だから記憶が曖昧なんだ。

笑ったり喋ったりしているお父ちゃんの顔じゃない。

でも、これがお父ちゃんなんだ。

蛇が。冷たくてがさがさした、鱗に覆われた鄙俗《いやら》しい蛇がのろのろと。

その蛇を摑んで。握って。

厭だよ怖いよ我慢出来ないよ。

そこで。

目が覚めた。

暫く眠っていたのだ。

何故か前後不覚になり、倫子に送られて家に戻って、登和子はそのまま床に就いた。熱があったのか、たっぷりと寝汗をかいている。ごそごそと体を返すと、枕元に水差しと湯呑みが置いてあった。

祖母か妹が用意してくれたのだろう。

時間が判らない。暗いし、静かだから多分深夜だ。

電燈の小玉が弱弱しく部屋を照らしている。何処も彼処も朦朧《ぼんやり》と黄ばんでいる。

登和子は腹這いになったまま、湯呑みに水を注ぎ、一口だけ口に含んだ。飲み込むと少しだけ楽になった。

そのまま枕に額を付けて、登和子は考える。

セツは異常だと云っていた。そんなことはないと云い返したが、これは矢張り異常の範疇だろう。

どれだけ蛇が怖いのか。

でも、何だかすっきりした気がする。

セツは、理由が判れば治るのだと云うようなことも云っていた。

理由が判った——と云うことだろう。

登和子は子供の頃、帯と間違えて蛇を摑んでしまったのだろう。

それは驚くだろうと思う。

年端も行かぬ童であれば、その衝撃は計り知れない。

余りに衝撃が強過ぎて、登和子はそのこと自体を、否、その頃のこと凡《すべ》てを、ごっそりと頭の隅に追い遣ってしまっていたのだろう。

だから。

だから、父の亡くなった前後の記憶が不明瞭なのだ。想い出したくないと云う強い想いが、連動した記憶も封印してしまっていたのかもしれない。

——ならば。

もう、大丈夫だろう。

蛇が嫌いなことに変わりはないけれど、必要以上に怖がることはもうないような気がする。本物の蛇が居たら普通に怖いと思うだろうけれど、縄だの紐だのに触れないなどと云うことはないのではないか。

ない——と思う。

本当に。

——理由が判れば治るんだ。

治ったんだと、登和子は心の中で繰り返した。

セツと倫子に感謝しなければいけないだろう。真逆《まさか》この性質が治るとは、考えもしなかったことだ。否、治るようなものだと思ってもいなかったのである。

すう、と気分が良くなった。

起き上がって、目を凝らし、時計を見た。

午前二時五分だ。

静かなのは当たり前である。祖母も妹弟も、ぐっすりと寝入っているに違いない。

——丁度。

このくらいの時間だった。

ふと、そう思った。何が丁度なのか能《よ》く判らなかった。ただそう感じたのである。

肌寒い。

汗が冷えたのだ。このままでは本当に風邪をひいてしまうかもしれない。

仕事を休む訳にはいかない。

明日は——否、日付が変わっているのだからもう今日か——客が多い。セツの言葉ではないが、こんなことで失敗《しくじ》って解雇されてしまっては洒落にならない。

着替えよう——と思った。

着替えなくてはいけない。体中から良くない汗が染み出して夜着を湿らせている。この身体に貼り付く湿気が、必要以上に蛇を恐れる登和子の異常さそのものであるように思えてならなかった。

脱ぎ捨ててしまいたい。

一刻も早く。

立ち上がり、箪笥の前に進む。

——そうだ。

確かめてみよう。

治っているかどうか、確かめてみよう。

母の浴衣があった筈だ。それが着られれば、もう平気だ。

箪笥の取っ手に手を掛ける。上手に着られるだろうか。いいや、着られなくたっていいのだ。腰紐だの帯だの、ちゃんと触れればそれで判るじゃないか。治ったのなら平気だろう。

抽匣《ひきだし》を引くと。

つんと、樟脳の香りが鼻をついた。ああ。

これは。

この匂いは。

これはあの人の匂いだ。

――あの人？

あの人とは誰だ。いや、それは倫子の匂い袋の香りではないのか。樟脳に能《よ》く似た、龍脳の匂いじゃないのか。

違う違う。

これは、あ、か、あの女の、人、の。

あの女の匂いだよ登和子。

――あの女？

あの、綺麗な着物を着た、若い女の人の匂いだよ。忘れてしまったのかい登和子。

頭の中で声がする。

否、忘れたんじゃない。

思い出したくないだけさ。

消えてなくなりはしないんだ。思い出は。

――いや、だから。

あの女とは――。

ほら、小さかったお前が見蕩《みと》れていた、綺麗な女の人さ。

そう、もうすぐ六歳になろうと云う時分に、何度も見掛けただろう。お母ちゃんのいない時に、来ていたじゃないか日傘を差して。綺麗な着物を着てさ。

あの、女の人だよ。

——そう。

お父ちゃんの。

囲い女だよ。

——え？

手が止まった。

そう、あれは。

父には、母の他に囲っている女が居たのだ。

思い出した。色の白い、派手な柄の和服を着た、艶《あで》やかな女——今にして思えば水商売の女だったのだろう。でも幼かった登和子は、ただ——綺麗な人だと思っていたのじゃなかったか。

母ちゃんには言うなよ。

菓子を遣るから黙っていろよ。

内証だぞ。指切りだぞ。約束破ると。

蛇が来るぞ。

でも。

云った。

云ってしまった。
登和子は母に告げ口をした。母は。
母は迚《とて》も哀しそうな顔をしたんだ。
そう、丁度六歳になろうと云う頃のことだ。父と母はそれから——。
云い争う声。
怒鳴り声。泣き声。悲鳴。懇願。謝罪。そしてまた云い争う声。怒号と啜《すす》り泣き。
何日も何日も。
両親の諍《いさか》いは、何日も続いた。
家の中に笑い声は絶えた。父は荒れて、母を、そして祖母を殴り、酒に溺れた。
誕生祝いが近いと云うのに。
登和子の家は壊れてしまった。
完全に——。
忘れていたことだ。厭だった。辛かった。哀しかった。
本当に、本当に厭だった。酔って怒鳴って暴れる父は、怖かった。登和子も殴られた。
お前が告げ口をしたな。
云わなくていいことを。
登和子を殴る父を見て、母は。

母は信じられないような恐ろしい顔をした。

この子に罪はないだろう。

お前と云う男は。実の娘よりも。

あんな売女《ばいた》の方が大事だと云うのか。

眉はひしゃげ、眼は吊り上がり、口は歪み——。

母の顔は、蛇のように恐ろしくなったのだ。

怖い怖い怖い。

暴れるお父ちゃんも怖いけど。

そんなお母ちゃんの方が猶《なお》怖い。

あれは——。

嫉妬に狂った蛇の顔だ。母はその時蛇になった。優しい大好きな母は、怖い怖い蛇になった。厭で厭で厭で。

怖くて怖くて。

お父ちゃんも好きだったんだけれど。

もう、好きじゃなくなった。優しいお母ちゃんをこんな恐ろしいものに変えてしまうお父ちゃんは——。

嫌いだよ。

蛇より嫌いだよ。

そうだ。

丁度、このくらいの時間だった。

夜中に目が覚めた。

薄朦朧《うすぼんやり》とした夜だった。

暗がりに、蛇のように恐ろしくなった母が居た。

そして——。

そして何があった。

そこで——登和子は蛇を摑んでしまったとでも云うのか。

そうなのだろうか。

それは何だか唐突だ。

登和子は、抽匣《ひきだし》の中に仕舞ってあった古びた博多帯を手に取った。安物の、何処にでもある帯だ。

——ちゃんと持てるじゃないか。

矢張り治ったのだ。これまでは指先が触れただけで背筋が凍るような恐怖に苛《さいな》まれていたのだ。蛇でないと判っていても、どうしても触れなかったのだ。今、登和子はこうして帯を手に持っている。これは、ただの帯だ。

手触りだって蛇のそれとは違う。冷たくもないし、ガサガサしてもいない。勿論、動きもしないし這いもしない。舌も出しはしない。

帯だ。

あの時――。

幼い登和子はどうしたのだろう。何を見て、何をしたのだろう。母は何をしていたのだろう。こんな真夜中に。

母は。

そうだ。

母は。

母は父を殺していたのだ。

酔って暴れて寝入ってしまった不実な男の頸《くび》に、この。

この博多帯を巻き付けて。

そして――。

「ああ」

そうだ。全部思い出した。登和子が握ったのは、蛇なんかじゃない。この帯だ。この帯を握って、強く引いたんだ。

登和子は、母の手伝いをしたんだ。

母の顔が恐かったから。蛇だったから。そんな母は厭だったから。可哀想だったから。真夜中に目覚めてしまった幼い登和子は、蒲団の上から畳の上にだらりと延びた帯をぐいと摑んで、思い切り、力一杯引っ張ったのだ。

その時、もう父は死んでいたのだろうけれど。

幼い登和子は父の頸に巻き付いている帯を摑んで、力任せに引いたのではなかったか。

帯は――。

帯はするすると動き、そして赤い舌をちろちろと出して登和子の手を擦り抜け、畳の上に落ちて、のろのろとくねって這い回り、部屋の隅に消えた。

冷たい、ガサガサの感覚が残った。

――私が――蛇だ。

日光榎木津《えのきづ》ホテルのメイド、桜田登和子が、得体の知れぬ闇にのろのろと取り込まれてしまったのは――昭和二十八年十一月も半ばのことである。

第弐拾夜

◉

目競

めくらべ

◎目競

大政《だいぜい》入道《にうだう》清盛《きよもり》ある夜《よ》の夢《ゆめ》に
されかうべ東西《とうざい》より出て
はじめは二つありけるが
のちにハ十二十五十百千万
のちにハいく千万といふ数《かず》をしらず
入道もまけずにこれをにらみけるに
たとへば人の目くらべをするやう也しよし
平家《へいけ》物語《ものがたり》にみえたり

——今昔百鬼拾遺／下之巻・雨

鳥山石燕（安永十年）

1

魚《うお》が好きだ。

魚を飼いたいと思う。

子供の頃、兄と一緒に観魚室《うおのぞき》に連れて行って貰ったことがある。せがんだ訳ではなく、来いと云うから従ったまでである。父は世に云う変わり者で、強引な人物ではなかったが有無を云わさぬ処があった。その時も、面白いから来いと云われただけだった。

うお、のぞき、と云うのも、父がそう云っていただけで、そうした名称の施設に行った訳ではない。思うに父の造語ではなかろうか。父は名詞に動詞を接続しただけの、頭の悪そうな言葉を勝手に作ることが多い。センスを疑う。

大きな水槽があって、大きな魚が泳いでいた。

泳ぐ魚を真横から見たのは、それが初めてだった。

今でこそ水族館の数も増えたが、その頃はそう多くはなかった。川の魚も海の魚も、池の鯉《こい》も、水に潜《もぐ》らぬ限り横から見ることは出来ない。横から見られるのは精精《せいぜい》が金魚である。

金魚は、また別である。

それに、金魚鉢は小さいし、丸い。

凹面《おうめん》の硝子《ガラス》の囲いは、金魚の姿を歪《ゆが》めてしまう。

金魚は金魚で可愛いものだとも思うけれども、あの狭い球体の中をくるくると泳ぎ回っている小さな生き物は、所謂《いわゆる》魚とは違うように感じる。

朱《あか》や玄《くろ》や、あの綺麗《きれい》な体色も、特殊なものである。

父の話を信じるなら、金魚を飼うための丸い硝子の鉢は、金魚玉などと呼ばれていて、江戸の頃からあったのだそうである。

ただ、どれ程一般的なものであったのかは判らない。

調べた訳ではないけれど、江戸と云えば硝子がびいどろだのぎやまんだのと呼ばれて珍重されていた時代ではないのか。思うに何処にでもあるものでも、誰もが手に入れられるものでもなかったのではないか。ならば、盥《たらい》や鉢に入れるにしろ、池に放すにしろ、上から見るしかないことになる。

その証拠に、金魚であれ錦鯉《にしきごい》であれ、本邦の観賞魚は上から観《み》るために改良されたものであるらしい。形体も模様も、上から観た方が綺麗なのである。人間の目線で作り替えられた生き物ではあるのだ。

その所為《せい》か――。

金魚や鯉にはそれ程執着が涌かない。

嫌いな訳ではないが、どうも、うおとは思えない。

魚は、人の視線に規定されてしまうような存在ではない。

尤《もっと》も、金魚にしろ鯉にしろ、それ自体はそんなこととは無関係に、ただ生きているだけなのだろう。でも、そう作り替えられてしまった以上、望むと望まざるとに拘《かかわ》らず、在り方や位置付けは主に人との関わりの中で見出されるものとなってしまうだろう。

こちらが人である限り、それは已《や》むを得ないことだ。

金魚や鯉は餌をねだる。人はその仕草を見て可愛いと思ったりもする訳だが、あれとて別に人に依存していると云う訳ではないし、人と心《きもち》が通じていると云う訳でもないだろう。あれは捕食行動である。それ以外に動機はない。でも、人にはそう見える。

そう云う風に見えるように、作り直されてしまったのである。

金魚も、鯉も、魚と云うよりは愛玩動物なのだ。

魚は、もっと勝手だ。人間なんかとは切れている。人と関係のない場所で、人の手の届かない処で、勝手に生まれて勝手に生きて勝手に死ぬ。素晴らしい。

釣り上げた処で媚《こ》びることも命乞いをすることもない。人の視線に晒《さら》されたって小揺るぎもしない。人がどんな風に手を出そうとも、魚をどうにかすることなどは出来ないのだ。人間なんか、どうでもいいのだ、魚には。

――あれは何と云う魚だったのか。

連れて行かれたのは士族だか華族だかの屋敷で、待っていたのは金満家であった。父の友達か何かだったのだろうが、あまり感心しない類《たぐい》の人種ではあったろう。あんなに幼かったのに、それでもそう思ったのだから、余程厭《いや》な奴だったのだろう。その所為《せい》か、顔も名前も些《ち》細《っ》とも覚えていない。屋敷の様子も、場所も、全く記憶にない。

でも、魚の居た部屋の有り様だけは覚えている。

魚の様子も、異様なまでに、克明に思い出せる。

和室にして二十畳くらいの、小部屋と云うには広く広間と云うには狭い、そんな部屋だった。窓はあったがカーテンが引かれていて、微暗《うすぐら》かった。床は石張りで、腰壁は黒っぽい板で、壁は漆喰《しっくい》で、天井は暗くて能《よ》く見えなかった。

水槽は三つあった。

幅は二間《けん》、奥行きも一間近くあっただろうか。

持ち主の金満家は、日本に二つとないものだ、世界一の水槽だと自慢げに吹聴《ふいちょう》していたように思う。

世界一と云うのは話半分としても、戦前の話であるから、日本に一つと云うのは真実《ほんとう》だったのかもしれない。当然乍《なが》ら特別注文の品ではあったのだろうし、同じものを発注すれば今でも相当高額になるだろう。

水は、重い。透き通っているし定まった形はないが、重い。否、定まった形がないからこそ余計に重くなるのだ。水は自分で自分を支えることが出来ない。だから重力には一切忤《さから》わない。その重みは、凡《すべ》て外に溢れ出そうとする力となる。量が増えれば増えた分、その力は大きくなる。水圧と云うのは、凶暴なものなのだ。

大きな水槽を作るには、その凶暴な水圧に耐え得るだけの厚みを持つ、丈夫な硝子が必要になる。窓硝子程度の厚さではすぐにも割れてしまうだろう。しかし、厚くて頑丈なら良いと云うものでもない。水が漏れ出さないようにするためには、強度だけではなく精度も必要になる。厚みに斑《むら》があっても、継ぎ目の処理がぞんざいでもいけない。それに加えて、硝子の透明度が低ければ何の意味もないことになる。良い状態を維持するためには忠実《まめ》に手入れをしなければならないし、手間も維持費も、大いに掛かる。

そう云う意味でも、あれはかなり立派な水槽だったのだ。

ちゃんと、透き通っていた。

魚が泳いでいた。

鱗《うろこ》も鰓《えら》も鰭《ひれ》も、細部まで思い出せる。動き方も光り方も再現出来る。

でも、どう云う訳か種類が特定出来ない。

細部はクリアーだが、全体としては漠然とした魚である。

素晴らしい生き物だと思った。

中でも印象的だったのが――。

あの眼だ。

魚は、好《い》い。特に眼が良い。

中には、あの眼が嫌いだと云う人もいる。いや、そうした人は殊《こと》の外《ほか》多いらしい。

まあ、可愛らしいかどうかと問われれば、そう可愛らしいものでないことは確実である。

多くの魚には瞼《まぶた》も睫毛《まつげ》もないし、表情も一切ない。表情がないのは当たり前で、魚はあまり――と云うかまるで、ものを考えていないだろう。刺激に対して反応しているだけだ。生きているだけなのだから、感情も、きっとない。

そこが好いのだ。

そのうえ――。

魚の眼は体側に付いている。

並んでいない。右目は右側、左目は左側に付いている。

いったいどのように世界が見えているのか、想像するのが難しい。

いや、見えると云うよりも感知していると云うべきなのだろう。あれは、器官としては眼なのだろうが、人間の、景観を眺め距離を測り形を見定め色を愛《め》でる――所謂《いわゆる》眼ではないのだ。光感知器《センサ》のようなものなのだろう。

下等なのである。多分。

それがいけないとか、上等の方が良いとか、そうは思わない。

それで足りているなら充分である。それで足りる生き方が出来るなら、考えように依《よ》ってはその方が高等である。シンプルな方が優れているに決まっている。上等と云うのは、プロセスがややこしいと云うだけのことだ。下等で済むなら下等な方がずっとマシだ。

大体、魚には前方はあるが正面はない。

進む方向が前である。

前に向いているのは先だ。先の反対が尾だ。

しかし先は先、前は前であって、正面じゃない。

魚を正面から見たって魚に見えない。鮟鱇《あんこう》や鱏《えい》なんかは別だけれども、殆《ほとん》どの魚は何だか判らない。膨れた河豚《ふぐ》だの鱓《うつぼ》だの、その辺りなら識別出来るだろうが、後は平べったくて何だか判らないだろう。平目《ひらめ》や鰈《かれい》だって、あれは右なり左なりに眼が移ってしまっただけなのであって、例えば平目の場合も眼が並んでいる面が正面と云う訳ではないだろう。あれは寧《むし》ろ上面である。

正面と云うのは、矢張り人間基準の概念なのだ。

顔の前に眼が並んでいる。その並んだ二つの眼が向いている方が正面である。人の場合はその正面を基準にして右と左と後ろが生まれる。

正面と云うのは、字の如くに正しい面なのだろう。

だが、面に正しいも間違っているもなかろうと思う。

正しいとか正しくないとか、妙な価値観を持ち込むとややこしくなるだけである。

例えば、前を向け前に進めと人は云う。

しかし、進んでいる方が常に前だと思う。魚はそうだ。

正面と云うなら、正面が向いている方向こそが前ではないか。正面が右を向いている者は右が前だ。後ろを向けば後ろが前だ。それだけではないか。どっちに行ったって前だ。

しかし、良いとか悪いとか正しいとか間違っているとか、そう云う基準を持ち込むと途端に面倒になる。後ろを向いている者は前進すればする程後退してしまうことになる。

ややこしくていけない。

それもこれも、人の眼が二つ並んでついているからだ。

正面に並んだ二つの眼が人の世界を規定している。それは人の世界に過ぎないのに、人はそれを人以外の凡てにそれを当て嵌《は》めて、そうして世界を理解している。のみならず、それを人以外の凡てに押し付けて、適用しようとしている。

人にとっては解り易いのだろう。でも、ややこしくしているだけのような気もする。

——眼が。

眼が世界を規定する。

煩《わずら》わしいことである。

魚は違う。

魚の場合は進行方向を基準にして、前後左右があるだけなのだ。海馬《たつのおとしご》だの太刀魚《たちうお》だの、妙な習性のものを除けば、魚は前に進むだけのものである。どっちに行こうが、進む方向が常に前である。

尤《もっと》も、上下と云うのは厳然としてあるだろう。地球に近い方が下で地球から遠い方が上である。ただ、陸上動物は地べたに脚がひっついている。引力の呪縛を直接的に受けて生きている訳だ。しかし、魚は違う。上下は単に水圧の差異でしかない。

魚は前後左右上下を縦横無尽に暮らす。

万有引力からも、正面からも自由である。煩わしいことはない。

何もない。

自由だ。

自由は、鳥に喩《たと》えられることが多い。

鳥は鳥で悪くはないが、それでも魚の方が好い。

慥《たし》かに——大空を舞う鳥は一見自由そうである。だが、鳥はふわふわ宙に浮いている訳ではない。鳥は、浮かんでいるのではなく、飛んでいるのだ。鳥は、羽撃《はばた》く努力をしなければ墜《お》ちるのである。滑空にしたって、ゆっくり墜ちていることに変わりはないだろう。

結局、重力には逆らえないのだ。

上昇するためには、羽撃かなくてはならない。飛び立つには飛び立つだけの力が要る。風に乗るまではその力を維持しなくてはならない。

だから、自覚こそないのだろうが、鳥も努力して飛んでいることに変わりはあるまい。

否、重力に逆らう訳だから、空を飛ぶと云う行為自体、そもそも不自然なことではあるのだろう。虫が飛ぶのとは訳が違う。吹けば飛ぶような虫と鳥とでは質量が違い過ぎる。

だから鳥は、無理して飛んでいるように思えてならない。

そもそも鳥は生まれ乍《なが》らに飛べる訳ではない。孵化《ふか》してから翔ぶまでにはそれなりの時間がかかる。雛《ひな》は羽撃く練習をしたりする。

あれがいけない。

そもそも修練しなければ出来ないようなことなら、しなければ良いのだ。

努力だの、修練だの、そうしたことは――好む処ではない。

それに――。

鳥は地べたにいたって何とかなるのである。飛ばなければ死んでしまうと云う訳ではない。餌が摂《と》れさえすれば、仮令《たとえ》飛べずとも死にはしないだろう。何とかなるのなら、無理して飛ぶこともないではないか。

鳥は、生まれてから死ぬまでずっと空中にいる訳ではないのだ。

巣は空中にない。眠る時だって浮いている訳ではなかろう。

でも、魚は、生れ乍《なが》らに水中にいる。そして、水の中で死ぬ。卵や親魚から水中へと放たれてしまう訳だから、生を享《う》けた瞬間からもう泳がざるを得ないのだ。後はもう、泳ぎ通しである。泳いでいないと死んでしまう種類もあると云う。止まっていたり眠っていたりしても、水中にいることには違いない。

四方八方、自由に動く。進んでいる方が常に前だ。

単純で潔《いさぎよ》い。

その、単純さや潔さを、あの眼が象徴している。

初めて真横から魚を見た日から、ずっと好きだ。

魚は、あの眼から受容《センサ》した情報をどのように理解しているのか。魚にはどんな風に世界が見えているのか。

魚の——眼が欲しい。

榎木津《えのき づ》礼二郎《れいじろう》は、そう思った。

2

礼二郎がそれに気付いたのは、五歳か、六歳か——もしかしたらもう少し前のことだったかもしれない。

物心付くと云うのがどう云う状態のことを指し示しているのか、実は能《よ》く解っていないのだけれども、まあ物心付いた頃には気付いていたと思う。

礼二郎は、どうやら他の人と違う景色を視《み》て生きている。礼二郎の生きている世界は豪《えら》くごちゃごちゃしていて、複雑で、不定形で、渾沌としていた。物も人も建物も景色も、二重にも三重にもなっていて、そこにないものも、そこにあるものも、そこに居る人も、そこに居ない人も、何もかもが輪郭を曖昧にして、皆どろどろと混じり合っていた。

世界と云うのは迚《とて》も恐ろしいものだと、幼い礼二郎は思っていたのかもしれない。

小さな頃、礼二郎は動物が好きだったと云う。長じてからも変わってはいない。犬でも猫でも好きである。ぐにゃぐにゃしたけものは大概好きだ。しかし、親に云わせれば猫だの亀だの寄居虫《やどかり》だの、そうしたものに触れた時の悦びようは常軌を逸していたと云う。

そういうものの輪郭は割と明瞭に視えた——からだと思う。

猫は今でも可愛いと思うが、亀なんかは何とも思わないし、寄居虫に至ってはどうでもいいものである。大嫌いな竈馬《かまどうま》に若干なりとも似ている分、寧《むし》ろ嫌いな部類のものであるかもしれない。

どう云う訳か、動物ははっきりと視える。はっきり視えるから、触りたくもなる。触ると安心する。視覚と触覚と嗅覚と聴覚と、そう云うものが同調《シンクロ》しているのだと確認することが出来るからである。

それに気付いたのも、動物のお蔭である。

何だかはっきりしない動物も視えると云うことに、幼い礼二郎は気付いたのだった。はっきりしない動物は、触れない。つまり——。

そこには居ない。

物も同様だった。

触れる物と触れない物がある。

触れない物はそこにはない。視えるだけで、ない。

自分は、ないものが視えている。そして、ないものは、他の人には見えていない。自分以外の人間は、あるものしか見えないのだ。

否——。

そこにないものは視ようとしたって見えないものらしいと、やがて礼二郎は学習した。

――否。

そうではない。見えないのではなく、ないのだ。ものと云うのは普《あまね》くあるから見えるのである。ないものは、そもそも見える訳がないのである。ないのだから。

当たり前のことなのだろう。でも、そうでない者――礼二郎のような人間にとって、それを識《し》ること自体、簡単なことではない。

何故なら、誰も教えてはくれないからである。

その人にとって、何がどのように見えているのかと云うことは、本人以外には決して判ることではない。人は自分の五感を通じてのみ世界を識《し》ることが出来る。それ以外には識る術《すべ》がない。他人の目で視て他人の耳で聴いて他人の鼻で嗅ぐことは不可能である。

だから。

自分以外の人間が何を見て何を聞いて何を嗅いでいるのか知ることは出来ない。それ以前に知ろうと思わない。皆、自分と同じだと考えている。誰しもが自分の目や耳や鼻を信じている。自分は正しいと考えている。疑うことはないのだと思う。

だから。

違う者が居ると云うことを認めない。

認めないと云うより、想像することが出来ないのだろう。

自分の見たもの聞いた音嗅いだ匂い、それこそが疑いようのない真実なのだと、みんなそう思い込んでいる。それは揺るがないものであり、他の者も当然同じように受け取っているのだろうと、受け取るに違いがないと、受け取るべきだと——誰もが思っている。

だから。

敢《あ》えてこう云うものですよと教えてくれたりはしないのだ。教わらなくても、多くの人はきっとそんなに困らないのだろう。大きな差はないのだろうと思う。多少の誤差は修正されてしまう。何と云っても比較しようがないのだから、違っていることが判らない。違っていても違っていることを知らぬまま、多くの人は一生を終えるのだろう。

礼二郎の場合は、違い過ぎていたのだ。

それでも、気付かぬ者もいるだろう。

それ程幼い時期に自覚したと云う事実は、或る意味礼二郎の聡明さの証しと考えることも出来るかもしれない。しかし、そう理解されることは少ない。

礼二郎は最初、兄に相談した。

ただ、礼二郎も幼かったが、兄もまた幼かった。

それでなくても説明し難《にく》い事柄である。語彙《ごい》も少なく論理性に乏しい幼子同士の間で正しく伝えられるようなことではない。上手に説明した処で理解は得られなかっただろうし、またその上手な説明と云うのがそもそも出来なかったのだ。

だから、全く解って貰えなかった。

兄の理解力が劣っていた訳ではないと思う。兄の総一郎は、世間一般では至極まともな人間として諒解されている。多分、兄は普通なのだ。子供の頃も普通だったのだろう。

いや、普通とはいったい何だ——と云う話ではあるだろう。突出した処がない、逸脱した処もない、標準的な、と云う意味なのだろうが、そもそも突出も逸脱も標準も、基準がないのだから判断は出来ない。でも、思考停止状態で自分は他人と違わないと思っている人間は、まあ普通なのだろうと礼二郎は思っている。本人がそう云っているのだから、そうなのだろう。当たり前に頭を使える人間は自分のことを普通だなどと云わないし、ならば普通だと宣言してしまうような人のことを普通としておくべきなのだろう。兄は、まあ普通だ。

普通の兄はその時、
目が悪いんだ——。

と、云った。慥《たし》かに礼二郎はそれ程視力が良くはなかった。でも、あるものが見えないと云うなら兎も角、ないものまで視えるのだ。だから違うと主張すると、
お化けかな——。

と云われた。兄はそして、ぶるぶると身を震わせて怖がる素振りをした。

その仕草を見て礼二郎は落胆した。それが幽霊の類《たぐい》だと思ったことは、それまでも、そしてそれ以降も、ただの一度もない。

多くの子供がそうであるように、礼二郎も荒唐無稽な作り話に胸を躍らせた口だ。怪談奇談も大好きだった。長じるにつれその手の作り話からは離れて行くのが世の常であると聞くが、礼二郎の場合はそうでもない。成人を過ぎた今でも好きである。だから、当時からその手の話は好んで聞いたり読んだりしていた筈なのだけれど、そうした怪談話と自分の現実は、全く結び付くものではなかった。

大体、別に怖くはない。忌まわしくもない。視えるだけである。慥かに、父の横に父が居たり、部屋に居ない筈の母が目の前に居たりすることはあった。でも、父も母もちゃんと生きている。本人が隣に居たりする。そんな幽霊はないだろう。

お化けなんかじゃないと云った。すると兄は、

じゃあ頭がおかしいんだよ――。

と答えた。

そうかもしれない、とは思った。

普通の感覚なら、そうなのだろう。

兄は心底普通の子供だったのだ。そして、そのまま普通の大人になった。

しかし礼二郎の中で、その日以来、兄はただの気の良い馬鹿である。だからと云って嫌いになったりすることはなく、兄弟仲は今でも悪くもないが、まあどうでもいい人だと思う。

次に、礼二郎は父に打ち明けてみた。

父は驚きもせず、怪しみもせず、ただ一言、
そうなのかい――。

と云っただけだった。そりゃあ良かったねとでも続けそうな口振りであった。だから何だと云う感じでもあった。関心がないようでもあった。否、明らかに関心はなかったようだった。礼二郎が不満げにしていると、
困るのかい――。

と、尋《き》かれた。

まあ、困ると云えば困るのだが、困らないと云えば困らない。痛い訳でも苦しい訳でもないし、恐ろしくも悲しくもない。ややこしいだけである。

そう答えると、ならいいでしょうと云われた。

いいのか。

礼二郎は殆ど泣かない子供だったが、この時は少し悲しくなった。本当にいいのかと思ったからだ。自分は明らかに他の人とは違うのだ。これは、異常と云うことではないのか。

父は暫く礼二郎の顔を眺めて、
まあ、人はみんな違いますからねえ――。

と、素っ気なく云った。

まあ、父は――普通ではないのだろうと礼二郎は思う。

普通ではないが、矢張り馬鹿ではあるのだろうと、そうも思う。

榎木津の家は旧華族であり、父、幹麿《みきまろ》は爵位《しやくい》まで授かった人間である。しかし幹麿は徹頭徹尾酔狂な性質で、政治にも経済にもまるで興味がなかったらしい。

ただ、博物趣味だけはあった。学者になりたかったのかもしれない。

無駄に金があった所為《せい》か、父と云う人は来る日も来る日も役に立たぬことばかりにうつつを抜かしていたし、今も抜かしている。

額に汗して働いている処など見たことがない。

尤《もっと》も、その金も父が稼いだものなのであるから、誰も文句は言えない。本人には自覚がないようなのだが、どうやら父には商才があるらしい。景気が上がろうが下がろうが、父は常に泰然としていて、暮らしに困る素振りなど見せたことがないのであった。

いや、もしかしたら見えぬ処では苦労をしていたのかもしれない。

でも、見たことがない。少なくとも家の中でそんな様子は一切見せたことがない。

虫を捕ったり美術品を眺めたり書を認《したた》めたり、物見遊山をしたり、凡そ浮世離れした暮らし振りである。怒ることもなかったが、他人を甘やかすこともしない。虫を眺めたり食事をしたりしている時は機嫌が良く、それ以外の時は何を見聞きしても柳に風で、穏やかと云えば穏やかな人なのだが、それを無関心と捉《とら》えると、やや肚立《はらだ》たしくも思えた。

要は馬鹿なのだと礼二郎は理解している。

兄には理解されず、父には関心を示されず、いずれにしても幼い礼二郎はどうしようもなかったと云うことになる。

兄と父とですっかり懲《こ》りて、もうこのことは他人には云わない方が良いかと思い、結局礼二郎はそう決めた。秘密にするつもりは全くなかったが、自慢することでもないし、吹聴して治るものでもあるまい。ただ人に相談しても無駄だと云うことだけは確乎《しっか》り学習したのである。無駄なことを繰り返しても仕様がない。

後は――自分で何とかするしかなかった。

礼二郎は、あるものと、ないのに視えるものとを峻別出来ないかと考えた。それが出来れば日常生活に支障は出ない。多少、変梃《へんてこ》なだけである。それらは視え方が違う筈である。そして必ず法則性がある筈だ。それさえ判れば、何とかなるだろう。ないものは無視すれば良いだけである。

そして。

礼二郎はある仮説に思い至った、
自分はどうやら、あるものと、あったものの両方が視えているのではないか。谺《エコー》が返って来るように、世界が遅れて視えているのではないのか。

自分以外の人には、そこに今あるものしか見えていない。

自分には、今はなくても前にあったものが――視えている。

過去が二重写しになっているのか。

昔が消えずに残っているのか。

想い出が凝《こご》っているのか。

それは中中良い考えだと思った。ほんの僅かの間、幼い礼二郎は自らの異能に就いてそう説明することで納得し、不可解な世界を遣《や》り過ごしたのだった。

昨日や、一昨日や、もっと前のことが現在に重なって視えてしまうのだと、そう思っていればいいのだ。そんなことが起きる理由の方は見当もつかないが、取《と》り敢《あ》えず視えているものが何なのか説明はされている。それは訳の解らないものではなくなる。

しかし——。

それは少しばかり違っていたのである。

かつてその場所になかったものも、視える。見たことがないものも視える。何が何だか判らないものも視える。

視えるのは、自分の記憶している図像ばかりではなかったのである。

しかし、まあ、それはもうどうでも良かった。ないものは、あるものと比べると靄靄《もやもや》としていてやや正体がなく、しかも少し上の方に浮かんでいることが多かった。就学する前に区別は付くようになっていた。

区別がつけば、そんなに不便はない。

更に。

学校に通うようになって、礼二郎はもうひとつ、ある特性に気付いた。

人が多いとそれも多くなるのだ。礼二郎の視界に収まる中に居る人数と、視えるのにないものの量は比例していた。十人居れば十人分、百人居れば百人分、それは視えた。

講堂に生徒が集められていたりすると、もう景色は何が何だか判らなかった。

時に――厭な気分にもなった。

厭なものも見えたからである。

おぞましいものを引き摺っている者も、恥ずかしいことを浮かべている者も居た。それが何かは判らなかったけれど、人は汚くて醜いものなのだと云うことは知れた。一方で、愉快なものや可笑《おか》しげなものを引き連れている者も居た。美しいものや綺麗なものも視えたけれども、そうしたものは影が薄かった。

いずれにしても――。

それは常に視えている訳ではなかったのだ。

思うに、独りでいる時、礼二郎の視る世界は安定していたのである。独り切りなら余計なものは視えなかった。父や母や兄や、自分以外の者が傍に居る時に、それは視えたのだ。そして世間が広くなるに連れ、数を増やして行ったのではなかったか。

原因が礼二郎以外の人間にあることは確実であるように思われた。

そこにないものは、他人が見せている。否、意図したこととは思えないから、礼二郎以外の人間が礼二郎の視覚に影響を及ぼしている、とするべきだろう。人から出る電波のようなものを、礼二郎はラジオのように受信してしまうのかもしれない——そんな風に思った。そう仮定するなら、見たことがないものまでが視えてしまうことも首肯《うなず》ける。

では、その電波のようなものとは何だ、と云うことなのだが。

電波であろうが何であろうが、人がそんなものを出しているとは思えない。

出しているとして、その電波が礼二郎に視せる画像は何なのだと云う問題もある。

何の意味がある。

何も——意味はないのだと礼二郎は断じた。

意味なんかないのだ。

この世の中の凡百《あらゆる》ものに意味はない。意味と云うのは、後から勝手につけるものだ。意味付けするのは人である。否、自分自身である。だから、自分にとって意味がないと思えば意味などないのである。

七つ八つの小童《こわらわ》の段階で、礼二郎はそんな達観をした。

あるものを強く視れば、ないものは薄れるような気もした。あるものだけを視るように心掛け、ないものを気にしないように努めているうち、少しずつ、それは薄まって来ているように思えた。十歳を超す頃には気にならなくなっていた。

ただ。

日が暮れて来ると。

光量が乏しくなり、現実の景色が見え難《にく》くなってくると、それでもそれは能《よ》く視えた。対比の問題なのかもしれなかった。

暗闇に誰かが居たとして。

その近くに礼二郎が居た場合。

礼二郎は、そこではない場所、今ではない時間の中に居るような錯覚に陥る。何処か知らない部屋や、見覚えのない風景の中で、会ったことのない人と向き合ったりしたことのないことをしていたりする。

それは——厭だった。

屋外ならまだ良い。明かりがつかぬ閉鎖空間を想像すると怖気《おぞけ》立つ。奥深い洞窟だの、行き止まりの隧道《トンネル》だの、そう云う場所は、想像するだに厭だった、

もう一つ、堪らなく厭なことがあった。

にらめっこ、である。

子供であるから、色色な遊びをする。かくれんぼもおにごっこもする。

礼二郎は器用だったし、運動能力にも恵まれていたし、何よりも賢かった。華奢《きゃしゃ》なわりに腕力もあった。何をやっても上手に熟《こな》した。度胸もあった。

駆け競べでも跳び競べでも一番だった。相撲も喧嘩も負けたことがない。勝負事には大抵勝てる子供だったのだ。視力だけは大いに問題があったのだが、動体視力と判断力は人一倍優れていたから、あまり支障はなかった。虚像と実像を峻別して理解することをし続けていたお蔭で、そうした能力が養われたのかもしれない。

子供の遊びは概ね楽しかった。

でも、にらめっこだけは駄目だった。

勝ち負け以前の問題である。

にらめっこは――。

相手の顔を間近に見る。

相手の顔には、当然乍《なが》ら眼が並んでいる。

眼に――。

眼が映る。

相手の眼が、違う誰かの眼になる。目の前の友達の顔に、違う貌《かお》が重なる。

違う誰かの貌は、見詰めれば見詰める程に濃くなって――。

大きな眼で睨み付ける。

誰だ。誰なんだこいつは。

自分を睨んでいるのは――。

自分だった。

礼二郎を睨んでいるのは礼二郎自身なのだ。

そのことに気付いた途端、礼二郎は気が遠くなる程の嫌悪感を覚えた。こんな厭な遊びはないと思った。相手が幾ら滑稽な顔をしてみせようと、そんなものは見えなくなってしまうのだ。眉根を寄せて、大きな色の薄い瞳で自分を凝眸《ぎょうぼう》しているのは——自分なのである。

鏡に映った自分の顔ではない。そのままの自分である。

ありのままの自分を視てしまう恐ろしさ。

その自分に視られている恐ろしさ。

にらめっこは——厭だ。

そして。それ以外の場所でも、それまでにも、自分は幾度となく自分の貌を視ていることに礼二郎は気付いたのだった。己の姿は鏡に映す以外に見ることが出来ない。しかし、鏡像と実像は違う。だから気付かなかったのだろう。それまでに自分が視て来た知らない誰かの中に、自分も居たと云うことである。

人の眼は厭だ。

自分の眼はもっと厭だ。

眼を視ている眼。その眼を視ている眼。

初めてにらめっこをした翌日、礼二郎は発熱した。そして暫く寝込んだ。

三日ばかり寝かされた。熱のある間は何故か桃ばかり喰わされた。熱が下がって、粥《かゆ》が喰えるようになって、漸《ようや》く人心地付いた時のことである。

うおのぞきに行くよ——。

父はそう云ったのだった。

今にして思えば、あれは病み上がりで珍しくしょげている息子に対する思い遣りから出た言葉だったのかもしれない。そんなことはなく、ただ自分が観たかっただけなのかもしれないけれど。父のことだから後者だろうと礼二郎は思うのだが。

迷惑だなと思った。人混みに出るのは厭だった。

ないものを視るのは厭だった。

そこに、また自分が居たりしたら——。

でも。

そこには、魚がいた。

魚の眼は、ぽっかりと孔《あな》が開いているようで、空虚で、清廉で——。

迚《とて》も素敵なものだった。これでいいんだ。これだけでいい。

魚の眼が欲しい——と、礼二郎は思った。

3

魚眼であることは間違いないでしょうよと関口《せきぐち》は云った。

関口は学生時代からの朋輩だ。正確には一級下なのだが、成人してしまえば先輩も後輩もない。

「ギョのガンなんだから魚眼ではあるだろう。お前は馬鹿か」

そうじゃないですよと関口は聞き取り難《にく》い声で云った。

「こう、全方位的に見える魚眼ですよ。像としては歪《ゆが》んでいるんじゃないですか」

「あのな、それはレンズの話だろ」

「レンズの話ですよ」

「本気で馬鹿じゃないのか君は。僕が云ってるのはウオの話だ。サカナだ」

解ってますよと云う関口の声は、解ってないなと云う中禅寺の声に遮《さえぎ》られた。

中禅寺も古い友人である。関口と同級であるから齢《とし》は下の筈なのだが、学生時代から歳下だと感じたことがない。

関口は理屈屋の友に覇気《はき》のない顔を向けた。

「どうしてだよ。魚の眼球の構造を模して作られたのが魚眼レンズじゃあないのか」

「違うよ」

「違うのか」

「違うさ。あれは、人間が魚のように水中から水面より上の景色を見た場合、こんな風に見えるだろうと云うことでそう命名されただけだ。あの歪《ひず》みはあくまで水の屈折率の問題なのであって、魚はあんまり関係ない」

矢張り人間基準かと礼二郎が云うと、それは人が使うものですからねと中禅寺は冷淡に答えた。

「云うなれば、何もかも人基準ですよ。時に関口君、原色と云うのは判るかね」

「そりゃ判る。赤青黄色じゃないのか。混ぜ物のない色だ」

ざっくりした男だなあと云って中禅寺は嫌な顔をした。

「一時期画学生を目指そうとしていた男とは思えない回答だなあ。慥《たし》かに、減法混合の場合はマゼンタ、シアン、イエロウだから、訳せば赤青黄に近いかもしれないが——まあ邦訳が定まっていないからね。紅紫《こうし》、明るい藍緑《らんりょく》色、檸檬《レモン》色とでも云った方が正確なのかな。加法混合の場合は赤緑黄だしね」

「減法と加法と云うのは何だ」

「だから、同じ分量を混ぜ合わせると暗くなって真っ黒になるのが減法だよ。絵の具なんかはそうだろう。逆に合わせると明るくなって真っ白になるのが加法だね。赤緑黄の同じ強さの光を重ねると、真っ白な光になる。原色と云うのは、混ぜ合わせることで総《すべ》ての色が作れるけれど、その色自体は作れない色と云う意味だね。マゼンタとシアンを混ぜれば紫色が作れるけれど、その二色の組み合わせでは決してイエロウは作れない。そう云う色のことだ」

「それが何なんだよ」

「だからさ。人間の眼は三つの原色の組み合わせしか判らない。でも、他の動物はそうではない。色が判らない動物もいる。魚の場合は、四原色らしいよ」

「そうなのか？　原色と云うのは天然自然の理《ことわり》じゃないのか。固定じゃないのか？」

「人に見える原色が三種類だと云うだけだよ」

だから何もかも人間基準だと云うんだよと中禅寺は云った。

つまらない。

そう云うと、人間ですからねえ僕達はと中禅寺は応じた。

「まあ、人間は角膜《かくまく》で所謂《いわゆる》ピントの調節をしますが、魚の場合は角膜の屈折率と水の屈折率がほぼ同じらしい。魚は水中にいますから、上手に調節が出来ない。従って水晶体を前後に移動させて調節するらしい。その所為《せい》か、魚の水晶体は球に近い形をしている」

丸いんだなと云うと、丸いんですと中禅寺は繰り返した。

「魚は虹彩《こうさい》を動かして光量調節をすることもないんですね。多くの魚の瞳孔《どうこう》は開きっ放しです。死んだ魚のような眼と云う比喩がありますが、生きた魚の眼は死んだ人間の眼に近いのかもしれませんね」

「そんな喩えをしては魚が気の毒だッ」

魚を気の毒がる人も珍しいですよと関口は云った。サルの分際で何が判ると答えて、礼二郎は畳に横たわった。

この座敷は寝心地が好い。

横になって庭を見る。視線が下がる。視野に人間が入らない。

気が——楽になる。

畳で暮らした経験がない。藺草《いぐさ》の香りは好ましい。座布団の柔らかさも具合が良い。

だから、礼二郎は度度《たびたび》中禅寺の家を訪れる。解員《かいいん》してからこっち、週に一度は来る。

目の前をのろのろと猫が横切った。

尻尾を摑んでやろうとしたがするりと逃げられた。

この家の猫は大概寝ている。温順《おとな》しい猫だが、どう云う訳か礼二郎にだけは懐かない。

そう云う風に躾《しつけ》けているのかと問うと、尻尾を摑もうとしたりするから嫌われると云うだけですよと主は答えた。

「自分だって偶《たま》に蹴っているじゃないか」

「邪魔だからどかしているだけですよ」

「本が多過ぎるのだ。邪魔なのは本の方だろう」

「商売ものなんですよ。何度も云いますが、うちは本屋なんです。僕は古本屋を開業したんですよ」

開業する前から本ばかりじゃないかと云った。

中禅寺は学生時代から本ばかり読んでいる。自宅も本だらけである。戦後、暫くは教員をしていたらしいが、礼二郎は詳しく知らない。半年ばかり前に自宅——この家を改築して古書店を開いたようなのだが、何処を見ても別に代わり映えはしないように思う。一時大工が来ていたようだし、表には看板のようなものも掲げられているようなのだが、商売をしているとは思えない。商売人なら、昼間からこうして級友と茶を飲んで無駄話していたりなどしないだろう。

そもそも礼二郎の場合、訪ねて来ても母屋の玄関からこの座敷に直行し、後は寝るだけなのである。店舗の方には行ったことはないから確認出来ていない。それにもし本当に古本屋をやっているのだとしても趣味が高じただけだろうと思う。本人は店だと云い張っているが、本が溢れたので建て増ししただけのような気もする。馬鹿なのだ。中禅寺も。

——そう。馬鹿だ。

中禅寺は、礼二郎の眼の秘密を見抜いた——唯一の男なのである。

あんたに視えているのは他人の記憶ですよ――。

初対面で、そう云われた。

そうなのか、と思った。

礼二郎がこの世ならぬものを視る者であると云うことを、何故中禅寺は見抜くことが出来たのか――それは判らない。判らないが、それはどうでもいいことである。中禅寺の云うことが真実であるかどうかも、またどうでもいいことである。ただ、実際そう考えるなら多くの矛盾は氷解する。

自分の想い出ではなく――。

他人の想い出が視えていたのだ。見覚えがなくて当然だ。にらめっこをした時に自分の貌《かお》が視えてしまうのは、相手が自分の貌を見続けているからである。

だからと云って、はいそうですかと納得出来るような話ではないだろう。そうであったとしても、説明し難《にく》いことに違いはないし、矢張り喧伝するようなことではない。それで事態が変わるものでもないだろう。

大体、中禅寺と出会った時分、礼二郎はもうそのことに就いて考えることを放棄していたのだ。また、その当時は子供の頃に比べるとかなり視えなくなってもいたのである。

初対面の時以降、中禅寺はそれに就いて一切口にしない。

もう付き合いは十五年以上になるが、一度も話題にしたことがない。

だから、その後に知り合った関口は、何も知らない。

真実か否かは別として、常軌を逸したことではあるのだろうし、確信があるのなら騒ぎ立てても良さそうなものである。騒ぎ立てずとも、双方と親しい間柄である関口くらいには云うものではないのか。でも中禅寺は何も云わなかった。

否——礼二郎自身が知り得なかった礼二郎の秘密を暴き立てたその時でさえ、この友人は平静を保っていたのである。口調も平板なものだった。恰《あたか》も肩口に塵《ごみ》が付いていることを教えるかのように、この男は非常識で破天荒な事柄を語ったのであった。

その時、礼二郎はどうしただろう。多分、妙な顔をしただけではなかったか。中禅寺はその時、片方の眉毛を吊り上げて、
この世には不思議なことなんかありませんよ先輩——。

と、云ったのだ。そして、不思議と云うなら何もかも不思議でしょうよと続けた。

つまりどれだけ違っていても変でも何でもなく、困りさえしなければどうでも良い——と云うことなのだろう。

——父と同じだ。

常態が不機嫌に見える中禅寺は、柳に風の父親とは見た目まるで違っているのだが、ものごとに対峙《たいじ》する際の立ち位置が、どうも似ているのである。関心がない訳ではないのだ。何があっても当たり前だと思っているから、驚きもしないのだろう。要は——。

——馬鹿なのだ、こいつも。

馬鹿と知れた途端に気心も知れて、親しくなった。

学生の頃は一緒になって馬鹿なことを沢山した。戦時中はバラバラで消息も知れなかったが、幸い揃って生きて帰った。帰って後は、こうして頻繁に会っている。

「しかし」

では魚にはどんな風に世間が見えているのだと、関口が云った。

「魚は体の両側に眼があるだろう。僕はてっきり、あれがこう、魚眼レンズのように広角になっていて、前方も後方もカヴァーしているものだと思っていたのだがな」

「カヴァーはしてるんだろう」

中禅寺は素っ気なく答える。

座卓が邪魔をして顔は窺えないが、どうせ仏頂面に違いない。

「前に進んでいるんだし、後ろから来る敵だって察知出来るじゃないか。でも、どんな風に見えているのかは判らないよ。視力が良いとは思えないが、動体視力は優れているらしいよ。でも、それだって反応を見て推測しているだけだ。水中で魚がどのように世の中を眺めているかなんてことは、未来永劫判らないだろうさ」

「判らないか」

「判らないさ。僕は、君がどんな風に世間を見ているのかも判らないよ」

頭の中は覗けないからねと中禅寺は云った。

まあ、そうだろう。

「それにしたって、何故急に魚の目玉の話なんか始めたんです？」

中禅寺が訝《いぶか》しそうに問うた。

「まあ、話に脈絡がないのはいつものことだが」

「思い出したからだ」

「うおのぞき、ですか？　因《ちなみ》に、観魚室《うおのぞき》と云うのはお父上の造語じゃないですよ。恩賜上野《おんしうえの》動物園に同じ名の施設がありました。日本で最初の水族館と謂《い》う者もいますが、どの程度のものだったのか、僕は見ていないので判りません。箱崎《はこざき》の水族館には行きましたが――」

あそこより綺麗だったと礼二郎は答えた。

「硝子が透き通っていたぞ。僕は浅草公園水族館《あさくさこうえんすいぞくかん》にだって何度も行ったが、あそこもまるで駄目だったな」

「演芸場があった処ですね。あそこは随分前――戦前に閉館してるでしょう」

「閉館前に何度も行ったのだ。浅草水族館は二階が演芸場だったが、隣の木馬館《もくばかん》の二階には昆虫館があったらしいのだ。昆虫館は昭和の初めに潰《つぶ》れてしまったようなので観たことはないが、親父は虫の方が好きだったから残念がっていた」

息子は魚が好きだった訳ですねと関口が云う。

「その、金満家の水槽を泳ぐ魚に魅入られてしまった訳ですか」

「魅入られたんじゃないよ」

魚は、礼二郎なんか見ていない。見ているのなら――。

自分が視えていたのか。あんなに近くで眼と眼が合ったのだから――。

いいや。魚は、何も見ていない。自分に必要のないものは見えないのに違いない。だから魚は礼二郎を見ていない。礼二郎が魚を観ていただけだ。観ても観ても、余計なものは全く視えなかった。

だから好きなのだ。

魚の――眼が。

「また」

視えるようになっているのでしたねと、中禅寺が低い声で云った。

4

終戦の、ほんの数日前。

礼二郎は照明弾の閃光《せんこう》をまともに浴びた。

凡《すべ》てが真っ白になり、すぐに真っ黒になった。

視力は失われていた。

その後のことは、能《よ》く覚えていない。何処かに担ぎ込まれて、何かをされた。勿論医療設備のある場所に運ばれて治療されたのだと思うのだが、能《よ》く判らない。

見えなかったからではない。

見えなくていいものばかりが視えたからである。

寝台に寝かされている筈なのに。

礼二郎は何故か、銃を構えたり大砲を撃ったり、爆撃を受けたりした。殺したり殺されたりした。撃っても刺しても手応えはなく、撃たれても刺されても痛くも痒くもなかったのだけれど。

首が飛んだり、腕が千切れたり。

肉が焦げたり血飛沫《しぶき》を浴びたり。

辺り一面が火の海になってしまったり。

暝い水中に没して溺れそうになったり。

自分の眼は、誰の眼だ。

ぶくぶくと海中に沈んで行く。

刹那《せつな》、魚が過《よぎ》る。海中になど居ない。寝台の上に居る。でも。

魚が視える。

——乎《ああ》。

あの魚のように何処までも泳いで行きたい。そう思った。

担ぎ込まれた傷病兵の記憶が流れ込んで来ただけなのだろう。でもその時の礼二郎にそんなことは判らない。それ程冷静にはなれなかった。まるで地獄の責め苦を受けるかのような不愉快で不条理な体験が繰り返されたからだ。否、体験なんかはしていないのである。礼二郎はただ横たわっていただけなのだ。横たわっていただけなのに——。

礼二郎は幾度も死んだ。幾人も殺した。

どうすることも出来なかった。何もかも、自分の体験ではないのである。

耐えねばならなかった。

見えるものが視えなくなると。

見えなくていいものが視えるのだ。

そうしている間に、戦争は終わってしまった。終わったと云うのに、礼二郎の眼に映る地獄絵は終わらなかった。大勢の過去が、恐怖が悔恨が怒気が苦痛が悲哀が、繰り返し繰り返し礼二郎を責め苛《さいな》んだ。

何も終わっていなかった。

解員になり、礼二郎の乗っていた艦《ふね》も復員輸送艦となった。

復員兵達も皆、阿鼻叫《あびきょう》喚《かん》の記憶をくれた。

慣れるものではなかった。

それでも視力は徐徐に快復し、本土の土を踏む頃には或る程度見えるようになっていた。

但し。

右目だけだった。左目の視力は殆《ほとん》ど戻らなかった。

礼二郎は、右目であるものを、左目でないものを視るしかなくなっていた。

一時――。

気にせずとも済むまでに薄らいでいたそれは、予期せぬ形で戻って来たのである。このまま消えてなくなってしまうかもしれないとまで思っていたと云うのに。

本土は目茶苦茶になっていたが、活気だけはあった。

戦前よりも人は多いように感じた。建物がやられてしまったので仕方なくぞろぞろと外に出て来たのかと思った程だ。勿論、そんなことはないのだろうが。

騒騒《ざわざわ》した世間は、見たくないもので満ちていた。

焦土と化した廃虚にいる方がずっと落ち着いた。

幸い実家は空襲にあっておらず、無傷で残っていた。だから暫《しばら》くは家に居たのだが、いつまでもそうしている訳には行かなかった。

変人である父は、成人した子供に養育の義務はないと宣言し、それを実行していた。兄も礼二郎も、二十歳の誕生日を機に自活せよと云われて家を出されているのだ。ただ、裸一貫で追い出された訳ではない。家を出る際、兄弟は財産の生前分与を受けている。その辺が親心だと父を知らぬ人は云うのだが、これは今後経済的には一切関わりなしと云うことなのである。この後どれだけ儲けても、お前達には鐚銭《びたせん》一枚渡さないぞと云う意思表示なのだ。だからまあ、金はそこそこある訳で、おまけに命もあるのだから、勝手に生きろと父は考えている筈である。怒りもしないが甘やかしもしない、そうした方針は、そのままぶれずにあるらしかった。

父母は迎えにも来なかった。迎えに来たのは使用人である。忙しかったのだそうだ。

家に戻った礼二郎に、父はただお帰りと云っただけだった。

母もさっぱりしたもので、早く風呂に入れと云った。

そんなものである。出征前と全く変わっていない。従って、礼二郎が長く実家に留まることは許されないと云うことになるのだ。口に出さずとも両親の態度がそれを示していた。

それでも、半月実家で暮らした。

人に会いたくなかったからだ。仕事をする気にもならなかった。

しかし、働かずにいる訳にも行かぬ。家を出て、アパートを借りて、知り合いの伝手《つて》で雑誌や新聞の図案描きなどをした。絵描きなら人に会わずに済むだろうと云う肚《はら》であった。でも、そうでもなかった。仲介人とは毎日遭わなければならなかった。

おまけに面白くない。

上手に描いても駄目だと云われる。技術は一級だが巧《うま》ければいいというものではない、勝手に描くな、人の云うことを聞けと云われた。云うことは聞いている。頼み方が悪いのだと応《こた》えた。そうしたことは幾度もあって、やがて仲介人と喧嘩になり、すぐに辞めた。表向きは仲違《なかたが》いと云うことになっているが、実際は少し違う。仲介人と会うのが厭になったのだ。

そいつは――多分、戦場で子供を殺している。

口論になる度に、その場面に巻き込まれる。気が滅入って仕様がなかった。

その頃、礼二郎の兄は父から分与して貰った財を元にしてジャズクラブを開き、そこそこ繁盛させていた。兄はクラブで稼いだ金で日光だか何処だかに外人向けの保養所を建てようと計画しているらしかった。

手が足りなくなるから遊んでいるならジャズクラブを手伝えと云われた。兄は経営を任せるつもりだったらしいが、どうも気が向かず、結局バンドの手伝いばかりした。礼二郎は音楽が好きだったし、楽器はどれも得意だったのである。ギターを引いていたら玄人《くろうと》はだしだと云われて、メンバーに加わることになった。しかし、それも長くは続かなかった。

ジャズクラブは——暗かった。

暗がりに客が犇《ひし》めいていた。

だから。

そこに。

過去が。

恐怖が悔恨が怒気が苦痛が悲哀が。こんなに、こんなに沢山——。

——違う。

それはあいつらの気持ちじゃない。凡て礼二郎が感じていることだ。視えているのが記憶なら、それは他人の体験なのだろう。だが、視たものをどう感じるかは礼二郎次第なのだ。悲しいと思っているのも辛いと思っているのも、それは礼二郎なのだ。感情までが流れ込んで来る訳ではないのである。他人が悲しんでいるかどうかなど判る訳もない。もしかしたら愉《たの》しんでいるのかもしれない。酷《ひど》いことをして笑っている奴も居るだろう。酷い目に遭っていても気付かぬ者も居るだろう。

人はみんな違いますからね。

ならば――。

そして礼二郎は暗がりに、無数の眼を視た。眼はどんどん増えて行き、数え切れない程に増えて、世界は眼だらけになった。あれは。

――ふん。

あれは――全部自分の眼だ。自分の世界は自分が造っているのだ。見えないものが視えたとしたって異常でも何でもない。この世に不思議なことなどないのだろう。ならば、あの無数の眼も凡て魚の眼と同じだ。虚ろだが、清廉だ。そこに悲しみが見えるなら、それは自分が悲しいからだ。人間は誰も汚らしくて醜くて愚かだが、それでもまだまだ捨てたものじゃない。意外に世の中は――面白いのかもしれない。いや、面白く出来るのかもしれない。

「よし」

礼二郎はそう云って、起き上がった。

関口が不審そうに顔を向ける。中禅寺は本を読んでいた。

「ビルヂングを建てよう」

「は？」

「親父から貰った金はまるごと残っているのだ。ビルヂングくらい建つ」

建ててどうすると云って中禅寺は顔を上げた。

「そうだな。探偵をしよう」

探偵だアと、関口は呆れたような声を上げた。

「ど、どうしてそうなるんです？　何処から出て来るんですか、その結論は。意味が解りませんよ」

「意味などない。そんなものは後から僕が作るのだ。この場合、問題は名前だ」

「名前って何です」

「たった今思い付いたことなのだから、名前など考えている訳ないじゃないか。おい、お前は話を聞いているのか中禅寺。さっきから何を読んでいるのだ」

薔薇《ばら》十字《じゅうじ》の名声——と中禅寺は無愛想に答えた。

「それだッ」

榎木津礼二郎はこうして探偵になることを決めた。

昭和二十五年、秋のことである。

百鬼夜行——陽（了）

百鬼夜行 陽

百鬼図

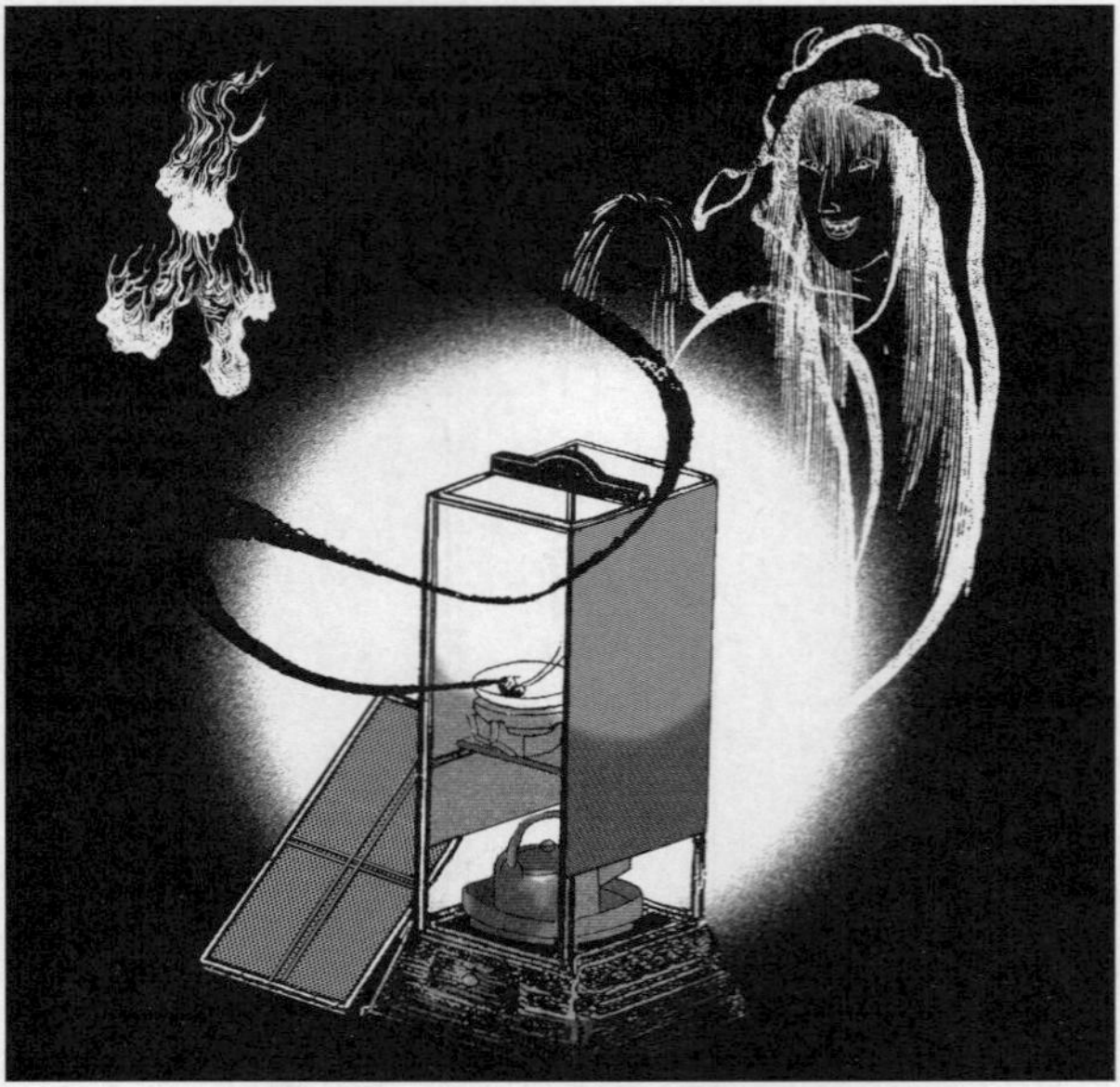

青行燈

Ao Andou

凡百《あらゆる》ものは、光が当たるから視《み》えるのである。

光自体が妖しく色づけば、世界も怪しく視えるだろうし、

況《まし》てその光が細って行くならば、この世ならぬものも視えるかもしれない。

大首

Ohkubi

顔だけである。

声を発することもなく、危害を加えることもない。

ただ、巨《おお》きな顔だけがある。何故かいやらしくて、恐ろしい。

屏風闚

Byoubu Nozoki

見られたくないから覆う。囲う。隠す。
でも遮蔽されていると、覗きたくなる。それでも見ないのが礼儀であり、作法である。
この世ならぬものには礼儀も作法もないから、大抵は覗いている。

鬼童

Kidou

これは、牛の生皮を被っただけの、人である。しかも子供だ。

ただ、甚《はなは》だしい。

人ならぬ程に甚だしい念《おもい》や技を究めると、人も鬼になる。侮ってはいけない。

青鷺火

Aosagi no Hi

鷺は古来より幽霊に間違われることがある。
姿は亡魂に、鳴声は死声に。そのうえ鷺は、時に光を放つこともあるのだ。
間違いではないのかもしれない。

墓の火

Haka no Hi

石は朽ち難《にく》い。悠久の時の重みにも耐える。
文字が刻まれた石は、その意味を時代を超え伝えてしまう。
墓石には人の名が彫られる。理由までは判らぬが、火が灯ることもあるのだ。

青女房

Aonyoubou

女のように見えるけれども、たぶん人ではない。
ずっと昔から、ずっとそこにいる。
何をするのでもない。ただ、気付いてしまうと厭な気持ちになる。

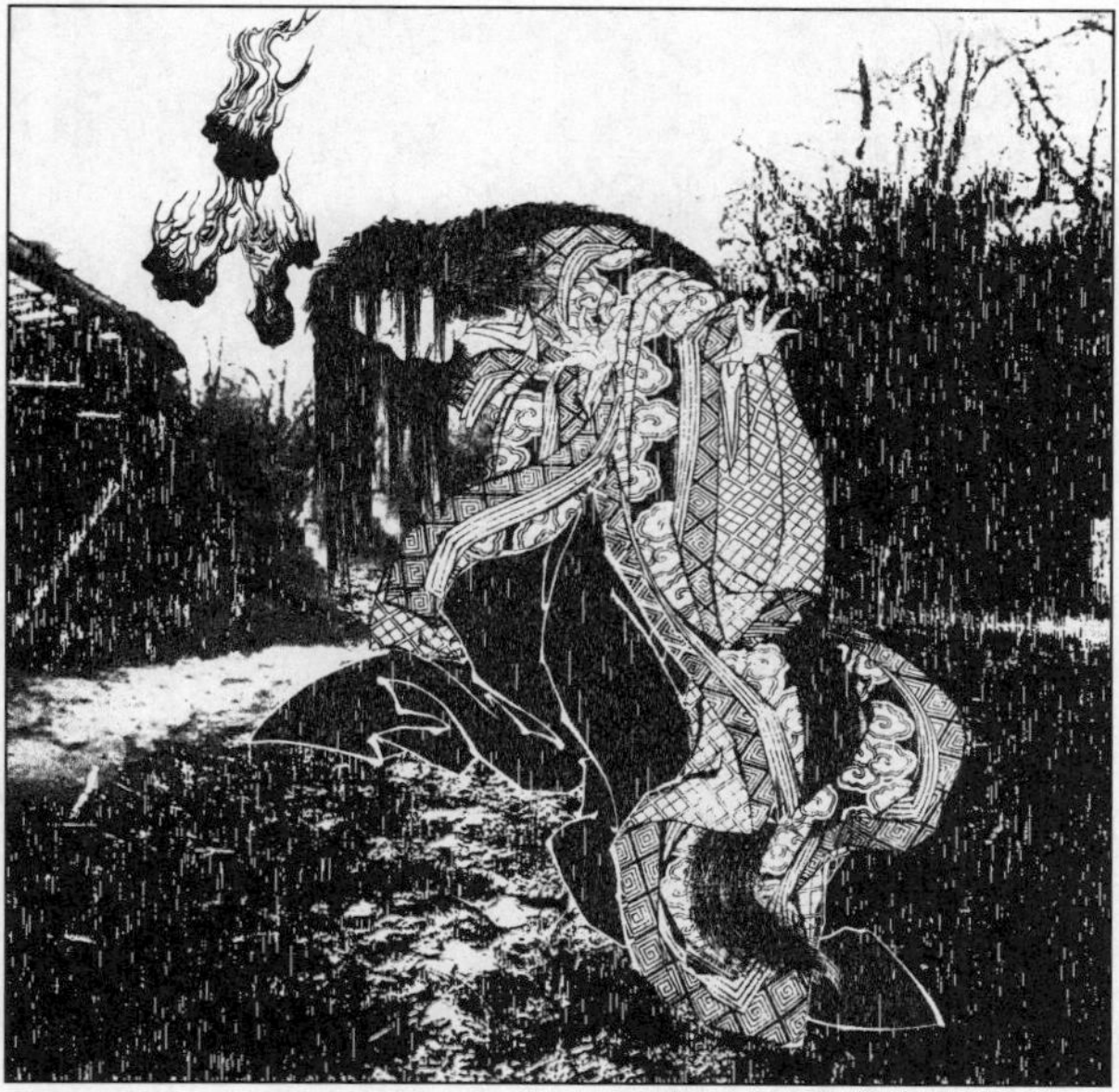

雨女

Ame Onna

雨を悦ぶのか、雨を哀しむのか、雨の度に現れる。だから濡れそぼっている。
雨そのものなのかもしれない。
何故に女の姿を象《かたど》って出るのかは、誰も知らない。

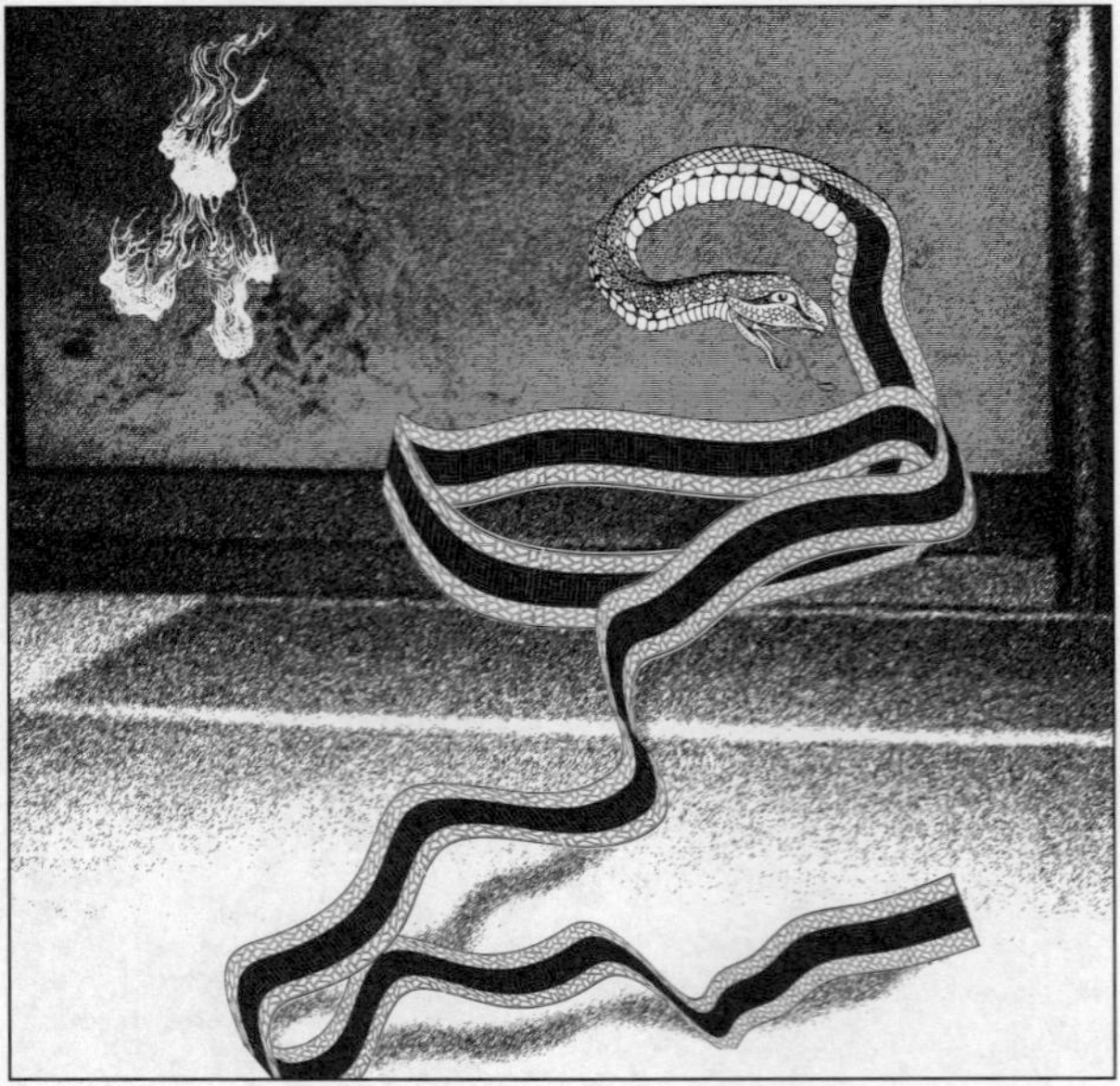

蛇帯

Jatai

蛇は長虫とも謂《い》う。
執念深いものであるとも謂う。
蛇に似たものにも、執念めいた何かが宿ることもあるのだろう。

目競

Me-Kurabe

見ると、見返す。睨むと、睨み返す。
見続けていると、増える。どこまでも増える。際限なく増える。
心を強く持っていないと、負けてしまう。

初出

青行燈◉オール讀物二〇〇九年一月号
大首◉小説現代二〇〇三年五月号
屏風闚◉オール讀物二〇〇九年五月号
鬼童◉オール讀物二〇〇九年十一月号
青鷺火◉豆本『青鷺火』（講談社・二〇〇七年）
墓の火◉オール讀物二〇一〇年二月号
青女房◉オール讀物二〇一〇年六月号
雨女◉オール讀物二〇一一年一月号
蛇帯◉オール讀物二〇一一年十一月号
目競◉単行本　定本百鬼夜行　陽（文藝春秋・二〇一二年）

書籍◎
定本百鬼夜行　陽　二〇一二年三月（装幀　関口信介＋加藤愛子オフィスキントン）

公式ホームページ「大極宮」◉ http://www.osawa-office.co.jp/

「百鬼夜行」文藝春秋ウェブページ ◉ http://bunshun.jp/pick-up/hyakkiyako

文春文庫

定本《ていほん》　百鬼夜行《ひやつきやこう》―陽《よう》

定価はカバーに
表示してあります

2015年1月10日　第1刷
2023年10月5日　第3刷

著　者　京極夏彦《きようごくなつひこ》

発行者　大沼貴之
発行所　株式会社　文藝春秋

東京都千代田区紀尾井町 3-23　〒102-8008
TEL　03・3265・1211㈹
文藝春秋ホームページ　http://www.bunshun.co.jp

落丁、乱丁本は、お手数ですが小社製作部宛お送り下さい。送料小社負担でお取替致します。

印刷・TOPPAN　製本・加藤製本

Printed in Japan
ISBN978-4-16-790273-5

（　）内は解説者。品切の節はご容赦下さい。

赤川次郎
赤川次郎クラシックス
幽霊列車
山間の温泉町へ向う列車から八人の乗客が蒸発。中年警部・宇野は推理マニアの女子大生・永井夕子と謎を追う——。オール讀物推理小説新人賞受賞作を含む記念碑的作品集。（山前　譲）
あ-1-39

赤川次郎
マリオネットの罠
私はガラスの人形と呼ばれていた——。森の館に幽閉された美少女、都会の空白に起こる連続殺人。複雑に絡み合った人間の欲望を鮮やかに描いた、赤川次郎の処女長篇。（権田萬治）
あ-1-27

有栖川有栖
火村英生に捧げる犯罪
臨床犯罪学者・火村英生のもとに送られてきた犯罪予告めいたファックス。術策の小さな綻びから犯罪が露呈する表題作他、哀切でエレガントな珠玉の作品が並ぶ人気シリーズ。（柄刀　一）
あ-59-1

有栖川有栖
菩提樹荘の殺人
少年犯罪、お笑い芸人の野望、学生時代の火村英生の名推理、アンチエイジングのカリスマの怪事件とアリスの悲恋。「若さ」をモチーフにした人気シリーズ作品集。（円堂都司昭）
あ-59-2

阿部智里
発現
「おかしなものが見える」心の病に苦しむ兄を気遣う大学生のさつき。しかし自分の眼にも、少女と彼岸花が映り始め——「八咫烏シリーズ」著者が放つ戦慄の物語。（対談・中島京子）
あ-65-8

青柳碧人
国語、数学、理科、誘拐
進学塾で起きた小6少女の誘拐事件。身代金5000円、すべて1円玉で?!　5人の講師と生徒たちが事件に挑む。「読むと勉強が好きになる」心優しい塾ミステリ！（太田あや）
あ-67-2

天祢　涼
希望が死んだ夜に
14歳の少女が同級生殺害容疑で緊急逮捕された。少女は犯行を認めたが動機を全く語らない。彼女は何を隠しているのか？　捜査を進めると意外な真実が明らかになり……。（細谷正充）
あ-78-1

（　）内は解説者。品切の節はご容赦下さい。

天祢　涼
葬式組曲
喧嘩別れした父の遺言、火葬を嫌がる遺族、息子の遺体が霊安室で消失……。社員4名の北条葬儀社に、故人が遺した様々な〝謎〟が待ち受ける。葬式を題材にしたミステリー連作短編集。
あ-78-2

秋吉理香子
サイレンス
深雪は婚約者の俊亜貴と故郷の島を訪れるが、彼には秘密があった。結婚をして普通の幸せを手に入れたい深雪の運命が狂い始める。一気読み必至のサスペンス小説。（澤村伊智）
あ-80-1

明日乃
お局美智　経理女子の特命調査
地方の建設会社の経理課に勤める美智。普段は平凡なOLだが、会社を不祥事から守るため、会長から社員の会話を盗聴する特命を負っていた——。新感覚〝お仕事小説〟の誕生です！
あ-83-1

明日乃
お局美智　極秘調査は有給休暇で
突然の異動命令に不穏な動きを察知した美智。さらにパソコンには何者かによってウイルスが仕掛けられ……。犯人は社内の人間か、それとも——。痛快〝お仕事小説〟第二弾！（東　えりか）
あ-83-2

彩坂美月
柘榴パズル
十九歳の美緒、とぼけた祖父、明るい母、冷静な兄、甘えん坊の妹。仲良し家族の和やかな日常に差す不気味な影——。繊細なコージーミステリにして大胆な本格推理連作集。（千街晶之）
あ-87-1

芦沢　央
カインは言わなかった
公演直前に失踪したダンサーと美しい画家の弟。代役として主役「カイン」に選ばれたルームメイト。芸術の神に魅入られた男と、なぶられ続けた魂。心が震える衝撃の結末。（角田光代）
あ-90-1

伊集院　静
星月夜
東京湾で発見された若い女性と老人の遺体。事件の鍵を握るのは、老人の孫娘、黄金色の銅鐸、そして星月夜の哀しい記憶……。かくも美しく、せつない、感動の長編小説。（池上冬樹）
い-26-21

（　）内は解説者。品切の節はご容赦下さい。

伊集院 静
日傘を差す女
ビルの屋上で銛が刺さった血まみれの老人の遺体がみつかった。「伝説の砲手」と呼ばれたこの男の死の裏に隠された悲しき女たちの記憶。『星月夜』に連なる抒情派推理小説。（池上冬樹）
い-26-27

石田衣良
うつくしい子ども
閑静なニュータウンの裏山で惨殺された9歳の少女。〝犯人〟は、13歳の〈ぼく〉の弟だった。絶望と痛みの先に少年が辿りつく真実とは――。40万部突破の傑作ミステリー。（五十嵐律人）
い-47-37

池井戸 潤
株価暴落
連続爆破事件に襲われた巨大スーパーの緊急追加支援要請を巡って白水銀行審査部の板東は企画部の二戸と対立する。日本経済の闇と向き合うバンカー達を描く傑作金融ミステリー。
い-64-1

池井戸 潤
シャイロックの子供たち
現金紛失事件の後、行員が失踪!? 上がらない成績、叩き上げの誇り、社内恋愛、家族への思い……事件の裏に透ける行員たちの葛藤。圧巻の金融クライム・ノベル!（霜月 蒼）
い-64-3

乾《いぬい》 くるみ
イニシエーション・ラブ
甘美で、ときにほろ苦い青春のひとときを瑞々しい筆致で描いた青春小説――と思いきや、最後の二行で全く違った物語に! 「必ず二回読みたくなる」と絶賛の傑作ミステリ。（大矢博子）
い-66-1

乾 くるみ
セカンド・ラブ
一九八三年元旦、春香と出会った。僕たちは幸せだった。春香とそっくりな美奈子が現れるまでは。『イニシエーション・ラブ』の衝撃、ふたたび。究極の恋愛ミステリ第二弾。（円堂都司昭）
い-66-5

石持浅海
殺し屋、やってます。
《650万円でその殺しを承ります》――コンサルティング会社を経営する富澤允。しかし彼には、殺し屋という裏の顔があった…。殺し屋が日常の謎を推理する異色の短編集。（細谷正充）
い-89-2

（　）内は解説者。品切の節はご容赦下さい。

石持浅海
殺し屋、続けてます。
ひとりにつき650万円で始末してくれるビジネスライクな殺し屋、富澤允。そんな彼に、なんと商売敵が現れて——殺し屋が日常の謎を推理する異色のシリーズ第2弾。（吉田大助）
い-89-3

伊東　潤
横浜1963
戦後の復興をかけた五輪開催を翌年に控え、変貌していく横浜で起きた女性連続殺人事件。日米ハーフの刑事と日系三世の米軍SPが事件の真相に迫る社会派ミステリ。（誉田龍一）
い-100-3

伊岡　瞬
赤い砂
男が電車に飛び込んだ。検分した鑑識係など3名も相次いで自殺する。刑事の永瀬が事件の真相を追う中、大手製薬会社に脅迫状が届いた。デビュー前に書かれていた、驚異の予言的小説。
い-107-2

内田康夫
氷雪の殺人
利尻富士で、不審死したひとりのエリート社員。あの日、利尻島にわたったのは誰だったのか。警察庁エリートの兄とともに謎を追う浅見光彦が巨大組織の正義と対峙する！（自作解説）
う-14-24

内田康夫
贄門島《にえもんじま》**（上下）**
二十一年前の父の遭難事件の謎を追う浅見光彦は、房総に浮かぶ美しい島を訪れる。連続失踪事件、贄送り伝説——因習に縛られた島の秘密に迫る浅見は生きて帰れるのか？（自作解説）
う-14-25

歌野晶午
葉桜の季節に君を想うということ
元私立探偵・成瀬将虎は、同じフィットネスクラブに通う愛子から霊感商法の調査を依頼された。その意外な顚末とは？　あらゆる賞を総なめにした現代ミステリーの最高傑作。
う-20-1

歌野晶午
春から夏、やがて冬
スーパーの保安責任者・平田は万引き犯の末永ますみを捕まえた。偶然の出会いは神の導きか、悪魔の罠か？　動き始めた運命の歯車が二人を究極の結末へと導いていく。（榎本正樹）
う-20-2

（　）内は解説者。品切の節はご容赦下さい。

冲方 丁
十二人の死にたい子どもたち
安楽死をするために集まった十二人の少年少女。全員一致で決を採り実行に移されるはずのところへ、謎の十三人目の死体が!? 彼らは推理と議論を重ねて実行を目指すが。（吉田伸子）
う-36-1

江戸川乱歩・湊 かなえ 編
江戸川乱歩傑作選　鏡
湊かなえ編の傑作選は、謎めくパズラー「湖畔亭事件」、ドンデン返し冴える「赤い部屋」他、挑戦的なミステリ作家・乱歩に焦点を当てる。（解題／新保博久・解説／湊 かなえ）
え-15-2

江戸川乱歩・辻村深月 編
江戸川乱歩傑作選　蟲
没後50年を記念する傑作選。辻村深月が厳選した妖しく恐ろしい名作。恋に破れた男の妄執を描く「蟲」。四肢を失った軍人と妻の関係を描く「芋虫」他全9編。（解題／新保博久・解説／辻村深月）
え-15-3

榎田ユウリ
この春、とうに死んでるあなたを探して
妻と別れ仕事にも疲れた矢口は中学の同級生・小日向と再会する。舞い込んできたのは恩師の死をめぐる謎――事故死か自殺か。切なくも温かいラストが胸を打つ、大人の青春ミステリ。
え-17-1

折原 一《いち》
異人たちの館
樹海で失踪した息子の伝記の執筆を母親から依頼された売れない作家・島崎の周辺で次々に変事が。五つの文体で書き分けられた目くるめく謎のモザイク。著者畢生の傑作！（小池啓介）
お-26-17

大沢在昌
闇先案内人（上下）
「逃がし屋」葛原に下った指令は、「日本に潜入した隣国の重要人物を生きて故国へ帰せ」。工作員、公安が入り乱れ、陰謀と裏切りが渦巻く中、壮絶な死闘が始まった。（吉田伸子）
お-32-3

大沢在昌
心では重すぎる（上下）
失踪した人気漫画家の行方を追う探偵・佐久間公の前に、謎の女子高生が立ちはだかる。渋谷を舞台に描く、社会の闇を炙り出す著者渾身の傑作長篇。新装版にて登場。（福井晴敏）
お-32-12

（　）内は解説者。品切の節はご容赦下さい。

恩田　陸
夏の名残りの薔薇
沢渡三姉妹が山奥のホテルで毎秋、開催する豪華なパーティ。不穏な雰囲気の中、関係者の変死事件が起きる。犯人は誰なのか、そもそもこの事件は真実なのか幻なのか――。（杉江松恋）
お-42-2

恩田　陸
木洩れ日に泳ぐ魚
アパートの一室で語り合う男女。過去を懐かしむ二人の言葉に、意外な真実が混じり始める。初夏の風、大きな柱時計、あの男の背中。心理戦が冴える舞台型ミステリー。（鴻上尚史）
お-42-3

大山誠一郎
赤い博物館
警視庁付属犯罪資料館の美人館長・緋色冴子が部下の寺田聡と共に、過去の事件の遺留品や資料を元に難事件に挑む。超ハイレベルで予測不能なトリック駆使のミステリー！（飯城勇三）
お-68-2

大山誠一郎
記憶の中の誘拐
赤い博物館
赤い博物館こと犯罪資料館に勤める緋色冴子。殺人や誘拐などの過去の事件の遺留品や資料を元に、未解決の難事件に挑む!?シリーズ第二弾。文庫オリジナルで登場。（佳多山大地）
お-68-3

垣根涼介
午前三時のルースター
旅行代理店勤務の長瀬は、得意先の社長に孫のベトナム行きの付き添いを依頼される。少年の本当の目的は失踪した父親を探すことだった。サントリーミステリー大賞受賞作。（川端裕人）
か-30-1

垣根涼介
ヒート アイランド
渋谷のストリートギャング雅《みやび》の頭《ヘッド》、アキとカオルは仲間が持ち帰った大金に驚愕する。少年たちと裏金強奪のプロフェッショナルたちの息詰まる攻防を描いた傑作ミステリー。

か-30-2

加藤　廣
信長の血脈
信長の傅役・平手政秀自害の真の原因は？　秀頼は淀殿の不倫で生まれた子？　島原の乱の黒幕は？『信長の棺』のサイドストーリーともいうべき、スリリングな歴史ミステリー。

か-39-9

（　）内は解説者。品切の節はご容赦下さい。

香納諒一
贄《にえ》の夜会（上下）
《犯罪被害者家族の集い》に参加した女性二人が惨殺された。容疑者は少年時代に同級生を殺害した弁護士！　サイコサスペンス＋警察小説＋犯人探しの傑作ミステリー。（吉野　仁）
か-41-1

神永　学
ガラスの城壁
父がネット犯罪に巻き込まれて逮捕された。悠馬は真犯人を捕まえるため、唯一の理解者である友人の暁斗と調べ始めることに――。果たして真相にたどり着けるのか!?（細谷正充）
か-81-1

北村　薫
街の灯
昭和七年、士族出身の上流家庭・花村家にやってきた若い女性運転手〈ベッキーさん〉。令嬢・英子は、武道をたしなみ博識な彼女に魅かれてゆく。そして不思議な事件が……。（貫井徳郎）
き-17-4

北村　薫
鷺《さぎ》と雪《ゆき》
日本にいないはずの婚約者がなぜか写真に映っていた。英子が解き明かしたそのからくりとは――。そして昭和十一年二月、物語は結末を迎える。第百四十一回直木賞受賞作。（佳多山大地）
き-17-7

桐野夏生
柔らかな頬（上下）
旅先で五歳の娘が突然失踪。家族を裏切っていたカスミは、必死に娘を探し続ける。四年後、死期の迫った元刑事が、事件の再調査を……。話題騒然の直木賞受賞作にして代表作。（福田和也）
き-19-6

貴志祐介
悪の教典（上下）
人気教師の蓮実聖司は裏で巧妙な細工と犯罪を重ねていたが、綻びから狂気の殺戮へ。クラスを襲う戦慄の一夜。ミステリー界の話題を攫った超弩級エンターテインメント。（三池崇史）
き-35-1

貴志祐介
罪人の選択
パンデミックが起きたときあらわになる人間の本性を描いたSFから手に汗握るミステリーまで、人間の愚かさを描く、貴志祐介ワールド全開の作品集が、遂に文庫化。（山田宗樹）
き-35-4

（　）内は解説者。品切の節はご容赦下さい。

喜多喜久
プリンセス刑事　生前退位と姫の恋
女王統治下にある日本で、刑事となったプリンセス日奈子。女王が生前退位を宣言し、王室は大混乱に陥る。一方ではテロが相次ぎ――。日奈子と相棒の芦原刑事はどう立ち向かうのか。
き-46-2

黒川博行
封印
大阪中のヤクザが政治家をも巻き込んで探している〝物〟とは何なのか。事件に巻き込まれた元ボクサーの釘師・酒井は、恩人の失踪を機に立ち上がった。長篇ハードボイルド。（酒井弘樹）
く-9-4

黒川博行
後妻業
結婚した老齢の相手との死別を繰り返す女・小夜子と、結婚相談所の柏木につきまとう黒い疑惑。高齢の資産家男性を狙う〝後妻業〟を描き、世間を震撼させた超問題作！（白幡光明）
く-9-13

倉知　淳
ドッペルゲンガーの銃
女子高生ミステリ作家の卵・灯里は小説のネタを探すため、刑事である兄の威光を借りて事件現場に潜入する。彼女が遭遇した「密室」「分身」「空中飛翔」――三つの謎の真相は？
く-40-2

櫛木理宇
鵜頭川村事件《うずかわむらじけん》
亡き妻の故郷・鵜頭川村へ墓参りに三年ぶりに帰ってきた父と幼い娘。突然の豪雨で村は孤立し、若者の死体が発見される。狂乱に陥った村から父と娘は脱出できるのか？（村上貴史）
く-41-1

小杉健治
父の声
東京で暮らす娘が婚約者を連れて帰省した。父親の順治は娘の変化に気づく。どうやら男に騙され覚醒剤に溺れているらしい。娘を救おうと父は決意をするが……。感動のミステリー。
こ-15-2

今野　敏《びん》
曙光の街
元KGBの日露混血の殺し屋が日本に潜入した。彼を迎え撃つのはヤクザと警視庁外事課員。やがて物語は単なる暗殺事件から警視庁上層部のスキャンダルへと繋がっていく！（細谷正充）
こ-32-1

（　）内は解説者。品切の節はご容赦下さい。

今野 敏
白夜街道
外務官僚が、ロシア貿易商と密談後に変死した。警視庁公安部の倉島警部補は、元KGBの殺し屋で貿易商のボディーガードとなったヴィクトルを追ってロシアへ飛ぶ。緊迫の追跡劇。
こ-32-2

近藤史恵
インフルエンス
友梨、里子、真帆。大阪郊外の巨大団地に住む三人の少女は不可解な殺人事件で繋がり、罪を密かに重ね合う。三十年後明らかになる驚愕の真相とは。現代に響く傑作ミステリ。（内澤旬子）
こ-34-6

笹本稜平
時の渚
探偵の茜沢は死期迫る老人から、昔生き別れになった息子を捜し出すよう依頼される。やがて明らかになる「血」の因縁と意外な結末。第18回サントリーミステリー大賞受賞作品。（日下三蔵）
さ-41-1

佐々木 譲
廃墟に乞う
道警の敏腕刑事だった仙道は、ある事件をきっかけに休職中。だが、心身ともに回復途上の仙道には、次々とやっかいな相談事が舞い込んでくる。第百四十二回直木賞受賞作。（佳多山大地）
さ-43-5

佐々木 譲
地層捜査
時効撤廃を受けて設立された「特命捜査対策室」。たった一人の専従捜査員・水戸部は退職刑事を相棒に未解決事件の深層へ切り込む。警察小説の巨匠の新シリーズ開幕。（川本三郎）
さ-43-6

真保裕一
こちら横浜市港湾局みなと振興課です
山下公園、氷川丸や象の鼻パーク、コスモワールドの観覧車、外国人居留地――歴史的名所に隠された謎を解き明かせ。港町・横浜ならではの、出会いと別れの物語。（細谷正充）
し-35-9

真保裕一
おまえの罪を自白しろ
衆議院議員の宇田清治郎の孫娘が誘拐された。犯人の要求は「記者会見を開き、罪を自白しろ」。犯人の動機とは一体？　圧倒的なリアリティで迫る誘拐サスペンス。（新保博久）
し-35-10

（　）内は解説者。品切の節はご容赦下さい。

雫井脩介
検察側の罪人（上下）
老夫婦刺殺事件の容疑者の中に、時効事件の重要参考人が。今度こそ罪を償わせると執念を燃やすベテラン検事・最上だが、後輩の沖野はその強引な捜査方針に疑問を抱く。（青木千恵）
し-60-1

塩田武士
雪の香り
十二年前に失踪した恋人が私の前に現れた。だが彼女には何か大きな秘密があるらしい。彼女が隠す「罪」とは。『罪の声』著者が京都の四季を背景に描く純愛ミステリー。（尾関高文）
し-63-1

高村　薫
地を這う虫
――人生の大きさは悔しさの大きさで計るんだ。夜警、サラ金とりたて業、代議士のお抱え運転手……。栄光とは無縁に生きる男たちの敗れざるブルース。「愁訴の花」「父が来た道」等四篇。
た-39-1

高嶋哲夫
イントゥルーダー　真夜中の侵入者
その存在さえ知らなかった息子が瀕死の重傷。天才プログラマーの息子は原発建設に絡むハイテク犯罪に巻き込まれていたのか？　サントリーミステリー大賞・読者賞ダブル受賞の傑作！
た-50-10

高野和明
13階段
前科持ち青年・三上は、刑務官・南郷と記憶の無い死刑囚の冤罪をはらす調査をするが、処刑まで時間はわずか。無実の命を救えるか？　江戸川乱歩賞受賞の傑作ミステリー。（友清　哲）
た-65-2

大門剛明
鑑識課警察犬係
闇夜に吠ゆ
鑑識課警察犬係に配属された岡本都花沙はベテラン警察犬アクセル号と組むことに。元警察官の凄腕ハンドラー・野見山俊二の手も借り、高齢者の失踪、ひき逃げ事件などの捜査に奔走する。
た-111-1

知念実希人
レフトハンド・ブラザーフッド（上下）
左腕に亡き兄・海斗の人格が宿った高校生・岳士は殺人事件に巻き込まれ、容疑者として追われるはめに。海斗の助言で、真犯人を見つけるため危険ドラッグの密売組織に潜入するが。
ち-11-1

誉田哲也・大門剛明・堂場瞬一・鳴神響一
長岡弘樹・沢村　鐵・今野　敏
偽りの捜査線
警察小説アンソロジー
刑事、公安、交番、警察犬……。あの人気シリーズのスピンオフや、文庫オリジナル最新作まで。警察小説界をリードする7人の作家が集結。文庫オリジナルで贈る、豪華すぎる一冊。
と-24-70

永瀬隼介
最後の相棒
歌舞伎町麻薬捜査
伝説のカリスマ捜査官・桜井に導かれ、新米刑事・高木は新宿歌舞伎町を舞台にした命がけの麻薬捜査にのめり込んでいく。予想外の展開で読者を翻弄する異形の警察小説。（村上貴史）
な-48-6

中山七里
静おばあちゃんにおまかせ
警視庁の新米刑事・葛城は女子大生・円に難事件解決のヒントをもらう。円のブレーンは元裁判官の静おばあちゃん。イッキ読み必至の暮らし系社会派ミステリー。（佳多山大地）
な-71-1

中山七里
静おばあちゃんと要介護探偵
静の女学校時代の同級生が密室で死亡。事故か、自殺か、他殺か？　元判事で現役捜査陣の信頼も篤い静と、経済界のドン・玄太郎の〝迷〟コンビが五つの難事件に挑む！（瀧井朝世）
な-71-4

長岡弘樹
１１９
消防司令の今垣は川べりを歩くある女性と出会って……（「石を拾う女」）。他、人を救うことはできるのか――短篇の名手が贈る、和佐見市消防署消防官たちの9つの物語。（西上心太）
な-84-1

鳴神響一
鎌倉署・小笠原亜澄の事件簿
稲村ヶ崎の落日
鎌倉山にある豪邸で文豪の死体が発見された。捜査一課の吉川は、鎌倉署の小笠原亜澄とコンビを組まされ捜査にあたるが……。謎の死と消えた原稿、「凸凹」コンビは無事に解決できるのか？
な-86-1

新田次郎
山が見ていた
夫を山へ行かせたくない妻が登山靴を隠す。その恐ろしい結末とは。少年をひき逃げした男が山へ向かうと。切れ味鋭く人間の業を抉る初期傑作ミステリー短篇集。新装版。（武蔵野次郎）
に-1-46